女医生日记（下）

视力零点二一 著

江苏凤凰文艺出版社
JIANGSU PHOENIX LITERATURE AND
ART PUBLISHING

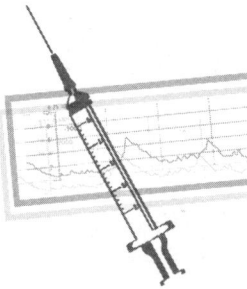

第十一章 证据

我的心里像掀起了惊涛骇浪。我从来没有遇到过像他这样不问因果缘由、不管是非对错地对待我的人。

我挂掉电话平静了一会儿，然后告诉出租车师傅，我有东西落在医院需要回去拿。出租车带着我在暮色四起的黄昏开在回医院的路上。在经过庆春二巷附近时，我看不到里面的情形。

夜风中暗香扑鼻，轻柔的风抚平了白天的浮躁和炎热，我在宿舍里等他回来。小高层的六楼没有动静，老年机也还没有动静。林凯怎么样了？我爸在干什么？我只想了他们一会儿，就情不自禁地想起那个人来。

他是在晚上十点零三分回来的。在经过我门口时他刻意放轻了脚步，然后他回了自己的宿舍，我听到了钥匙开门的声音。

我打开了自己宿舍的门，敲响了他的门。进去后，他从裤兜里掏出两个针孔摄像头放在我的手心里。他像平时那样笑："宝珠，你不是说很累，怎么不早点睡？"

他没有邀功，也没有提问，就好像他在路边随手买了个小东西带给我一样寻常。他的唇色润泽，我想扑过去，我想咬上去，然而我只是站在原地开口问他："需要我解释吗？"

他摇了摇头："如果是假话那我就不要了。"然后他说，"宝珠，陪我吃碗面条吧，宋琪光在那儿喝酒，我喝了个水饱，现在饿了。"

这个夜晚我睡得很好。

第二天一早,我在监听器里听到李昊宇终于收到了警局打来的电话,警方告知了他刘雅兰的所在,并称刘雅兰正在配合警方进行一个案件的调查,目前不能回家,具体案情目前无可奉告。

挂掉电话后,气急败坏的李昊宇摔了一个杯子,我听见了玻璃落地摔碎的声音。公司的内审今天上午会出结果,将会在内部会议上通报具体情况,这是他收到的第二个电话。他连安慰孩子的心情都没有了。

我依然背着黑包去上班。

在走进门诊大厅时,有个印着无脸男的气球远远地飘在通往急诊的过道走廊的栏杆上。我看了一眼,很快收回了目光。我走进科室拿起水杯往中药房那边走,经过气球时我伸手拨弄了一下。恰巧中药房的大姐背着包下晚班经过,远远地喊我:"小刘医生,来我们科室找黎主任吗?"

我含糊地应了声,然后说:"这个气球好特别啊,晚上挂这里不是挺吓人的吗?"

大姐也疑惑地说:"是啊,晚上要是突然抬头看到这个,是有点瘆得慌的。"她停了停,"不过我晚上没有看到,这是哪个小孩子刚刚绑上去的吧?"

会是我爸吗?他终于来找我了吗?他在哪里?

我决定用这上班前的短短几分钟在这附近等一等。

于是我拿着水杯往中药房走去,看到了正出来的黎致远,他挑眉对我笑:"听刘姐说你来找我。"

他的调侃让我觉得脸有点热:"不,我来找卿卿。"

他哑然失笑:"那你可走错方向了。"

对,放射科在中药房另一头的地下一楼。我跟他说了"再见",然后走向另一头。有人在旁边不远处摔了一跤。我循声看过去,忍不住在心底松了口气,还好你来了,还好你没被抓住。

他的手腕被纱布包着吊在脖子上,右脚脚踝做了加压包扎。他爬起来后就站在中药房旁边挂号窗口那条长长的队伍里。

第十一章 证据

他没有看我,他在哼着歌。我只看了他一眼,然后就回科室上班了。我不会冒险,我不应该和他有能查到的第二次接触。我从早晨等到了中午,比平时多去了一次卫生间,多去了一次护理台。中午我在食堂多停留了一刻钟,在去宿舍时我也比平时走得慢了五分钟,林凯没有再出现,也没有通过任何其他的方式给我任何的暗示。我爸也是。

或者林凯的出现只是要告诉我,他是自由的,他没有暴露。

明天学校就要举行建校庆典了,我爸比他应该出现的时间晚了两天了。

李昊宇居然没有崩溃!他被公司清算得很彻底,现在除了拥有两个孩子和几百万债务,已经什么都没有了。房子、车子、股票都将进行售卖,用来归还他贪污挪用的公款。他的小女友第一时间就消失不见了,公司给了他三天时间办理离职手续,然后搬出现在住的叠墅。

我想他一定以为自己暗中操作的那几个账号里有他翻身的机会,所以监控里他的声音还算得上是平静的。可是他不知道,那些钱早就被刘雅兰转走,投资在老家的一个注定烂尾的房产项目里了。

网上再也没有传出庆春二巷那边的任何消息,就连昨天患者在手机上看到的那条自媒体消息,现在也已经找不到了。

但我想,警方一定是发现了什么,才会封锁消息。

事实上,确实是如此。

局里的信息组已经开始对网上所有关于庆春二巷的消息进行了网络审核和删帖。在那间小黑屋里,李瑞阳发现,这其实也是个小型的暗房,但两个洗片池都废弃不用了,其中左边那个洗片池相比右边那个有点不一样,磨损也都集中在底座,这不合理。

所以当他趴在地上试着用空心拳敲打地面时,所有在小黑屋的人都听到了底下发出的沉闷的回声,连大队长都精神一振。

李瑞阳和小刚子费了九牛二虎之力把第二个洗手池挪开,发现了一个被铁锁锁住的地下室的入口,将锁剪断之后打开入口,发现了一个被掏空的地洞，里面赫然摆放着两个密封箱，箱子里都是小刚子之前发现的那种滴眼液药瓶，这种一小支一小支的不明液体数量惊人。

李瑞阳马上展现了一名刑警的敏锐度："快，快封锁整栋楼，还有整条巷子。"

随着他的喊声，大队长立马跟上了思路，跟着喊："快，封锁整条巷子，抽调警力，挨家挨户，入户细查。"

警局那边也意识到事情的严重性，半个小时后，针对整条巷子的搜查证已经送到了大队长手中。鉴于案件的特殊性，化验科、搜查科的同事们很快就到位了。

由大队长亲自坐镇，将整条巷子立刻封锁。由李瑞阳和小刚子分别带队，从庆春二巷的巷子两头往中间合围，对所有的房间进行了搜查。

小刚子其实一开始还没有明白，为什么要这么大阵仗地针对整条巷子进行搜查。

李瑞阳告诉他："这么大量的成品，如果长途运输，风险太大，只有可能是在附近生产，然后多次运送到这里进行分销，而这附近，还有哪里比这个老楼更安全？"他斩钉截铁地说，"一定就在这里，绝对不会错的。"

小刚子恍然大悟地问："你是说，他们的生产窝点就在这里？"

李瑞阳利索地点头："对。"

同一时间，对柏荣齐、刘雅兰、王强的审讯也在紧锣密鼓地进行。然而，针对三个人的审讯都不顺利。

柏荣齐一口咬定是去洗照片的。他承认自己是有点不够男人，爱拍一些性爱照片，但扬言那是男女双方自愿的，他征求了对方的同意，也没有将照片私下传播，只是用来自我欣赏，用来助兴，他一直恪守规矩地保护着女方的隐私，他绝对没有犯法，顶多是有见不得人的怪癖。

他振振有词地反问道："你看，那么多有名的人也有这样的嗜好，哪个男人没有过这样的想法？警官，难道你没有吗？"

至于冲洗店老板王强，他被小刚子在小巷子里扑倒在地，带到警车上之

第十一章 证据

后,就一直是这个冷漠的、沉默的样子,他不看人也不提要求不说话,但你给他递水他也咕嘟咕嘟地喝,你给他送饭他就稀里呼噜地吃。

参与审讯的所有警察都能看出来,这个不说话的、看起来普普通通的人,身上背的绝对是那种爆炸级别的,能引起地震的,够他死好几回的惊天大秘密,他已做好了死的准备。

当然不能让他死,他被单独关押,所有用品都换成特制的,同时有两个人专职守护,每两小时换一次班,避免看护劳累。

审讯的突破口,在唯一的女性刘雅兰身上。至少大家一开始是这样想的。她的底子很干净,甚至可以说,她是属于不应该出现在案发现场的那种人,她应该是带着保姆购物、悠闲地喝着下午茶的那种人。

这种人,其实很好撬开口,将后果说得严重一点,用家里的老公孩子吓一吓,可能就哭着交代了。但她居然也不开口。她在等警官露出破绽,她在等小看她的人透露口风,她会根据警官透露的口风决定说哪些话。

审讯暂时停止了。此刻距离抓住三人已经过去了一整个白天。

李瑞阳在搜查的同时给大队长打电话:"大队长,快,找这三个人的车,找他们的交通工具,尤其是王强的。"

王强的车上一定会有很多蛛丝马迹,怎么接原材料,怎么送半成品,怎么拉成品,这不可能是一个人能做到的。柏荣齐和刘雅兰不可能是步行过来的,附近一定有他们的车。

此刻,黎致远正在拉松假肢的固定装置,几乎在李瑞阳打电话的同时,他撞上了刘雅兰的车。

在他回到宿舍的时候,刘雅兰的车已经被从修理厂拖走,拖车将它直接拉回了警局。消防救援的报告以及不明液体也全部送到了警局。针对柏荣齐家以及刘雅兰家的搜查证正在申请中。

李瑞阳全心全意地投入在搜查小巷子的工作中。这条巷子,不知道藏着多少秘密,他要一点一点全部揭开。

技术科首先连夜上报了好消息,他们已经破解了从那间暗房里找到的台式电脑的密码，从中找到了十八个文件夹、六千四百五十五张照片、一千九百七十一个视频。

触目惊心、人神共愤……全都是不堪入目的罪证。里面的受害女性被摆成各种各样的姿势，有的明显昏迷不醒，有的甚至口吐白沫……

他们在一个隐藏文件夹里还找到了男性受害者的照片和视频，不同于女性的年龄跨度，男性受害者是清一色的年轻小伙子……

大队长已经向局里汇报情况了，局里迅速组成了调查组，并下达了命令：不侦破此案，谁都不允许请假休息，这是命令，也是军令状。

大家感觉到了沉甸甸的压力，也看到了侦破后的荣光，于是，对这三人的审讯升级……

调查组的工作由已经在基层工作了四十二年的特案组队长焦队长直接负责，他同时还是李瑞阳的师傅。

他接手审讯的第一件事，是让警员联系了刘雅兰的老公李昊宇，将刘雅兰涉案的消息告诉了正濒临破产、焦头烂额的李昊宇。

他做的第二件事情，是成立了一个女警小队，对受害女性的信息进行分门别类，能找到人的由专人上门去联系，并定下原则：一、绝对不允许先接触受害者的家人，尤其是她们的老公孩子；二、牵涉到未成年人，必须先接触监护人，争取监护人的同意之后，才能接触受害者。

一场大战拉开了序幕。

这一切，我毫不知情。

林凯在早上短暂地出现后就没有再露过面，也没有给我任何的提示和信息，我甚至怀疑过他哼的歌是某种讯号。

如果真是那就麻烦了，我平时很少听歌，还只听老歌，有自己固定的并不常听的歌单，而且隔得那么远，他哼的什么歌我完全不清楚。

我想他不会用这个传信号，因为这是对牛弹琴。但我还是打通了胡丽的电话，将听见的节奏哼给她听，问她知不知道是什么歌。

胡丽义正词严地说："宝珠，你哼成这个鬼样子，我要是还能听出来，

第十一章 证据

我就是你肚子里的蛔虫。"

好吧,应该不是暗号。

终于在下午四点三十七分,我等到了小高层六楼的红气球。

我将诊室门口正在等待的挂号病人都看完,和隔壁诊室的胡医生沟通好,告诉护理台,如果还有拿检查单来找我的病人,请转给胡医生。

我不想多等,我现在就要去见我爸。于是,我背着如同我爸性命般重要的东西,去见这个在痛苦中煎熬了十几年的人。

他的面容并不平静,他的神态有点疲乏,他的泪沟和法令纹告诉我,这两天他很累。当我将摄像机和照片都慎重地交给他时,他的手抖得像帕金森综合征的患者,他笑得像哭:"宝珠,你看了吗?"

我点了点头。

他哽咽着,喉头上下滑动,他强忍着吞了吞就要到嘴边的呜咽,说:"我不敢看。"

我也不敢,也不会看第二遍。他抱着这个摄像机,就好像抱着多年前没得到他拥抱和安慰的姐姐。大概过了一分钟,他终于破涕为笑:"宝珠,我要给珍珠好好办一个追悼会,我会把她班里所有的同学都邀请来做个见证。这里的东西将会明明白白地告诉他们,珍珠是清白的,他们需要向珍珠道歉。"

是的,你说得没错。

"等办好追悼会,我想把珍珠移到你妈身边来,你说呢?"他问我。

"这当然很好,姐姐会喜欢这里的。"我说。

他揽着我的肩膀突然哭了:"要是你妈第一次说要搬到这里来的时候,我就带着你们搬回来,现在是不是……"他说不下去了。

可是没如果。"如果"这两个字的存在就是为了提醒你,你将永远忘不掉这锥心的痛。

我等他平静了一会儿,问:"爸,给我讲讲林凯的事吧。"

我爸低下头,在我看不见的地方擦了擦眼睛,他掏出了那个小黑本说:"我先告诉你,这个小本子有多重要吧。"

这是柏荣齐自以为骄傲的战绩，这是他用自己的一套密码编的，上面有所有受害者的信息，还有他每次作案的收藏品的信息，最重要的是，还隐藏着他放这些证据的位置。

只不过，林凯还不知道究竟怎样才能将这个所谓的密码破译出来。为了不引起柏荣齐的怀疑，林凯其实花了很大的心思。

林凯推测，这是用柏荣齐熟悉的某一本书作为脚本来制作的，一次又一次轻易地逃脱刑罚后逐渐滋生和膨胀的自信心，让他留下了这么大的把柄。事实上，几乎所有的连环案犯都有同样的怪癖。

我爸说他会在拍照留个备份之后，将这个本子寄给警方。

我爸问我："宝珠，你是不是猜到这两天我去哪里了？"

我问他："爸，如果你不想说，你可以不说。"我没那么好奇。

他说："如果爸爸犯了错，你能不能原谅我？"

他掏出了一张照片，一张属于他和她们的全家福，那个女人就是前两天来看诊时对我欲言又止的女人。我没有去接照片，这和我无关。

我问："爸，给我讲讲林凯吧。"

我假装没有看到他脸上的失望。

我真的可以接受他有新的生活和新的家庭，这很正常，十几年前我就有心理准备。何况，在妈妈生病那几年，他确确实实对妈妈尽心尽力，一直到妈妈病逝。所以只要他的感情和婚姻没有和妈妈的重叠，那就是无可厚非的。生命如此漫长而凄惶，在苦中找到一点甜，是人之常情。只是这和我无关。

他有点失望地给我讲起了林凯。当年，林凯和柏荣齐是交情不错的朋友，也是"助力贫困生圆梦爱心基金"的同事。

柏荣齐一直是他羡慕的对象，家境富裕，高大英俊，幽默大方。

在珍珠报警后，柏荣齐被警方带走时，没有同事愿意相信这是事实。因为在大家眼里，柏荣齐不需要做出强迫的行为，他身边一直围绕着许多莺莺燕燕，单身的女同事为他争风吃醋的还不是一两个，时常会有年轻的小姑娘

第十一章 证据

过来找他，给他送东西。

不相信刘珍珠的人里面包括林凯。所以，当柏家给他一万块钱希望他能帮个小忙，将几封女孩的情书放进柏荣齐的私人物品里时，他毫不犹豫地答应了。

既能帮助朋友，又有钱拿，何乐而不为？

这件事后不久，柏荣齐的律师就拿出了有力的物证，并找到了有力的人证，柏荣齐很快就得到了释放。

让林凯心里不舒服的是，当天他去接柏荣齐时，柏荣齐扬扬得意地对刘珍珠的父母说的那一番话让他觉得有失厚道。毕竟，当事的小姑娘已经不在人世了，再这样去激怒别人父母，好像不够男人。

柏荣齐对他说："你不知道，不是他们逼着珍珠报警，珍珠怎么会报警抓我呢？珍珠是真心爱我的，他们是想讹钱的。"

后来柏荣齐回家做上了生意，而他也找到了好的工作。

他交上了女朋友，这个可爱的女朋友叫兰秋，是学校里的音乐老师。

兰秋不嫌弃他是孤儿，不嫌弃他家徒四壁，不要彩礼，对他一心一意，更是在他做胆结石手术时向自己姐姐借钱为他付医药费。他发誓自己会一生一世对她好。

他们是裸婚的，马上就要有自己的孩子了。

美好的日子在李夏母女出车祸那天戛然而止，出车祸的车上还有兰秋。李夏的妈妈是兰秋的亲姐姐，也是当时借钱给他做手术的那个姐姐。

兰秋早产了，因为月份大，甚至出现了大出血，孩子没有存活下来，兰秋也失去了子宫。姐姐在死前给兰秋讲起了李夏的遭遇。

这是和刘珍珠如出一辙而又截然不同的遭遇，如出一辙是他曾在法庭上亲耳听刘珍珠说起过，截然不同的是刘珍珠选择了报警，李夏却做了伪证。

这一切，李夏在妈妈的建议下瞒得死死的，连她爸爸都不知道。

而这一切在他耳里是如此讽刺。

林凯想，这是他的罪孽，这是他助纣为虐的反噬。没有他为了一万块钱夹进去的几封情书,一切都会不一样。

这就是林凯的故事。

我问我爸:"你怎么找到他的?又怎么会信任他的?"

我爸说,其实他第一个想找的是那个醉汉,李夏的爸爸。他叫李林军,之前是个生意做得不错的商人,膝下唯有李夏这个独生女儿。他想,对方一定会和他一样同仇敌忾的。

可事实上,等他五湖四海走遍悄悄回到老家时,李林军已经被酒精麻醉得日夜不分,是个彻彻底底的酒精中毒患者了。之所以还没有在某一天醉死,完全得益于林凯这个连襟的照顾。

很多人都说,这个连襟没安好心,为的是这个醉汉名下唯一值钱的房子,只有他偷听到了林凯的忏悔。在决定拉林凯入伙后,他考察了林凯将近两年的时间。那个时候,柏荣齐已经来到这里做生意了。于是他们只好付出了更大的代价,让猎头公司将李昊宇引来了这里。

上次为了在大量警力到达前引开小刚子,林凯的逃跑之路真的十分惊险,如果不是小刚子之前追捕冲洗店店主耗费了体力,林凯不一定能逃走。即使是这样,他还是受伤了,为了避免我因为担心而贸然行动,他强忍着疼痛用复查作为借口,在我面前露了个脸。等一切事了,林凯会和自己无法生育的妻子兰秋一起领养个孩子。而李夏的爸爸李林军在林凯的帮助下已经戒掉了酒瘾,现在重新拥有了一个小家庭,夫妻俩经常带着孩子在小区外遛弯。

不管是我爸,还是林凯,都没有人和李林军提起李夏的故事,就让这种锥心的痛在他们自己心里慢慢消化吧。能有人拥有幸福,哪怕不是自己,也是好事一件。

我爸说:"宝珠,考虑考虑你个人的事吧,黎致远这个男人马马虎虎还行,就是腿瘸了有时候不太方便……"

我下意识地打断了他的话,说:"他很好。"

然后我看见了我爸老狐狸一样得逞的笑容。

他是很好,比我想的还要好,我不但心理上肯定他,生理上也渴望他。

第十一章 证据

但和我爸分别后,我不想回宿舍,于是我回了三外婆那里。三外婆以为我要回自己家,给我拿钥匙的时候亲昵地埋怨我:"宝珠,都天黑了,你不要走夜路回来,万一医院有事找你,你怎么回去呢?"

夜色中,灯光下,她的每一条皱纹都在说着岁月的故事。

我转过头,透过窗户看到了我特意放在三外婆后院里的那几个聚四氟乙烯塑料箱,那是比浴缸更好用的东西。

也许应该卖掉了。我一个人走着夜路,踩着月光去了外婆和妈妈那里,我有一些心事在心里不停地澎湃,我想说给她们听。

月亮在九点钟方向时,我坐在外婆的坟前给黎致远打了个电话。

他还没有睡,很温柔地问我:"宝珠,你怎么还没有回来?"

我说我回外婆这里了,他"嗯"了一声表示知道了。然后我们一直沉默,却一直没有挂掉电话。我能听见他的呼吸声,估计他也能听见我的。

很久之后,月亮已经悄悄爬到了我的头顶,我听见他轻轻地笑,然后用柔得能挠得我心痒痒的声音说:"宝珠,我爱你。"

在刘宝珠等着她爸时,刘雅兰也在等,她在等李昊宇。

下午,在李昊宇提出探视请求之前,焦队长先进行了一次只有五分钟的审讯。这场审讯焦队长一句话都没说,他拿出了一个手机,打开了一个视频,是把刘雅兰的弟弟从后备厢抬出来的现场。

刘雅兰当时就哭了,她焦急地问焦队长:"这是我弟弟,他怎么啦?谁害的他?"

焦队长一句话也没有说就退出了审讯室,然后安排李昊宇进行探视。

刘雅兰目前处于治安行政拘留阶段,家属可以探视,且不需要提前书面申请,所以他是早晨直接来的,什么都没有带,孩子正常送去上学了。其实他不想来,可是为了知道刘雅兰把他个人账户里的钱究竟藏在哪里,他不得不来。

在探视室,刘雅兰脸上的眼泪不见了,她背了一串数字,然后对他开心地笑:"老公,帮我找个律师来。我是无辜被牵连的。"

在李昊宇勃然大怒之前,她笑着看着李昊宇:"有空去ATM机上查一查,看看这个账号里还剩几毛钱。"

可是李昊宇不敢,目前他的一举一动公司应该都会有人盯着,去银行查这个账号的余额,不是自己暴露吗?

刘雅兰得意地笑:"你别忘了我是银行出来的,你猜,你的小九九我会不会知道呢?"

而在刘雅兰提出找律师的时候,焦队长面前已经摆上了刘雅兰详细的履历、人际网、家庭信息。

焦队长看着资料的某一栏难得八卦地问:"这个刘宝珠,就是李瑞阳惦记了几年的心上人吧,你看,连工作单位都一样啊。"然后他又看了黎致远在小区撞车的视频,说,"这就是挖了我们警局墙脚的小子啊。"

此刻,李瑞阳还不知道,在未来相当长的一段时间里,他将和刘宝珠、黎致远多次见面、多次交锋,却不是因为爱情。

现在的他嘴里叼着手电筒,在略微昏暗、十分破旧的楼道里,寻找自己想要找到的超出正常范围的电表和水表。从两头合围的搜查已经进入尾声,他们没有发现异常,这不合理,一定是哪里出现了纰漏。

在这个老破小的巷子里居住的人不多不少,各种年龄都有,各种职业也都有,以本地老人居多,很难从年龄上来找嫌疑人。但有一条,从住户的用水用电来找,比单独从人来找客观准确多了。

焦队长给助手下达了任务:"今天之内,将刘雅兰过去一周的行动轨迹描绘出来。"然后他再一次审讯刘雅兰。

刘雅兰哭得梨花带雨、楚楚可怜,她不是那种号啕大哭,而是哽咽着,喉头能听到类似小动物受伤的呜呜声。她微微抬起头,露出她保养得宜至今没有赘肉的下颌骨,强忍着不让眼眶里的眼泪流下来,这让她有种泪珠盈睫的脆弱感。

这个女人是不是天生罪犯还不敢说,天生影后是妥妥的,焦队长想。

第十一章 证据

"你弟弟该说的也都说了,你现在想回家陪孩子,难啊。"焦队长脸上的同情之色也很明显。优秀的审讯员,修炼演技是第一要素。

刘雅兰的眼泪吧嗒吧嗒地掉,焦队长的叹息"哎哟哎哟"地不绝于耳。

焦队长一直安慰她:"你也别急,房子虽然要拍卖,先租个小房子过渡一下也可以。车子虽然贬值了,但估估价也还能卖个十来万,李昊宇公司需要他赔偿的也就只有几百万了。以你们夫妻俩的能力,也就两三年就能还清。"

他喝了一大口茶,然后将不小心喝到的茶叶"呸"地又吐回自己的茶杯,如果李瑞阳在场,一定又会开始嫌弃他。但他现在就是一个慈祥的碎嘴的老得快要退休的老警察。

"其实你现在反而是在里面好,等从里面出来,正好李昊宇把账都还清了,"他啧啧有声地叹息,"还正好能躲开青春期猫憎狗嫌的儿子。这么一说,白娘子可不就是等儿子考中状元才出来的。哎,就是可惜喽,你有了案底,儿女前途有限啊。"他表示可惜,"唉……"

刘雅兰的眼泪在这一刻明显地多起来了。

焦队长摇摇头:"不说了,不说了,反正证据都有,有没有你的口供不重要,看那两个人怎么说啦。"之后他出了审讯室。

与此同时,医院已经得到通知,警方将在明天早上将刘雅兰的弟弟带往警察局。而明天一早,警方就要对柏荣齐和刘雅兰家进行搜查。

技术部陆续又解密了一大批的照片和视频,从这些照片和视频里,能找到一小部分拍摄者的信息。

这些照片和视频,存在着时间跨度长、涉案地点多、作案者人数多、受害面广等特点。但是,最重要的违禁药销售记录、销售网络、销售途径、购买人群还在寻找当中。

大队长亲自坐镇,将所有能找到拍摄者的视频分门别类,并派出便衣进行抓捕。那些在视频里露脸的扬扬得意的拍摄者,将一个一个被带回局里喝茶。

他们这些人,也是别的女人的儿子、别的女人的老公、别的女人的男朋友，或者别的女人的兄弟……然而在视频里，他们只是将罪恶之手伸向妇女、对女性全无尊重的人渣。

晚上七点，当刘宝珠还坐在外婆坟前的时候，李瑞阳终于通过水电表找到了端倪，发现了一处疑似的制造窝点。

再聪明的罪犯只要被发现了罪行，他的一切就将有迹可循、有证可查，没有所谓的完美犯罪，只有还没被发现的罪恶和隐藏着的罪犯。只是可惜这个窝点已经人去楼空，只留下了一些被破坏得比较彻底的仪器，还有马桶边不小心没被冲走的粉末。

李瑞阳找到窝点之后就和小刚子返回了警局，他们将加入焦队长的审讯队伍，并将已经发现的窝点交给了鉴证科、化验室和搜查科。

这三个部门的联合行动组如临大敌，全套防护服应有尽有。

明天将会是非常热闹的一天。焦队长制定了明天的审讯方法，大队长部署了明天的行动方向……

而刘宝珠正坐在外婆的坟前看着月亮。

这个世界没有谁是不可取代的，谁也不要高估自己在别人心里的位置，不管少了谁，太阳都会照常升起。只要还活着，就拥有无限的可能。谁能想到，以为会成为审讯突破口的刘雅兰，终将会袅袅婷婷地走出拘留所呢？

而新的问题也摆在李瑞阳面前：一个小小的名不见经传的照片冲洗店老板，如果没有特殊渠道，怎么可能拿到这么多的违禁品呢？

谁藏在幕后？谁是主谋？是那天晚上从小刚子手里跑掉的人吗？

审讯工作在六点钟开始。

首先提审的是冲洗店老板王强。他还是没有说话。

焦队长的审讯方向是：必须给他一个希望，给他一个自己能好好活下去的希望，以交换他心里深藏着的罪恶的秘密。

这场审讯由昨晚回警局的李瑞阳和小刚子配合进行。

李瑞阳给他看了警方拍摄的多角度的调查取证视频，第一段是他暗室里的地洞，第二段是昨晚找到的那个制造窝点，第三段是他电脑里琳琅满目的

第十一章 证据

受害者视频。

李瑞阳说:"就目前看到的这些,你大概也知道自己的结局。幸好我们国家现在也人性化了很多,执行死刑时不会像以前那样押着你走上刑场,在你背后砰的一枪把你打死。"他甚至微笑着说,"现在你可以自己提出申请是想要枪决还是注射。"

他用满不在乎的口吻说:"当然了,注射死刑你得自己掏钱。一针氯化钾下去,你的心脏在一瞬间就麻痹了,永远停止跳动了,我个人觉得这个方式确实是很人性化的。"他用拉家常的口吻说,"对了,你对氯化钾不过敏吧,唉,过敏也不要紧,反正结果都一样。"

小刚子补充说:"也不是这么绝对,你还是可以选择其他药物的。不过就像他说的,结果都一样,选什么药物没什么区别。"

王强没有反应。

李瑞阳继续说:"你有且只有一个活下来的机会,就是立功。"

说完这句话,李瑞阳敏锐地发现,王强垂下的眼帘在颤动。

他压住喜悦继续说:"你没有机会接触这么多的原材料,告诉我们他是谁,帮助我们抓住他,这是你唯一的立功机会。"

王强的喉结开始上下活动。

给了诱惑,就要给压力了,李瑞阳接着说:"当然,这个机会不是非给你不可。让我们来轻松一下,玩一个猜猜看,你猜我们这一次一共抓了几个人?你猜在这里我们抓到了谁?你猜,"他拉着长声问,"他会不会先说?"

他指着制造窝点的视频,将视频拿给王强看。王强的眼睛不由自主地跟着他的手指扫了一眼。他们不需要王强现在就说,当然,越早说越好,但要保真。他们让警卫将王强带回去严加看管,今天不会再提审他,除非他自己想要招,他们等的就是他想要抢先招。

第二场审讯的是刘雅兰。在她必经的走廊尽头,她弟弟刘雅礼正跟在警察后面走向另一个审讯室。时机控制得刚刚好,正好让刘雅兰看到她弟弟。

这次还是焦队长来面对她。焦队长照旧让她先看，这次看了三项内容，一项内容是对刘雅兰这几天生活行动轨迹的还原，包括天桥下的兽医医院。第二项内容是她车里的不明液体的化验结果，这是846针剂，一种兽用麻醉剂。另一项内容是一段长长的视频，是警察拿着搜查证去她家搜查的情景。这对警方来说并不特殊，甚至在这个过程中警方一无所获。

可总有意外发生，他们结束搜查的同时，李昊宇公司来收房了，甚至贴心地给李昊宇准备了一个搬家服务。于是刘雅兰眼睁睁地看着她精心布置的房间、精心布置的家，一点一点分崩离析，她看见李昊宇把钥匙串扔在了鞋柜上，她看见女儿抱着自己最喜欢的几个娃娃，茫然地站在门外看着这个刚住不久的家……她终于放声大哭。

刘雅兰招了。在她的故事里，注意，是"故事"，焦队长示意大家听他总结。

刘雅兰说她在年轻的时候由于年少无知，被同是老乡的柏荣齐拍下了裸照，原本以为就是年少荒唐，谁知道惩罚在这个时候等着她。

柏荣齐在同乡会的聚会上见到了她，看她过得挺好的，三番五次地用之前的裸照从她那里敲诈钱财。至于车里的不明液体，那是她弟弟的，她完全不知道是什么。

这次，柏荣齐又要五十万，她来赴约是为了求柏荣齐放过自己。因为约在这么偏僻的地下商场，她害怕极了，就带上了电棍自卫。刚进暗室就遇到警察过来搜查，她害怕极了，是柏荣齐恶狠狠地威胁她，让她说谎骗警察，她真的是身不由己的。

地下商城的暗室外面发生了什么她并不清楚，就听见柏荣齐催自己快走，她不知道外面的警察发生了什么，她害怕极了，结果柏荣齐对她下手了……

她的口供里一个字也没有提起过违禁药，她是真的不知道吗？有没有证据证明她和违禁药有关？

焦队长建议，接下来对刘雅兰的侦查从证实她和柏荣齐的私人关系，以及她是否知晓并参与违禁药的制售这两个重点进行。而根据电脑里视频里

第十一章 证据

的信息，现在已经抓获十五人，有酒吧酒保，有餐厅服务员，有出租车司机……下午的审讯，需要紧锣密鼓地进行。

从早晨忙到现在连饭都没吃的几个人，好不容易能喘口气，偏偏焦队长还苦中作乐，在偷来的几分钟休息时间问李瑞阳："那个医院的刘宝珠，就是你这几年念念不忘的心上人啊？"

李瑞阳差点被水呛死，他反驳："谁念念不忘啦？"

焦队长反问："那去医院调查跳楼事件时你那么积极干什么？本来也不是你的案子，难道你不是因为主治医生叫刘宝珠才要求换过去的吗？"

李瑞阳哑口无言。

"这个刘宝珠是刘雅兰认识的人，接触还不少，明天你跑一趟，去医院找刘宝珠了解一下情况，梳理一下刘雅兰的人际关系，可能对案件会有帮助。"焦队长安排他。

他有点懊恼："现在大家这么忙，是不是有点不合时宜？"

焦队长气得两眼一瞪，给他后脑勺"啪"地来了一巴掌："小子，有点志气，等这桩案子结束了，去把她拿下。到时候带局里来让她亲眼瞧瞧你的魅力，我也能给你掌掌眼。"

谁也没想到，不久以后刘宝珠第一次来警局，不是因为李瑞阳要向她展示自己的实力、魅力，而是以嫌疑人的身份出现在审讯室接受调查。

…………

早上六点，我在三外婆家醒来，给她做好早餐之后我先回了医院宿舍。

隔壁的门静悄悄的没有动静，我轻手轻脚地回了自己房间。

胡丽在九点二十八分的时候来接我。当然，她是带着自己的爱人程鹏开车来的。听胡丽说卿卿会和宋琪一起回学校，我想他俩没有什么问题了。

胡丽一个劲地嫌弃我的装扮，她给我带来了新衣服。

她说："现在我也只能看着你穿了。"然后她喊住要去隔壁的程鹏示意他看，"你看，我虽然身材毁了，但好歹眼光还在，这套衣服宝珠穿起来是不是好看？"

程鹏煞有介事地看了两眼："衣服挺好看的，宝珠穿起来一般吧，没有我老婆穿得好看，宝珠太瘦了。"

胡丽"扑哧"一声笑了。

在她看不见的地方，程鹏对我露出了一个劫后余生的表情，然后在胡丽回头时马上换上了诚恳的笑容。

在程鹏先下楼的时候，胡丽跟我咬耳朵："其实我都知道，他这是在哄我开心呢。"然后她才露出愁容来，"我的腰粗了，以前的裙子、裤子都穿不进去了，这可怎么办？"

"这才哪到哪啊？还有肚子大到看不见自己的脚尖的时候。"

我这样告诉她，她气得拧了我一把。

我笑着说："这不正合你意，你不是一直盼着能有看不见自己脚尖的那一天？"

她又拧了我一把："人家是要胸，又不是要肚子。"然后她用不可置信的语气问，"宝珠，你这是在调戏我吧？啊？你发生什么事了？是不是谈恋爱了？感觉有猫腻啊？"

我在她想去敲隔壁门的时候把她拖下了楼。

庆典的时间还没到，但是五湖四海的同学们都提前回到了学校。

当年的教室还是一如当年，就连学生宿舍都好似当年，我曾经睡过的那个上铺如今是一个戴着眼镜的小美女在睡，我曾经坐过的那个角落，依然有人孤单地坐着。好久不见的老同学见面，或拥抱，或尖叫，或抱头痛哭，我保持微笑看着这一切。

单老师已经老了很多，他在看到我的时候，爽朗地大笑着跟同学们打趣我："刘宝珠，我跟你师母打了个赌，让我看看这次我能不能赢。"他当着大家伙的面兴致勃勃地问，"你是一个人来的，还是带家属来的？"

当他听到我是一个人来的时，失望地大喊"糟糕"。

"哎呀，又输给你师母了。真是的，刘宝珠，你能不能继承点我的优良传统啊？"他啧啧叹息，"想当年，我可是把我们学校老师里最美的一朵花给

第十一章 证据

圈住了啊,你就不能在这一点上也继承一下我的衣钵吗?"

等大家都笑够了,只剩他和我在教室一角的时候,他关心地问:"宝珠,你师母一直担心你不肯找对象,你可要争点气,别让她担心啊。"

我说"好的",他的眼睛都亮起来了:"我就说我徒弟不呆嘛!什么时候带来我家,让你师母帮你把把关?你知道,你师母看男人的眼光简直一流。"

他很骄傲。当然,当年他要是这副憔悴的模样,估计学校里也不会传出绯闻了。

我说有机会一定会带去的。

单老师有点失望,他狠狠地像教训自己女儿那样教训我:"你可别学其他女孩子扭扭捏捏的,看中了就大胆地拿下他。"接着他略带一点骄傲地炫耀他的女儿,"你妹妹晓雯就是这样,才毕业就准备要结婚了。你师母愁得很,唉。"

我跟卿卿已经好几天没有碰面了。我下意识地在人群中找了找她。不过我没有看到她,我先看到的是宋琪,他正在和一个高个子男人聊天,似乎聊得挺热络的。这位高个子男人怀里抱着一个大概三岁的女孩,软软糯糯,粉粉嫩嫩的,煞是可爱。宋琪不停地逗着孩子,可见是喜欢孩子的。

我一个人在校园里游荡,享受这难得的悠闲时光。偶尔有人和我打招呼,我就礼貌地停下来寒暄几句。

下午负责后勤的陈副校长让人喊我去她办公室。她和蔼地对我说,学校里有个任务,很需要像我这样的年轻人来做,问我能不能在上班的同时来辅助完成这个任务。这是单老师一力向学校领导推荐的,这个任务的时间长,烦琐又枯燥,白天单老师和曹老师进行,晚上由我赶工。

她说,如果我同意,她会亲自跟医院的领导沟通,让我没有后顾之忧。我当然同意了,这是莫大的殊荣,同时我也明白为什么单老师会推荐我。

途经学校的人工湖时,我看到了正在争吵的卿卿和宋琪,于是我换了个方向走。然而卿卿追上来拉住了我:"表姐,这下你是不是很满意?"

她用的力道很大，拉得我一个踉跄。我先站稳，然后问她："卿卿，你这是怎么啦？"

她瞪着我没有说话，我看见宋琪从她背后走了过来，我提醒她说："宋琪过来了……"话没说完，她又扬起手准备给我一个耳光，这次我拉住了她的手，"卿卿，我不欠你什么，不管你是因为哪个原因生我的气，请你控制好自己。我不会惯着你的。"

没有人会永远惯着你的，任何事情都是可一可二不可三。

宋琪越过我们，从人工湖这里一直走出去，他在分岔口向左转，这是要转出学校了。他没有和卿卿说话，当然也没有和我说话。我想事情严重了。

果然庆典结束后，宋琪和卿卿提出了分手。这是胡丽事后告诉我的，因为什么谁也不知道，宋琪没说，卿卿也没说。但是宋琪没有再来医院接送过卿卿。

学校已经跟医院联系过了，刘主任欢欣鼓舞地找到我，狠狠地拍了拍我的肩膀："好样的，真给我长脸，虽然辛苦点，但要好好干，一直到你这个活干完，医院不会安排你值夜班了。"就连遇到宋院长时，他都笑着鼓励我："小刘医生，接下来两个月你可要加油啊，我看好你呦。"

我的日子开始变得平静。

监控画面里，李昊宇每天早出晚归的，不知道在忙什么。我变成了聋子和瞎子，对柏荣齐、刘雅兰、李昊宇发生的事情一无所知。

每天晚上八点左右，黎致远都会给我打个电话，有时候会说一说医院里发生的新鲜事，有时候什么都不说。而我白天在医院上班，晚上就会去学校。

我在学校上夜班的第一个晚上，工作内容是对所有已经防腐固定的大体进行核查，这是解剖实验室每年必须进行两至三次的工作，要检查湿保存的大体表面是否出现腐烂，液面是否出现霉块，同时还要检查是否出现丢失缺损的情况。

我没想到宋琪居然会来学校找我，而且是直接来的学校二楼的解剖实验

第十一章　证据

室。单老师当时还没有走,是他从一楼地下室尸库旁边的处理室把我喊出来的。

单老师很不满意,向我埋怨:"我都要求学校和医院不要说你在解剖室,说你在图书馆了。要是被人看见你这个样子,你还能嫁出去吗?真的是……"

我安慰他,说这是医院院长的独生子所以才知道,他才放心。

他帮我脱掉了隔离衣,又喊住了还穿着长筒胶鞋的我去换鞋:"可不能让别人看见,万一把人吓跑了怎么办?我还想着要喝你的喜酒来着。"

我哑然失笑。

宋琪站得离解剖室远远的。庆典结束到现在也只有两天时间,宋琪居然胡子拉碴,我实在看不太懂他这一副苦情的模样,尤其是他站在那里犹犹豫豫不开口的样子。

我问他:"宋琪,有事就说吧。"

宋琪忍了又忍:"姐,咱能换个地方说话吗?这实在是……哕……"

哦,原来如此,我赶紧去把解剖实验室的门关上,又领着他往楼下走。

宋琪和我说起了卿卿,他问我这两天卿卿怎么样,我说我不知道,反正没有迟到早退。

宋琪之所以会和卿卿提分手,是因为他在学校庆典上遇到了卿卿的前男友"183"。宋琪跟我详细地讲述了"183"的原话。"183"已经结婚,育有一个女儿,当时我看到的抱着孩子的高个子大概就是他。

"183"的意思就是,其实卿卿谁都不爱,她爱的是抢刘宝珠男人的感觉,宋琪的经历和他过去的经历没有什么不同,如果不是恰好他们出现在宝珠身边,卿卿根本看都不会看他们。

宋琪说,他觉得"183"说的是对的。

我不知道该怎么开解他,但是我比较担心卿卿,她知道自己错过了什么吗?宋琪说他最近也很忙,前两天他哥宋源出国了,这些天是他在经营着失忆清吧。他说,经营一个酒吧,比经营一段感情要轻松多了。

他走后，我给卿卿打了个电话，但她没有接。

这两天，李瑞阳他们一直没有提审柏荣齐。但是他们意外地收到了一个快递，同城快递，注明了寄件人柏荣齐，收件人李瑞阳。在快递点调取监控视频时，小刚子犹豫着说："这个送快递的和我那天晚上追的那个人有点像，区别在于那晚的人没受伤，这个人受伤了。"

话音没落，他的后脑勺就挨了焦队长一巴掌："出去别说是我的关门弟子，我嫌你丢人。"说完他看了看一旁的李瑞阳，"要不你就说是你师傅是他。"

李瑞阳一副敬谢不敏的模样："别，我可不敢欺师灭祖，担了个师兄的名我已经很亏了。"

侦查已经取得了很大的进展，违禁药的售制案分两个方面。一方面是"售"，现阶段，销售的各级下线、各地的买家，以及违禁药的流向等警方已经在安排布网收网工作。

难的是另一方面的"制"，这么大量的原材料来自哪里，又是谁在进行调制，那个小作坊一样的制药室是谁布置的，是谁在工作，团伙里还有哪些成员？而这一部分，是最为重要的，如果不追查来源和主谋，跑掉的制药嫌疑人随时可以重操旧业，死灰复燃的危害性极大。

好在上一次审讯中，李瑞阳和小刚子配合的攻心策略起了效果。

冲洗店老板王强主动要求见李瑞阳。他需要知道李瑞阳说的"有且只有一次机会"是什么交易，在做这个交易之前，李瑞阳怎么保证"这个机会"对他有利，要是他一五一十都说了，而"这个机会"只是警方的诱饵，这岂不是杀人诛心吗？

不怕他提要求，就怕他不提。李瑞阳迅速报告给了上级，具体怎么操作将由上级来制定方案。

在"售"这一方面的进展是卓有成效的，目前已经到案的视频拍摄者已经有十五人，其中三人是这个团伙里负责销售和教学的，还有十二人是中间商，也有买家。

简单地说，团伙里的三个人不但销售违禁药，还负责教购买人怎么使用，指导购买人具体怎么操作，进行售后服务。

并不是所有人都能到他们手里来购买，能来到他们面前的中间商或买家都是有准入门槛的，一般买家的准入门槛就是上传两张受害女性的隐私照片，中间商的门槛是上传一段性侵视频。

这十五人到案后，根据他们的招供，更多的抓捕对象出现了。

警方在抓获柏荣齐后的第二天提审过他一次，但没有获取有用的信息和线索。这是个不见棺材不落泪的顽固分子，心理素质极强，十分善于应对警方的问询，对于为什么出现在案发现场，他一口咬定自己就是喜欢拍点性爱照片，到现场纯粹就是去洗照片的。对于身上的违禁药他完全不清楚，说一定是他昏迷后别人栽赃陷害。

焦队长认为暂时不要提审他，让他自己随着时间的流逝东想西想、心慌意乱，自己露出马脚，同时对今天收到的快递里的视频和照片进行认真核实，至于收到的那本稀奇古怪的小黑本，暂时先放到技术科去试试解码。

刘雅兰则将主要的问题推给了她的弟弟阿礼。比如兽用麻醉剂是阿礼的，她不知道内情，欺骗警察是因为柏荣齐胁迫，诸如此类……

目前从监控视频和兽医的指认来看，去购买、付钱并拿药的是阿礼没错。而从现场缴获的刘雅兰的手机里恢复出的信息证实了柏荣齐拿裸照敲诈勒索的事实。她的人际关系、往来流水等各方面显示，她和"违禁药售制案"毫无关系。

刘雅兰的律师已经提出了合理的质疑，即刘雅兰目前是嫌疑人，还是与警方合作的普通公民？如果没有合理的解释，律师要求立刻变更对刘雅兰的强制拘留措施。

局长问李瑞阳："刘雅兰满足批捕的三个要素吗？"

所谓批捕三要素，即第一，有证据证明嫌疑人有犯罪事实吗？第二，可能判处有期徒刑以上刑罚吗？第三，采取取保候审、监视居住等方法可行吗？有逮捕的必要吗？具体到本案中，对于第一点，尚且没有证据证明她预谋犯罪；对于第二点，目前没有证据证明她和这宗特大违禁药制作贩卖使用案件有关联；对于第三点，答案则是方法可行，没有逮捕的必要。

局长对李瑞阳说："如果这三点都达不到，那就抓大放小，大是什么？小是什么？你来告诉我。"

李瑞阳沉默了一会儿，事实就是这样，但他还想努力一把，他啪地给局长行了个礼："局长，再给我半天时间。"

他要再详细地看一看今天收到的证据，如果确定和本案无关，该怎么办就怎么办。虽然现在已经立了大功，可李瑞阳没有忘记自己的初衷，他一开始就是为了调查柏荣齐的性侵案，而刘雅兰显然和柏荣齐有超出界限的非正常男女关系。

李瑞阳真的很忙，昨晚他和小刚子连夜仔细地审核了摄像机里的内容。

摄像机很老，但保养得很好，功能也完整，看得出来主人是相当重视它的。摄像机里的内容如果属实，且没有超过诉讼时效，还能找到当事人的话，柏荣齐的性侵罪名将被钉得死死的。

这几段视频中出现的服装都比较具有时代特点，是柏荣齐年轻时拍摄的，里面出现的女孩十分有可能是受害者。必须找到这些受害者。

李瑞阳这样告诉手底下的队员："将刘雅兰和柏荣齐的生活轨迹交叉，这个地方一定就出现在这段交叉的时间里。"

不到两个小时，这个地方就出现了，外省某高中，刘雅兰正是这一届的高三学生。已经过去了十八年，刘雅兰当时已经十八周岁。

另外几个女生的信息，警察已经联系外省的兄弟单位，并发出了跨省协查申请。其中一段视频引起了李瑞阳的特别关注，在这段视频里有一个名字被柏荣齐和刘雅兰反复提起——刘珍珠。

但在刘雅兰的笔录中，这个名字从没有被提起过。她说自己年少无知被骗拍下了裸照，倒不如说她和柏荣齐一起设计骗了这个叫刘珍珠的女孩。

刘雅兰肯定没有想到，自己的一举一动以及性爱过程全都被这个柏荣齐

第十一章　证据

拍了下来，这大概就是她被勒索的原因了。

李瑞阳明白，强奸案的追诉期取决于犯罪的法定最高刑，刘雅兰当时已经年满十八岁且并没有起诉，就不该花太多时间，主要是了解清楚来龙去脉，看看有没有对现在有利的证据，重点应该在现在，而不是即使证实了也定不了罪的过去。

他正站在局长办公室汇报案情，突然，焦队长激动地拍门，门被拍得震天响："快，快，王强要招了。"

王强招了，根据他的线索，团伙里的一个主谋人物也随之浮出水面。

年轻男性，不超过四十岁，高大，英俊，座驾普通，一般不出现，只有在送原料时会露个面，姓名未知，大家喊他"老大"。

王强同时还招供，照片冲洗店只是其中一个窝点，城东有家成人用品店，城北有家爱侣酒店，都是很重要的销售点，具体位置王强不清楚。这个老大很少说话，但英语说得很溜，做事谨慎，制药窝点里一共两个人，这两个人才是老大真正的心腹。

李瑞阳马上安排了侧写师对王强描述的这个人进行人物侧写，务必在两个小时内得到结果。而他自己，准备马上对刘雅兰进行最后一次的提审。

这次提审，刘雅兰一进审讯室就哭个不停。事实上，李瑞阳知道，刘雅兰已经见过自己的律师了。她已经知道了很多消息，要从她嘴里得到有用的消息已经很困难了。这个女人是个不简单的有故事的女同学。但李瑞阳和小刚子还是认认真真地分析和准备了提审大纲。现在没有任何的证据能够证实刘雅兰参与了这个违禁药团伙，根据疑罪从无原则和法院"谁质疑，谁举证"的规定，目前的证据不能用来定她的罪。而她的弟弟招供说那瓶动物麻醉剂是买了准备带回老家的，刘雅兰无须为此担责。

用这个摄像机里的视频和照片，能定她的罪吗？比如对"刘珍珠"这个女孩实施的行为，能用"强奸协同罪"来处理吗？一样不能。

已过追诉期是一方面的原因，另外其余三名受害女孩都已经不在人世了。是的，他们已经收到了外省兄弟单位的协查报告，三名女生的身份信息很快就看完了，短短的几张纸上的文字，就是一个如花女孩短暂的一生。

刘珍珠在法庭宣判柏荣齐无罪的第三天已经死亡，警方一并传来了刘珍珠的死亡现场侦查情况和尸检报告，即使当年刘珍珠的家人对孩子的死亡存疑，认为绑在孩子手上的围巾可能是第二人所致，但从现场报告、物证鉴证以及尸检报告来看，已经排除了刑事案件。

李夏在半年后因为车祸身亡。

刘育美，也就是视频里那个明显看起来更小的女生，她活到了二十五岁，在生育第二个孩子时难产而死。

这三个女生的家属资料，当地警方还在详细调查中。

这次提审的意义在哪里？

在和小刚子沟通的时候，李瑞阳沉吟了一会儿，然后说："刘雅兰讲的故事中，有可信度的是被偷拍和被勒索那一段，但把她讲述的故事和摄像机里的视频进行对比可以发现，刘雅兰在避重就轻，最明显的就是当年曾和柏荣齐密谋陷害那位女同学刘珍珠的事。"

他想了一想："假如当年她们四个都是受害者，除了现在还能对着我们讲故事的刘雅兰，其他人都因为这样那样的原因死了。但刘雅兰没有，她活得很好，说她是受害者，这有点对不起其他三位女生了。她有这么强大的心理素质，柏荣齐用来勒索她的，究竟是裸照，还是当年的事实呢？"

小刚子不停地应和："对对对，这个女人不简单。"

"柏荣齐是个连环惯犯是毫无疑问的。"李瑞阳说，"在他年轻的时候只出现了四名受害者，是因为这个名叫刘珍珠的女孩勇敢地站出来报了警，否则当年一定还会出现更多的被害者。"

可以这么说，刘珍珠用自己的勇气和生命，制止了潜在的犯罪和伤害。

"对，姓柏的要是还留在那个捐助机构，就真的是祸害。"小刚子赞同地说。

李瑞阳继续说："假如我们告诉刘雅兰，柏荣齐已经将当年的事一五一十地说了，你说她会是什么反应？"他看着不停点头的小刚子，"我觉得咱俩可

第十一章 证据

以试一试这个法子，所以接下来，你这样配合我。"

小刚子一边听他说，一边不停点头。

就在刘雅兰哭得梨花带雨的时候，李瑞阳说："其实你没有必要对我们哭，眼泪对我们没作用。我们就是想破案，谁能帮助我们破案，谁就能提前行使自己的权利。"

小刚子接口说："就是，我们不是刘珍珠，也不是李夏和刘育美，你和柏荣齐在瞒着我们什么，我们已经知道了。"

李瑞阳说："柏荣齐说，这一切都是你主谋的，他有证据……"

刘雅兰不但停止了哭泣，还打断了他的话，问："警官，那天晚上的摄像机现在在你们手里吗？"

李瑞阳心里一咯噔，摄像机！刘雅兰这样问，是不是表示当天这个摄像机就在案发现场？那个黑衣人冒险抢走它又寄回来，图的是什么？

很快，李瑞阳觉得，师傅让他去见一见刘宝珠，真的是有先见之明，这难道就是传说中的未卜先知？

当他翻开当地警方给他传过来的家属资料时，他赫然在亲属那一栏看到了刘宝珠的名字。刘珍珠，刘宝珠，原来是一对姐妹的名字。

他心里沉甸甸的，这一切，当年那个才十一岁的小女孩知道吗？应该不知道。如果知道，她不可能和刘雅兰走得这么近，她们之间的通话记录不少，在微信里她甚至喊刘雅兰"姐姐"。

这个刘雅兰，或许是她身边为数不多亲近的人了。

十一岁姐姐死后随父母搬来本地，十二岁跟随外婆生活，十四岁时外婆去世，十五岁时母亲去世，之后不久，父亲离家出走至今不知所终……

她对谁都冷，所以她回避与自己的亲密关系，而他现在要去她面前扮演一个不受欢迎的人。因为他将要对她揭露刘雅兰的真面目。

他叹了口气，招呼小刚子："走，去医院。"

他坐在护理台外面的候诊区等了一会儿，就看到了接到通知后走过来的刘宝珠。她站在护理台写了一些什么，然后把笔插进自己左边胸口的口袋，被护士揪住追着要笔的时候，微微露出了一点笑容。

其实，刘宝珠这个名字他在还没有见到人的时候，就听弟弟多次提起过。刘宝珠好看，刘宝珠可拽了，刘宝珠今天说了什么，刘宝珠又赢了什么比赛……不绝于耳。但怎么都及不上自己第一次见她时的怦然心动，那一定就是心肌梗死的感觉了。他想。

行了，别想了，都是过去式了。他和小刚子一起站起身，在刘宝珠的示意下走进了一间空置的诊室。在坐下时，他下意识地先给她拉开了椅子。

他简单地告知了刘雅兰被行政拘留的事实，略有点疑惑不解的刘宝珠反问他："雅兰姐犯了什么事？"

在他表示现在不方便透露具体案情之后，她又问："行政拘留会留案底吗？雅兰姐有两个孩子呢，留了案底会影响到孩子的。"

小刚子问她："刘医生，刘珍珠是你姐对吧？"

她又转头去看小刚子，说"是的"，又问怎么会提起她姐来。

李瑞阳问她还记得自己姐姐的什么事时，她说她都记得，于是李瑞阳艰难地问起她刘珍珠的死因。刘宝珠睁着她那双黑白分明的眼睛看着他，轻声告诉他，听妈妈说她姐姐是因为考试失利心理压力太大跳河死的。

李瑞阳觉得自己有点说不下去，但他也发现，刘宝珠在回答问题时都会坦坦荡荡地看着提问的人，从不回避，眼神也没有躲闪。

她的眼睛黑白分明，明净清澈。

小刚子正面了解了刘宝珠和刘雅兰之间的交往，包括平时聊天的内容、刘雅兰的嗜好、刘宝珠对刘雅兰的了解等等。

刘宝珠说话的语速不快不慢，说的话一般都言简意赅，比如有时候小刚子问她："你们聊天会说什么？"她会回答："天气、心情、睡得好不好。"

小刚子问她："你对刘雅兰了解不了解？了解些什么？"

她会回答："一个老公，一儿一女，住在别墅区。"

当然，这很刘宝珠。

在李瑞阳有点结巴地说出有关刘雅兰设计陷害了刘珍珠的事情时，她皱起了自己好看的眉毛,问:"警官这样说,想必是有什么证据吧?我可以看看吗?"

在小刚子要说出视频和照片的事情之前,李瑞阳及时制止了他。

李瑞阳说:"嗯,具体证据目前警方不方便出示,但是希望你知道,她的同谋柏荣齐已经到案了,这绝不是我们信口开河。"

刘宝珠迟疑地重复了"柏荣齐"这三个字的读音,然后请李瑞阳告诉她具体是哪三个字,然后问:"他是谁?究竟做了什么?"

李瑞阳不得不介绍了柏荣齐,介绍了酒吧,介绍了他曾和刘珍珠的关系。刘宝珠没有哭,眼眶也没有红,但是她垂下眼帘沉默了一会儿。

大概半分钟之后她说:"其实我一直觉得我姐不会自杀。"

之后她像求证一样问李瑞阳:"李警官,我姐有没有可能不是自杀?"

"你有任何可以佐证的证据吗?比方说她的日记、书信,或者言谈举止?"李瑞阳并没有立刻否定她的猜想。

但她反而摇了摇头:"姐姐死后,奶奶把她的东西都烧了,她的日记本、衣服……什么都没有留。"她的脸上这才有了让人心疼的落寞。

李瑞阳正色说:"刘宝珠,我们这一趟来,除了向你了解刘雅兰的一些情况之外,也是为了提醒你,刘雅兰今天之内会解除行政拘留的强制措施,希望你能认清这个人,最好不要和她有联系,她不是你想象的那样简单。"

刘宝珠问他:"除了这个柏荣齐,还有其他的人证或者物证吗?"

李瑞阳坚定地告诉她有,只是不能向她展示。她再次低下了头,之后抬头问:"物证会公开吗?"

李瑞阳告诉她绝对不会。

她又一次说起"柏荣齐"这三个字,问:"柏荣齐会怎么样?也会像雅兰姐,嗯,刘雅兰一样被放出来吗?"

小刚子说:"不会被放出来的,他身上还有其他案子呢。"

刘宝珠问:"有证据吗?我可以见见他吗?"

李瑞阳和小刚子都拒绝了。她轻轻地"嗯"了一声,也没有显得很失望。这时候，她的电话响起来了。于是，她说了声"抱歉"，然后接起了电话，在说了一声"你好"之后她开了免提。

"宝珠，你有没有听到，我是雅兰姐，你方不方便再借给我五万块钱？"

刘雅兰！这么快，她已经办好手续出来了！

李瑞阳和小刚子都惊讶得面面相觑。

刘宝珠问："雅兰姐，警察说你和别人一起害了我姐，这是真的吗？你为什么要这样做？我姐有哪一点对不起你？"

她的声音好像带着一点点的激动和疑惑，她不像她表现得那么平静。

…………

隔着电话，就在警察的面前，我终于正大光明地问出了这两句话。

你为什么要这样做？我姐有哪一点对不起你？

可惜不能当着你的面狠狠地甩你几个巴掌。

刘雅兰出来了。说不失望是假的，但我也没有很失望。只是不知道我爸还会怎么做。我有些期待地看了几次窗外，窗外没有麻雀在电线杆上叽叽喳喳多嘴，只有万里无云的蓝天，阳光有点刺眼。

等我回到诊室，胡医生就像看到救星一样。"小刘，还好你回来了，不然今天我怕是下不了班，要是再耽误广场舞的排练，我就要被除名了。"她忙不迭地把一沓检查单还给我，"快快快，你的病人。"

紧赶慢赶，她还是比正常晚了一个小时下班，甚至等不及和我打招呼，就一溜小跑着从走廊走了。

我照例去了学校。晚上，卿卿在学校景观湖边等着我。她说她心里乱糟糟的，不想回家，免得小姨问她宋琪的事。

"你难过吗？"我问她。

她说还是挺难过的。

"那你会去挽回宋琪吗？"

她耸耸肩，翻了个白眼，什么都没回答我。

而我在下班后立刻赶去了学校解剖室。今天晚上的任务是将已经防腐固

第十一章 证据

定的大体，按照浸泡时间一一装进塑料袋干保存。

这种保存方法和昨天湿保存的区别并不太大，只是在浸泡了规定的时间之后会选择大小合适的塑料袋，在塑料袋里留少量福尔马林液，然后将尸体放进去密封起来，之后再将它们放在架子上保存起来。

将现有尸库里的大体分别登记整理保存好，这只是这项工作的开头。

学校这一次是要办理一个十分具有教育意义的展览，展览的主题是不良生活习惯对于健康的影响，要让大体告诉人们，当你有不良生活习惯时，你的身体从血液循环、神经、内脏、肌肉、骨骼等各个方面都会分别出现什么变化。这是一项枯燥又严谨的工作，只有两位老师和我一起来负责。但在展览的时候，我是可以拥有署名的。

等单老师走后，我打开了那个叶罗丽娃娃的监控。这个娃娃被她女儿从叠墅区带了出来，安置在他们的出租屋的一个角落里。

刘雅兰和李昊宇都没有在家，只有哥哥和妹妹一起坐在客厅吃饭，阿姨在做好饭后就回家了，两个孩子都闷闷不乐的。

等到九点的时候，刘雅兰和李昊宇回来了。

他们俩一直在争吵，没有控制地争吵，我能听得很清楚。

李昊宇在追问自己的钱，刘雅兰在要求他保释自己的弟弟。她说她已经问过律师了，像他弟弟这样的情况，取保候审是没问题的，但是刘雅兰的律师已经代理了刘雅兰，就不可能再代理同一案子里有利益冲突的人，她必须给她弟弟再找一个律师。

刘雅兰一直引导着这次和李昊宇的交谈，对李昊宇十分在乎和着急的问题避而不谈，李昊宇那几个账号里的钱究竟在哪里，她连一点口风都没有透。等李昊宇生气地回卧室后，她在这个狭小的客厅东翻西找，脸上终于露出了焦急的神情。

她女儿从另一个卧室里打开门哭着喊妈妈，刘雅兰在短暂地拥抱过她之后，贴着她的耳朵说了什么，我看到她女儿在点头，然后刘雅兰终于放松下来，紧紧地搂着孩子。她在找什么？我想应该与那一大笔钱有关，而她女儿显然知道她要找的东西在哪里。

　　第二天早晨我去医院上班的时候，听说了医院里发生的地震级别的大事。宋院长在今天凌晨三点被警方带走，警方给出的解释是请院长去警局协助调查某件案子。

　　当时宋院长和宋夫人都在睡觉，家里阿姨起来开的门，警方的阵仗之大惊动了整个家属楼。但没有人具体知道是因为什么，只是听刘主任说，带队来医院的就是那个以前来过医院的李瑞阳李警官。

　　我给卿卿打了电话，这次她很快就接了，她说她在家属楼陪着宋琪的妈妈。宋妈妈昨晚被吓到了，心脏不舒服。但是她联系不上宋琪，问我怎么办。

　　电光石火之间，我想到了那个晚上被麻醉得失去知觉直挺挺摔得脸着地的李瑞阳。难道是因为麻醉了李瑞阳的那些药物的来源？那么宋琪又是因为什么才会联系不上？

　　我想了想，让她先陪着宋夫人不要离开，然后我给黎致远打电话让他马上去别墅找宋琪，又给程鹏打电话让他去酒吧找找看。

　　然后我在科室里狂奔起来，我要去昨天的诊室找李瑞阳留给我的名片。

　　他的方向对，但是也不对。

　　还好名片还在，我拨打了他的电话。但在他接通之前我猛然清醒，又赶紧挂掉了电话。天哪，我不能说出口，一说出口我就绝对会暴露。但我不能不说。可我怎样才能说出口，我有什么办法既不暴露自己又能通知他。

　　麻醉药品是一类管控药品，白天只会有一部分存放在麻醉科，供白天手术使用，用药后剩余的药物必须销毁，而且要有两人以上签字的销毁记录，麻醉医生下班前要将剩余药物包括使用后剩下的空瓶交回专管护士，经专管护士验收，再由药房管理员验收、核对回收……每一种麻醉药品都会有专用的消耗登记表，从发放到使用到回收，全程必须一对一交接，专人负责，专柜加锁保存，双人双锁保管，专用处方编号记录，专用账册记录……

　　院长可以丢，院士可以丢，但麻醉药品绝不能丢。哪怕是用过的空瓶找

第十一章 证据

不到,麻醉科都会有一大帮人轻则被处罚,重则丢工作……

即使问题出自宋院长,实际操作人也绝对不可能是非医院内部工作人员的宋琪,更不会是宋院长亲力亲为,问题一定出在"麻醉药品五专原则"的某一环节,比如库存专柜。今天药库谁正常在岗,谁就没有嫌疑,谁突然请假或者因不明原因不在,谁就极大可能是嫌疑人。

可我要怎么和李瑞阳说这个?我该怎么解释自己知道他们正在查的是麻醉药呢?我的额上一片冷汗。

李瑞阳的电话在一分钟之后回拨了过来,铃声很有恒心地一直在响。

他的声音即使在电话里听起来也是中气十足。

"刘宝珠,怎么电话打过来又挂掉,有事吗?"他问我。

有事,真的有事。但我不能说,至少不能这样说,在警方眼里我对这些情况是一无所知的。

"听说昨晚是你带队来的医院,本来想问一下我们院长的情况,后来想警队应该有纪律,所以挂了电话。"我尽量斟词酌句。

"刘宝珠,其他的事我倒可以简单说一下,这件事真不行,不过宋院长身体情况良好,你大可放心。"他说。

"好,谢谢你,再见。"我就要挂掉这个电话时,他在那边喊了一声。"别挂,刘宝珠,"他放低了声音,"昨天听刘雅兰那意思,她向你借过钱,那钱有借条吗?有的话给我,我帮你去办这个事,你不要和她有接触了。"

我对他说"谢谢",先挂掉了电话。

但是他的电话再次打了进来,他问我有没有借条,在听说没有之后,他严厉地训导我以后必须养成写借条的习惯。我说"好的"。

黎致远的电话在一分钟后打进来,他告诉我,今天凌晨三点,也就是宋院长出事儿的同一时间,宋琪也在别墅被警方带走了,现在别墅内外都有警方正在侦查。

程鹏的电话也随之而来,失忆清吧也是同样的情况,程鹏震惊了。

黎致远说他要回家找他父母去了解一下情况,他让我请假去陪一下宋妈妈。这也正是我的打算。

但是我没能请到假,今天小赵医生临时请假,科里人手不足。我只好给卿卿打电话,在确认宋妈妈不会听到后,我简单将宋琪的情况说给她听。

她斩钉截铁地说:"宋琪绝不会做违法的勾当,这一定是哪里有问题。宋琪花花肠子有,但骨子里是个根正苗红的人。"

我问她宋妈妈的情况,问宋妈妈知道些什么,她说宋妈妈只说了可能和处方药有关。这就够了,有这句话,我就有理由给李瑞阳打电话了。

在看完手头的病人后,我先和诊室外正等着的那位患者沟通好让她等我五分钟,然后给李瑞阳打了电话。

李瑞阳在手机响了三声后接通了电话:"刘宝珠,今天怎么老给我打电话?"他的声音里有明显的笑意。

我尽量用通俗易懂的语言告诉他一类管制药品包括麻醉药品、精神类药品、易成瘾类药品的管制方法。他听完,声音里的笑意消失得很彻底,随即在电话里很严肃地问:"你怎么知道我们在查这个?"

"我不知道,我只是听宋夫人说起处方药,为了感谢你之前要帮我追债的好意。"我停了下,有人在敲诊室的门,我告诉他,"我画了一份详细的管制流程一会儿拍照发给你,你看看有没有用。"挂掉电话后,我将之前已经准备好的五专管制流程示意图拍照发给了他。然后我打开了门,是胡丽。

还没来得及说话,李瑞阳的电话再次响起。他说:"刘宝珠,同意一下我的微信好友申请,现在谁还会用短信发照片,我打不开你发过来的图片。"

我依言发给了他。

胡丽告诉我她要去陪卿卿,让我也去宋院长家集合。

宋妈妈闭门不见所有人,连家里的阿姨也给放了带薪假,卿卿一个人有点力不从心。我说我中午午休时会去,胡丽就高高兴兴地回了宿舍楼。

二十分钟后,我如愿听到了警车的鸣笛声。

黎致远在十分钟后也给我打了电话,说他哥哥已经找了自己擅长刑事案件的律师朋友,一会儿他会陪律师先去公安局。

第十一章 证据

四十分钟后，护士敲开了我的诊室门，说有警察找我。

是李瑞阳。他神情凝重地告诉我，这件事情牵涉到某种药品，我对谁都不能说，否则将来极有可能被追责的。我说我懂得，而且我确实也不知道具体是什么药。我列出的麻醉药品、精神类药品以及易成瘾的药品这三大种类药物其实是非常多的，为的就是掩盖我知道是麻醉药品的事实。

他说很感激我的提醒，不过他们还是晚了一步，管制药库里一位姓胡的主管今天早晨没有请假也没有到岗，但是他老婆说他今天早晨五点还在家里，之后她一直以为自己老公已经正常去上班了。

警方拿着搜查证去他家了，希望来得及找到蛛丝马迹。结束这个他不好也不能多提的话题，他猝不及防地问："刘宝珠，你爸爸呢？"

他为什么要问？目的会是什么？我尽量让自己平静地看着他的眼睛，说："我不知道，应该在哪个地方娶妻生子了吧。他一直想再生个儿子。"

不管你是因为什么问我，我的回答只有这一个。

中午午休，我打了四份饭菜去了宋妈妈家。

在厨房忙碌的居然是心脏不好的宋妈妈，卿卿和胡丽两个人反而坐在客厅看电视，不过我很快就知道原因了，因为我同样也被赶去客厅坐着，不许到厨房添乱。等我们仨在沙发上坐立不安得差点将客厅再抠出个三室一厅之后，宋妈妈乐滋滋地端出了两大盘的菜。她说："我吃了一辈子医院食堂了，现在怎么也不想吃了，来，都来尝尝我做的，这是我的拿手菜。"

一个是孜然牛肉，一个是番茄炒鸡蛋，一个盐放多了，一个糖放多了。

胡丽吃了两口，默默地拿起了食堂的菜，卿卿吃光了番茄炒蛋，我吃光了孜然牛肉。

宋妈妈自己只吃了几口就不吃了，反而安慰我们："你们都不用着急，我相信你们宋叔，也相信法律。"

是的，有时候我们不能做什么，只能寄希望于法律，可是法律是行为准则的最低标准，如果法律让我们失望了，又该寄希望于什么？

然后宋妈妈再次问起了宋琪，说他怎么还不回电话。我和胡丽都看向卿卿。卿卿低着头想了一会儿,我坐到了宋妈妈的左手边拉住了她的手腕,然后卿卿告诉宋妈妈:"阿姨,你先别急,宋琪和叔叔一样,也在配合警方的调查。"

宋妈妈的脉搏从每分钟八十三次涨到了每分钟一百零一次,她用力反手拉住了我的手,但是她很快就平静下来。

"嗯,我不急,你也别急,"她安慰卿卿,"我自己的孩子我知道的,他不会走歪门邪道的。"

胡丽自己鼓了个掌,说:"巧了,卿卿也是这么说的。"

焦队长看着眼前这份打印出来的管制药品的相关流程,啧啧赞叹:"难怪我们李瑞阳一直对她念念不忘,这要是年轻个二十岁,我也喜欢这样聪明的。"他弹了弹这张纸,说,"看看人家这写写画画的东西,就像印刷出来的一样漂亮;看看这内容,专业素养真是不错;看看人家这手字,不是说医生写的字都是天书吗?这个刘医生的字还真不错。"

他看着李瑞阳使劲点头:"至少每个字我都认识。"

李瑞阳没有想到,自己会收到刘宝珠这么大的一份回礼,就因为自己惦记着帮她处理刘雅兰的欠款这件小事。他觉得有点激动,有点像第一次立功接受勋章那样心潮澎湃,所以他清了清嗓子,忍不住松了松领口的扣子,直到焦队长一巴掌拍在他头上:"还不赶紧带队去医院。"

在他得令往外跑时,焦队长又喊住了他:"回来之前先去这丫头诊室走一趟啊。"

这还用你这个一辈子没谈过恋爱的老头子教?

但是真到了医院,他还是一头扎进了案件中。

之所以这么大阵仗地带走宋院长,是因为痕检科的工作成果。

在那间制药小作坊里,痕检人员从地缝中找到了一张十分细小的碎纸片,经过技术修复后发现,这是一张独特的纸张——来自某医院的红处方。

根据这个线索,警局连夜紧急提审王强,终于让他记起了一个细节,他

第十一章 证据

曾听老大打电话的时候说起过某院的院长公子。

宋琪和宋院长就这样进入了警方的视线。而根据刘宝珠提供的详细的流程，医院里的每一个环节他都能找到责任人，不到二十分钟，他就找到了那个嫌疑对象，医院管制药品库今天没到岗的胡主管。

在他给焦队长打过电话后，局里另外派出一队警员立刻赶赴这位胡主管家里，当然，带着搜查证。可惜失之交臂，在两个小时之前的早上七点半，这位胡主管随身带着一个包消失在了人海中。

医院的证件照立刻变成了通缉照。两个小时，很有希望找到这位想要消失的胡主管的踪迹。他在诊室里见刘宝珠时，通缉令已经通过城市交通运输系统、铁路运输系统、航空公司、各大旅馆酒店等铺开，一张天罗地网已经撒下，只要这位胡主管出现，就是收网的时候。

此刻他看着忙碌的刘宝珠，正在脑海里考虑要不要告诉她一个好消息。

就在五分钟之前，他的师傅焦队长传给他一个好消息，审讯组从王强那里又挖到了一个小宝藏。

王强提供了一本账本，里面有柏荣齐前后六次购买违禁药的账目记录。

这个账本的出现让所有人都精神为之一振，连局长都面露笑容。

而这个账本，还只是这桩案子的冰山一角。先不说大的，单从柏荣齐这个性侵强奸案来说，这已经可以算得上是一项铁证了。现在只要将三名报警女性头发分解出来的违禁品成分与柏荣齐购买记录里的违禁药进行比对，柏荣齐说受害者自愿的说法就不攻自破了。

对于要不要把这个消息告诉眼前这个女人，李瑞阳还在斟酌，他既希望她知道，又怕她知道得太多太沉重。

李瑞阳直到最后也没有说，他不想因为自己短时间内重复提起这个令人感到恶心的人，而让刘宝珠产生想要探个究竟的想法。

过去就是过去，谁能弥补她已经错过的时光，谁能缝补她破碎的家庭，谁能还给她幸福呢？除非有一双翻云覆雨手，能挥一挥大手，就让这中间的岁月和苦难自动消失不见。

在他要关上门的时候,他从正在一点点缩小的门缝里往回看,发现刘宝珠正接过病人手里的检查单,不知道看到了什么不太好的结果,她微微颦着眉抿了一下唇。原来,对于心动过的第一个人,即使错过了这么多年,真的还会有第二次的心动。

管制药品库的物证收缴是个很大的问题,警方必须带走,然而这些物证都太重要了,医院有领导已经出来交涉了,如何能让医院放心,又让警方放心,这是个大问题。李瑞阳头一次感到为难,他给师傅焦队长打了个电话,在他师傅的指导下,他提出可以让医院信得过的药库管理员跟随自己一起去警局,一直到物证全部核对完毕。

这些物证当然不可能包括所有的管制药品,而是相关的所有记录本、账本……包括医生处方。这个提议极大地缓解了警方和医院诉求的冲突,最后也是按照这个方法来操作的。

等回到局里,焦队长正在对宋琪进行提审。李瑞阳在外面旁观了对宋琪的整场审讯。

可以这么说,宋琪要么是最顶尖的天花板级别的影帝,要么就是一个被人早就计划好一旦罪行败露就推出来顶锅的二傻子。宋琪属于哪一种呢?

至少现在不能对他掉以轻心。

警方一开始怀疑宋琪,就对他的经济情况比如名下产业和银行流水、转账记录等等全都开始核查,而在经过层层过滤后,发现他名下的一家位于酒吧一条街的清吧涉嫌在对违禁药团伙的违法所得进行洗钱。

当焦队长将这几个账号出示给宋琪看时,这个老实的二傻子一五一十地袒露自己的商业机密。

"这个账号是我的,是我清吧的对公账号……"

"这个账号我不太确定,我好像没有尾数是这两位数的银行卡……"

"对,这张卡每天都有大额的转出转进,因为每天清吧收上来的营业款都会在交班的时候转到这个账户里,然后再转出去给合作方结账。"

"清吧的生意一直挺好的,有时候营业额能达到二三十万一晚。"

第十一章 证据

焦队长看着对面这个不知人心险恶的富二代,也是无奈得连摇头都摇不动了。这么单纯好骗的孩子,坏人不骗你骗谁?

…………

听黎致远说,在他陪着律师到达警局时,宋琪刚进行完他的第一次提审。宋琪直到这一刻还是蒙圈的,他第一个想法就是:老子牙没刷、脸没洗,甚至睡衣都没换,就体验了这么多的人生第一次,这真是,以后能吹上几回牛了吧。

宋院长在下午三点时由警方的焦队长开着警车送回了医院家属楼。焦队长笑着仿佛是在和宋院长闲聊一样,要求宋院长最近非必要不要有出行计划,也不要有出国计划……

宋院长说:"本来也没有出行计划。何况这个案子没有查清,我哪里都不会去,这是我的承诺。我相信我儿子。"

宋院长回来后,宋妈妈开心之余,终于忍不住哭了起来。

我想,人就是这样,在必须坚强的时候,能够从容且坚强地去面对,而一旦身边有人可以依靠,所有的委屈就会翻江倒海地涌出来,不是不哭,而是看要在谁的面前哭。

宋院长看到一直陪着宋妈妈的卿卿很是开心,他眉开眼笑地对宋妈妈说:"还好这小子终于给我们找回来一个靠谱的好儿媳,儿子不在就不在好了,反正有儿媳在呢。"

胡丽下午来我诊室的时候学给我听,她说,当时卿卿愣了一下,估计是想要告诉宋院长自己和宋琪分手了,被她给捂住嘴巴拖去厕所了。

她说:"卿卿是不是傻?这明显是宋琪没有和父母讲嘛。这表示什么?这表示她和宋琪两人还有机会,有机会我就不能让卿卿给浪费了。"

在下一个病人要进来之前我把她赶走了。

在工作间隙,我偶尔打开刘雅兰家里那个叶罗丽娃娃的监控画面,发现刘雅兰和李昊宇都不在,他们家里没有人。李昊宇不知道每天早出晚归在忙些什么,他的职业生涯可以说是毁得一干二净,业内所有公司的高层都知道了他的事，除非跨行，否则他别想在原来的圈子里待。

终于，这个被焦队长特别对待的柏荣齐迎来了他第二次被抓后的第二次提审。李瑞阳赶上了，这是他的主场，这个终将在警史上被浓墨重彩记录的特大违禁药售制案，初衷不过是为了证实面前这个看起来人模人样的男人是个性侵连环案犯。

他能被查到的案件，可以追溯到十八年前，之后又出现了多少沉默的受到伤害的女性还是个未知数。但他至少已经和三个女性的死亡息息相关，甚至可以说，是他造成了这三个女性的悲剧，不，四个，还有李夏的妈妈。

在提审柏荣齐之前，李瑞阳将自己的提审大纲送到了焦队长面前，也送到了局长面前，他希望能得到更多更好的建议和指点。

绝对不能让刘雅兰的事重演，让刘雅兰从警局走出去，是对方狡猾地钻了空子。不能让柏荣齐也钻了空子。

焦队长的建议是从十八年前的案件谈起，攻心为上；局长的建议是从账目谈起，以证据为重拳，击碎柏荣齐的自信。

李瑞阳想了想，最后决定先以证据开头，再攻心。同时他从信息组暂时领出了那本目前看来不知所云的小黑本。决不能让柏荣齐再次逃脱。

李瑞阳在心里揣摩又揣摩，衡量又衡量，终于觉得自己做好了准备。

这次审讯，他主审，焦队长配合。这一次的审讯，必须在口供上得到突破。

今天已经是再次被抓的第五天，柏荣齐看起来精神不错，他甚至每天都刮了胡子，该吃吃，该喝喝，该睡睡，甚至因为不用担心追债的人，他的睡眠可能比平时还要好，所以他看起来容光焕发。

他在被带进来看见警察的时候，还非常热情地打招呼："哎哟，警官，你们的精神可不太好啊，这眼袋都快肿成鱼泡了。"

在他坐下之后，李瑞阳开始了自己的行动，他将自己面前的一些文件一张一张摊开。

第十一章 证据

"这是王强提供的你购买违禁药的记录,"然后他放下另一张,"这是三名受害女性头发分解出来的药物分析报告,这是当晚从你身上找到的违禁药的成分报告。"他又摊开另一张,"这是两者的比对报告。"

林林总总地摆了一桌,然后他看着柏荣齐敲了敲桌子:"到时候这些证据一整理上交到法官面前,你说说看,你被判刑的概率有多大,你够判个几年?"然后他又一张一张将这些资料送到柏荣齐的眼皮底下,"睁大你的眼睛好好看看,别再说是我们冤枉了你,人会说谎,可证据不会。"

李瑞阳眼睛都没有眨,一直盯着柏荣齐。

柏荣齐也没有眨眼,他十分委屈地大喊冤枉:"警官,我可真的太冤了,我从十九岁开始到现在为止,我自己也数不清有多少女人,但我不需要强迫她们,更别说用什么违禁药这样荒谬了。"他看起来很轻松,甚至伸手将这些资料拨到一边,十分肯定地说,"这些我都能解释,真的。"

他拉开衣服,示意警察去看他身上被电击后的痕迹。

"你看,当天晚上我洗好照片出来的时候,被刘雅兰电晕了,这些迷药肯定就是我昏迷之后有人放在我身上的,不信你可以查。"

他激动地又指着受害人的照片:"这几个人是去过我们酒吧,可酒吧里每天晚上客人那么多,说句老实话,酒窖又是开放的,谁感兴趣都可以进去参观。这些东西也可能是和她们同行的人,或者酒吧里其他的客人,总之,是别人放在她们酒杯里的,趁她们不注意让她们喝下去,然后趁着参观我们酒窖的时候对她们下的手。"

他很情真意切地认错:"作为酒吧的老板,我肯定有疏于管理的责任,但大家又是成年人,我也没法去确认谁和谁是不是情侣,再说了,现在这个社会,通过那些社交软件见面的年轻人真的很多,我哪能一个一个管啊?这是人家的自由啊。"

"王强的交易记录记得明明白白,你哪天哪个时间买的什么违禁药,买了多少,这上面记得一清二楚。你有什么可说的?"李瑞阳问。

"这肯定是王强弄错了,这是我冲洗照片的记录,我是个老实传统的人,就喜欢自己冲洗照片。"柏荣齐说起来振振有词。

"这是你第一次购买,买的是听话水,这个'ths'是听话水的代号。"李瑞阳说。

"不不不,冤枉,这是我在他这买的专门用来冲洗照片的稳定液的记录,缩写是std,他一定是搞错了。"柏荣齐说。

"这个,是你第二次在王强这里购买的记录,这次你买的是粉剂,缩写是bf,这个药粉只要一点点放进酒里,喝下去后十分钟左右人就意识模糊了。"李瑞阳没有放松。

"不不不,这是我买的定影粉的记录,这是专门起显影定影作用的。王强就是个文盲,他肯定是写错了。"柏荣齐并没有怕。

"这是你第三次的购买记录,这一次,你买的量是最大的,而且种类多,其中最多的,就是这种cd水。这是起催情作用的,喝下这个水,女性会很容易同意或者配合你的性要求。"

"这个又错了,这是我买的显影液,专业名就叫cd,是冲洗照片时起曝光显影作用的。"柏荣齐没有退缩。

这样的言语交锋经历了很多次,李瑞阳每次都会在这个问题结束时马上提出下一个问题,他的问话越来越快,焦队长一直冷眼旁观,就像个监控器一样,没有错过柏荣齐的任何一个表情。

李瑞阳再次将一份文件推到柏荣齐的面前:"这是你买的违禁药和从受害女性体内检出的违禁药的对比分析,从成分来看,是一模一样的。"

李瑞阳没有给他喘息考虑的时间,再次将一个小塑料袋直接推到他眼前。"这是你身上装违禁药的袋子,这个指纹清晰可见,经过专家比对,这就是你大拇指的指纹。"他指着那个明显的指印说。

"这不可能,我身上的是个纸袋,不可能有这个指纹。"柏荣齐冲口而出,然后,他看见了对面焦队长脸上终于忍不住浮现的笑容。

柏荣齐终于有突破了。李瑞阳心里微微松了口气,但是他没放松。

"你不是说你当时昏迷了,这是昏迷之别人放在你身上的吗?你醒来

第十一章 证据

的时候是在救护车上，身上的东西早就被我们鉴证科的同事拿走了，你从哪里知道它是个纸袋？"

柏荣齐不说话。

李瑞阳接着说："这是你第六次在王强手里买，这一次，你只要了其中一种，也就是听话水。王强供述你曾告诉他，这是你用过的最安全有效的违禁药，它无色、无味，溶在酒里一两滴，之后四五分钟就会开始见效，那些女性受害者绝对会不省人事，无论你怎么摆弄中途也不会醒过来。"

"当然，对你来说，最安全的不是她们人事不省，而是她们醒过来之后会出现记忆断片，压根都不知道自己被强奸了，即使之后有所察觉，只要超过十个小时，这种药不但尿检查不出来，血液抽样也检测不出来。"

柏荣齐还是不说话。

李瑞阳轻蔑地笑："最开始，你喜欢用催情药，大概是因为你觉得自己很有魅力，只要加上一点点催情药，那些女人就都会乖乖地听你的话。"

他跟着摇摇头："可惜啊，这种好日子没经历多久，很快你就对那些能让人昏迷的药剂感兴趣了，这是为什么？这是因为你终于感觉到，凭借你自己这张老脸，上钩的女人越来越少了，因为你老了，没人看得上你了。"

他敲了敲桌子，让柏荣齐抬起头来："不过你还是会偶尔买上一点催情药，这大概让你产生了一种雄风犹在的自信心。"

柏荣齐咳嗽了一声，往后挪动了一下椅子，他的情绪有了比较大的起伏。焦队长在心里默默地给李瑞阳双击了个赞，用这一点刺激一个自信心爆棚到狂妄的男人，真的太妙了，妙得呱呱叫。

"不过，从去年年底开始，你不再买催情药了，改成了这种你自己说的对你最安全的药物。"李瑞阳挑出桌上其中两张受害女性的照片，"巧了，这个成分，正好就是这两位受害者头发分解出来的药物成分。"

他用谁都能看出来的轻蔑的眼神盯着柏荣齐裤裆下面看，然后轻蔑地哼着笑了一声："唉，你若不举，就是晴天啊。"

柏荣齐的脸都气红了，但是他使劲咳嗽了一声，控制住了自己的情绪。

李瑞阳拿出了十八年前的照片，一张一张地指给柏荣齐看，再说给他听。"李夏，高三，死于车祸，"然后他放下这张拿起另外一张，"刘珍珠，高三，死于溺水。"

他正要拿起另一张的时候，敏锐地发现柏荣齐改变了姿势——他将手交叉盘在了自己胸前。这是一种防御性的姿势，可见柏荣齐对刘珍珠的印象很深，感觉最特殊，这或许将是另一个突破口。

李瑞阳没有丝毫犹豫地拿出摄像机，调到刘珍珠的那个视频。一个少女的脸孔浮现在夜色中，美得惊人。李瑞阳将画面暂停下来，他放低了自己的身子，平行着盯着柏荣齐的眼睛。

"你知道你为什么年轻的时候只敢对高中生下手吗？"他脸上露出冷笑，强硬地补充，"因为你自卑，社会上有点阅历的成年女性都能毫不费力地看穿你，她们一看你就知道你是个彻头彻尾的懦夫。只有这些高中小女生，她们什么都不懂，没见过好男人是什么样，拿你和高中毛都没长齐的小男生比，觉得你人模人样的，才会被你骗。"

柏荣齐的鼻孔明显张大，他快要控制不住自己的情绪了。

李瑞阳决定再加一把火："就像这个刚成年的刘珍珠，她就看穿你了，所以你只有用强，你看，你的手法多粗鲁，你看她挣扎得多厉害，她嫌你恶心……"

"你放屁，我没有强奸她，她喜欢我，刘珍珠她喜欢我。"柏荣齐喊道。

"喜欢你？喜欢到宁愿死也要撇清跟你的关系？"李瑞阳质疑地说，"你不但心理上有问题，生理上更有问题，正常情况下你勃起不了，做不了真正的男人，所以你老婆要跟你离婚，因为她在你身上感受不到夫妻之间性爱的乐趣。所以你只敢偷偷地给女人下药，这样才没有女人会嘲笑你……"

"你放屁，我强奸过的极品女人比你见过的都多，你才是不举，你才不能勃起，你才不是个男人……"柏荣齐终于露出了狰狞的面目。

李瑞阳还是没放松，他甚至抑制住自己的激动，抓紧时间，在柏荣齐抓狂的同时将其中一个女性受害者的照片举起来，递给柏荣齐看："这样极品的美女能看上你，你也不瞧瞧自己是什么德行？"

"你说她呀，她在我身下的时候软得像水，我想把她摆成什么姿势就摆成什么姿势，我就是她的神，我就是她的上帝，她得跪着……"柏荣齐准确地叫出了这位受害女性的姓名，还拍着桌子站了起来，然后喊出来的话逐渐不堪入耳。

搞定，收网！焦队长给李瑞阳竖起了大大的拇指。

一出审讯室，在外忙碌了一天的小刚子冲上来，拦腰将李瑞阳抱起来转了个圈圈："李队，你太牛了，这让我听得又紧张又激动。"

柏荣齐跑不掉了，他将接受法律的严惩。

这下是真的可以告诉刘宝珠这个好消息了。李瑞阳琢磨着到底是打个电话直接说，还是过几天约她出来边吃饭边说，小刚子说警局出门左拐走到底那里有一家新开的特色餐厅，估计她有可能喜欢。

同一时间，另一个好消息传来了，那位急切地想要消失在人海中的胡主管，终于在开往邻市的大巴车上现身了。

此刻，载着他的那辆大巴车正开在沪昆高速上。

这次的抓捕由特警队负责，已经联系了高速交警，高速交警也悄悄联系上了开车的大巴司机，一场高速抓捕即将进行。

第十二章　调查

今天晚上单老师给了我一个任务,他需要检查我从头到尾独自处理一套大体的实际操作能力。我看着处理室里这具新鲜的大体,默默地在心里背诵复合防腐剂的配方和配置方法。

这位大体老师生前是位大学教授,早已签署了遗体捐献志愿书,所以在他因肝癌病逝后,家属遵照他的遗愿将他的遗体捐献了。

我和单老师郑重其事地对着他三鞠躬。

任何自愿捐献遗体的人,都值得我们发自内心地尊敬。

我在任何一项实际操作前,都会先停下自己的动作,将所有的流程和注意事项在心里默默地过三遍,确认无误之后才会真正动手。

今天的工作忙到了半夜十一点,单老师一直看着我操作,他一个字都没有提醒我。对我来说这是一项考核,这让我精神振奋。

单老师说:"明天再练练手,然后慢慢地你要开始独立操作了。要是你有时间,就把我们两位老师的设计方案好好地从头背到尾,这样更有助于减少你实际操作时的失误。"

晚上我就睡在二楼的一个休息室里。

等我躺下的时候,我看到黎致远在九点四十五分给我发了一条信息,他问我:宝珠,我在你学校的景观湖边,这里有一棵会练武的树。

现在已经是十一点四十分,我抱着试一试的想法回了条信息:在忙,你

第十二章 调查

回宿舍了吗?

他的电话在下一秒回了过来,他说他在实验楼的门口,不过实验楼已经被铁将军守住了门,他进不来。

我从二楼走楼梯下去,他就站在铁门外对我笑。我掏出钥匙打开门,边上楼梯边回过头问他:"要去看看我们实验室吗?"

他一把拉住了我的手将我拖回来:"宝珠,我想那是第五次或者第六次约会的内容,第一次约会,我们还不是太熟,就先去湖边走走吧。"

他没有松开我的手,我也没有抽回我的手,我们沉默地拉着手,在湖边绕了一圈。凉风有信,夏月有边,头上的那轮下弦月,在黑暗深邃的天空时隐时现,我在想,其实现在真的是个接吻的好时刻。

宋琪的日子不好过,在最初的新鲜感过去后,他已经恨不得长出翅膀飞出拘留所了。但这个傻白不甜的公子哥遇到的问题不少,涉嫌洗钱的是清吧的对公账户。

失忆清吧只能算是中小型的规模,隔三岔五就有一晚上二三十万的营业额,这种异常现象不是他说一句自己不清楚就能解释清的。

当然,在第一次提审宋琪之后,警方已经把对他的注意力转移到了清吧的实际经营者宋源身上。

如果说宋琪是那只推出来挡刀的猪,宋源就是隐身在后的那个养猪千日的专业户。但是他做得太干净了。

清吧的营业执照上法人是宋琪,一切收支都是以宋琪的名义,宋源自己名下不但没房,而且没车,老婆孩子早在三年前已经办理了亚利国的移民。事实上,在抓捕王强的第二天上午,宋源已经买好了机票,在当天中午十二点整飞去了亚利国。当天的行动已经打草惊蛇了。

而庆春二巷制药室里究竟是哪两个人呢?

这还得从宋琪以及宋源的关系网入手去找。同时,宋源的资料已经交了上来。宋源,药剂师出身,在某医院西药房曾经工作过一年,之后下海做生意，生意一度做得好像还蛮风生水起的。四年前开始在酒吧一条街运营自己的酒吧，拉了宋琪入伙。

据宋琪供述，他堂哥说了，既然是他在实际管理，那么进出账目就放在宋琪名下，宋琪可以随时了解清吧的经营状态，这样合伙生意才会长久。

宋琪说他这个堂哥一贯就是这么仗义的。

刘雅兰变了，她对孩子比以前还细心包容，对李昊宇比之前还体贴温柔，她没有再催李昊宇出钱去给自己弟弟请律师，在李昊宇逼问那笔见不得光的钱到底在哪儿的时候，也是轻言细语地说："昊宇，反正现在是特殊时期，你不知道钱在哪里是最好的，这样万一公司来审查，你的反应才会最自然真实。你放心，只要过几年，这钱还是我们家的钱。"

她只有在接到她妈妈和弟媳的电话时会有情绪上的波动，但她仍然还算冷静地告诉自己的妈妈和弟媳，阿礼已经在李昊宇公司上班了，实习期间很忙，要求闭关训练，不允许和外界联系。

其他任何时候，她都像个完美的普通妈妈。

我经常想起那天晚上柏荣齐曾向她介绍赚钱的路子，她会不会牵涉到这个案子里呢？如果会，她是不是就不能轻松逃脱了？

大概是因为卧室太小，刘雅兰帮着她女儿从卧室里整理出了一堆娃娃，都放在客厅的一角，我确定，她要找的那个东西就在这个角落里。

李昊宇的脸色日益阴沉，他常常半夜回家，有时候会喝得酩酊大醉，但刘雅兰一次都没有抱怨过，她就像是最好的妻子，给予了自己丈夫最包容的态度。改变比较大的是她们的儿子，青春期的孩子敏感又易怒，常常会和父母起冲突。

总体来说，刘雅兰的日子过得就像是经济上有点拮据的家庭主妇。

我爸埋的炸弹究竟哪一天爆炸呢？

这天晚上，李昊宇又是喝得醉醺醺地回来。刘雅兰在门口帮他换鞋的时候，他突然一脚将刘雅兰踢倒在地上，并对她破口大骂，丝毫不顾及家里还

第十二章　调查

有两个孩子。他骂她妨了他的运势，算命的说他还有很大的上升空间，都是她给自己破了运。

然后他又大哭起来，说自己为了娶个干净女人，连刘珍珠都没要，结果千辛万苦又拿彩礼又养她一家，到最后还是娶了个不干净的，他不甘心。

他简直是痛哭流涕，他说起给刘珍珠写信时的开心和甜蜜，也说起和刘雅兰刚结婚时的甜蜜，他总结说女人都太会骗人了，骗他十几年了，骗得他连孩子都生了两个，骗得他现在一无所有。

在他终于沉沉入睡的时候，刘雅兰将他扔在地板上恶狠狠地说了句什么，我听不清楚。

她女儿赤着脚打开门，揉着眼睛哭泣，刘雅兰赶上前抱着她安慰，嘴里说："宝贝，只要忍一年，我们就还能过回原来的日子，我们会住上比之前还好的大房子。"

第二天的上午，有人带刀闯进了妇产科门诊。

护理台的小护士被吓到了。就一两秒钟的时间，眼睁睁地看着他冲进了里面的候诊区。他站在诊室前厅大喊："李丽珍，你给我出来，你今天敢做了我的孩子，我就杀了你。"

等我们诊室里的医生听见时，外面候诊区已经一片混乱，大家尖叫着向后躲避，其中还有好多行动不便的孕妇。

我和隔壁的小赵医生最靠近门口，几乎是同时打开门对着人群喊："快进诊室。"

陆续有其他的医生出来了，尖叫的人群渐渐地都躲进了诊室，我赶紧把小赵医生也推进去，她也是孕妇，不能有任何闪失。

有几个没有及时躲进去的女性躲在我身后。

那个男人挥舞着的是一把锋利的剔骨刀，他用刀背拍着诊室的门，狂躁地大喊："李丽珍，快滚出来。"

没有人敢冒险靠近他。

我听到护理台在给保安科打电话，外面候诊大厅进来了几个大胆的男人,有个大汉喊:"兄弟,有话好好说,这里是医院,可不敢拿刀吓人。"

拿刀的人大喊:"我不吓人,我今天要是没孩子了,谁给她做的手术我就杀了谁。"

胡医生首先试着劝:"小伙子,你要找谁?要干什么?先把刀放下,有话好好说。"

"没法说,说不清,今天谁要是给李丽珍做流产手术,我就杀了谁,我说到做到。"他咬牙切齿地喊。

趁着胡医生引开了他的注意力,我带着我身后的几个来不及躲进诊室的患者,沿着墙壁走到大厅转角的小走廊,那里有医生和护士的休息室。

现场只留下几个大胆的男人,阻止他往人流手术室走,但谁也不敢太靠近他。等我安置好那几个病患再出来时,我看到在门诊手术区的鞋柜后面,蜷缩着一个年轻的女孩子,她整个人趴在地上瑟瑟发抖,并且捂住了自己的嘴巴,只留一双眼睛惊恐地看着我。这大概就是他要找的李丽珍。

无痛人流室和人流手术室的两台手术都在进行中,我能听到负压吸引器工作的声音,其中一台手术应该已经接近尾声了。

保安已经到场了,只是谁也不敢强行靠近,医务科和医患办的人都到场了,我们科室的刘主任也到场了。

人越多感觉他越疯狂,他在自己手臂上划了一刀,鲜血直流,嘴巴里还在大喊着:"让李丽珍出来,让她快点出来。"

他把刀一甩,刀上的血就甩出了一道弧线,人们纷纷躲开,躲在手术室鞋柜后面的女孩就在他前面不远,没人能阻止他了。

他的头向后微微昂起,面目狰狞,在他下颌骨的正下方、颈部两侧的中间、甲状软骨的内侧,我能看到他颈总动脉的搏动。这里有他的颈动脉窦,这个部位对压力特别敏感,很小的压力就可以引起心跳减慢、血压下降,合适的击打力度极有可能引起他的晕厥,如果太重有可能引起他的死亡。

他越来越靠近门诊手术区,无痛人流手术室的门正在打开,里面一无所知的医生和护士正要出来,鞋柜后面的那个年轻女孩尖叫着起身,想要冲进

第十二章 调查

人流室去躲避，而他加快了脚步也想冲过去。

保安抢上前来，还有两个素未谋面的男人也赶紧挡了过来。

我从转角冲出来，把手里的笔用力地扎向他的颈动脉窦。

我知道我不会失手，只是不知道会不会力度太大引起他猝死。

还好没有，他只是短暂地晕了一会儿，在被保安绑住、警察刚到医院的时候就醒来，然后被带走了。

等妇产科恢复秩序的时候，刘主任和胡医生先后严厉地批评了我，情绪激动的时候甚至来了个批评二重奏。我知道她们是关心我，怕我惹祸上身，所以我向她们保证，绝对不会有下一次。

这是个婚前完美、婚后家暴的男人，李丽珍在诊室摸着自己的肚子痛哭流涕，她舍不得肚子里的孩子，但她依然决定流产后离婚。其间，有好几个电话打进来劝她为了孩子忍一忍，她哭得很厉害，但依然没有改变决定。

我很欣慰她能有最后的醒悟和决定，并且始终认为，对于别人提出的不合理的让你不舒服的要求，一定要能理直气壮地拒绝，才不会让人得寸进尺地欺负。漫长的人生路，选错一个人、信错一个人都不可怕，可怕的是明知道是错的，还不及时止损，而更可怕的是自我催眠、自我感动，最可怕的是拉着亲人一起付出，还自诩牺牲奉献……

能够及早觉醒，人生还能重新开始，只要有勇气重新开始，就一定能走出去拥有自己的幸福，什么时候都不会晚。任何时候，都不要放弃自己，包括生命，包括追求幸福的决心，包括断尾求生的勇气。这个世界，谁强大都不如自己强大，女人本来就可以主宰自己的生活，做自己的主人，任何时候都要有说不的觉悟和勇气。

我只是当时不知道，今天这个看起来惊险但又意外的插曲，会在不久之后的将来给我带来天大的麻烦。

…………

我在监控画面中看到，这个晚上，李昊宇一直睡在地板上。

在凌晨四点多时，刘雅兰终于出现在客厅了。她将李昊宇用力地拖到了沙发上，然后给他盖上了一床小小的薄毯，在他面前放了一杯蜂蜜水。

然后她坐在地上，头挨着李昊宇的肚子，打了个呵欠。

李昊宇是被渴醒的。所以当他看见眼前的水杯时，犹如久旱逢甘霖。他一动，刘雅兰就醒来了。她关心地问："醒了？快喝点蜂蜜水，会舒服一点。"然后殷勤地将水递到李昊宇嘴边。

李昊宇的脸色逐渐缓和。所以今天早餐的气氛还是很融洽的。

在监控的另一端，我也不由得佩服刘雅兰超强的心理素质。

在送走两个上学的孩子后，李昊宇和刘雅兰一起回了出租房，他俩现在都没有车，颇有点患难夫妻的感觉。

等他俩返回出租房时，刘雅兰抱住了李昊宇："昊宇，我知道你误会我了，我不怕，最终你会知道，我是不会骗你的，你要相信我。"

她在李昊宇的胸前抬起头："我是什么样的，你最知道了，难道别人随便编派几句，你就把我全盘否定吗？"

李昊宇推开了她："你别以为我不知道有种手术叫处女膜修补术。"

刘雅兰再次黏了上去："昊宇，我说得再多，你现在也不会相信我。但是现在，我们得齐心协力一起渡过难关。困难只是暂时的。"

李昊宇又推开了她，然后坐在客厅的沙发上，正对着叶罗丽的脸，他的脸色有所缓和，刘雅兰乘胜追击："昊宇，这个世界上谁能比我更爱你？从高一我就爱上了你，这么多年从来没有变过，不管你现在怎么对我，我都无怨无悔，以后你一定会知道是你冤枉了我。"

李昊宇似乎在想什么，过了一会儿，他问："刘雅兰，有件事我必须知道，你的第一次到底是给的阿亮，还是给的柏荣齐？"

这个男人，极大概率是有着迷信般的处女情结。

刘雅兰没有丝毫犹豫："昊宇，这难道你不知道吗？对我来说，这是多重要的时候……"

但李昊宇不想听："我不想听你骗我的话。不如你告诉我，我的那笔钱你什么时候用什么方法转走的？"

第十二章 调查

刘雅兰哀求道:"昊宇,等以后我一定告诉你钱在哪里。你要相信我,无论谁都会抛弃你,只有我绝对不会抛弃你。你是我心里最重要的。"

李昊宇正色说:"刘雅兰,我们都快四十岁了,这笔钱就是我们家最后翻身的希望。以后,你家里的事你少管,只管好孩子,我为什么宁愿赔钱给公司也不愿意去坐牢,就是不想影响孩子以后的前途,你要是敢做毁孩子前途的事,那你就等着离婚吧。孩子是我的底线。"

"昊宇,你最近在忙什么?"刘雅兰问他。

"你别问,问也没什么用,你又帮不上忙。"李昊宇不耐烦地说。

"昊宇,你还记不记得,我们刚毕业那时候,每天只要在一起,都会说一说自己遇到什么问题,你每次都会帮我出主意。昊宇,虽然我帮不了你,我就是希望你说出来心里能舒坦。"刘雅兰深情款款地说。

"老家那边的商会打电话来催投资款了,我这几天在跑之前认识的投资公司,看看能不能拉来投资款。"李昊宇烦恼地说,"实在不行就推了算了,也就名声难听点。现在家里的钱也只能够维持今年的开销。"

李昊宇出门之后,刘雅兰打了一个电话。电话没有人接听,第二次拨过去的时候那边直接摁掉了电话。第三遍打过去的时候,那边接起来了,我看见刘雅兰在第一时间先把手机拿着远离了自己耳朵,然后才开始讲话。

她说:"阿亮,借我五万块钱。"

她说她问过律师了,她弟弟只需要接受行政处罚,缴足罚款,在行政拘留期满之后就可以出来。

"阿亮,你知道我那些钱是现在不能动的,借我五万块给我应应急,以后一定会还给你的。我这一生,只对不住你和我弟弟两个人,等我自己的钱能动用了,我加倍还给你。我这些年给家里的钱再多,也是被我妈拿去还赌债了,阿礼太可怜了,阿亮,你是从小看着阿礼长大的,你帮帮他吧。"

挂掉这个电话之后,刘雅兰又拨打了另一个电话,她喊:"冯律师,我一会儿把两万块转给你,麻烦你帮我办一下我弟弟的事情……好,谢谢。"

然后她挂掉电话,语气轻松地说:"好了,就差你了,李昊宇,你会把它藏在哪里呢？我不相信你会把它给那个小妖精，那你会藏在哪里呢？"

李瑞阳一直想约刘宝珠，但是他没有时间，一点都没有，他简直恨不得能撒豆成兵来解决自己分身乏术的难题。

前方已经发来捷报，胡主管被顺利抓住了。但市局各单位都没有轻松的时候，陆续归案的视频拍摄者越来越多，抓住一个就需要马上进行审讯，审讯中能得到更多的消息，往往拔出萝卜带出坑。

刑侦组每个人都很疲惫了。但是没人回家，都是在休息室里将就着睡一下，醒来继续参与工作。鉴证科据说更累，不说别的，光是鉴别真假处方，鉴定笔记是否伪造，核对每一次药品的出库、入库、销毁记录，鉴证科的人就用眼过度到快要变成瞎子了。如果你在局里看到有谁又不小心撞玻璃门上了，不要笑，那一定是鉴证科出来透风的。

技术组的人一个个都快要枯萎了，每抓住一个性侵嫌疑人，收缴上来的电脑里、手机里总会有许多突破道德下限的东西。

受害人联系小组是心理压力最大的，每联系一个受害者，都体会到一次受害者所受到的伤害。有人刚接到电话就崩溃哭泣，有人极力否认这段令人难以启齿的经历，有人对所受伤害一无所知……还有人在接到警局的电话之前生活已经分崩离析了。

让女警们印象最深刻的是一位特别美丽优雅的女画师。接到电话时，她已经被老公赶出家门，还曾在大马路上被婆婆带着亲戚扒了个精光。好事者将她的遭遇和照片发到了网上，因为外貌身材确实相当出众，传播极其快速凶猛，网上的谩骂攻击就像狂风，她的生活已经支离破碎。

她已经被工作室解聘，娘家人都不愿意认她。她唯一得到的帮助，是她妈妈偷偷送来的一部分钱和奶粉。是的，她当时带着一个才三个月大的孩子。本来是欢天喜地的事，婆家娘家都很开心，满月酒也办得十分喜庆隆重。孩子两个月的时候因为生病在医院进行检查时，她老公发现孩子的血型和自己对不上，然后进行了亲子鉴定，本来以为可能是在医院抱错了孩子，

第十二章 调查

结果发现孩子的DNA虽然和父亲不匹配，但是和母亲匹配。

她老公愤怒地要找奸夫，她公婆愤怒地要赔偿要退货，没有人听她声嘶力竭地辩解，因为她的辩解一点说服力也没有。她说自己如果出轨就天打五雷轰，可是孩子实实在在生下来了，这不是她老公的孩子却是她的孩子。

她不死心又做了一次DNA比对，还是得到了同样的结果。

事实上，这位画师在一年前从外地出差回来，到达时间是二十七号的零点二十六分，她老公错误地以为是二十七号晚上十二点之后才需要去接。当她到达后打电话过去时，她老公正在睡觉，错过了她的电话，所以她只好自己打车回来。

就在路上，司机递给她一瓶水，然后她睡了一觉，醒来后发现自己什么都没丢，司机也没走，还问她要补偿，因为怎么喊她都不醒，耽误了自己不少的生意。她的视频，在司机的手机里存着，在电脑里有备份，在王强的电脑里也存着，在卖药的所有人手机里都有，是司机夸耀的资本、得意的经验，是王强他们用来做宣传的卖药的资本。你看，用了这个药，这样天仙一样的女人，照样会成为任你摆布的玩物。

在她来指认嫌疑人时，形销骨立的她让女警纷纷扭过头不忍心看。

这个世界真的有恶魔，那句话说得太对了：地狱空荡荡，魔鬼在人间。

局长在早晨的例会上，大声动员：誓把这些猖狂的违禁药制售团伙一网打尽，从他开始以警局为家，不破此案绝不回家。

市检察院已经成立了专门针对此案的审查起诉小组，只要警方侦查得到完整的证据链，将由检察小组直接进入审查起诉阶段。

胡主管已经被带回警局了。在看着他从车上下来的那一刻，李瑞阳心里只有一个想法：搞定他！

胡主管很快就被他搞定了。或许是知道负隅顽抗没有作用，或许是李瑞阳说的戴罪立功能减刑打动了他，他一五一十地交代得清清楚楚。

三年前，宋源找到了他，两人一拍即合，从此携手合作。但他发誓，他以为宋源就是黑市高价买卖药，绝对不知道也没有参与违禁药的制作生产和销售。

　　他的妻女对他的行为一无所知,而他为了能更便利,偷偷地将医院另一个药师身上保管的那把钥匙进行了复制。他的犯罪手段就是伪造处方。他没有接触过宋琪,也不知道宋琪有没有其他问题,他只单线接触宋源。

　　李瑞阳告诉他,他交代的情况警方已经完全掌握了,就凭这些内容,没有办法帮他申请减轻刑罚。

　　胡药师在犹豫后又交代了另一个重要的信息:某天宋源在医院外面等他时,车上还有另一个人,就坐在驾驶座后面的位置。这个人他很眼熟,应该是他们系统里的人,不是本院的,以前一起开会时见过,但他不知道名字。

　　李瑞阳马上安排侧写师进行画像。

　　宋琪的嫌疑还是没有洗清,尽管他被陷害的可能性极大,但还是需要审查确认才行。宋院长并没有给警局压力,他说相信自己的儿子,并相信国家司法机关一定能证明自己儿子的清白。但是宋夫人想儿子了,她要求卿卿陪自己去见一见宋琪,给宋琪送些必需品比如说衣物。

　　她们在律师的陪伴下,见到了胡子拉碴的宋琪。

　　宋琪已经明白了个大概,他不是真的傻,只是谁会提防一个和自己从小一起长大,相差不过两岁,就像亲兄弟一样的堂哥呢?这个堂哥在他心里一直和亲哥没什么区别。而自己一直在被自己最信任和尊重的人欺骗,甚至陷害。

　　这让他不寒而栗,他甚至在看到宋妈妈的第一眼快要哭出来,只是在看到卿卿的第一眼又赶紧把情绪憋了回去。当他听宋妈妈说起这几天多亏卿卿照顾的时候,他的脸色不由得柔和起来,他对卿卿说"谢谢",卿卿没有邀功,说:"这是应该的,阿姨对卿瑞一直都特别好。"

　　…………

　　我爸最近都没有出现,林凯更加没有出现。

　　我听胡丽在电话里跟我八卦说,酒吧一条街现在都进入了停业整顿阶段,包括失忆清吧,她说真是可惜,她真的挺喜欢失忆清吧的。

第十二章 调查

我一边听她叽叽喳喳地说话,一边模模糊糊地想,不知道林凯有没有找到破解那本小黑本的方法。

我心里有个担忧,得和我爸说一说,但他最近没有来找我。

阿亮,刘育亮,他现在在做什么?

刘雅兰给我的感觉,无论是对李昊宇还是她弟弟阿礼,或者阿亮,她都是胜券在握的,她对操控这几个人不但有经验,还有信心。

而阿亮,看起来就像是她手里的提线木偶,她一个电话就能从阿亮那里借到五万,就能让他从家乡来本地……可是我还记得刘雅兰在医生休息室睡着时说的那句梦话——是阿亮逼我的。

难道她连做梦都在骗自己?我需要提醒我爸。

午休之前,我爸给我打了个电话,告诉我他一切都好,在我问起阿亮的朋友时,他说让我放心,他说只谈钱的人,他都会十二分地小心。他说,如果我下班后不急着去学校,就到六楼等一等他,他会在我下班后赶过来。

下午下班,我先去了对面的六楼。

这短短的几天,我感觉他憔悴了。但他仍然兴高采烈地先告诉我好消息,他已经联系上了当年珍珠高中班上的班长。

班长答应在我爸认为合适的时机号召同学聚会,趁势为珍珠举办追悼会,同时也答应在有我爸的消息之前,绝对不会对任何人提起这件事。

我爸在说话的过程中,皱着眉揉了五次膝盖,还止不住地咳嗽,他在竭力掩饰自己的外强中干。

或许是为了不让我担心,他给我讲了阿亮妹妹的故事。事实上,从视频拍摄的时间看,阿亮妹妹刘育美才是当年高中里的第一个受害者。

阿亮和阿美是我们那条街道上最苦命的孩子,他们的父母过世多年,家里唯一能赚钱的是年迈的爷爷。阿亮在初中毕业后就去了当地的修理厂当学徒,赚得虽然不多,但好歹能补贴家用。而阿美长得娇小,性格怯弱胆小,为人沉默内向。柏荣齐敢对她下手,就是看中了她软弱。

软弱无依的阿美高中辍学,十九岁嫁人,二十岁生儿子,二十五岁生女儿时难产而亡。从街坊口里得知，阿美嫁人后很不幸福，她比以前更不爱说话，不会为自己辩解，也不会为自己争取，渐渐活成了一个任打任骂的劳力，活着对她来说是种煎熬。

但令人疑惑的是，当时她出嫁，一穷二白的阿亮给她送了一万元钱作为嫁妆。没人知道这个钱阿亮是从哪里赚来的，至少不是刘雅兰给的，因为这个时间刘雅兰还在北方读书，尚且自顾不暇。

但我爸说，阿亮是对刘雅兰最好的一个人，哪怕他再生刘雅兰的气，刘雅兰有难，最后还愿意伸手帮她一把的一定是他。

我爸对刘雅兰和阿亮的描述让我想起了《白夜行》。

我并不理解这种感情，你要杀人，我给你递刀；你要赚钱，我陪你去抢……这是爱吗？这不是。这不过是仗着对方的爱，进行肆意的伤害。在我心里，真正的爱是即使我身在泥潭，也想你仍一尘不染。就像我爸，无论他心里有多煎熬，身体上有多难挨，在他面对我的时候，不管是在电话里还是见面，他都尽量让自己显得轻松惬意而又胜券在握。

尽管他此刻已经有点站不稳，尽管他还有点喘不上气，尽管他的身体一直微微地向左倾斜地靠在椅子上。

我爸应该是痛风急性发作了。他的右脚的第一跖趾关节有可能是出现了明显剧烈难耐的疼痛，所以才让身体一直向左侧歪，这样能减轻对右侧跖趾关节的压迫。我问他："爸，我上次给你买的药你吃了吗，怎么会没有效果？你是不是还在偷偷喝酒？"

他大笑起来："乖女，你爸现在一天就只喝一瓶酒了，你要我再少喝点，可就真的要我的命了。"

我想了想，说："爸，要不你让阿姨来我们医院治疗吧。"

他的眼神很惊喜，眼眶红了，不过他迅速扭过头去，只留给我他的后脑勺。半晌他说："嗯，好，我跟她先商量一下。"

他的声音有点闷，他催我："你还不走？一会儿到学校就要很晚了。"

我想他只是不想我看到他艰难行走的样子，所以我先走了，还赶上了去

第十二章 调查

学校的公交车。

到学校后,单老师埋怨我:"下次你再迟到,你师母做的饭菜就别想进你肚子了啊。"

我哑然失笑,赶紧认错。等我穿戴好隔离衣帽全副武装进入尸库的时候,单老师说他要回家陪老婆,晚上尸库就只剩我一个人了,他让我加油,还说我要是实在闷得慌,可以和大体老师说说心里话。

我脑补了一下那个画面,嗯,那还是保持沉默比较好。

从监控画面里听到的内容来看,刘雅兰今天晚上一直在陪孩子。

她女儿在她身边跑动,有时候会在她身边哼着歌曲,有时候会缠着她说东说西。她儿子会对她冷嘲热讽,甚至会教训她让她不要管东管西,但是她一次也没有发过脾气。

黎致远知道自己贪心了。

都怪那天晚上的月色太美好,都怪当时的气氛太美妙,都怪耳里听到的宝珠的呼吸声太醉人,他在那一瞬间,领会到了宝珠没有说出口的心意。他说出那句话后,连呼吸都暂停了,他不想自己呼吸音太大扰乱了宝珠的回答。

事实上,宝珠并没有回答,但是她也同样没有挂掉电话。

只是因为宝珠在医学院的工作,他们反而更难见面了。

胡丽的婚假休完,今天开始来上班了,因为有她叽叽喳喳地说话,科室里一直显得忙碌而热闹。

黎致远看了看时间,换下白大褂,对科室里的同事交代了自己的去向。

今天市卫生局通知开会,所有医院中西药房主管药师以上职称者都需要到场。这种会议一年总会有个几次,没什么出奇的。

当他在会议上看见警方长驱直入进入会议中心,坐在他右手边的一位药师突然弹跳起来转身扑向门口时,他毫不犹豫地伸出脚将那位同人绊倒在地。同时扑过来三名警察将地上的人压制住,反剪双手铐起来带出了会议中心。

扑过来的三名警察中,就有穿着便装的李瑞阳。李瑞阳也看到了他,四目相对之下,他向对方点头示意,也得到了对方的点头回礼。

难怪说认真工作的人最有魅力,此刻严肃认真的李瑞阳,和当初在宝珠面前咄咄逼人的李瑞阳,真的不太一样。

李瑞阳这次带队抓的,就是由胡主管供述的那个在宋源车里戴着帽子的神秘人物。

根据胡主管的描述,要根据画像来找到本人难度很大,所以李瑞阳在仔细研究了胡主管的口供后,制定了这一次的行动方案。这次由他自己带队,务必在不引起喧哗、不出现伤亡的情况下抓住这个神秘人。

李瑞阳是在其他办公室看着黎致远进入会场的,这个平平无奇的瘸腿男看起来好像比自己还要年轻点。嗯,大概是日常坐办公室,脸比自己白,皮肤比自己嫩,看起来不像快要三十八岁的人。

刘宝珠难道会喜欢这样的小白脸?哦不,老白脸。

他其实没时间多想,这些想法在他脑海里大概只存在了两秒钟。

警方临时设置的审讯室里,这个神秘人终于揭开了面纱,是本市某医院西药房的秦药师,他和宋源联手的时间比胡主管跟宋源合作的时间更早,他知道得更多,但是他更狡猾。

他的口供给李瑞阳的感觉就是八个字:不尽不实,真假参半。而为了核实他口供里的信息哪些真哪些假,警察要跑断腿才能得出答案,所以,更有效的审讯会是下一步的重点。

小刚子带着几个年轻警员在对其他人做笔录,其中包括黎致远。

从宋琪到本院的胡主管,再到外院的秦药师,黎致远大致猜到了警方的大案子是什么性质的了。但此刻,他并不知道这个案子和柏荣齐以及刘雅兰都有关系。

刘雅兰一家从别墅区搬走了,这对他来说并不是什么好消息,因为他很难得知刘雅兰的相关动态了。

给黎致远做笔录的是李瑞阳。两个男人坐在一张桌子的两端,谁都没有开口说话,气氛大概停滞了一分钟。

李瑞阳先开的口:"姓名、年龄、工作单位。"

黎致远说:"黎致远,三十八岁,医院中药房副主任药师。"

李瑞阳问起黎致远的家庭关系和婚姻关系,黎致远都如实做了回答。

李瑞阳没有透露案情,黎致远也没有问今天抓人的目的,一个问该问的,一个回答需要回答的。横亘在两人中间的是同一个女人。

李瑞阳额外多问了一些有关药师的问题,比如药师有没有某些职业习惯,药师一般的工作范围,药师的生活作息习惯。

黎致远当然不会自作多情,他明白这肯定是因为案情需要。但是当李瑞阳问他能不能帮个忙的时候,他还是小小地诧异了一回。

李瑞阳需要他帮的忙其实比较枯燥,他给了黎致远一堆照片。这些照片有很多不同的内容,有人物,有写了字的纸张,有某些工具……林林总总一大堆。李瑞阳问:"假如让你在这些东西里面找出和你们制药有关的,你能找出哪些来?"

黎致远被单独带到了一间办公室里,对一堆照片进行甄选。

李瑞阳说:"黎主任,你不用考虑别的,只要你觉得是和制药、药品有关联的,全部帮我选出来。"

等黎致远终于忙完,李瑞阳过来验收的时候发现,这真是占了大便宜了,黎致远不但选了出来,并且进行了具体分类。

其中黎致远挑选出来的两张照片引起了李瑞阳的高度重视。

他很惊讶地问:"黎主任,为什么你会单独将这两张照片重点标注出来?"

黎致远拿过其中一张照片,稍微有点犹豫。

"李警官,我不知道你要找的是什么,但是你说只要我觉得可能会和制药有关系的都找出来,所以,"他指着其中一张照片示意李瑞阳去看,"这个人的眼睛周围，包括鼻梁这里，这个位置，很像是长期戴着护目镜。"

他看了一眼和自己离得很近的李瑞阳："你知道这种护目镜吧，你看，他印痕的地方皮肤相比其他地方更白，在他鼻梁两边有很深的凹槽印记，我不知道他的职业需不需要经常戴护目镜，但是如果他是在敏感药物生产车间，这可能就是他经常需要戴护目镜的原因，怕长期接触中毒，或者过敏，或者造成身体的伤害。"

"而这一张，我不知道具体哪里不对劲，或者应该说哪里都有不对劲的地方，尤其是这里，"他示意疑惑的李瑞阳去看，"这里写了个很大的'Bid'，我不知道他想写的究竟是英语单词还是什么，但是'Bid'这几个字母在医生开出的处方上是一天两次的意思，也就是医嘱告诉你这个药物一天吃两次。"

李瑞阳："哈，我就说哪里不对劲。"他迅速向外跑，边跑边回过头来喊，"黎主任，你帮大忙了，改天请你吃饭。"

黎致远觉得"改天"这个词用得真妙。他将所有分类好的物品一一标注好特征，之后出门和做笔录的小刚子打过招呼，确认自己可以离开了，就开车回了医院科室。他不知道的是，李瑞阳跑出那间办公室后，火速做了汇报并联合警力赶往庆春二巷。黎致远发现的，极有可能是团伙里负责制造违禁药的重要成员。

可惜的是，这两人此刻已经不在房间里了，他们跑了。

中午，卿卿和胡丽一起在食堂吃中饭。

胡丽给了她几个白眼："我说，你向宝珠道歉了没有？平白无故被你打了个耳光，是我的话忍不了的啊，我是肯定要加倍还给你的。"

卿卿表示妒忌："你又护着她，你怎么不护着我？不是她，宋琪能和我闹分手？"

"宋琪闹分手是因为宝珠吗？你到底长没长脑子？也对，脸太漂亮，脑袋里是该空一点。"胡丽撑她，"再说，宋琪说分手，他怎么不跟大家说订婚订错了，国庆节的婚礼要取消？他说了吗？没说不就表示他希望你去挽回他吗？"

卿卿不说话了。

胡丽说："你到底是脑袋空空还是根本没把宋琪放在心上啊？"

卿卿还是不说话，回赠了她两个快要翻上天的白眼。

胡丽问："卿卿，你到底准不准备去挽回宋琪？"

这个问题卿卿没法回答，她还没想好自己到底应该怎么做。

李瑞阳还在翻阅那本随着摄像机和照片一起被寄过来的小黑本，它就像是一个谜团，里面藏着个未知的秘密。

首先这毫无疑问是柏荣齐的，有他的指纹，笔迹鉴定也确认是他手写无疑。这个小黑本有一定的年头了，它是在漫长的岁月中被逐渐写满的。想必是在柏荣齐的生活中见证、记录过他人生的不同经历。

吸引李瑞阳的是里面看似杂乱无章，但重复出现的数字和符号。

这会是柏荣齐的性爱记录本吗？

像柏荣齐这样的性侵连环案犯，都会主动收集受害者的某样东西作为纪念品，比如受害人的内衣裤。随着作案次数越多，得手的成功率越高，他的偏爱就会越明显，他会习惯性地发展出自己的个人特色。

柏荣齐的个人特色会是什么？裸照？视频？还有这本没被破译的小黑本？

李瑞阳没有放松对柏荣齐的警惕，这个人渣身上还有很多罪恶，仅凭如今的三名受害者来处罚他，对他不免太过宽容，而对过去那些受害者又太过不公平。但他确实分身乏术了。

落网的胡主管坦诚地招供了，根据他的招供抓到的秦药师不太坦诚地招供了，这两人的口供中间有哪里不太对劲，但是他没找到是什么不对劲。而宋源会选择逃往亚利国，其实是事先就做好了筹谋。亚利国虽然在表面上和我国签订了引渡条约，但是最初几年只引渡过一部分贪污腐败案犯。

对宋源的追捕必须进行。目前看来，宋源是这个团伙的首领，是万恶之源。怎么抓捕？怎么引渡？能不能引渡成功？这是一个问题。

李瑞阳既要做提问题的人，又要做解决问题的人。

小刚子一出审讯室的门就喜滋滋地邀功："师兄，我和师傅又搞定了一个中间商。"他得意地把资料递过来，"根据他的口供，我们至少能再抓三个。"

李瑞阳一把扫开他的手指头，问他："你说，那天晚上在那个暗室里，刘雅兰和柏荣齐究竟说了什么呢？"

晚上十一点整，当我独自从尸库上来之后，我爸给我打了个电话。

他告诉我，我能接受他有新家庭的事实对他来说已经弥足珍贵了，就不让阿姨过来这边医院进行治疗了，以防万一。

我表示理解，就好像他期盼我幸福一样，我也希望他幸福。

事实上，如果不是当时我准备报复柏荣齐，我爸一定还会继续失踪下去，根本不会出现在我的生活里。他的失踪，是对我的保护，我知道。而在监控画面里，刘雅兰逐渐撕开了自己的保护色。

李昊宇在零点过三分的时候进的家门，他又喝醉了。

刘雅兰任劳任怨地将他扶到了沙发坐下，给他倒水，拧毛巾擦汗……

等一切忙好，李昊宇也陷入沉睡中，她又坐在地上，把头靠在李昊宇的肚子边。她打了个呵欠闭上了眼睛，透过玄关那里昏暗的灯光，她的脸上甚至有了娴静的神韵。

十一分钟后，在幽幽的灯光下，她咻地睁开了眼睛。

她根本没有睡。她只是在看李昊宇是不是真的醉了，又是不是真的睡了。她一骨碌坐起来，将李昊宇的手提包拿在手里，取出里面的文件袋细细翻阅，然后又打开了李昊宇的随身电脑，最后又用睡着的李昊宇的手指头，解开了对方的手机。

她不停地上下翻动手机屏幕。她在家里遍寻不着，只好寄希望于在李昊宇随身携带的物品里找到线索了。她要找的到底是什么？她藏着的又是什么？她的女儿又知道些什么呢？我真的很好奇。但她一无所获，所以她很失望地

第十二章 调查

在李昊宇的胳膊上捏起一点点肉,狠狠地拧了个圈。

第二天一早,李昊宇出门之后,她给律师打电话约好了时间,梳妆打扮后出门了。一整个白天,直到孩子放学之前,刘雅兰都没有回家,我不知道她是否去办她弟弟阿礼的事了。

午休时我回了宿舍,将宿舍收拾得干净,趁着中午宿舍楼没人,把楼梯转角的针孔摄像头取了回来。接着我去了那个隐秘的小窝,处理了一些该处理的东西。

像我爸说的那样,我在为新生活做准备。在路过母婴店的时候,我被橱窗里可爱的小裙子吸引了,甚至冲动地买下了这个我不一定用得上的东西。

下午四点半,我接到了一个意想不到的电话。

这是刘雅兰女儿的班主任打过来的。她说放学已经整整一个半小时了,孩子妈妈和爸爸都没有来接孩子,而且两人的电话都打不通。所以班主任老师试着给我打电话,电话号码是孩子提供的。在电话里,她女儿还像以前那样喊我"宝珠阿姨",问我能不能去接她。

陷阱?骗局?刘雅兰设计的?这个打电话来的班主任真是班主任吗?为什么这么巧,刘雅兰和李昊宇两人的电话都打不通?

我想了又想,想不出来问题所在。

在去学校之前,我考虑再三,给李瑞阳李警官打了个电话。在我说清原委后,李瑞阳说他马上赶过去,让我在学校门口等他。于是我才到学校门口,就已经看见在那里站着的李瑞阳。

他皱着眉头走近我:"刘雅兰的女儿为什么会给你打电话?不是说让你不要和刘雅兰有接触吗?"

我表示我确实没有和她有接触,所以接到这个电话我也觉得很奇怪,这才想着通知警方。我当着他的面拨打了班主任的电话,告诉她我已经站在学校传达室门外。

刘雅兰的女儿小名叫安安,她小跑着从学校里冲出来,径直冲到我怀里,眼泪汪汪地喊我"宝珠阿姨"。我记得我从未与她有过这样的亲昵。

之前我和这个小女孩距离最近的一次，也是唯一的一次肢体接触，就是在她家客厅，我们两个一起聊了聊那个叶罗丽娃娃。

我当然知道自己不是那么有孩子缘的一个人，也不是特殊到让孩子见一面就会念念不忘的人，唯一合理的解释是，她这么做是出自刘雅兰的授意。

但是用这么拙劣的手段，她的目的是什么？

我想这是对我的测试，测试我是不是像姐姐那样，无法拒绝别人的求助。这也是我会给李瑞阳打电话的原因。

李瑞阳的眉头一直没有放松，他很疑惑，我也一样。

刘雅兰这是要做什么？我不会高看自己，万果必有因，没法解释的荒唐事情，往往你的第一直觉会告诉你不妥。

当着李瑞阳的面，班主任再次给刘雅兰打电话，还是没有人接听。

李瑞阳果断地安排了送班主任和安安回刘雅兰目前租住的地方，坚定地拒绝了安安让我留下来陪她的要求。他甚至没允许我上楼，只让我在楼下等他。在负责的片警到达之后，李瑞阳下楼示意我跟他走。

他问我："刘宝珠，你是不是在刘雅兰面前露过富？"

我说以前一起吃饭时，刘雅兰曾经说她看到我刷信用卡买过一次单，她也曾开口借过五十万，不过我只借给她五万块。

他问我能不能给他看一看那张信用卡，我拿出来给他了。

他诧异地抬眼看我："刘宝珠，你还真是个小富婆啊。这张信用卡，银行柜员只会在本行客户具备百万存款以上时推荐开通，你可以一次性透支五十万，一个月内无利息。"他十分疑惑地问，"你怎么这么有钱？"

我告诉了他我外婆所在村子的名字。

他笑起来："难怪了，本地拆迁大户，那里的村民现在家家户户都住小别墅了。"

如果他说的小别墅就是我家那幢灰墙黑瓦的小三层，那就是了。我没有辩解。

他把卡还给我："收好，以后少用，懂行的人、有心的人一眼就能看出来,刘雅兰以前就是银行系统的。"他接着补充,"大部分图财的命案,受害者都是因为不经意的露富才招来的杀身之祸。"

我问他:"你在怀疑什么?"

李瑞阳说:"刘雅兰的老公现在一穷二白你知道的吧,他们还欠好几百万,她这样费尽心思地想把孩子塞给你,除了为你的钱,我想不出来还有别的好处。假如今天你从班主任手里独自接走孩子,孩子出现了任何意外,她都可以利用孩子闹到你单位,到时候你为了息事宁人,维护自己在医院的声誉,可能会拿钱出来私了。当然,这个意外并不是说孩子一定会意外死亡,还有其他很多操作的空间。总之,今天你给我打电话是对的,不要和她有私下的接触。"他好像在思考该不该说,"等过一阵子,柏荣齐的案子尘埃落定,我把她和柏荣齐的事情详细讲给你听。"

他看着我的眼神里有怜悯。

他问我是不是要回医院宿舍,他正好要回庆春天桥那边,可以顺路送送我。庆春天桥那边,难道是庆春二巷135号?那确实是顺路的,我没有推辞,我还有话想要问他。

不过当我坐上车后,他看着车子中间的某个地方脸色有点不算太好看。

我问他:"李警官,如果我问柏荣齐的案子,是不是违反纪律了?"

他笑起来:"也没你说的那么严重,不能说的就算是你问,我也不会说,这是一个警察的基本原则。我只能说,如果用目前已经查实的案件对他进行审判,那就太便宜他了。"

能查实的是性侵强奸案,还没有查实的,难道是跟麻醉药物有关?

我想起柏荣齐在地下商场和刘雅兰说的那个赚大钱的生意。

我表现出了适当的关切和好奇:"和你现在查的管制药品有关吗?"

"我不能说,宝珠。"他啧啧叹了一句,"你们医生都这么聪明吗?"

你们?还有谁?我没问。

李瑞阳问我:"为什么你听了一句处方药就会想到什么管制什么五专呢?"

我简单地说:"毒和药一开始是不分家的,毒品和药品制作流程也差不多。同一种药物合理利用就是药,滥用就是毒。"

我问:"如果像你说的,根据已经查实的案件,柏荣齐会被判多少年?"

他想了想说:"我只能说是我的判断,可能会有误差哈,有期徒刑在十年以上,十五年以内,如果律师办事得力,顶多十二年。"

他清了清嗓子:"宝珠,办案是我们警方的事,但审查结束以后,在提请审判的阶段是会出现变数的,这个变数不会掌握在警方手里,案件甚至有可能会因为各种意外的情况,发回警方重新审查。"

我点点头表示理解。

"律师是很重要的,如果他的律师十分擅长刑事案件,在我们办案的过程中甚至在证据中找到了各种漏洞,就会出现意外。不过,"李瑞阳放低了声音,"刘宝珠,你别担心,现在不是以前了。"

我觉得我该演戏了。"你说的以前,是哪个以前?"我侧头去看着他的眼睛,用纯疑问的语气问他。

他在驾驶位扫了我一眼,然后含糊地支吾了一声:"以后刘雅兰再找你,还是要记得告诉我,就像今天这样。"

我问:"刘雅兰的事结束了吗?"

李瑞阳并没有糊弄我,他将事情说得很清楚:"以前的案子肯定是结束了,现在的案子还难说,我会接着深挖她和柏荣齐的。"

我又问:"也是和这次的管制药品有关吗?"

他犹豫了几秒,坦诚地说:"这个我目前真不能说。"

车里开始安静下来了。过了几分钟,李瑞阳突然问:"要不要帮你找一找你父亲?"

为什么?你对我父亲为什么这么感兴趣?我看着他没说话。

他的手在方向盘上毫无意义地小幅度挥了一下,他说:"你难道不好奇他去了哪里?"

我摇了摇头:"不好奇。"

第十二章 调查

他问:"这十几年你一直一个人?"

我想结束这个话题:"如果是半个人,会不会吓死人?"

他一下笑出了声:"刘宝珠,你这个人不拽的时候,还挺有意思的。"

我看了他一眼,他笑得很开心,整个人因为放松而显得眉眼舒展。所以我说:"李警官,你这个人好说话的时候,也挺有意思的。"

下车后,他喊住我:"刘宝珠。"

我低下头,他问我:"你今天是不是欠我一顿饭?"

我从善如流:"那改天请你吃饭。"

他顿时严肃地问:"刘宝珠,你说的'改天'是哪天?"

我诚恳地说:"等你忙完这一阵子。"

他这才点点头开车离开。

医院走廊那儿,有人使劲地咳嗽又清嗓子,试图引起我的注意。

我抬眼一看,胡丽打开了中药房的门,站在门口挺着她并不突出的肚子,以一副领导的派头钩钩手指喊我过去。

她拍拍我的脸:"跟谁出去的?快点老实交代。"然后压低嗓子对我说,"还好你远哥不在,在的话鼻子都得气歪了。"

还不等我回答解释,有人在科室里喊她,她又急匆匆地说:"一会儿在宿舍等我一下,别急着回学校啊。"

我点头表示听到了,她关了铁门回科室了。

我快速回到宿舍打开了监控。刘雅兰还是没有回家。

今晚的任务是在单老师的指导下制作一个心脏标本。

我比单老师先到,于是抽空打开了监控。

刘雅兰已经回来了。孩子们都不在客厅,客厅里很安静,只有刘雅兰神色莫辨地坐在那里。阳光从客厅那个狭小的窗户倾泻进来,在她身上形成斑驳的光点。

她一直没动,直到她儿子打开门说"好饿",她才如梦初醒般站起来说:"晚上我们简单地吃碗面条吧。"

她儿子耸耸肩表示没意见。

她们吃好面条后,她儿子回了房间,安安和她一起在厨房。

透过玻璃门,我隐约能看到映在玻璃上的两个身影,我还隐约听到安安说:"妈妈,我长大后想要嫁给警察,你说好不好?"

她好像没有听到,安安又提高音量说了一遍。刘雅兰没有正面回答她,而是问她:"今天那个叔叔,真的说自己就是警察吗?"

安安点点头:"对啊,莫老师还看了他的证件的。"

刘雅兰问她:"那你宝珠阿姨没有提出来接你回家吗?"

安安摇了摇头:"妈妈,为什么要我去宝珠阿姨家?她很闷的,都不会逗人开心。"

刘雅兰好像是用满是泡沫的手捏了捏她的鼻子,没有回答她的问题。

安安回房后,刘雅兰坐在沙发上没有动静。画面也好,声音也好,都没有变化。她一直没有起身。

单老师已经来了,在解剖室里抱怨着今晚吃的鱼缺少了哪些骨头。

制作心脏标本对我的动手能力是一个非常大的考验。我不但需要将心脏从胸腔中分离出来,还需要保存它完整的血管和神经。我不止一次地中途停下来,在脑海里不停地演练,双手虚拟地运作,小心翼翼地下刀。

单老师就在旁边如临大敌地守着,不敢错眼。我一直在不停地出汗,单老师也在一直不停地擦汗。等终于结束,我脱下衣服的时候感觉是卸下了一副沉重的盔甲,单老师领先打开门出去透气了。

我正准备跟上去,突然听到耳机里刘雅兰在一字一句地喊我:"刘宝珠"。

我快速脱下手套打开屏幕,和刘雅兰那双形状优美的眼睛对了个正着。

"刘宝珠,你身边为什么有个警察呢?"她诡异地看着我,说,"为什么每次你身边都有人帮你?"

第十二章 调查

她直勾勾地看着我,眼睛一下都没眨,眼神冰冷,表情扭曲。

我悚然一惊,身上的竖毛肌立刻开始工作收缩起来,浑身的鸡皮疙瘩瞬间都立起来了。但是刘雅兰没有再说什么,画面飞速旋转,整个房间在不停地旋转,然后"砰"的一声,画面定格在客厅天花板的某一个角落。我这才反应过来,她并不是在和我说话,她只是在对着那个叶罗丽娃娃自言自语。

我想李瑞阳的分析是对的。无论我是选择把安安接去我家,还是选择送安安回她家,应该都会有"意外"发生,她都是既得利者,即使我选择置之不理她也没有损失。而这个叶罗丽娃娃,我并不担心被人发现什么端倪,这个监控软件是娃娃本身自带的,我只需要在必要时断开与它的连接,销毁连接使用的手机卡即可。但是现在既然还没有被发现,那我会继续使用它,这对我来说已经很珍贵了。

第二天上午,发生了一件让院里震惊的大事。传闻警方已经查明,某医院出现内贼,他们伪造医生处方,监守自盗,勾结团伙售制违禁药品,性侵女性,甚至还有不少男性受害者……

宋琪之前被警方抓捕的消息就像长了腿一样,瞬间在医院里传了个遍。

卿卿的脸色变得很难看,而我的脸色也不好看。

我觉得,李瑞阳所代表的警方一定是在调查方向的细节上出了偏差。

等宋琪的酒吧也被警方查封的消息传出来时,医院里已经不是隐晦地传八卦了,而是指名道姓地说宋琪就是那个同外人勾结、售制违禁药的败类。

宋妈妈急火攻心,病倒了。卿卿向科室请了一周的假,她住到了宋家,贴身照顾宋妈妈。

就在同一天的下午,宋院长从市卫生局开会回来,脸色很不好看,他被停职了。在宋琪不能证明清白前,他要从自己认真勤勉工作了一辈子的医院里暂时离开。

卿卿因此受到了更多的异样眼光和数不清的冷嘲热讽。当初羡慕她攀了高枝的人,不少明里暗里都在幸灾乐祸。

胡丽担心极了,卿卿一向心气高,她怕卿卿抛不开面子钻了牛角尖。我倒觉得这是卿卿的好机会,在大家集体唱衰的情况下好好地看一看自己的本心。

胡丽和我到宋院长家里时,反而是宋院长宽慰了我们几个小辈。

"不要担心,也不要焦急,如果宋琪犯了错,那作为他的父亲,我应该得到这样的处罚,如果他是无辜的,我相信组织不会冤枉好人的。"

宋妈妈完全没有了前几天见面时的精气神。

宋琪什么时候能回来呢?他到底涉案有多深?我曾经以为只要管制药品库的胡主管归案,他就能洗刷清身上的疑点,现在看来不是这样的。

中午,卿卿在食堂打饭时和医院同事起了冲突。胡丽打电话喊我快点去。我到现场时卿卿正在用她独有的甜腻的声音说狠话。

"要不咱俩打个赌,要是宋琪真像你说的有罪,我在医院裸奔一圈。"她从鼻子里哼了一声,"要是宋琪没罪,我也不要你裸奔,你就端杯茶,在食堂恭恭敬敬给宋琪道个歉,你说怎么样?"

她旁边围着一圈人,有人拍掌起哄:"赌了,赌了。"

和卿卿打擂台的好像是医院保安科和医患办的两位男同事,其中一个我是见过的。其中一个瘦的装傻打圆场:"算了算了,和女人有什么好吵的,走了走了。"

卿卿一把拉住另一个胖子:"别走啊,你们有胆背后说人,没胆跟我打赌啊,还是不是个男人?"

胖子忙不迭地甩开她手:"宋琪被抓总是事实吧,他没犯法警察抓他干什么?你生的什么气?难道你的高枝不是要塌了吗?"

卿卿边上有些小护士在交头接耳,其中一个显然是被推出来的,她大胆地问:"卿卿姐,宋琪不是已经和你分手了吗?你这么着急干什么?"

卿卿优雅地笑了笑,捋了捋自己一点都没乱的刘海,调侃说:"小丫头,吵个架就分手啦,情侣之间的小把戏你都看不出来,难怪一直单着啊。以后跟姐取点经,保证你早日脱单。"

她和小护士说话之间,那两个人悄无声息地走掉了。卿卿看着他们溜走的

第十二章 调查

背影，又哼了一声，翻了个白眼。小护士话里带刺地跟她开起了玩笑："那要是宋琪的事查很久也没查清，你就一直等着他啊，那就真的是大龄剩女啦。"

卿卿看着她，冷淡地说："宋琪很快就能出来的，他是在全力配合警察的调查，他不是犯人。"

事后，我问卿卿："现在不纠结了吧？"

卿卿没理我，只回了我一个白眼。

也许爱不单单是顺境中的相依相伴，更是逆境中的不离不弃。宋琪还需要多久才能出来呢？我们三个没人知道，卿卿也比平时更沉默。

这天中午，可能是卿卿被人为难的消息终于传到了宋院长和宋妈妈的耳朵里，宋妈妈的精神更差了，根本就起不了身吃饭。即使卿卿在床边喂饭也不张口，一直默默地垂泪。

胡丽也吃不下饭了，反而是宋院长和我都吃了一碗饭。

之后宋院长对卿卿说："要不，你把你妈和你哥都接过来，我看你姨挺喜欢你哥的。等他过来，让他在你姨身边多待待，你姨看到有人需要她照顾了，可能反而有精神些。"

我觉得挺有道理的。做长辈的都是这样，看到有晚辈在自己身后依赖着自己，就会强撑着让自己站好站直，没那么容易倒下去。

后来我听胡丽说，宋院长这个方法真的很有效，卿瑞来了之后，一直喊要喝水、要吃水果、要陪他玩叠乐高，一直不停地叽叽喳喳提要求，卿卿和小姨都假装听不见，躺在床上的宋妈妈只好自己下床去给卿瑞倒水，然后又一起吃了顿饭，果然就比之前有精神了。

我没想到的是李昊宇居然会再一次来找我。

这次见面，他比之前瘦了很多，收拾得还算清爽干净，但面部微微有些浮肿，眼袋明显，脚步虚浮，和之前意气风发的模样已经是天壤之别了。难怪说顺境不惰，逆境不馁，以心制境，万事可成。逆境才能见到人的真正秉性。

他来找我，东拉西扯的，大概是因为我是珍珠的妹妹，他问我有没有听珍珠提起过他。

我说:"没有,我姐姐从来不把男生放在眼里。"

我补充说:"前几天警察到我这里,说我姐的死和你老婆刘雅兰有关,是她和一个姓柏的人,合伙骗了我姐姐。"

他皱着眉头,问:"是柏荣齐吗?"

我作恍然大悟状:"对,就是这个名字。"

我拿出上次李瑞阳给我写的"柏荣齐"三字:"你看,这是警察写给我的,就是这三个字。"

他不可置信地问:"警察对你说的?刘雅兰和柏荣齐合伙的?"

"对,你可以去问这位警官。"我打开抽屉边找边说,"我好像有这个警官的名片,你需要吗?"

他接过去看了一眼,收进了自己口袋,不死心地问:"你姐真的没有说过我?"

我说:"我姐说,有个很好的男孩子和她互相鼓舞着考京市的大学,还曾给她写信描绘过美好的未来。"

他很激动:"这就是我。"

"那她说要去学校天台,就是见你吗?"我板着脸问他,"那你怎么没有保护好我姐姐?"

他说:"我没有,我约在离你家不远的小公园。"

我说:"我姐后来就是死在小公园的池塘里,你晓得吗?"

该死的人,不是她。我垂下眼帘,将满腔的冷和恨掩盖起来。

"你可以去找这位李警官问个清楚,他说他们有很多证据可以证明的。"我蛊惑说。

去吧,去看看才十八岁的刘雅兰是怎样和柏荣齐鬼混的吧,去看看口口声声说是清清白白嫁给你的刘雅兰到底是什么样子吧。

他呆若木鸡,张口结舌,说不出话。我继续蛊惑他:"听说,柏荣齐的案子牵涉到了很多钱,很多债主在向他追债的。"

第十二章 调查

往事或许对你来说不重要了,可是钱对你来说是很重要的吧,快去吧。

他甚至顾不得体面地说"再见"就急匆匆地离开了。

我想他一定是去了。因为晚上我打开监控后,听到了刘雅兰的惨叫以及连声哀求:"昊宇,求你了,疼……"

我看不到人,监控画面固定在客厅某一个角落的天花板上。叶罗丽娃娃大概还维持着昨天被甩出去的样子。

我听到李昊宇在大声骂"骗子",他的声音十分愤怒,他的语言足够恶毒,然而他又带着一点隐约的哭腔,最后变成了崩溃的大哭。

"你真让我恶心。怎么会有你这样的女人?你到底哪句话是真的,哪句话是假的?你还有什么是真的?"李昊宇的声音恶狠狠的。

"你从高中就开始愚弄我。"他说,"我给珍珠写的信,我送她的练习册,我给她准备的水果,原来我送给她的东西,都在你手里。你不但自己跟柏荣齐睡,你还让珍珠也落进他手里,天下怎么有你这样的人?你还是珍珠最好的朋友,你算是个人吗?"

他又骂自己:"我不但眼睛瞎了,心也瞎了,我怎么会那样说珍珠?我真的喜欢她,哪怕看她一眼我都开心。我为什么那么恨她?为什么要骂她?因为你呀,你说她给柏荣齐写了情书,主动和柏荣齐约会,你说她还有个青梅竹马的男朋友阿亮,你说她早就和柏荣齐睡了,你说你是亲眼见到的。你说李夏可以做证,她也看到了。"

耳机里又传来"啪"的一声响,我想应该是他甩了自己一个巴掌,因为这个声音更轻,下手更软。

"我被你耍得团团转。"

他在忏悔,他也应该忏悔,但他又说起了自己那些甜蜜的少年慕艾,也恨恨地说起自己被愚弄的屈辱。在珍珠去世十八年之后,这个曾让姐姐憧憬过未来的少年,这个曾经说姐姐不知廉耻的少年,絮絮叨叨地开始怀念我的姐姐。

随着他的念叨,珍珠的眉目面容,她款款走路的样子,她认真写作业的样子,她笑着给我洗裤子的样子,她皱着眉忍着溅出来的油给我炒蛋炒饭的样子,她严肃地说我不好好写字就要被打屁股的样子……最后的时光里她苍白绝望的样子,她无力地在我怀里哭成泪人的样子,全浮现在我的眼前,一如当年。我不得不低下头垂下眼帘,因为我眼里满含着热泪。

……………

在李昊宇回忆往事时,刘雅兰一直没有说话,也没有发出痛苦的呻吟。

她在认真地听李昊宇的话,在李昊宇不停地提到珍珠时,偶尔会发出意味不明的嗤笑声。李昊宇终于说到了他们自己。他的声音提高了,他开始说自己和刘雅兰的往事。在北方求学的那段时光,他们是真真实实拥有过属于自己的甜蜜时光的。李昊宇甚至花了不小的篇幅描述两人的第一次牵手、第一次接吻、第一次做爱。刘雅兰的呼吸声变得很轻很平和,她的情绪也在跟随着李昊宇的情绪,她甚至轻轻地喊了一声"昊宇"。

李昊宇没有回应她,他陷在自己的回忆和思绪里。他讲了孩子的出生,讲了自己初为人父的喜悦和感动,还讲了自己作为父亲本来给孩子安排好的光明的未来。刘雅兰又喊了他一声,但是李昊宇的情绪开始暴躁起来,他开始讲自己如今的不得意和落魄,而这落魄,都是因为刘雅兰。

自从来了这里,自从刘雅兰又遇到柏荣齐,他才开始变得倒霉。不但被戴了绿帽子,老婆还花着自己辛苦挣的钱养男人。他说他不甘心,他还有机会,他逼问刘雅兰把钱藏在哪里,是不是都拿给柏荣齐了。

"刘雅兰,我一直念着你是我孩子的妈妈,我想着为了孩子也要相信你,可是我今天再也不敢信你了。你说的话哪句真哪句假,我没办法分清楚,我要跟你断得干干净净,我会自己带好孩子的,我们离婚吧。"

李昊宇说:"那么一大笔钱,你肯定存起来了。你名下和我名下所有的银行账号公司都查过了,你肯定不会放在你父母名下,也不会放在你弟弟阿礼的名下,你会放在谁名下?"

他自己分析着:"连女儿的压岁钱账户你都取空了,儿子的账户我也查过了,都没有。莫非你以前在银行上班的时候,用别人的身份证开过银行

第十二章 调查

卡?这很冒险,万一被别人发现了,给你整个挂失,你就有苦说不出了,这你不会做,你肯定是有把握才会做的。"

"刘雅兰,你是不是有第二套身份信息,你自己的,或者是你很有把握的人的?你没有藏在原来的家里,因为你没回去过,你就藏在我们带来这儿的东西里,是吧?我总会找到的。"他对刘雅兰说。

然后再次没有他的声音了,但我能听到刘雅兰急促的呼吸声,李昊宇说的话让她紧张了。

李昊宇应该是在检查从叠墅带过来的东西,也许已经快要找到了,因为我听见刘雅兰发出了忍痛的声音,以及衣服摩擦地面的声音。看样子,李昊宇快要找到了。

李昊宇的脚步声已经逐渐靠近刘雅兰的位置,而刘雅兰还在挪动,因为衣物和地板摩擦的声音越来越清晰。

原先一直固定在天花板的画面突然移动,从天花板快速变换,画面里出现了一堆娃娃,高高低低,大大小小,颜色鲜艳。然后我又看到画面里一闪而过的刘雅兰的脸,接着是她的后背,再接着是她的臀部,她在缓慢地爬行着逐渐远离这一堆娃娃。

她的右手好像拿着什么东西,我看不清楚。可叶罗丽娃娃的监控画面已经变了,这个行为太异样了。

在李昊宇正在找她藏的最重要的东西时,她忍着痛爬过来,居然将原先被她胡乱扔在角落里的叶罗丽娃娃特意放进她女儿的一堆娃娃之中,这个行为实在太让人生疑了。难道说,她藏的最重要的东西,就在这个叶罗丽娃娃里?否则没法解释她为什么这么重视这个叶罗丽娃娃。

我爸说,她是最危险的人。我现在知道了,她确实是最危险的人。我忍着心里的惊骇,透过叶罗丽娃娃的眼睛,目不转睛地看着终于回来的画面。

李昊宇正在检查架子上的一堆书本,他没有放过任何一本书,包括她女儿的教科书,他甚至将包书的封皮也拆下来了。刘雅兰躺在沙发前,她的嘴角有血迹,右脸红肿不堪,披头散发狼狈不堪。

很快，他的儿子和女儿回来了。

儿子在进自己房间时，看到了受伤躺在地上的刘雅兰。

他儿子惊叫一声，扑到妈妈身边："你怎么受伤啦？妈，要不要去医院？"

刘雅兰哑着嗓子说："地板太滑，我摔了一跤。"

"这怎么可能是摔的，你们两个是又打架了吗？"他儿子伸手碰了碰刘雅兰的嘴角，"妈妈，要送你去医院吗？"

刘雅兰摇头，强调自己没事。

他儿子抬起头看着李昊宇说："爸，你们俩要是真的过不下去了就去离婚，总比现在又打又骂当仇人好。"

李昊宇抱着女儿抬起头，要他儿子不要管大人的事，一心一意好好学习，以后去做一番大事业。

他儿子撑他说："没学会做人，就是做出大事业，也照样会翻车。"

虽然他的公鸭嗓很好笑，但我真心觉得他爸爸应该好好听一听。

天色已经完全黑下来了，刘雅兰家的客厅灯火通明，在他儿子的强烈要求下，李昊宇送刘雅兰去医院了。

我想刘雅兰会对医生说这些伤是自己摔的，如果李昊宇因为家暴而被警方治安处罚，也许她短时间内找不到她想找的属于李昊宇的东西。

她跟女儿说一年之后，是因为什么？

刘雅兰的妈妈说过，刘雅兰花了很多钱在老家某处投资了个公司，按照李昊宇的说法，经过这么严格的审计之后，如果真有这事，就绝不可能是刘雅兰自己的名字。那会是谁的名字？阿亮吗？

他们去医院后，家里只有他们的儿子带着安安。

以往叛逆的少年懂事地挽起袖子将弄乱的东西归位，还搞了卫生。

他拿着一个布偶对安安说："这个扔了吧，这么脏了也不洗，好难看的。"

安安一把抢回去抱在怀里："不行，妈妈说，这个熊熊不管搬去哪里都要带着，我从京市抱到家里，又从家里抱到这里来了。"

就是它了，那个丑萌丑萌的玩偶泰迪熊。

第十二章　调查

　　李昊宇和刘雅兰都没有回来，一个青春期的大孩子带着小孩子，在家里做作业玩耍，洗漱然后睡觉。因为安安害怕，他们两人睡在一个房间里。

　　大概在晚上九点五十三分的时候，有人敲他家的门。他准确地喊出了孩子的名字，然后刘雅兰的儿子给他打开了家门。是曾躲在后备厢快要休克的弟弟阿礼。他亲热地拍着刘雅兰儿子的肩膀，告诉孩子们，是妈妈怕他们两人在家里害怕，让他过来陪一陪他们的。孩子们亲热地喊"舅舅"。当孩子们进入房间睡觉后，阿礼拿起那个丑萌丑萌的泰迪熊开门扬长而去。

　　他的手经过叶罗丽，却碰都没有碰。

　　难道刘雅兰在受伤的时候都不忘记放好叶罗丽，只是顺便？

　　我不相信，叶罗丽娃娃里一定有些什么。

　　刘雅兰和李昊宇是在将近十一点钟时回来的。他们没有吵醒孩子，李昊宇将刘雅兰放在沙发上，看着被收拾干净的房间骂了句娘。他叉着腰，烦躁地揪着自己的头发，在屋子里烦恼地转着圈圈。在他身后，受伤的刘雅兰偷瞄着四周，受伤的嘴角扬起了一个不易察觉的笑容，转瞬即逝。

　　刘雅兰又一次占了上风。她在监控画面里消失的那大半天时间，不但将弟弟阿礼从拘留所接了出来，还将弟弟安置在离她这个出租房不远的地方，同一时刻，还遥控着自己年幼的孩子来引我上钩……真是一个有心机有心计的女人，连柏荣齐都说她是个有胆识、有手段的人。

第十三章　日记

医院的流言蜚语已经不是单独说宋琪涉案了，而是隐隐约约地将矛头指向了宋院长，宋琪为什么能买得起那么贵的别墅，哪个当领导的人会干净得没有灰色收入……这样的话说出来，有很多人都相信了。

一时之间，已经住进宋家的卿卿，受到了更多的嘲笑和讽刺。更有好事的人打赌，赌卿卿什么时候会撤退。

不久之后，纪委的工作小组来了，客气地将宋院长请走了。

全院一片哗然。宋妈妈再度躺下了。

暴风雨来了，它将医院平时和风细雨的美好给打碎了，隐藏在平静之下的权力的更迭、名利的追逐，像一只从黑暗中探出头的怪兽，在最初的温顺之后，逐渐露出了它隐藏着的尖利的獠牙。

李瑞阳和小刚子带着搜查科，现在正出发去柏荣齐的家。

"违禁药售制案"和宋院长父子俩没有关系，这一点已经初步查明了。

以宋源为首的团伙除了在不轨分子中潜伏，甚至还同时拥有线上线下的销售网络，在某些网店里，稍有耳闻的不轨之徒只要打出"催Q""迷J"等关键词，就非常有可能搜索到他们的店铺。

李瑞阳比谁都盼望着这个大案赶快尘埃落定。但他还有两个大大的疑问。

第一，柏荣齐的那本小黑本，里面到底藏着什么秘密？

第二，胡主管、秦药师口供的不尽不实之处。

第十三章 日记

对于柏荣齐的小黑本，技术组和信息组正在研究破译，他们初步得出来的结论是：这是柏荣齐利用某一本书作为母本来设计的，找到母本，一切将一目了然。

这是案发后第二次对柏荣齐家进行搜查，这一次，李瑞阳知道自己必须再仔细一点。

柏荣齐的家实际使用面积并不大，主卧使用痕迹和生活痕迹更明显，这也是李瑞阳侦查的重中之重。

柏荣齐家里有多少本书？一目了然，只有稀稀拉拉的二十五本，有已经拆开封皮的，也有没开封的，李瑞阳觉得奇怪，按照小黑本的使用和记录频率，这本书应该有点年头了，至少翻阅的次数是比较多的，有这两个明显的特征，这本书被找出来是分分钟的事情。但事实上，满屋子找不出一本符合这两个特征的书。二十五本书里，有十四本没有开封过。其余的也只限于开封过或者大致翻开过，这些书不是买来装样子的，就是买来装柜子的。

客厅的组合沙发拆开看过，抽水马桶的水箱也打开看过，连厨房里的各种看起来没用过的锅碗瓢盆都打开检查过。结果还是一无所获。

李瑞阳决定去物业公司走一趟。物业公司的人十分配合地给他找了一些单据，还很八卦地将数次债主上门、柏荣齐狼狈逃窜的情景都生动地描述给李瑞阳听。其中一个工作人员讲了这样一件事，他说："就前不久吧，好像是柏先生回老家的时候，有一个女人抓奸抓到他家去了，还找了开锁公司打开了他家的门……"

李瑞阳立马精神抖擞起来，来了十二分的兴趣。

物业人员所说的时间，就是自己接到匿名举报柏荣齐行踪的电话，联合外地警方执法将柏荣齐从老家带回时。他问了详细的事发经过，又要了事发时的监控录像，同时与辖区派出所联系，申请到了当时的出警笔录。

然后，他再次看到了一个和柏荣齐纠缠不清的名字——刘雅兰。而和刘雅兰的名字连在一起的，是林凯。

这个名字李瑞阳并不陌生，因为他也曾出现在警方的视线中，他是那间本&色酒吧里的一个经理。

什么时候,这个经理变成了刘雅兰的情人了?有猫腻,太有猫腻了。

这两个本不该产生交集的人,在这个时候默契地扮演了一对偷情的野鸳鸯。还有比这更诡异的事情吗?

一回到警局,李瑞阳马上播放了这段监控视频。

晚上八点四十五分,刘雅兰和开锁公司的工作人员一前一后走出电梯,开锁师傅开始工作,几分钟后门锁打开,刘雅兰先走进去……接下来的画面,让李瑞阳瞬间打起了十二分的精神,他真的一点瞌睡都没有了。

半分钟后,从消防通道的门后快步走出一个黑衣人,他飞快地向前走,好像要去柏荣齐家,但是他马上快速地后退,重新走进了消防通道门后面。

之后,这个黑衣人没有再出现在监控画面里。

他在监控画面里出现的时间,总共也没有超过五秒。警方的笔录里没有任何有关这个黑衣人的记录,甚至物业工作人员也没有提起过这个黑衣人。

这段监控视频真是太热闹、太有内容、太有秘密可挖了,这是李瑞阳心里涌上来的一种让他兴奋的直觉,这种直觉常常指引着他的破案方向。

他把视频倒回去,再一次看着这个黑衣人的出场和退场。

这个黑衣人,李瑞阳目测是个年轻女性,从她即使穿着嘻哈风格的大衣服也鼓鼓囊囊的胸就能看出来,这绝不可能是个大男人。

她个子不矮,身材不胖,戴着宽檐的帽子,帽子下面还戴着黑色的大口罩,这两套装备让她的脸没有一丝一毫露出在画面里,但是她手里拿着手机。她快步走的时候很焦急,退回消防通道的时候很敏捷。这是谁?是她报的警吗?她躲在消防通道后面要干什么?

…………

不管医院处于一种什么样的氛围,医生最主要的,是完成自己的本职工作。我的本职工作又让我午休晚下班了,胡丽给我发信息说她不等我了,她先去陪卿卿去。

宋院长还没有回来,宋妈妈每天以泪洗面,既担心丈夫,又担心儿子。

第十三章 日记

卿卿终于"下凡"了，居然独自去菜市场买菜、买米、买油盐酱醋等照顾着宋妈妈，这让当时认为卿卿会另攀高枝的人都大吃一惊。

我觉得这才是真正的卿卿，就像当年爸爸失踪后，家里只剩我一个人时，她总惦记着喊我回她家吃饭，给我带各种各样好吃的东西……她表达情意的方式不在高处，而在低处。

医院里人事变动很大，有人停职，有人升职，有人调岗；西药房有人被开除，整个部门的奖金和绩效等都受到了极大的影响，胡主管以一个人的行为生动地诠释了那句"一粒老鼠屎坏了一锅汤"，以一己之力影响了科里、院里数十个同事。院里谁提到他都要骂两句。时隔一天半后，宋院长再次被开车送回了家属楼，这一次，宋院长的脸上终于有了难得的轻松的表情。

他安慰宋妈妈："别哭了，难道你还不了解儿子？他不会有事的。"

"我自己喊冤，喊破了喉咙都不会有作用，但是纪委这么一查再一放，我的冤就自然而然被大家看见了，这比我自己喊一万次都有用。"

他既是劝解宋妈妈，又是安慰我们。"宋琪也一样，警察给他仔仔细细方方面面都查过，以后就不怕别人用同一件事来兴风作浪，来质疑他。"他总结说，"等吧，只有等，我们大家都放宽心等。"

我表示学到了，难怪大家都说姜还是老的辣，这些人生道理都是用人生经历总结提炼出来的，凝结着汗水、泪水，还有血水。

指使阿礼拿走脏脏熊的刘雅兰还在找着什么。

从医院回来后的第二天早晨，她悄悄地贴着安安的耳朵问话，安安不停地摇头，对着她嘟起嘴巴。她笑着揉安安的头顶，但是眼睛里分明透着失望。李昊宇也一无所获，他越来越颓废，越来越急躁，但可能是儿子的话起了作用，他没有再对刘雅兰动过手。

李昊宇没有找到刘雅兰藏起来的东西，刘雅兰也没找到李昊宇藏起来的东西，同床异梦的两个人，都有着异曲同工的恶心。而阿礼没有再出现过。

刘雅兰和李昊宇的儿子，尽管有时候会抱怨现在的生活，但也开始逐渐展露自己成熟的一面。在父母明显不睦的情况下，他有时候会调和，有时候会劝导，有时候会十分耐心地照顾妹妹。

李瑞阳第一时间将小区其他监控视频查了个遍，在一楼大厅的监控画面里，神秘黑衣人又出现了五秒，她是跟在刘雅兰和开锁师傅身后，从大厅直接进入消防楼梯，除此之外，她就好像是凭空出现在小区，李瑞阳开始怀疑她就住在这个小区里。于是他让小刚子对小区所有住户进行核对，小刚子似乎是有点话想和他说。

小刚子一副"我有话说，但我不知道从何说起"的模样，李瑞阳静静地看着他表演了大概十几秒的样子，实在忍不住问："有话快说，有屁快放。"

小刚子挠着头："师兄，我好像认识这个发际线。"

李瑞阳瞬间紧张起来："哪个？是不是这个林凯？"

小刚子不是很确定："师兄，你被迷晕那天，那个黑衣人冲出去的时候，他在上楼梯那里回了一下头，我感觉这个脑门和这个发际线有点像他，但我不确定。"

李瑞阳："查，有怀疑的对象，查就完事了，好好查查林凯。"

他又指着屏幕上那个黑衣女人说："还有这个女的，一起查。"

但是李瑞阳没有时间亲自去查，局长和焦队长一致通过，交给他一项必须完成的任务。他被摁下坐在化妆镜前，那个在他昏迷时守着他的女警此刻依然在守着他："队长，这可是局长安排下来的任务啊。你可不许乱动，要不把你化丑了可不怨我。"

然后拿着一大堆的彩妆开始在他脸上捣鼓。是的，他在化妆。他要参加市里这次的公益宣传片，宣传片的内容就是"警惕身边的下药人"。

这次拍摄花了一个工作日。一天后李瑞阳回到工作岗位，正好赶上了林凯的讯问。林凯主动到警局来配合警方的调查行动。

李瑞阳不是不惊讶，他万万没想到，林凯竟是帮助自己揭开这起大案的关键人物。那个摄像机、照片和小黑本，是他寄给警方的。林凯对自己出

第十三章 日记

现在这两个地方做出了解释。之所以出现在柏荣齐家,是因为柏荣齐欠自己的钱不但不还,还躲起来了。而他在酒吧里却被柏荣齐的债主当成了追债对象,严重影响了他的生活和生意。会出现在庆春地下商城,完全是巧合。

林凯说,柏荣齐第一次从警局出来以后,自己曾经找到他,希望他早点把欠自己的钱还了。当时柏荣齐曾说,他不需要太长时间就一定能还清所有债务。柏荣齐神秘兮兮地说,他有赚钱的路子。

接着,林凯向警方讲了一个有点长的真实的往事,这个往事从十八年前的某天开始,和柏荣齐、刘雅兰及自己息息相关,并且关系着好多人的生死。

这件林凯口中的往事,李瑞阳曾认真研究过、了解过,但是当年的那些当事人,除了柏荣齐和刘雅兰,他是第一次接触到。

这也是他第一次从其他当事人的口中,清清楚楚地听到当年的详情。

纸上得来终觉浅。那段真实的惨烈的往事被浓缩成几张薄薄的纸,照片已褪色,音容笑貌已被遗忘,而那些鲜活如花的少女,林凯曾见到过、交谈过、见证过……

李瑞阳看着这个坐在审讯桌另一头正在痛哭的男人,这个瞬间,他相信林凯说的话。林凯的悲伤、痛苦和羞愧是这样真实和强烈,这不是在演戏。

在林凯稍微平静下来时,李瑞阳继续进行自己的工作,他问起了自己心中的疑问:"你为什么会出现在庆春地下商城?"

林凯说,柏荣齐被警方释放后,他去找柏荣齐质问的那天,偷听到了柏荣齐和刘雅兰的电话。电话里柏荣齐亲口告诉刘雅兰,自己有挣大钱的路子,要找刘雅兰合作。

林凯说:"我跟他一起工作,我们是多年的好友,结果他不但欠我钱不还,还害得酒吧都开不下去,现在他有挣大钱的路子不告诉我,反而告诉一个女人,这太不厚道了,这难道就是他对我的回报吗?所以我跟在他后面,偷偷跟去了庆春地下商城,我倒要看一看这个挣钱的路子是什么。"

林凯后怕地说:"我是真的后悔跟着去了,也真的怕了,我看见有个警官莫名其妙就摔倒起不来了,这可是袭警啊,这是很大的罪。"

李瑞阳问起了自己最关心的事，即那天在他昏迷之后，究竟又发生了什么。林凯将那天的事，包括自己躲在哪里，听到了什么，看到了什么，柏荣齐和刘雅兰为了这些东西如何打起来，自己又是怎么将摄像机等物品拿到手的都说了出来。

林凯说："看了摄像机，我什么都明白了。我有罪，我罪孽深重，十八年前，我间接害死了刘珍珠，就为了所谓的朋友，就为了一万块钱。"

他再次掩面痛哭，羞愧难当。等他再次平静下来，李瑞阳问他："柏荣齐和刘雅兰说的能挣大钱的路子到底是什么？"

林凯交代，柏荣齐和刘雅兰曾经说到这个生意很隐蔽很安全，网上都可以开店卖，一本万利，但是具体是什么，由于柏荣齐和刘雅兰已经进了暗室，他已经无从得知。

林凯说："如果我的行为是有罪的，我愿意接受我应得的法律的惩罚。"

他有没有罪，有什么罪，李瑞阳说了不算，自然要用事实和证据来说话，而作为警察的李瑞阳要做的工作是去核实他口供里的一切。

在核实他的口供之前，李瑞阳还有最后一个问题："据你所知，除了你、刘雅兰，还有谁会想去柏荣齐家？"

林凯想了想，说"不知道"。

李瑞阳觉得有必要再对柏荣齐进行一次审讯。说干就干，他向局长申请对王强和柏荣齐再发起一次审讯。柏荣齐究竟有没有参与违禁药的销售，王强心里最清楚。他是人民警察，他不会冤枉好人，同时也不会冤枉坏人。然后，他还给刘珍珠老家的司法机关打了个电话，他想要刘珍珠当年的庭审记录。

忙完这一切，他又想到了刘宝珠，他想象不出当年十一岁的刘宝珠会是什么样子。

这个柏荣齐如此作恶多端，仅仅十几年的有期徒刑对他来说太轻了。

这让李瑞阳的心里沉甸甸地难受。他再次想起那本小黑本，这才是能让柏荣齐伏法的关键吗？怎么破解？母本在哪里？

第十三章 日记

柏荣齐家里所有的书都带回来了。李瑞阳想了想，从证据室领出来，一一摆在自己的桌面上。他准备用最笨的办法，一本一本试过去。

假如这几个数字代表的是书的页码，这几位数字代表的是哪一行的哪几个字，这样一个一个按图索骥，是不是总能找到？那么字母代表的又是什么？二十四个英文字母，会不会是代表哪一年哪一月的哪一天？这些奇怪的符号，会不会代表着他的战利品？这像月亮一样的鬼画符，会不会代表项链或者戒指？

李瑞阳认为自己找对了思路，便一头扎进了那一摆书里，这是自毕业后，他头一回这么认真努力地看书，并且没有边看边睡着。

焦队长过来热烈地祝贺他，因为警察公益大片的男主拍得很帅。

"这个公益片可是会在所有公共场合循环播放的哦，包括刘宝珠工作的医院。"焦队长装模作样地在那念念叨叨，"我们警队的门面啊，这么帅，刘宝珠肯定能看到吧。"

见鬼，刘宝珠会认为涂脂抹粉的男人帅，她得多没眼光。

李瑞阳没理自己的老顽童师父。

他沉浸在书本中，一直到小刚子打电话过来才让他从书本里抬起头来。

小刚子是打电话来报喜的："师兄，快来，我们找到了柏荣齐这只兔子的另外一窟。"

李瑞阳以最快的速度飞一样赶到了现场。

原来，柏荣齐租下了自己家隔壁的房间，当作自己的藏宝室。

快要生产的小赵医生正式开始休假了。

刘主任在群里发信息说今天晚上科室聚餐，除了上晚班的，谁都不允许请假。于是我打电话给单老师请了假。

他开心地问我是不是去约会，让我好好地放松一晚，争取早日拿下目标。

然而我并没有放松。从下午开始我的精神就很紧张，因为我在医院门诊大厅的角落里看到了一个不应该出现在这里的人。

那时候我正送小赵医生去员工停车场。这是一条我平时不会走的路。

这个人就坐在走廊的一张椅子上,戴着帽子,穿着黑色卫衣卫裤,在我和小赵医生走过去的时候,他把头扭向远离我们的那一侧。

然而他不知道,那边有面玻璃墙,他的脸清清楚楚地出现在玻璃墙上。

他是阿礼,刘雅兰的弟弟,刘雅兰忠实的帮手之一。

他为什么会在这里?我不会有他是在这里看病的愚蠢想法。

他在看到我的时候就将头扭到一边,可见他认识我,也知道我的动向,他是刘雅兰为我特意安排在医院里的。

身怀巨款,孤身一人……这就是她固执地将我立为目标的原因吗?

我不露痕迹地将小赵医生送上了车,并没有多往他的方向看一眼,然后正常地回诊室了。下班后,我和同事们一起走,借着说话的机会,往他那里看了眼。他还坐在那里,连位置都没换。

就在我们出发前,阿礼起身走向了医院东边。

警惕心让我在聚餐时频繁地上厕所,频繁地打开监控。

晚上九点半,在我们的聚会即将散场的时候,刘雅兰打了一个电话,她温柔地喊"阿亮"。她在电话里十分恳切地要求阿亮来这里帮她做件事,阿亮似乎是拒绝了她。但刘雅兰说自己已经到了最关键的时候了,让阿亮不要推三阻四,这是最后一件事了。

她在电话里说:"阿亮,难道你只管你儿子,不管你女儿吗?你要是不来,我们女儿安安就要一无所有了。"

我僵直着身体,几乎不敢相信我听到的。

刘雅兰在电话里委屈地对电话那头的阿亮哭诉:"这么多年,你又不是不知道安安的存在。但你只管你跟她的儿子,什么时候管过我们俩的安安?现在我和安安就到山穷水尽的时候了,你到底还要不要管一管我们俩可怜的女儿安安?"

电话里头给予了她回应,她在电话里说:"我只要拿到李昊宇藏起来的东西就好了,保证不会伤害任何人。"她说,"李昊宇四年前在桐市签项目

第十三章 日记

的时候,收了别人一块玉,这块玉很值钱,我不知道他收在哪里,我得找到它。阿亮,这是属于安安的,你难道希望安安像我们小时候一样吗?"

我不知道她有没有说服阿亮,因为她没有机会说下去,这个电话匆匆忙忙挂掉了。李昊宇和他儿子回来了。

聚餐结束后,回宿舍时,有人站在宿舍楼前,我不确定他是不是在等我,他还保持着下午我无意中看到他时的装束。

我的手迅速伸进包里,将电击枪紧紧地拿在手里。

阿礼喊我:"是刘宝珠吗?我是刘雅兰的弟弟。"

没有劫匪或者绑匪会在这个地方自报家门吧,所以我虽然没有走过去,但是仍然回答他说:"我不认识你,你有什么事情吗?"

他走近了几步,摘下了一直戴在头上的帽子,脸部轮廓清晰可见。

"你自己小心点。"他犹豫着说,"我姐呢,我觉得她大概是精神出现问题了,她大概是很想要你的钱,总之,你自己小心点。"

"我要回老家去了。"他笑着点头对我说,"刘医生,再见啦。"

他头也不回地离开了,背上背着一个包,包里鼓鼓囊囊的,我猜那个丑萌泰迪熊一定还在这个包里。

他在医院里等到这么晚,就只是为了来向我示警的吗?

回到宿舍,我锁住门,然后立马打开了叶罗丽娃娃,入目就看到了坐在地板上的刘雅兰,以及躺在地上一动不动的李昊宇。

我不知道李昊宇是喝醉了,还是昏迷了。两间小卧室的门都关得紧紧的。刘雅兰正忙碌地在李昊宇的身上找东西,她甚至没放过李昊宇的皮带。

但是显然她还是没有收获。她坐在地上,身边是凌乱的,有李昊宇的包、有他的领带、有他的皮带……刘雅兰甩了人事不省的李昊宇一个巴掌,过了一会儿,她又站起了身,行动自如地走到门口玄关的小鞋柜。是的,行动十分自如,一点都没有之前看到的腿受伤拖着走路的样子。

她从鞋柜里将李昊宇的鞋子全部找了出来,她蹲在那里,不停摆动着的左手告诉我她正细心地在李昊宇穿的鞋子里找她要找的东西。

她脸上露出了得意扬扬的笑容。她站了起来，优雅转身的时候，我看到她的左手里拿着一张卡。她已经找到了自己要找的东西。她拿着卡走到李昊宇的身边蹲下，拿着卡在李昊宇脸上扇了两下。

"昊宇，你要我怎么说你呢？唉，银行保险柜也不租个贵的，租这么个一天一块钱的，唉，省小钱花大钱啊，告诉你多少次你都不会改。"然后她低下头，又在李昊宇脸上亲了一下，"不过，我就是喜欢你这个傻样子，银行保险柜这个业务还是我以前在银行里教会你的呢，就知道你会这么做。"然后，她哼着歌打了一个电话，是给阿礼的。

"阿礼，一会儿来我这一下，帮我拿点东西。

"什么，你怎么会在老家？

"你为什么要这么做？你是想要毁了我的一生吗？你为什么要告诉刘宝珠？"

她在电话里发出了一声声质问，这让她面目扭曲如魔鬼。但她很快变了脸色，而且一改刚才的声高气粗，支支吾吾地说："我没有，不是我推的……"

她很快就收住了自己要喊出来的话。

就和上一次林凯故意激怒她问她"怕不怕珍珠找她"的时候一样。

有一种难以言说的直觉让我精神紧张起来，我期盼她能再多说几个字。

但她气愤地摔了电话，之后她又给阿亮打了个电话，让他马上出现在她面前，不然她和安安就要没命了。

阿亮在电话里说了什么我不知道，我听到她不耐烦地说："这块玉是别人贿赂他的，当时说是值二十万，在京市我们去估过价，至少可以再加一个零，能不要吗？两百万不但够安安上大学，还可以送安安出国留学，我吃过的苦不会让安安再吃一遍了。你要是想看着我们娘俩死，你就守着家里的儿子吧。"

阿亮在电话里继续说了几句话，她反驳说："还有密码，我得套出开户银行保险柜的密码来。你快点来，最迟这两天，我们就能带安安一起走，到

第十三章 日记

时候每年给你儿子寄学费,你也不用再为此发愁了,这难道不好吗?"

我想她应该是得到了阿亮给她的肯定的答复,因为她情不自禁地哼唱了两句歌。

我爸说得对,阿亮会是刘雅兰最忠实的粉丝,伸出手帮刘雅兰的,只有阿亮。而我的关注点除了安安是阿亮的女儿,还有那句"不是我推……"

推谁?推到哪里?是指的我姐吗?

李瑞阳赶到现场时,搜查科和鉴证科的人已经一起赶到了。

能发现这个房间,多亏了小刚子从物业提供的资料里找到了柏荣齐的缴费记录。他们在定制橱柜里找到了一个夹层,夹层里有许多照片,还有厚厚一摞录制的老式碟片,尺度很大、时间跨度很大……

李瑞阳的心里沉甸甸的。

柏荣齐值得一个强奸犯的最高刑罚——死刑。但问题是,除了照片和碟片之外,没有发现其他拍摄作案过程的工具,比如相机、摄像机、手机等工具。这不应该啊,这个房子的租金并不便宜,就为了藏这么点东西,这不划算啊。尤其是柏荣齐几年前开始各种赌之后,他的经济紧张是很明显的。在这么紧张的情况下,居然没有把月租金并不低的房间退掉,这太可疑了。

还有哪里?李瑞阳问:"小刚子,柏荣齐车里的东西追回了没有?"

小刚子摇头,柏荣齐的车子经过几次精洗和内外翻新,痕检和物证没有找到有价值的线索。这个柏荣齐,真的是狡兔三窟。李瑞阳确定自己一定还有遗漏的地方,于是他去物业公司找了这两处房子的维修、维护、施工等记录,在两年前的记录里,李瑞阳找到了这两个房间的两个阳台施工的记录。

两个阳台,先后施工,不同的施工队,不同的申请人,同一个付款人。

猫腻就在这里吧。

李瑞阳再次展示了一个刑警的优良品质,他趴在阳台的地上和墙上从上到下敲了个遍。在将两个阳台分隔开的墙壁上,李瑞阳再次找到了一个十分隐蔽的暗格。大家松了一口气,找到作案工具了。这个暗格里面藏着数台相机和摄像机，柏荣齐在与时俱进地更新他的拍摄工具。

最引人注目的是，在这一堆东西里面，有一个做工精良的防潮袋，里面有一本笔记本，扉页上写着"刘珍珠"三个字。

这是十八年前，刘宝珠的姐姐刘珍珠的日记本，写着刘珍珠绝笔的日记本。这本日记本绝对不应该在柏荣齐手里。

李瑞阳顿时想起了刘宝珠像誓言一样郑重的那句——我姐姐是不会自杀的。刘宝珠说的不可能的事竟然可能是真的！因为，这本日记本最后的内容，是刘珍珠的绝笔。既然有刘珍珠的绝笔，那这个本子要么就应该在家里，要么就应该在珍珠死亡的池塘边。

李瑞阳是看过珍珠死亡现场的勘查报告，报告里没有提起池塘边上有遗书。而刘宝珠说，刘珍珠的所有东西包括日记本都被奶奶烧了。

李瑞阳决定在回警局的路上去见一见刘宝珠。这次他直接去了刘宝珠的诊室，当他出示这本日记本时，刘宝珠的眼睛在一瞬间红了。

"这个怎么会在你手里？"

李瑞阳："这是从柏荣齐家里搜出来的。"

"那怎么会在他手里？"刘宝珠追着他问。

李瑞阳反问："这原本应该在哪里？"

"我以为，是被奶奶烧了。"她的眼泪终于落下来了。

"奶奶把姐姐所有的东西都烧了，书、衣服、鞋子、被子，就在姐姐的葬礼之后。我以为这个也被烧了。"她抬起眼问李瑞阳，"我能看看吗？"

李瑞阳说："只能隔着看。"

刘宝珠如获至宝地点了点头。"姐姐的东西一样也没有留下，"她问，"李警官，结案后，这个可以留给我吗？"

李瑞阳点头说："结案后当然可以。现在我要你想一想，还记得这个本子最后出现在哪里吗？"

"姐姐一般都会放在床头柜里。"刘宝珠答道。

"你还记得当天的事吗？"李瑞阳问。

第十三章 日记

"这和现在的案情有关吗？"刘宝珠没有抬头看他，她的注意力一直在这本日记本上。

"你先说说看。"李瑞阳强调。

刘宝珠说起了那天的事，包括哭泣、争吵、小池塘……

李瑞阳问她："你还记得那个小池塘吗？"

刘宝珠点头。

李瑞阳问："那里有灯吗？有足够的光亮来写字吗？"

"池塘边上有一排屋子，我记得自己小时候走的话，大概有五百多步远，如果屋子里开灯，从窗户透过来的光就能照到小池塘边上。"刘宝珠说，"我不明白，李警官，你为什么会这么问？"

她敏锐地抬起头，李瑞阳看到了她眼睛里的激动以及……期待。

"你是不是认为我是对的？"她目不转睛地盯着李瑞阳，"你是不是也在怀疑我姐姐有可能是他杀？"

李瑞阳沉思了一会儿，摇了摇头。

"现在还没有其他证据，我只是觉得，这个本子应该是在你姐姐死前带在身边的。"

他站起身走到刘宝珠的身后，拉着她的手，翻到了日记本最后的字迹。

赫然正是刘珍珠死的那天。

"这本日记本怎么会到柏荣齐手里？那时候第二次庭审才刚结束，柏荣齐还在羁押之中。他根本没机会接触到这个本子。谁给他的？谁在哪里拿到的？会不会是你家？还是在那个小池塘？"

他问的问题也正是珍珠死前究竟发生了什么的关键。

他离宝珠如此近，只要他将自己的胳膊合围，宝珠就像是被拥在他怀里一样，李瑞阳咳了一声，赶紧站直了身体。

刘宝珠问："李警官，我能不能这样理解，这本日记本是谁交给柏荣齐的，谁就可能是杀我姐的人？"

李瑞阳没有武断地下结论："等我详细看完各种报告，我再告诉你。"

像柏荣齐这样的人，理应得到一个死刑。

如果珍珠的死亡是人为的，柏荣齐脱不了嫌疑，唆使或者怂恿或者利诱，他都是主谋。就像他付钱给刘雅兰，让她设下陷阱对珍珠下手给自己犯罪创造条件一样；就像他为了脱罪，利诱刘雅兰，利诱加蒙骗林凯，伪造证据逃脱刑罚一样，他都是主谋。

刘宝珠的眼睛里泪光闪烁。李瑞阳就站在离她很近的地方，没想打扰她，但是小刚子给他打了个十万火急的电话："师兄，立刻归队，马上有抓捕任务，找到两个制药人的落脚点了。"

李瑞阳："宝珠，我现在必须马上走，这个作为证物我也要带走。"

他伸出左手去拿刘宝珠捧在双手上的笔记本，忽然感觉手心一热，刘宝珠正好闭上眼，她的眼泪啪嗒落在李瑞阳的手心。

他握紧了发烫的手心，以最快的速度回到警局。

小作坊里的制药嫌疑人并没有机会跑出省去，他们一直躲在城乡接合部的某个废弃民房里，终于憋不住出来买烟时，被警惕性极高的村干部给电话举报了。

李瑞阳参与过大大小小数十次抓捕行动，尤其是在他被借调到边境的时候，抓捕几乎是家常便饭的事。这一次的抓捕任务，他十分有信心完成。

在李瑞阳离开后，我爸给我打了个电话，他告诉了我林凯的最新动态。

林凯昨天主动出现在警方面前，配合警方的一切调查，这意味着警方将会知道林凯其实就是在地下商城的那个黑衣人。

我爸说我不用担心，这一天迟早会来的，这是他们早已经预料到并做好准备的。林凯不出面不露头，柏荣齐和刘雅兰合谋陷害珍珠的视频就不能光明正大地出现在珍珠的同班同学手里。只有这个对珍珠心怀愧疚的当事人，他认识当年所有的当事人，又间接造成了珍珠的悲剧，所以他才会也才有理由将珍珠是否清白看得这么重要。林凯将会被警方羁押七天，七天之后，林凯的老婆小秋嫂会请律师对林凯的行为进行申诉。

第十三章 日记

在我告诉他李瑞阳带来的日记本时,他在电话那头好半天说不出话来,最后,我听到他又痛又悔地喊了句:"我的妞妞啊……"

我想我理解他的心情,也理解他没法说出口的话。

谁拿了姐姐的日记本?谁杀了我的姐姐?

我想起了刘雅兰那句没说完的话——不是我推……

小刚子曾经说,柏荣齐不可能再逃脱法律的制裁,而能逃脱法律制裁的,是刘雅兰,不管是十八年前还是今天。

刘雅兰在电话里和阿亮说,只要拿到李昊宇那块玉,就带着安安和阿亮远走高飞。这个计划的可信度有多高我不确定,如果只有一张通往幸福的船票,我确信持有人一定是她自己。可即使她拿不到这块玉,她本人还是毫发无损,警方似乎没有能将她定罪的证据,我也没有。

其实我知道李瑞阳说的是什么意思,他在怀疑有人比如说刘雅兰,在池塘边拿走了姐姐的日记本,然后交给了柏荣齐。

但这个行为也定不了她的罪,只要她不承认推了姐姐,她甚至可以辩解自己不是见死不救,她只是太害怕了,她从来没经历过,她吓坏了……

有什么办法能让她得到惩罚呢?

黎致远在微信上说他在妇产科候诊大厅,如果我午休的时候有时间,他在那里等我。我们已经有几天没见了。

午休一到,处理好病患后我急匆匆地往候诊大厅走,他就站在候诊大厅的出口处,护理台的小护士正在和他说话。

就仿佛有心电感应,我刚看到他,他的眼神已经移过来。四目相接,我的眼里只看到他。他迎了几步走向我,没有说话,只静静微笑就足够美好。

一阵电话铃声响起,打断了微妙的氛围,是我的手机在响。

有个男人在电话里号啕大哭:"刘医生,我师兄屁股中枪了,怎么办?他是不是要死了?"

中枪?和平年代,哪里来的中枪?电光石火之间,我想到了李瑞阳。

"枪伤具体位置?"

"屁股下大腿根。"

"你们的位置？脱下你的上衣，压迫止血……"

黎致远已经在联系院里的那台ICU型手术急救车。

而我在门诊大厅狂奔起来。我不擅长外科，从来没有处理过枪伤，我要去找外科主任，现在大家都在食堂，我冲向了食堂……

外科褚教授，男性，头发花白，身材精瘦……可我冲进食堂，触目之处满食堂都是脱下白大褂就像换了个人的同事，我真的找不到，于是我在食堂里大喊一声："褚教授。"有人在角落招手，我跑了过去，将手机递给他，"褚教授，病人是刑警，屁股后大腿根中枪……"

黎致远在我后面走过来，他拉住了我的手："院里的ICU救护车马上就到。"

褚教授还在通话中，他的语气平稳和缓，态度冷静果断，浸淫专业几十年的专家果然非比寻常。

褚教授还没挂断电话，医务科科长已经边接电话边走过来了："公安部门和红会医院一起向医务科发来求助，说他们院急救中心马上有位中枪的警官需要帮助，说是和你们在联系，是吗？"

我和黎致远都看向正在通话中的褚教授。

褚教授站起来将手机还给我，说："现在就走。"

黎致远见状赶紧跟着站了起来："我送您。"

医务科科长说，医院门口已经有两名警察在等待，一会儿会用警车开道，马上出发吧。

七分钟后，黎致远发微信告诉我，他们已经到达，褚教授带队正在抢救中。我不知道李瑞阳具体的伤情，但我真诚地盼望一切平安顺利。

事后褚教授告诉我，李瑞阳警官当时心率超过120次每分，足背动脉完全触诊不到，估计失血量已达2000ml，判断为腘动脉断裂、失血性休克，并有左下肢坏死可能……是真正经历了九死一生，从鬼门关上绕了一圈回来的。

警察是个高危行业，爱岗敬业勇于拼搏奉献的人，都值得人们发自内心地佩服与尊重。尤其是当我看到公益宣传短片《小心身边的下药人》时，我

第十三章 日记

　　终于知道那天晚上在庆春地下商城我目睹的一系列事件究竟是多严重的案件了。随着新闻越来越多,终于在大众的呼唤中,公安机关召开了一次非常严谨和慎重的新闻发布会。通过这次发布会,这个被命名为"5·16特大违禁药制售案"的案件,终于被公开了。

　　而在这个公益短片里,李瑞阳给社会各界详细展示了作案团伙下违禁药的各种方法和手段,用防不胜防来形容是一点都不为过的。

　　医院小护士们总结了几点:不要吃、喝陌生人递给你的任何饮食;外出娱乐时,对于离开自己视线的酒水饮料等一律不喝;见网友有风险……

　　而医院里关于宋琪涉及的就是"5·16特大违禁药制售案",宋琪本人就是这个制药售药团伙首领的说法一时甚嚣尘上。言语的解释已经是苍白的了,宋琪能正大光明地走出拘留所才是最好的证明。

　　就像我爸说的那样,林凯终于在律师的帮助下顺利脱身了。

　　警方查明他确实与"5·16特大违禁药制售案"没有关系。

　　同时,林凯给我带来了一个坏消息和一个暂时不知道好坏的消息。

　　坏消息:李瑞阳曾问过他,除了他和刘雅兰,还有谁会想去柏荣齐家。

　　林凯托我爸问我,在刘雅兰私自撬锁进入柏荣齐家的那天,我是不是也去过柏荣齐家。我想起了那次情急之下推开消防通道的门走出去的自己,还有那个12110的报警短信。

　　第二个消息,柏荣齐的案子侦查结束,已经进入批捕阶段,马上就要移交检察机关,进入司法审查阶段了。而我的直觉告诉我,这是一个坏消息。

　　在此期间,还发生了其他一些事。刘雅兰不见了,并没有带走安安,也没有带走她儿子,更没有和阿亮走。因为阿亮被治安拘留了。

　　我爸说,趁着阿礼回家的时机,有心人将刘雅兰夫妻破产甚至可能有牢狱之灾的消息散布了出去,刘雅兰父母颜面扫地,还被追债的堵了。

　　但阿亮还是在收到刘雅兰电话的第三天,来到了刘雅兰指定的地方。

　　刘雅兰并没有在第一时间将需要用到的东西给阿亮,而是自己带着这些重要的东西,在约定的地方与阿亮会合。

她如往常一样，目送孩子们出门上学，没有多说过一个字，就收拾了几样值钱的东西，趁家里没人出了门。而李昊宇在送孩子回来后，也马上被公司审计组带走了，他们夫妻俩将通过不同的方式到同一个目的地。

在阿亮进入银行并且打开保险箱取出玉的那一刻，李昊宇的脸色说不出有多阴沉难看。阿亮当时就被警方带走了。躲在外面放风的刘雅兰见势不妙，正准备偷偷溜走，也没有来得及，她和阿亮一样被警察抓住了。

可惜的是，警方没有在她身上找到其他东西。

据说李昊宇哭了，痛哭流涕、歇斯底里地疯狂叫骂。他骂，骂这个让他已经失望的老婆不但和柏荣齐有一腿，还和刘育亮有一腿，而且一直不停地在家里演戏，为的是要掏空他的家底。他哭，是因为公司审计组请了专家来鉴定，这块当时在京市鉴定至少价值两百万的玉，其实就值两万。

现在，他真的是一无所有了。然而很可惜，这依然没有办法治刘雅兰和阿亮的罪。因为刘雅兰坚定地说这是她老公藏起来的夫妻共同财产，不构成偷窃，而阿亮也仅仅是遭到了治安拘留三日、罚款五千元的处罚。

之后刘雅兰失踪了。但我知道，她只会去一个地方，那就是阿礼那里。

藏在丑萌泰迪熊布偶里的、被阿礼带走了的东西，尽管我不知道是什么，但想必一定是跟她卷走的李昊宇的钱有关。

我爸在说起这些事的时候，并没有大仇得报的快感，他担忧地说："乖女，你的隐患要处理掉。"他还说，"柏荣齐案件的侦查结束得太快了，这不应该。"

这和我的想法是一样的。

也许是怕我担心想让我开心起来，我爸终于笑着对我说："乖女，我在计划给珍珠办追悼会了，到时会有班长来联系你，你就可以顺其自然地去参加了。"

这真好。我问："爸，你呢？你去不去参加？"

我爸摇了摇头，说："我就不去了，珍珠的高中同学，我都在他们面前露过面，现在柏荣齐和刘雅兰还没有得到该有的报应，我还是继续做个失踪

第十三章 日记

的人比较好吧。"我知道他的潜台词是什么。

我低下头问他:"爸,有空给我讲讲阿姨的事吧。"

我爸说:"不说了,你阿姨这个周末会来你们医院,还会挂你的号,到时候你就见到了。"

我想了想,这样也好。

今天下午,宋琪终于回来了。黎致远和律师一起去接的他,将他送回了医院的家属楼。在午休的时候,他们三人神情轻松地从医院食堂前面的那条路走过,在众目睽睽之下径直走向医院家属楼。宋院长和宋妈妈带着他们在家属楼下等,这个她们,指的是胡丽、小姨和卿瑞。

胡丽说,卿卿去做头发了,做完头发还要去做美甲,顺便再做个美睫。

我想卿卿只是还没想好怎么面对宋琪,或者,骄傲的她在等宋琪的态度,毕竟分手是宋琪说出口的。

下午,我们医院的小年轻们有幸目睹了一出偶像剧。

据说,美得快要发光的卿卿在做好头发、美甲、美睫,在美美地回医院的路上,就在医院大门口被一个年轻男孩儿告白了。

男孩儿带着自己的几个好哥们,在医院门口摆了个小乐队。青春逼人的帅哥们将卿卿围在中间唱了情歌,还大声地对她进行了火辣辣的表白。

宋琪就是在这个时候出来煞风景的。

他二话不说冲进了人群,将卿卿拉在自己怀里,对那位帅气的年轻人宣示主权:"嘿,小子,这是我老婆,下次带着乐队去我们婚礼上唱吧。"

男孩儿吵嚷着说要跟他公平竞争,宋琪当着他的面吻住了卿卿,而卿卿也在这个时候搂住了眼前胡子拉碴、形象扫地的宋琪。据说宋琪和卿卿两人就在这样的众目睽睽之下,表演了一个深情的法式热吻。

护理台的小护士还特意搜了几张法式热吻的动图给大家看,我也凑过去看了。呃,好吧,其实法式热吻并不健康,这样强有力地吸吮对方嘴唇的行为,很容易让脆弱的唇部黏膜破裂、黏膜下血管出血,从而形成瘀血。

何况,我个人认为,宋琪此刻的口腔一定是不够清新的,甚至极有可能有口气，他应该先嚼一嚼口香糖。

李瑞阳是在受伤后的第九天度过危险期后转入我们医院的，就在卿卿和宋琪合演偶像剧的第二天。

我之所以知道，是因为他的搭档小刚子特意到诊室告诉了我。

小刚子说："刘医生，太感谢了，你对我和我师兄都有救命之恩。"

我想我的脸肯定是皲裂了，这从何说起？我什么都没做，再脸大也不能这样往自己脸上贴金吧。我赶紧诚惶诚恐地解释，是褚教授这位令人尊敬的老专家和红会医院医疗团队的功劳，我真的什么都没做。

小刚子在下一秒眼睛就红了。他坐在我的对面，捂住了自己的眼睛，好一会儿才松开。小刚子略带愧疚地说："师兄是为了救我才受的伤，这是我第一次参与抓捕计划。"

但他对李瑞阳具体是怎么受伤的只字不提，我也没有追问，也许这关系到警队的纪律。小刚子说起了柏荣齐，他说柏荣齐已经要求见律师了，他好像还有其他的话要说，欲言又止的样子很明显，但一直到最后告辞的时候也没有说，只是问我什么时候去看李瑞阳。我说有时间一定会去的。

小刚子会想和我说什么？有关李瑞阳，还是有关柏荣齐的律师？或者是有关珍珠的？从刑事侦查结束开始，一直到柏荣齐案件第一次公诉庭审的，中间的这个审查起诉阶段，有关信息是最难透出来的。

审查起诉阶段，人民法院受理案件，三日之内必须告知嫌疑人有权利请律师作为自己的辩护人，柏荣齐有权利自己要求见律师。这个律师可以是公派的辩方律师，也可以是自己外聘的律师，所以柏荣齐会请律师是不奇怪的。事实上，在被采取强制措施的时候，就可以申请律师为自己辩护。

所以为什么小刚子会特意告诉我这个消息呢？或者是我想太多了，毕竟不熟，所以找个共同话题来缓解一下尴尬也是有可能的。

我的生活一下子就变得简单了，不用再惦记着看监控录像，但也不知道刘雅兰和柏荣齐的新动向。我的一切信息来自我爸，这种被动的感觉很不好。

第十三章　日记

下午三点，我的门诊进来了一个阿姨，是我爸的新家人。她在我的诊室门口微笑着跟我说："你好啊，刘医生。"然后她从门外拉进来一个少女。

我看着那个少女，情不自禁地站起身来。

那个少女一脸不耐烦地说："你看病，把我拉进来做什么？我在门口等你不就好了吗？"

阿姨轻声安慰她说："你就当是进来陪陪我，我害怕嘛。"

她嘟着嘴走过来，就站在离我很近的桌子边。

除了容貌，其实她和我姐姐一点都不像。她站在那里，微微勾着一只脚，两只手一起拿着手机，两个大拇指不停地点屏幕。

我不由得问了一句："小学生就会玩游戏啦？"

少女回了我一句："阿姨，你和我妈一样，都是好无趣的大人哦。"

阿姨拍了她一下，嗔怪道："玉珠，叫姐姐，医生姐姐。"

玉珠就是这个少女的名字。

刘珍珠、刘宝珠、刘玉珠。我说："玉珠这个名字真好听。"

少女说："姐姐，我说要改成钟灵毓秀的毓，他们都不同意，你觉得哪个字更好？"

我想了想："哪个都好。"

她翻了个俏皮的白眼，这一瞬间她又有点像卿卿。我告诉阿姨，她在本地的治疗并无不妥，希望她自己更有信心，乐观地去面对。

阿姨的眼睛红了，她说，她就希望孩子爸爸能负起责任来。不要像现在这样东奔西走老是不着家，如果他能安安稳稳地生活，就算是自己真的有那一天，她也能放心把孩子交给他。

我想起了以前我妈老是责怪我爸的样子，妈妈说他一年就回一次家，一年就在家里待一个月……原来，如果自己不改变，即使换一段婚姻，也还是会过成原来的样子。但我逐渐开始理解我爸，年轻的时候背负着家庭生存生活的压力，如今，身上还是背负着不能说的压力。

玉珠出门前终于抬起头来跟我说"再见"。她和珍珠完全不一样，当然，她也不必跟珍珠一样，她是她自己，本来就是两个人，我分得很清。

晚上，宋妈妈在家设宴欢庆宋琪回家。黎致远在候诊大厅等我，然后我们又折回中药房去接了胡丽，一起去了家属楼。宋琪已经拾掇得干净清爽了。

在动筷子之前，宋院长感谢了大家，之后特别感谢了小姨和卿卿，他说："这段时间最辛苦的就是我的亲家和我的儿媳妇……"

我看到宋琪在桌下偷偷地拉着卿卿的手。

吃饭的过程中，胡丽喊我去阳台给她拿她放在那里的辣椒酱，我虽然有点疑惑，但还是照办了，也许孕妇就是有些饮食上的小怪癖。

不过，当我走到宋妈妈精心养育了许多花草的大阳台，看到角落里急促分开后一个望天一个看花的卿卿和宋琪，我就明白了。

胡丽像只得逞的狐狸一样得意地笑。

今天午休的时候，我准备去住院部看李瑞阳。

在这之前，我给黎致远打了个电话告诉他这件事，问他要不要跟我一起去。

他在电话里笑着拒绝了，说他过两天再去看望李警官。

李瑞阳目前是撅着屁股趴在病床上的，他身上还插着各种引流管，整个人恹恹的。我是第一次看见这样无精打采的李警官，这极大地缓解了他平时咄咄逼人的气势，使他整个人都柔和下来了。

不过，他好像并不很想看见我，一见到我，恨不得把脸埋进枕头里。

我想他可能是觉得自己形象太糟糕。

在寒暄了几句之后，他喊住我，眼神闪躲地说："刘宝珠，对不起。"

我姐珍珠留在这世间的最后一点念想，那本我才见过的笔记本已经破损了。他中枪以后，涌出的大量鲜血将整个人都湿透了，包括在他身上的笔记本。急救人员到达后，在处理时把笔记本和他的衣服一起放在了特殊垃圾桶，等手术结束后再将警员的随身物品交给警队时，才发现好多页码都没法复原了，其中包括我姐的绝笔。

我说真的没关系，这和你的安危比起来，实在不算什么。

第十三章 日记

但他嗫嚅着，不停地道歉，说答应结案后会归还给我，如今却失信了。

失望和难过当然是有的，不过，活着的人才是最重要的。

之前已经想告辞的我，现在反而不好就走，于是我拉了张凳子坐在病床左边。他的左手恰好搭在那里，由于失血，手指反而显得白净，我顺手搭上去摸摸脉搏，嗯，跳动有力，恢复得挺好的。

我开始没话找话："大概两周你就又能生龙活虎了，还能赶得上柏荣齐的第一次庭审呢。"

"什么？"他惊讶地大喊一声，"柏荣齐的案子侦查结束了？怎么会这么快？"说着，他就要翻身起来，我赶紧按住他的肩膀制止他。

"昨天小刚子说的。"我说，"这不应该是件好事吗？难道会有什么问题吗？"

他的脸色阴沉了下去，我就顺势说了"再见"。

我不知道的是，在我走后，他给小刚子打了个电话，电话里还有不好的消息在等着他，也等着我。那才是小刚子在我的诊室欲言又止的真正原因。

不知道为什么，今天早晨起床之后，总感觉心慌气短，我自己摸了脉搏，也听诊了心跳，脉搏每分钟八十二次，心律齐，无早搏，无杂音，双肺呼吸音清。我健康得很。

今天我休息。今天也是阿亮从拘留所出来的日子。

我有一个想法，我想去证实它。

本市进行行政拘留的处罚都在三墩镇兴华路上的拘留所，这是我今天的目的地。

去之前，我带上了望远镜。我有一个很好的望远镜，是我大学参加观鸟协会时置办的。而拘留所不远处，有全市最好的观察翠鸟的毛家圃。毛家圃有三个观察台，其中一个好巧不巧，正好能看到拘留所的大门口，如果你有一个带长焦镜头的高倍望远镜，拘留所门口的场景你可以看得一清二楚。

而我正好有个带长焦镜头的高倍望远镜。

我坐上了去往三墩的首班地铁,然后又转了一趟公交车。

毛家埠其实是个很美丽的地方,古代村落,游人稀少,芦苇遍地,而且没去那里的人基本都只对鸟感兴趣,不会特别留意身边的人。

我去了那个位置最佳的观察台。

天色还不亮,已经有一个老人在那个观察台了,他甚至没有回头看我,全神贯注在等待那个翠绿色的身影。而我在等待一个女人,一个可能来接男人的女人。

今天的天气沉闷燥热,气压很低,天阴沉沉的,没有一丝风,天空离我很近,毛家埠里连虫鸟都很压抑。

我从七点等到了八点半,路上可以看到不少的车流了。其中一辆黑色的马自达直行过去又掉头回来,停在了拘留所的大门右边。

车窗玻璃装了黑色的膜,外面看不见里面。

直到九点四十五分,阿亮从拘留所打开的大门走出来,形单影只,左顾右盼。那辆黑色马自达滑行过来,然后停在阿亮左手边。阿亮打开车门上了副驾驶座。

是刘雅兰,不会错的。我记下了黑色马自达的车牌号,然后离开了毛家埠。

我爸在等着刘雅兰和阿亮一起回老家,只有这样才能让刘雅兰在追悼会上亮相。而刘雅兰一定会回老家,因为阿礼带回去的那个泰迪熊里还有她需要的东西。李昊宇是一定会想到阿礼的,他一定会回老家探个究竟。

届时,刘雅兰、李昊宇、阿亮三个人,或许还会碰面。

他们三个人,都需要在珍珠面前跪着忏悔。

我没有反驳,但是我知道,至少刘雅兰是不会跪着忏悔的,她会狡辩,会推卸责任,唯独不会认错忏悔。

而随着公安部门新闻发布会的召开,各类主流媒体对违禁药的报道越来越多,许多自媒体大V也在跟风进行热点报道和分析,李瑞阳拍的宣传片教会了大家很多自保的方法。

第十三章 日记

…………

对刘宝珠没有说出口的话,小刚子在电话里对李瑞阳只说了一半,另外还有一半,他怕说出口,李瑞阳在床上会跳起来。事实上,从柏荣齐家里的墙内暗格取出来的东西很多,但是缺少最主要的一部分。

这些东西里有柏荣齐收集的各种各样的战利品,小到耳环戒指,大到包包鞋子衣物,柏荣齐的指纹、皮屑随处可见,部分衣物上甚至有精斑……

这些都将是强有力的物证,如果每一件物品能和受害人对上号的话。然而他们就是缺乏能将物证和受害人联系起来的线索。警方到现在为止,还没有找到其他的潜在受害者。

能找到其他受害者的这个线索,应该就是李瑞阳一直在琢磨研究的那本神秘小黑本。让小刚子感到愧疚的是,不单单刘珍珠的日记本破损了,这本小黑本也因为意外遗失了。意外遗失物证,是真正的渎职。

因为李瑞阳的中枪,他从物证科领出来的所有书以及神秘小黑本都要先归还物证科,之后由接手工作的同事在有需要时再领取。

这项工作本应该由小刚子来完成,但由于他在医院守着还没有醒来的李瑞阳,只得交由其他人来完成。

就是这么不凑巧,完成这项工作的人在仔细清点后,将书和本子整齐叠放在李瑞阳的办公桌上。恰巧在这个时候,局长通知开会,对接下来的工作进行安排和调整。有两个同事抬着一块黑板从李瑞阳桌前经过。在后面抬黑板的同事胳肢窝里夹着的一个支架把位于那一摞书本最上面的那个小黑本撞掉了,正好掉在李瑞阳桌前的垃圾桶里。由于没有及时发现,在第二天被统一扔进了垃圾车。

这一切,都被办公室里的监控摄像头清清楚楚地拍了下来。

等到发现时,已经是李瑞阳醒来后小刚子回岗。

小刚子已经带着一小队同事在垃圾站找了两天一夜,一无所获。物证科虽然对物证进行过拍照留存,却没有详细地将内页的每一页都拍下来。

而之所以柏荣齐的案件能这么快提交到司法检察进入上诉审查阶段,还有很大一部分原因是来自省里的要求。由于案件极其重大，影响极其恶劣，造成的舆论极其轰动，市里急需一批能立案起诉、结案的典型，向公众、媒体、省里交代。

柏荣齐就是这样，因为购买迷药、性侵强奸这一系列行为的证据链确凿，受害人的报警电话、法医报告、药检报告等特别完整，并且目前不涉及违禁药的制作，所以与其他八人一起被选中，成为第一批典型代表。

小刚子当然知道李瑞阳对柏荣齐案件的重视，所以他也据理力争过。但是随着这两位制药人的落网，抓捕行动中枪战的发生，焦队长带队审讯出更多的案件细节，警方全力集中在制药、贩药、买卖枪支等环节的侦查，对于柏荣齐在过往可能犯下的连环强奸罪行，在已经遗失重要物证的情况下，并没有这么多时间和精力来单独立案调查。

小刚子在电话里不敢说，不代表李瑞阳不会问，他敏锐地发现了小刚子的隐瞒和欲盖弥彰，但是他并没有想到是因为警方自身出现了这么严重的渎职，他只是以为，小刚子不想他刚醒来就太过关注案件而影响到休息和恢复。

事实上，他从来没有受过这么严重的伤，他的屁股至今还随着呼吸而火辣辣地痛，他的左腿还是活动受限。褚教授在查房时千叮咛万嘱咐，要他少动、少气、少刺激。

…………

我刚回到宿舍，正好下起瓢泼大雨。李瑞阳给我打电话："宝珠，如果你有空，能不能来我病房一趟？"

我打着伞走进漫天的雨幕中，雨很大，我走得很快。在进入医院走廊的时候有人喊我："宝珠。"

不用抬起头，我都能听出她的声音来了，是刘雅兰。

居然是刘雅兰。我站直了身体，收起雨伞，抬起头注视着站在我前面两米开外的她。

她穿着一套冰蓝色的裙子，风姿绰约地站在那里，她笑着对我说："宝珠，你是不是对姐姐有什么误会？"她的身前身后，有人群在不停地穿行，

第十三章　日记

阿亮并不在她的身边。我没有走过去，把手伸进包里，等着她走过来。

她走过来："宝珠，珍珠的事，是警察误会了，他们一定误导你了。"

我看着她说："你说我是信你，还是信警察呢？"

她用手微微地挡着嘴巴笑："看样子没法好好谈了。"

她收起笑容，板着脸说："说来也奇怪，自从来到这里，自从遇到你，我的生活是越来越糟糕，想做的事做不成，想赚的钱赚不到。宝珠，你是不是天煞孤星啊，专带霉运的那种。"

她打开她的手机屏幕，调出一段视频，然后将手机转过来给我看。

"既然你都知道了，那你一定在警察那里看过这个了。"她轻描淡写地说，"你看它值不值钱？值多少钱？"

是珍珠在学校天台的视频。

"柏荣齐拍的，我最近用这个手机录下来的。"她说，"你考虑考虑，是不是想要……"

她还在说话，而我瞬间有种冲动。我向她冲过去，而她转身就跑，我用手里的雨伞钩住她的脖子往后拉，然后另一只手揪住了她的头发。我没有手下留情也没有客气，用了十足的劲。她痛呼一声，但她不仅没有还手，反而继续挑衅。她捂着脖子说："我要是把这个视频卖出去，你猜能值多少钱？你猜珍珠值多少钱？"

我还没说话，只听到她大喊一句："救命啦，医生打人啦！"

我松开了她："你到底想干什么？"

她推开我摸着自己的喉咙站直了，然后问我："刘宝珠，我到底哪里露出了破绽？你什么时候知道的？我不相信一切都是偶然，一定是你在背后搞鬼。你想为珍珠报仇吗？"她冷哼一声，"你怎么不去找柏荣齐，他才是害你姐姐的人，为什么只敢欺负同是女人的我？我就是来告诉你，你拿我没办法，而我有很多办法对付你。我会让你连医生都当不成。"刘雅兰说着狠话。

旁边马上就有人围过来。

护理台的小护士焦急地问我:"刘医生,需要帮你报警吗?"

我想着手机里那段视频,于是对小护士说:"好,麻烦帮我报警,就说有人用偷拍的照片敲诈。"

我绝不会让姐姐的视频流出去。

刘雅兰居然还笑着说:"刘宝珠,你等着。我不会就这么算了的。"

院警来了之后,我告诉他事情经过,刘雅兰开始表演了。她含着眼泪说我身为医生,胡乱殴打病人。

院警在检查她的手机后对我摇头,说手机里什么都没有,包括回收站。

见鬼,她在转身的瞬间就删了。

刘雅兰要求调监控视频,说我因为她质疑我的医术,就用雨伞攻击她,身为医生在医院无故殴打病人,这无论如何也不是个好医生应该做的。

围观的人多起来了,警察说到医院办公室进行调解最好,刘雅兰坚持就在这里说清楚,要给她个交代,只要我诚心诚意在这里向她道歉,她可以不追究。小护士很焦急,她转身安抚刘雅兰,想从中调和,为我解围。

我说:"不用了,我手机里有录音。"

然后我打开了手机,调出了手机里的录音音频。刘雅兰瞪着我,我也看着她。

雨声太大,她和我说话的声音仿若云里雾里,隐隐约约。

她说监控视频里我先动手,我说录音里她敲诈勒索。

之后她率先说是一场误会,我想着我爸还需要她和阿亮回老家,于是同意了她的说法。

刘雅兰离开的时候说:"刘宝珠,你等着,我不会善罢甘休的。"

我说:"你弟弟来找过我,一个大男人背着一个丑泰迪熊玩偶,真是奇怪,你说,泰迪熊里会有什么重要的东西呢?"

她终于脸色阴沉下来了。她来医院这一趟,对她自己没有任何好处,她只是想破坏我的声誉,让我在医院没法顺顺利利地工作罢了。

这样一耽误,足足耽误了将近一个小时。

第十三章 日记

我赶紧往住院部七楼走。李瑞阳正在换药,于是我在门口等了一会儿。等护士出来,我才敲门。

李瑞阳看见是我,说:"这么大雨,我以为你要等雨停再来呢。"

我问他:"是有什么事情吗?"

李瑞阳反问:"如果没事我就不能找你吗?"

呃,我认为如果没事,最好是不要找医生。

我没说话。他犹豫了一会儿,示意我锁上门。

"宝珠,我想了想,还是要跟你说一下,据我所知,柏荣齐确实已经移交到司法机关上诉审查了,但是将会对他提起上诉的,不包括你姐姐刘珍珠的案件。"

我问李瑞阳:"那和你们现在查的身边的下药人这个案子有关吗?"

他好像有点害羞:"你也看到那个公益宣传片了?"

我说"是",他问我觉得拍得怎么样,我认真地想了想,说:"你下药的手法挺快的。"他"嗯"了一声。

我继续问:"柏荣齐和你们查的迷药案有关吗?"

他解释说:"目前不知道进度怎么样,我之前认为是有的。具体情况我不方便说。"

趁着这个时机,我终于说出了一直担忧的:"李瑞阳,我有些话要说。"

他正色说:"你说。"

"我的想法可能不成熟,但是我觉得你们的调查方向可能存在偏差。"

他诧异但马上问:"你指的是?"

"一个胡主管能把医院的管制药品偷空吗?不能,否则医院都已经没法正常开展医疗了,"我说,"但医院现在还正常运转,说明他偷的量不会超过备用量。管制药品丢失,不管是多少,都会在医院内部引起震动,一两个败类不代表一个行业,医护从业者是有自己的从业道德和底线的。"

他犹豫了一会儿,告诉我说:"你是想说这个团伙有其他更隐秘的原材料来源是吗?"

"一类管制品的丢失是种很严重的事故，"我说，"足够将院里的领导们从上到下捋一遍。宋院长可能没事，但分管的副院长肯定要下岗的。如果真的有这么多量，我们省卫生部门的领导估计都要集体下岗。"

"你说的这个，调查组已经在查了，"李瑞阳说，"细节我不能说，但真的是很感谢你的提醒。"

"还有这么多事，"他着急地说，"我得赶紧好起来才行，唉，急死了，偏偏现在这个关键时刻不能参与行动。"

在准备告辞之前，我再次向李瑞阳确认："柏荣齐不会脱罪吧？"

他看着我的眼睛，斩钉截铁地说："我不会让这种情况出现的。"

在我说告辞之后，李瑞阳喊住我，闷闷地问："刘宝珠，你上次说请我吃饭，现在就请吧。"

我有点诧异："现在？医院里？"

他诉苦说："我已经吃了很久没滋味的菜了，不是炖，就是蒸，我想吃酸菜鱼或者毛血旺。"

想都不要想，术后忌讳辛辣饮食，因为容易导致创面渗液增多，增加炎性反应。到时候褚教授不会训他，只会训我，我是曾亲眼见过实习生被褚教授训哭的。所以我说："这两道菜估计你只能看着我吃。"

他的眼睛一下就亮了："这样也行，你吃，我看着，闻闻味也好。"

我说："那我点个外卖？"

他问我："为什么你不自己做呢？上次我看你去病房探望那个小女孩，是你自己提着饭盒去的啊。"

他说的是小梦，那个经历了灰色强奸的女性。

我说："那是黎致远做的。"

他不说话了。

等我走下了楼，他给我发了一条微信：宝珠，日记本的事，是真的很对不起。

我说：没关系，我都记得。

是真的，我都记得。姐姐的日记本我翻过很多次，但姐姐的这封"绝笔信"，我是第一次看见，我都记在心里了。

  我舍不得离开这个世界，舍不得宝珠，舍不得妈妈，也舍不得爸爸。可我很煎熬，煎熬到或许死反而更容易。
  我不知道怎么样才能证明我说的话都是真的，我没有撒谎。
  你们说我是害怕事情被揭发，害怕承担责任而撒谎，可是如果我自己不去报警，你们怎么会知道这件事情？所以你们的假设都是不成立的。
  我之所以晚上会去公园的树林，是因为有同学约我，他希望我能帮助他在考前进行英语听力的练习，他的名字叫李昊宇。
  但他说我不知廉耻！
  我从来没有给任何人写过情书，包括柏荣齐。这封所谓的情书，是写给刘雅兰用来练字的。但刘雅兰说她完全不知情。
  他和她为什么要这样说？我不明白。
  我的人生好似突然脱离了原来的轨道，我不知道自己该怎么去做，但这不是我的错，我学过的知识、我得到的教育、我理解的法律都告诉我这不是我的错，犯错的、犯法的是别人，那为什么承担结果的只有我？
  眼前的这个池塘在诱惑着我走进去。在月光下，这个池塘很安静，也很干净。
  我心里有种冲动，也许这里可以成为自己选择的地方……
  但我不甘心，我可以很肯定地说：我一辈子没有害过人，我也没有撒过谎，我不应该得到世人的冷眼和嘲笑……
  谎言比真理更快到达，我已经被谎言淹没，真理啊，你为什么迟迟不到达？不该是这样的！

——刘珍珠

第十四章　同学

雨很大,我撑开了手里的雨伞,有人钻进伞里,他温柔地喊我:"宝珠。"然后他从我手里接过雨伞,另一只手揽住我的肩头,和我一起走在这漫天的雨幕中。

"我听说有人来找你麻烦,所以来看看你。"他问,"是刘雅兰吗?"

我点了点头。

"你会不会有危险?"他将雨伞向我这边倾斜,"上下班你去学校的路上,我来接送你吧。"

我摇了摇头,这不方便。"她要回老家了。"我说。

他没有说话,大雨哗啦啦地砸在地面上,将他的左脚打湿了。

我提醒他:"你的左脚没事吧?"

"哦,它离开我已经六年了,这点雨影响不到它。"他开玩笑地说,"我看见你去住院部了。"

我抬起头看了他一眼,他正低垂着眼睛看着脚下的路,意识到我在看他后才抬起眼帘看着我,长而翘的睫毛像一把刷子。

我说:"卿卿做完美睫的睫毛好像也没有你的睫毛好看。"

他笑出声来:"宝珠,你顾左右而言他的技巧其实挺差的。"

他将我的肩膀揽得更靠近他:"至少没有上次的美人计有效。"

他看着我,意有所指地笑。

第十四章 同学

回到宿舍收拾干净自己，我盘膝坐在自己床上，想着李瑞阳的话。

我比以往任何时候都更坚定地相信，我的姐姐是被人推下池塘的。就像李瑞阳说的那样，这本日记本应该在池塘边，而不应该在柏荣齐手里。

它会在柏荣齐手里只有一个可能：在珍珠写绝笔的时候，有个人一直在旁边看着，这个人眼睁睁地看着姐姐写下这篇悲愤交加的日记，又悄悄地将我姐姐推进池塘里，然后悄悄拿走了这本日记本，转交给了柏荣齐。

我之前一直以为这个人是刘雅兰，但在诊室里我第一次看到姐姐这篇日记时，我有了不同的看法。

这本日记本，绝对不可能是刘雅兰拿走的，如果是刘雅兰，她不会将自己这么大的把柄留给柏荣齐。她会不小心在摄像机里留下视频和照片，因为那时候用摄像机的人并不多见，偷拍的行为也是极少见的。

可是珍珠将她和李昊宇的名字都写在日记里。

如果是她，她会在第一时间将这本日记本销毁。

我一直以为阿亮是被刘雅兰牵着鼻子走的，是被蒙骗和引诱的。但是看完这篇日记，我第一次开始怀疑拿走这本日记本的，有可能是他。

那我亲爱的姐姐，究竟是被谁推下去的？刘雅兰在和阿礼电话时脱口而出的那半句"不是我推……"究竟是什么意思？

老年机在响，之后又挂断。

我给我爸回了电话。电话里，我将刘雅兰今天开的黑色马自达的车牌号告诉了他，同时也将李瑞阳告诉我的那些内容慎重地告诉了他。

我爸说，他和林凯都怀疑警方根本没有继续寻找柏荣齐的罪证，警方阵仗很大地从柏荣齐住的地方找到了一些东西，却急急忙忙地结束侦查，这不合常理。林凯还在找那本小黑本对应的母本，狡兔三窟，现在柏荣齐已经暴露了两窟，也许还有一窟隐藏在某个地方。他说，不知道为什么，这个柏荣齐有着不可说的"好运气"。但他让我一定不要着急。

我说好的，我最不缺耐心。我还告诉他："玉珠的名字很好听。"

他的笑让人不太好受，犹如被沙砾哽住了喉："乖女，玉珠她和珍珠是不是很像？"

我考虑了两秒，然后说："不，她们是完全不同的两个人。"

珍珠是最好的珍珠，玉珠是最好的玉珠，没有可比性，也不需要比。

我爸终于给了我一个号码，因为他和林凯需要回老家一趟，阿礼那里的东西虽然他不放在眼里，但是也绝不能成为刘雅兰和阿亮的囊中之物。

他告诉我紧急的情况下可以拨打这个号码。我默读了三遍，将它印记在我的脑海深处。

在这个夜晚，我好奇地打开了叶罗丽娃娃的监控。

监控画面里，安安问哥哥："哥哥，你会不会有一天也走掉不回来了？"

他哥哥蹲下来，揽着她："不会，我保证。"

安安问他："爸爸什么时候回来？妈妈呢？妈妈真的不要我们了吗？"

哥哥说："爸爸说他会尽快回来的，只要他在外公外婆家找到妈妈就会回来的。"

安安说："妈妈不会去外公家的，她说那里不是我们的家，也不是她的家。"

哥哥问她："你难道知道妈妈要去哪里吗？"

安安点点头，悄悄地在哥哥耳边说了什么。她哥哥很惊讶地问她："真的吗？什么时候的事？妈妈告诉你的？"

安安使劲点头："妈妈不让我告诉别人。"

哥哥问她："妈妈不让你告诉别人的，还有什么事吗？"

"宝珠阿姨很有钱，爸爸的密码是什么，阿亮叔叔那里还有多少钱，再等一年我们又能住回大别墅……好像就这些了吧。"安安一字一句地说。

"安安，你知道爸爸拿了别人的钱差点要坐牢的事吧？"哥哥说，"老师说'君子爱财，取之有道'，意思就是说要想赚钱，得自己努力工作，不能伸手拿别人的钱，要不然是要坐牢的。"他问，"你知道坐牢的意思吧？"

刘雅兰和李昊宇真的应该坐下来好好听一听孩子们说的话。

很快，我就接到了我爸说过的那个电话。姐姐的高中同学，那个相信我姐姐的班长打来的。班长在电话里说："你应该是刘珍珠的妹妹吧，我是你姐姐的高中同学，我们高中班级举行二十周年聚会，想邀请你代替你姐姐参加。这次聚会上，会有和你姐姐有关的项目要进行，请你务必抽出时间来参加，你来参加，对这件事情的意义很重大。"

他说这次的聚会全程都是报销的，来回路费、餐饮和住宿等相关费用都不用自己承担，统一在聚会前签到时报销。看样子，我爸的腰杆子还挺粗的。

聚会的时间就在三天后，我赶紧向刘主任请假。

然后我再给单老师打电话请假，单老师问我是不是要去进行情侣游，我老实地说不是，是要回老家处理一下事情。他鄙视我，说我是可怜的单身狗。

单身狗的乐趣他不懂。晚上，卿卿和宋琪请大家吃饭，包括卿卿科室的同事，还有胡丽和我，当然还有程鹏和黎致远。

是程鹏来医院接的我和胡丽，他在给胡丽绑安全带的时候小心地绕过胡丽的肚子，然后又摸了摸胡丽并不明显的肚子。他们两个人黏黏糊糊的样子真是没眼看。结果到了餐厅，宋琪和卿卿黏黏糊糊的样子更加没法看。所以我专心地喝汤吃饭。

不知道他们在聊到什么的时候突然喊我："刘宝珠，说点什么吧？"

我一时没有摸到头脑，黎致远小声提醒我："他们说要你祝福一下宋琪和卿卿。"

我站起来，举起杯子说："祝你们百年好合，早生贵子。"

卿卿科室的主任笑着说："刘宝珠，说点不一样的吧，我们现在才知道你和卿卿是表姐妹呢，你还是姐姐，说点不一样的。"

我想了想，说："法式深吻前，一定要先刷牙，尤其是一定要刷舌苔，这能减少80%的口气。"

一时之间，这个包厢里又是拍桌子又是鼓掌，闹了个震天响。

胡丽说卿卿脸又黑了，这次我仔细看了一下，我认为卿卿的脸其实是羞红的。事后居然从放射科传出来话来，大家都说其实刘宝珠是个很幽默很会带气氛的人。

聚餐结束后，黎致远开车送我去学校，他问我能不能上去参观一下我们的工作室。我想了想，没有带他去尸库旁边相当于炸弹级别的处理室，而是带他去了相对更容易让人接受的解剖实验室。

这里摆着我这几个晚上分门别类整理的心、肝、脾、肺和肾。

他头一回露出了这种类似于一言难尽的表情，我想他一定是在后悔今晚吃的卤水猪肝。

…………

我坐上了回老家的高铁。

黎致远送我去的高铁站，在我进入车站之前，他拉住我的手说："宝珠，我有很认真地刷牙。"然后他倾过来，吻住了我。

他的嘴唇柔软而湿润，他的舌头勾引着我的，我闭上了眼睛。

呼吸相闻，双唇相连，我喜欢他身上淡淡的中药的香味，也喜欢他温柔地穿过我头发的手。

列车开动的时候，黎致远给我打电话："宝珠，我在列车的左边。"

我转过头去，看到了和铁轨并行的他的车。两分钟之后，他沿着马路向左转，列车继续直行。他说："宝珠，好想跟你一起走。"

列车带着我，终于回到了这个地方。班长将明天聚会的流程发给了我，叮嘱我一定要在多媒体放映结束之后再出现。

晚上九点半，我穿上特意带来的夜跑衣，悄悄地去了以前住的地方。

那幢筒子楼居然还没有拆，还保持着原来的模样。

我经过了阿亮的家，那里现在是家装修朴实的修车行。门口站着一个少年，正拿着水管在冲洗自己的自行车，像是年轻的阿亮。

我又经过了刘雅兰翻新过的娘家。我也没有停留，沿着这条路，一直找啊找，我找不到记忆中的小公园，也找不到当年那个干净的小池塘，一切恍如过眼云烟，早已消散在岁月的变迁里。

第十四章 同学

今天下午是姐姐的追悼会。上午我爸给我打了个电话,他也在老家,比我先到两天,就跟在刘雅兰身后回的。

那辆黑色马自达是从某租车行租来的,用的身份信息是刘育美的,电话号码登记的名字也是刘育美的。

刘育美,阿亮的妹妹,小名叫阿美,柏荣齐伤害的第一个少女,二十五岁那年因难产而死。刘雅兰藏起来的,就是刘育美的这套身份信息和电话卡。

她也已经回来了,但是她没有出现在阿礼面前,因为李昊宇已经住在阿礼家里了,几乎是和阿礼同进同出同吃同睡的。

李昊宇是铁了心要找回这笔能让自己东山再起的钱。

刘雅兰是铁了心要独占这笔能让自己悠闲度日、恣意生活的钱。

不过,他俩很快就都会失望的。

我按照班长指定的时间到达聚会的山庄时,宴会厅的门口已经拉起了长长的横幅,有签到板,有红毯,有备好的甜品台……

我听到宴会厅里有主持人在兴奋地带动着聚会的气氛,他一位一位地请出班级成员,每一位出现的班级成员都得到了隆重的介绍和热烈的欢迎,一时间觥筹交错,很是热闹。

我按照班长的安排进入了宴会厅隔壁的包厢。这个包厢能清楚地看到宴会厅里的情景。我没找到刘雅兰的身影,难道她没有来吗?

就在这时候,主持人兴奋地介绍:"下面,隆重请出我们班最让人佩服和羡慕的一位同学,她和她老公都是政府热烈邀请回家乡投资的成功人士,也是本地商会最出色的成员,她就是我们班的刘雅兰同学。"

她还是来了。她穿着第一次见面时的那种香奈儿套装,头发盘起,耳垂上坠着精致的珍珠耳环,她的笑容明媚又亲切。

主持人继续介绍:"谁能想到,当初我们眼里的邻家小妹妹,如今是我们同学里最成功的,果真是士别三日,当刮目相看啊。"

他接着诙谐地自嘲说:"刘雅兰同学,以后我们去投奔你,你可不要嫌弃我们是小县城里出去的土包子啊。"

刘雅兰优雅地笑,然后接过话筒说:"说的哪里话?承蒙大家看得起。"看着她言笑晏晏的样子,我不免有齿冷的感觉。

主持人最后介绍:"现在,我们隆重请出这次聚会的发起人和赞助人,这次聚会所有的费用,包括大家天南地北的来回路费、本次的餐会和住宿费,总之,这次聚会全部的费用,都由他一个人买单,他就是我们的学霸班长,有请我们大家的学霸班长。"

现场的气氛达到了一个小高潮,这群狂欢的人,当年曾有人当面羞辱过我姐,有人冷嘲热讽过我姐,有人曾疏远过我姐……

然而他们现在都过得多姿多彩,唯有我姐,早已化成累累白骨。

班长说:"其实我号召大家聚会,还有一个目的,我想弥补一下高中生活的遗憾,我身为班长,却没能保护同学,这是我的错。"

说完他打开电脑选中了一个视频,点击播放。大屏幕开始亮起,无数的光点在荧屏上飞舞、旋转,然后出现了教室、课桌、很多人的照片……

大家都很安静,没有人在说话,只有屏幕里传来的声音。

……刘珍珠当然不会去见你的,但是她心太软了,我只要说是李昊宇需要她帮忙,她一定会去赴约的,到时候,我把李昊宇约她的地址改成你要的地址,她不就自己走到你面前了吗?到时候,你不是想做什么就做什么了。不过,你答应给我的五千块钱,这两天就要给我,不然我妈就不让我来上学了……

是当年还青涩的刘雅兰在和柏荣齐说话。

刘雅兰还站在人群中,旁边的人就像是要避开什么邪祟一样,纷纷远离她。一会儿工夫,她就被孤立在原地,刚刚还跟她亲切握手或拥抱的人仿佛沾上了什么脏东西,发出了嫌弃和埋怨的声音。

视频还在继续,现在的镜头是她和柏荣齐商量着怎么让珍珠写下那首诗的情景……然后这些污秽的画面消失了,取而代之的是珍珠的照片。她坐在自己的座位上，回过头来看着我笑，明媚的纯净的笑容，一如记忆里的。

刘雅兰发出了一声尖叫："假的假的，这都是假的，这是诬陷，你为什么要诬陷我？"

她扑过去揪住了班长的衣领："你为什么要害我？我没有对不起你吧？"

"你没有对不起我，你是对不起珍珠，你对不起自己最好的朋友。你为什么要勾结柏荣齐陷害珍珠？因为你永远比不上她，你嫉妒她，她长得比你好看，成绩比你好，即使都是女孩，她的家庭也比你幸福，你被自己父母嫌弃，她却被父母宠爱，未来前途一片光明，你永远也赶不上她，所以你只好陷害她。"他狠狠地说，"你就像是阴沟里的蟑螂，洗不干净，见不得光，永远上不了台面！"

刘雅兰发出了崩溃的尖叫。她负隅顽抗，试图对大家解释："是你在陷害我，这不是真的，当年的法庭判了的……"

班长说："我陷害你？你不但勾结柏荣齐陷害珍珠，还故意将珍珠的事颠倒是非黑白添油加醋地散播到学校里，挑动大家的情绪，让大家孤立珍珠。你们大家说是不是？当时要不是刘雅兰，你们怎么会说那些过分的话做那些过分的事？这全都是刘雅兰故意的。"

刘雅兰大喊："我没有，是你们自己，你们自己故意针对珍珠的。"

有个女同学站出来，大声说："我们孤立珍珠那是被你蒙蔽了，我们不像你，非要逼死珍珠。珍珠的那些谣言都是你传播出去的，也是你故意挑拨大家的，你就是想珍珠活不下去，甚至我觉得珍珠就是被你推进池塘的。"

"我没有，"刘雅兰声嘶力竭地喊，"我巴不得她活着呢。她活着人人都唾弃她，我才不会盼着她死呢。"

全场安静极了，只有刘雅兰疯狂的声音在回荡，连我都被她骨子里的恶毒给震撼了。刘雅兰双眼血红，鼻翼翕动，她恶狠狠地睁大双眼盯着人看，这让她的面容变得尖刻而凶悍。

那个女同学好半响才找回自己的声音，问："不是你，那是谁？"

"是阿亮，是他逼我的，他怕别人知道他妹妹也被柏荣齐强奸了，这是他做的。是他，不是我！"

刘雅兰尖叫起来，在她的尖叫声中，我看到了一张张愕然的脸。

之后班长开始悼念我的姐姐。

"我沉痛悼念我们共同的同学、朋友，她在最美好的年纪，遇到了最不堪的伤害，然而她勇敢地报警去揭露坏人，她是为了保护自己，也为了保护其他的女生。可是这样勇敢的她没有得到过我一点点力所能及的帮助，我明知道她品性正直、善良美好，却在她最需要信任和支持的时候止步不前，从来没有安慰她、开导她、帮助她，我甚至眼睁睁地看着大家质疑她、否定她、侮辱她……

"直到我听到她的死讯，这让我后悔莫及，无论我想做什么，都不能挽回这个结果了。可是即使她死了，也没有人认真听到她说的话，也没有人相信她说的话，更没有人用实际行动支持她。我们都有错，我们都愧对珍珠。

"这一次，如果不是警方在查柏荣齐这个人渣犯下的同类案子，这些真相都还会被隐藏、被掩盖，珍珠就真的白死了！今天，我想借这个机会，对被我们误会的刘珍珠同学，真心地说一句：对不起，我错了。"

班长举起杯，将酒洒在大荧幕珍珠的头像前面："珍珠，我错了，对不起。"

然后是那个女同学，她也同样地将酒洒在地上，对着荧幕上的姐姐行礼："珍珠，我错了，对不起。"

越来越多的同学纷纷起立，对我的姐姐说对不起……

没有人理会歇斯底里的刘雅兰，就好像她是肮脏的垃圾，连看一眼都让人恶心。

班长终于说："现在，让我们请出今天最特别的来宾，她就是刘珍珠的妹妹，刘宝珠，她将带着我们一起去珍珠的坟前。如果你有心，就和我们一起去看看珍珠，和她说声对不起，如果你不想去，我们也绝不会勉强。"

在他的介绍中，我推开门走了进去。

刘雅兰激动地冲了过来："果然是你害我，刘宝珠，你这个天煞孤星，你活该一个人孤单到老，我咒你一辈子嫁不出去，永远嫁不出去。"

大家都看着我，我没有话要说，我只有一件事想做，我再一次用左手揪住刘雅兰的头发，用右手竭尽全力甩了她一巴掌。

"这一巴掌，是你欠我姐的。"

然后又是一巴掌，她的右脸红了一大片。"这一巴掌，是你欠我妈妈的。"

反手又是一巴掌。"这一巴掌，是你欠我爸爸的。"

最后一巴掌，我的整个手掌都麻掉了。"这是你欠我的。"

让我先收点利息，以泄我多年心头之恨，让我正大光明地把这恨发泄出来。

刘雅兰没有反抗之力，痛哭流涕地软倒在地上。我、班长，以及姐姐的其他同学一起从她身边走过，坐上了等待已久的大巴车，一起去姐姐坟前祭奠姐姐。另一头，我爸正在等着刘雅兰，等着收一点利息。

姐姐的坟，我是第二次来，第一次是姐姐下葬的时候，之后我从未来过。对于我来说，姐姐不在这里，而是一直在我心里。

班长对上山的路很熟悉，他说他来过很多次，有时候从外地回老家，他都会抽时间来看看珍珠，有时候会带着妻子一起。

他很沉痛地说："自从珍珠去世后，我一直提醒自己，不要事不关己，高高挂起，一定要见善不欺，逢恶不怕，要做一个正直的人，不要让珍珠的悲剧重演。"

这是一个十分有心的人。姐姐的高中同学们将手里的鲜花都留在姐姐坟前，引来许多翩跹的蝴蝶，山林里有时高时低的清脆的鸟鸣声。

我爸为姐姐选择了一个真的很不错的地方。

但无论是多么亲近的人，你都没有办法想象她只剩下一副骨架的样子，你也无法从自己看到的骷髅头去想象她原来的样子。不过，我姐的样子永远在我心里，从来不曾遗忘过。

下山后，大家又坐上大巴车，班长说："今晚，我们在宴会厅还有晚宴，大家要吃好喝好，玩得痛快。"

  同学们发出了热情的调侃声，班长又接着说："最后，还有一件事拜托一下各位，这次的聚会，我们都是全程录像的，虽然珍珠的事情已经过去了，但是刘雅兰和她说的那位阿亮，对于他们的恶行，我们是刚刚才了解到。我身边这位美女，就是珍珠的亲妹妹，她拜托我们找几个代表陪她去警察局报警。不知道有没有同学愿意一起去，我反正是一定要陪着去的。现在能为珍珠做些力所能及的事情，我心里真的也好过很多。"

  于是，大巴车直接开到了警察局，我报了警，班长出示了这次聚会现场的视频，刘雅兰的嘴脸被摄像师拍得清清楚楚。警方受理了我们的报案。

  在回龙湖山庄之后，我向班长提出先告辞了，班长对同学们说了一句，示意我跟着他一起去了另外一间包厢，里面有人等着我们。

  班长说，这是曹律师，之后这边的所有事情，都会有律师与警方跟进，我可以放心地回去上班。

  曹律师打量着我："刘医生，你可能不记得我了，十八年前，我是你姐姐的代理律师。没想到已经这么多年过去了，还有你们在为珍珠奔走。"曹律师坦诚地看着我，"当年的事情，我很遗憾。"

  他脸上的每一条皱纹，都是岁月的功勋，他说他很遗憾，我知道他不是在客套。

  我说："这次的报警，曹律师您觉得后续会怎么发展？"

  曹律师示意我坐下。"刘医生，如果你是想要刑事立案，这将会是很难很难的，"他说，"你可能会失望的。"

  珍珠在报警后对柏荣齐进行过控告，警方也对柏荣齐进行了立案调查，即使如今有新的证据出现，但珍珠的死确确实实不是他动的手，也不是他直接造成的，这不满足对最高法院提出重审请求的条件。重审必须符合案件特别重大，影响极其恶劣等条件，最重要的一点，曾作为原告的珍珠已经死亡。刘雅兰和刘育亮的恶行在追诉时效内并没有得到控告和举报，时效过后，将不会再追究其刑责。

第十四章 同学

曹律师说，除非这些年她再犯同样的罪行，否则仍然是以道德层面的谴责居多。

我问："那刘育亮呢？他有可能杀了我姐姐。"

曹律师反问我："证据呢？口说永远都是无凭的，即使有刘雅兰的这段视频，也不能证明事实，何况，刘雅兰在警察面前会这么说吗？"他肯定地告诉我，"刘医生，我个人认为能做的，是代表家属对他们提出索赔，因为他们的某些行为，放任了犯罪的发生，间接导致了珍珠的死亡。"

我想说话，他制止了我："要赔偿不是目的，而是通过要赔偿的这个行为，将他们的恶行暴露出来，让更多的人知道他们的恶，也让更多人知道珍珠的善良和勇敢。"

说得很有道理，我赞同，但我姐姐不是自杀，我也肯定这一点，还有人需要为她的死负责。在告别之前，曹律师问我："刘医生，很多年前我还见过你爸爸，他现在好吗？"

我想了想，还是这样告诉他："我也不清楚，很多年前我就已经没有他的消息了。"在事态完全明了前，关于我爸，我只有这一个回答。

在离开之前，我给班长打了个电话，本意是想在走之前感谢他，结果他放下宴会厅里的同学们，又急匆匆地走过来。他脸上带着轻松下来的笑意，说："刘医生，刘雅兰家里就要上演好戏了，你想去看一看吗？"

他说的刘雅兰家，指的是刘雅兰的娘家，阿礼住的地方。

阿礼的父母还住在老房子里，阿礼在几年前曾在街道的不远处买了一套二手房，李昊宇就一直跟着阿礼住在这套房子里。

班长给了我一个地址："刘雅兰的好戏不会仅限于同学聚会的，我和你一样，也迫不及待地想看看她接下来会发生些什么。"

他和我一起走向停车场，把车钥匙递给我，说："刘医生，麻烦你当一回司机吧，我今天喝了酒。"

我看着他递过来的钥匙，毫不犹豫地说："我考了三次，没考下驾照。"

他露出了一个不敢相信的表情，然后笑着打趣我："这不应该啊，珍珠当年学什么都很快的啊。"

我也笑:"所以她才会常常说我笨。"

他忍俊不禁地笑了:"这一点倒和我家那位有点像,她一次性就考下来了,但一次也不敢上路,说是一上路就心跳加速。"

看得出来,他对妻子很好,他对妻子这样小小的调侃也是透着亲昵的。

如果当年姐姐动过心的少年郎是他,会不会一切都不一样?我想了又想,姐姐悲剧的源头不在于李昊宇,而在于柏荣齐和刘雅兰。李昊宇也好,其他的同学也好,不过是当时社会对女性苛求的一个缩影。

最后我们叫的代驾。代驾带着我们,又去往了我小时候住过的那一片区域。人的一生兜兜转转,其实都在同一个地方不停地打转,诗和远方是偶尔的点缀,是心里的向往,但平时,还是得汲汲营营、辛辛苦苦地生活着。

我怎么也没想到,阿礼的房子就在阿亮的修车行楼上。

听说,阿亮目前不知道去了哪里。有人在这个城市另一头的高新开发区看见过他,身边陪着一位看起来很高雅的女人。

大家都知道阿亮外面一直有人,不过不知道是谁而已。

阿亮的老婆早已经死心了,她现在自己管理着这个修车行,请了两个修理工和一个洗车工,她儿子平日里都会帮着洗车。

"刘雅兰和她老公欠了挺多钱的,一会儿就会有人来催债了,"班长笑了笑,"刚才我们走之后,是一个男人把她接走的,这个人大概就是阿亮。阿亮在这里还有一套房产。"他指了指小巷子后面不远新建的一个小区,"就在那里。别人都不知道的,包括他老婆孩子。"

这是刘雅兰的手笔?给弟弟的房子买在阿亮修车行的楼上,给阿亮的房子就买在隔壁?这是什么操作?

班长带着我,走上了对面的一栋矮小的老楼,能清楚地看到整条小巷子包括阿礼房间里的情景。

我们找好位置之后不久,天色开始黑下来了。夜幕低沉,四下安静,小巷子里人开始多起来,有人下班回家,有人干活回家,人们像投林的乳燕一般，结束一天的奔波劳累，回到能让自己的身体栖息、精神喘息的地方。

大概十分钟后，巷子口前后堵上了两辆车，两队人分别从巷子口的两端一路问一路走，找到了阿亮的修车行。

这两队人的动静吸引了很多刚回家准备吃饭的街坊邻居，有一部分好事的人端着饭碗边吃边跟在他们身后议论纷纷。

"这不可能吧，刘育美死了很多年了，这不可能啊……"

"唉，老李，刘育美是不是就是阿亮的妹妹阿美？"

"就是，没错，一个叫刘育亮，一个叫刘育美，小名就叫阿美。阿美死了好多年了。"

"当时因为啥死的？"有不知道过去的人问。

"好像是生了孩子难产死的吧。"这是邻居黄婶在说。

这一队人，是李昊宇原公司的审计小组，同时还有当地的警方。

"不过，我看这纸上的照片好像不是阿美，这像是刘家的那个赚了大钱的女儿。"黄婶很给力，"快去前面麻将馆喊一声，她妈就在那里打牌呢，告诉她，她女儿出大事了。"

不一会儿，两队人带着这些街坊邻居都到了阿亮的修车行。

警察问那个洗自行车的少年："小伙子，这是你家什么人？"

他掏出一张纸给少年看。隔得太远，看不到纸上的内容。

但是那个少年说："这个照片不是我姑姑，但资料是我姑姑的，这个身份证登记的地址就是我家，就是这里。"

警察问他："那你姑姑呢，在家吗？喊她出来配合一下我们警方办案。"

那个少年很惊讶地说："我姑姑过世很多年了。"

外面的动静大了之后，这位少年的妈妈跑了出来，她仔细看了警方递给她的纸张，肯定地说："这不是我家小姑子，我家小姑子是个苦命的人，没这福相。"她冷笑了一声。"这是我家男人青梅竹马的爱人，喏，"她伸手指了一下刘雅兰娘家，"就是她家的大女儿。"

这一番动静下来，刘雅兰的父母都已经找过来了，警方也已经上楼敲开了阿礼的房门,听说是警方来找阿亮已经过世的妹妹,李昊宇如梦初醒一般大叫一声,也从房间里跑下来,跑到了阿亮的修车行。

修车行前汇集了很多人。

李昊宇下来的第一时间就吸引了他原公司审计小组的注意力,有人跑过来,扭住了他的双手。

"李昊宇,你还欠公司几百万,这是不是你老婆?"他将一张纸递到李昊宇面前,"这个人名下的资产里,不仅有多项投资,还有存款,另有一处房产,而这些资产,都是通过你侵吞公司资产得来的。"

刘雅兰的爸爸妈妈发出一声惊呼:"不,这都是我们家的钱。"

人群中发出了一阵爆笑,有人大喊:"阿礼他娘,你家还有钱啊?你家不是只有欠下的赌债吗?"

在知道刘育美名下的房产就在身后不远的新小区时,所有人又要跟着一起往小区去。警方制止了他们:"现在是在办案,吵吵嚷嚷的像什么话?快回家去。具体情况会有通报的。"

李昊宇脸色极度阴沉,被扭送着的他和被警方带走的阿礼一起,朝那个小区走去。班长招呼我也一起远远地跟在后面来看个热闹。

这个小区居然是个别墅区。难怪刘雅兰对安安说以后有更大的别墅住,她说的大概就是这里。

警方很快就带出了一脸憔悴穿着家居服的刘雅兰,她身上的家居服和同住的阿亮穿的居然还是情侣款。李昊宇的脸黑如锅底。

接着,警方进入房间进行搜查,带走了刘雅兰的包,里面应该是找到了整套的刘育美的身份信息和户口本,因为走出来的一个警察手里还拿着一本户口本。

等一行人走到小区门口,刘雅兰的妈妈冲了上来。

"你有钱养野男人,也不拿给家里盖房子,这个别墅得值多少钱啊?"

她"啪"的一巴掌拍在刘雅兰低垂下来的脑袋上:"你个死人,这么多钱不给你弟弟,给这个无父无母没家教的野男人。"

然后她又冲到阿亮面前,同样"啪"的一巴掌甩过去,阿亮往后仰着上半身躲过去了,但是她立马一脚踢了过去。

警察连忙伸手隔开了他们,喝道:"干什么?在警察面前打人,像什么话?快散开。"

刘雅兰的妈妈痛心疾首地喊:"都是这个阿亮带坏了我女儿,这都是我的钱啊,这都是我的钱啊。"

老街坊们都震惊了,阿亮外面的野女人,居然也是这个巷子里的人。

经过修车行前,阿亮将头低得不能再低了,在听到他老婆招呼自己儿子的声音时才把头抬起来,看见跟了警方一路的自己孩子。

他老婆喊:"儿子,回来,管别人那么多事干啥?你一直只有妈,没有爸,你爸就是个摆设。"

据班长说,刘雅兰、刘育亮涉嫌使用虚假身份证件罪,将会被立案调查。我后来查了一下,还是有点失望。

因为根据法律规定:使用虚假证明材料骗领居民身份证的,由公安机关给予警告,并处二百元以下罚款,有违法所得的,没收违法所得。至于侵吞公司资产一事,李昊宇的公司之前就表态,为了维护上市公司的形象,只要李昊宇归还不当得利,将不会对李昊宇提起诉讼,这同样也适用于刘雅兰。

虽然刘雅兰如今名声扫地,多年辛苦化为泡影。我仍然觉得意难平。

在和班长告别时,他停了两秒钟,然后语重心长地告诉我:"宝珠,你爸爸太不容易了,希望你能理解他。"

他告诉我,很多年前,我爸第一次找到他的时候,整个人又黑又瘦,简直就像一个流浪汉,那时候他心有余而力不足,只能在精神上给予我爸一点支持,如今好不容易才有了现在的局面,我爸付出的不仅仅是钱。

他说:"这两年,和伯父见面比以前要多一些,但是直到今年才从伯父脸上看到一些笑容。你和伯父一定要好好的,能看到伯父和你都好好的,我想珍珠一定会很开心的。"

我真诚地和他说"谢谢",不仅仅因为今天,还因为以前,他不但没有忘记珍珠,还常常去看望珍珠。

第二天,我去了老家的民政局,询问给我姐迁坟需要办什么手续。

随着城市的发展,原来土葬的坟山逐渐会消失,迁坟是早晚都要做的事情。这也是我爸的心愿。

在这个晚上,我接到了一个电话,然后我再次去了珍珠的坟山。

昨天满山的鲜花在烈日下都已经快要枯萎了,唯有我爸刚刚带上来的一盆不知名的花盛开在绿叶之中。

我爸得意地看着我,说:"乖女,你爸安排得不错吧。"

他背后还站着一个人,手里也捧着一束花,是林凯。这个有一点秃的男人一改之前在酒吧里的精明,笑得像只憨厚的兔子。

林凯慎重地提醒我:"宝珠,我想警方已经看到你出现在柏荣齐的小区了,你不要疏忽大意,好好想一下,自己有没有露出什么破绽。"

我认真地想了又想,从当天穿的衣服、戴的帽子,想到当天拿着的手机,从消防楼梯出去后我走了多少步,什么时间回到消防楼梯里,林凯和刘雅兰离开后我又去了哪里,是否暴露在监控画面里……

我拿出了当时用的手机,这个曾经连着许多个监控画面的手机,如今只有叶罗丽娃娃可以看的手机。

当时,我好像打开了监控画面。在我爸的建议下,我们烧了这张不记名的电话卡,又将手机拆掉,能用打火机烧掉的我们就烧在姐姐的坟山,不能烧掉的,我扔进了路过的河中央。

从此以后,我一个监控画面都看不到了,这让我有种怅然若失的感觉。

林凯说起了柏荣齐那本神秘的小黑本,也说起对警方的不解,但是我们都不知道发生了什么。林凯说他一定会找到那本母本的,那个小黑本上所有的内容他都拍了照留存,然后才寄给警方,他不信自己找不到。

接下来最关键的是柏荣齐的庭审。我想起我爸说的"柏荣齐"的好运气,抬头望了望天。嗯,万里无云,摆设得真好。

第十四章 同学

我向他们介绍了李瑞阳,我爸和林凯几乎是同时开口建议我,让我在聊天时无意间向李瑞阳提起这两天在家乡发生的事情。

正事说完之后,我爸神秘兮兮地掏出来一个大大的食品袋,里面有一只烤鸡,他说珍珠以前很爱吃烤鸡腿。所以我们三个蹲在姐姐坟前,吃光了这一整只烤鸡,将鸡骨头埋在了林子里的树下。其实,我完全不记得姐姐是否爱吃烤鸡了,我想我爸只是找个借口让自己能正大光明地吃一顿烤鸡而已。

我是坐凌晨的列车回去的,我悄悄地回来,又悄悄地走了,没有惊动小巷子里的任何一个人。

到达之后,我一眼就看到了站在出站口等我的黎致远,即使再热的天,他也穿着长裤和皮鞋,炙热的阳光也在他的笑容下变得清凉了。

在他将身体侧过来之前,我捂住了自己的嘴巴含糊地说了一句:"我没好好刷牙。"

黎致远噗地笑了,然后吻在我的手背上。

中午吃了什么我忘了,但是我告诉店员,我需要打包一份酸菜鱼,黎致远十分好奇地问我,我坦诚地告诉了他。

我想,越是坦荡,越不会让人误会。

黎致远叹了口气,阻止了我的打包计划。他说,他来做一道不放辣椒的酸菜鱼,这样李警官还能吃上几口解解馋。我觉得这个主意实在是太好了。

然而黎致远的好意还是被浪费了,我在李瑞阳的病床前不小心打翻了他精心做的美食。李瑞阳告诉我,法庭的公示已经出来了,三天之后,柏荣齐的案子将进行公开审理。

他说:"宝珠,这太快了,我得申请出院回局里看看。"

他的申请当然批不了,现在谁也不敢让他出院,即使他愿意签字自己负全责都不行。

褚教授用没得商量的语气说:"我们把你从阎王手里抢回来,不是为了让你去祸害自己的,伤口都没愈合,你现在出院就是找死。"

李瑞阳悻悻地坐在床上不出声,黑着脸,我看盘子里还剩着几块鱼片,就示意他尝一尝，说没放辣椒的。

他很嫌弃地说："没放辣椒的酸菜鱼有什么好吃的！"

但他还是勉强接过去吃了两片，然后咂巴着嘴巴说居然味道还不错，于是把盘子里剩下的都吃光了。

我把地上都收拾干净后告诉他："李警官，我请了一位律师，他将代表我为我姐的死亡而向刘雅兰和刘育亮索赔。"

李瑞阳皱了皱眉头问我："你回老家就是为了办这件事吗？怎么想起现在办这件事？"

我将自己从接到班长的电话开始后发生的事详细讲给他听，除了关于我爸和林凯的那部分。他听得很认真，我讲得很详细，我讲的所有内容，都已经过我爸和林凯的反复推敲，我并不担心他去核对，反而希望他去核对。

他说："我认为，刘雅兰关于日记本的说法，是比较靠谱的。"

然后他又皱着眉头说："你是说，聚会现场有刘雅兰和柏荣齐十八年前密谋设陷阱的视频？"

我点点头，他让我描述一下视频发生的环境。我便详细描述给他听。最后，他问我要了班长的电话，我打开手机对照着抄给了他。之后我回了宿舍，细致地收拾了些东西，又带着这些东西去了小窝细致地处理掉了。

小刚子接到李瑞阳的电话时是很忐忑不安的，踏进李瑞阳的病房时更是心惊肉跳。但是他必须来这一趟，不单单是为了向李瑞阳交代，也是为了向李瑞阳取经。

前几天，柏荣齐已经由拘留所正式移交司法检察院了。当他期期艾艾地说出"小黑本丢了"时，李瑞阳的眼睛都要从自己的眼眶里脱出来了。

"你这是在开玩笑吧，啊？"他一字一句地强调，"怎么可能发生这种事？"

小刚子站在那里，头一回在他师兄面前感到手足无措。

李瑞阳问："谁接手的工作？具体谁弄丢的？责任到人了没？"

第十四章 同学

他突然想到之前刘宝珠写给自己的电话,赶紧叫小刚子:"快,赶快联系这个人,他手里也许有复印件。"

就在他的病床前面,小刚子联系到了这个班长,并从班长那里了解到了原委。这个周年聚会其实老早就已经在同学群里通知过的,但是因为收到了老师的视频,班长才有了给珍珠喊冤的想法。

班长在电话里说:"这是以前的林凯老师给我的,他如何得来的,我也问过一句,不过林老师当时情绪不太好,他没有说起,我也不好多问。"

然后他热情地提供给了这位林老师的联系电话。于是他们赶紧联系了林凯。

林凯说:"当天晚上,我拿到的所有东西都寄给你们了,但是我确实翻拍了一些视频和照片。"

在小刚子问起那本小黑本的时候,林凯说:"这个本子神神秘秘的,像是密码联络本,我当然也详细地拍了,这么重要的东西,万一以后柏荣齐不还钱,我还能有个筹码。"

小刚子说他马上去林凯那里拿。

林凯说:"我不在本地,在陪妻子旅游,要不网上发给你们?"

这真是太好了。

在等待林凯发送照片过来的间隙,小刚子感觉松了口气,他高兴地说了一句"太好了"。

李瑞阳没放松,他详细地盘查小刚子接手他工作的人是谁、工作的重点在哪里,也问当时究竟是谁出现了这样低级的错误。

小刚子方方面面什么都说了。和另一个同事在搬那块黑板,夹着支架不小心将小黑本扫进垃圾桶的,正是和李瑞阳并肩合作封锁庆春二巷的大队长。

李瑞阳打死都不肯相信:"这不可能,我们大队长绝对不可能犯下这样的低级错误。"

小刚子嗫嚅着,说:"师兄,你也知道办公室里的监控二十四小时不间断的。确实就是这么巧,小黑本掉进垃圾桶之后,就一直在垃圾桶里待着,从下午到晚上，要是有人发现了，随时可以找回来，可大家都忙，就是没人发现。"

李瑞阳问："证物科呢？收入库的时候不清点？"

小刚子说："实际上，这一切都发生在证物科已经清点好了，就要搬走的时候，局长通知大家马上集合开会，所以才……"

李瑞阳骂了句粗话，也不知道他在骂谁，小刚子不停地挪动自己的脚步，好像在李瑞阳逼视的目光下想夺门而出。

李瑞阳问他："你知不知道，这对受害者来说多不公平？"

这真的是太不公平了。因为物证的原因导致整个侦查过程在法庭上被辩方律师攻击，引起质疑，最终公诉失败的案例还少吗？

刑事案件毫无疑问一定是公诉案件，警方在侦查终结后，应当做到犯罪事实清楚，证据确实充分完整，写出起诉意见书，连同案卷材料、证据等一并移送同级人民检察院审查决定。

人民检察院自收到案件材料之日起三日以内，应当告知犯罪嫌疑人有权委托辩护律师，而辩护律师可以对侦查过程中的所有文件、物证等进行仔细查阅、摘抄、复制……也就是说，柏荣齐案件的所有诉讼文书、技术性鉴定材料、证据等，都将毫无隐瞒地袒露在辩护律师眼里。这么明显的漏洞，人家也不是吃干饭的。

柏荣齐现在一定在得意地笑吧。罪恶累累，却仍然只有这冰山一角的案例会对他进行审判，这太不公平了。

李瑞阳心里沉甸甸的，他恨不得现在就出院立刻参与行动，他抓住小刚子的手，说："一定还能再做些什么，不能这样便宜了柏荣齐。"

小刚子激动地说："师兄，你说，我立刻、马上、现在就去做。"

能做点什么呢？李瑞阳陷入沉思。

林凯的照片已经发到小刚子的手机上了，李瑞阳让小刚子附耳过来，给他安排接下来的行动。

第十四章 同学

下班后,我先去了卿卿家。

卿卿开门的时候看到我,露出了目瞪口呆的神情:"见鬼,刘宝珠,你怎么换发型了?你被刺激啦?黎致远把你甩了?"

小姨闻声从厨房里出来看:"宝珠,这个发型真好看。比你原来千篇一律的长头发好看很多。"

嗯,价钱也好看很多。原来剪个头发五十块钱不能再多了,现在这个的费用足够我剪两年。

卿瑞对我的到来充耳不闻,他正在搭积木,全神贯注不被打扰。

卿卿坐在我对面左看右看:"哇,你还换了新发色,这是什么颜色,栗棕色?"

吃饭时,小姨再一次问起我爸:"宝珠,你爸有没有跟你联系?"

我摇摇头。

小姨边给我夹菜边说:"好了,卿卿的任务是完成了,现在就看宝珠你了。"她语重心长地劝我,"结婚不是小事,要是你和黎致远真有心继续发展下去,怎么也得让你爸爸掌掌眼,得让他提前看一看的。"

我还没说话,卿瑞突然说:"不行,我长大要和宝珠结婚的,我长大要嫁给宝珠,不嫁别人。"

小姨好笑地拍他的脑袋,卿卿"哧"地笑了一声。

在去学校的路上,曹律师告诉我,李昊宇目前已经请了律师对刘育亮提出诉讼请求,要求阿亮归还在自己和刘雅兰夫妻关系存续期间,由刘雅兰私自转给阿亮的各项转账共计五十万。同时,李昊宇对刘雅兰提出了离婚诉求,主张两个孩子的抚养权,主张共同债务清算后夫妻资产的划分等等。

我在想,安安到底是李昊宇的还是刘育亮的?我其实希望是李昊宇的,至少他对两个孩子还是比较重视的。

单老师专程在等我,他给了我一盒点心,说是师母特意给我做的。单老师说我昨天送给师母的礼物她很喜欢。然后单老师才后知后觉地问我:"宝珠,你今天是穿了新衣服吗?好像还挺好看的。"

我这衣服都穿两年了,不过我说:"是的啊。"

单老师得意地说:"我这个眼力还不错吧。你师母经常夸我有眼光的。"

好吧,做一个优秀的解剖学老师,没有眼光是不行的。就像今晚的工作,考查的是一个医学生最基本的解剖素养,为眼前这具大体老师剥皮去脂找结构……

我一边操作,一边模模糊糊地想,不知道我爸和林凯现在到底进行得怎么样了?明天就是柏荣齐第一次庭审的日子了,我是一定会去旁听的。

第二天一早,我顶着自己的新发型到了门诊上班,赢得了一片赞叹声。

刘主任说:"谈恋爱了就是不一样了啊,终于知道打扮自己了。"

其实我的目的很单纯,只是为了明天光明正大地出现在庭审现场。

不是说换发型如换头吗?

中午午休,黎致远问我今天去不去探望李警官,还说如果去的话,可以把他做的一些李警官能吃的菜带过去。

等我去候诊大厅找他的时候,他又说:"要不还是一起去吧,李警官是一个值得敬佩的人,正好我也一直想去探望他。"

于是我们俩一起去了病房。李瑞阳在看到黎致远和我时愣了一小会儿。

等我告诉他这些菜都是黎致远做的时,他露出了一个惊讶又赞叹的表情。李瑞阳夸奖了黎致远的手艺,黎致远夸奖了李瑞阳的英勇……

我觉得,以后他俩还是不要在我眼前碰面为好。

在他们商业互吹的时候,我看见李瑞阳床内侧放着许多书,五花八门,各种类型。黎致远也看到了,他随口问了一句,没想到李瑞阳像突然想起了什么一样,问:"黎主任,如果让你用这些书里的其中一本来做密码的母本,你会选择哪一本?"

"就像谍战片里面说的那样吗?"黎致远问。

"对对对,就像那样,我有一个得意之作,不能被别人看见,但是我又忍不住要把它展示出来,因为这是我的战利品。战利品很多,来自不同的

第十四章 同学

人，有不同的东西，"李瑞阳说起这个眉飞色舞的，"我把它藏在了不同的地方……"

黎致远在问的同时手也没有停，他塞给我一盒吃的，又把其他的塞给李瑞阳，示意我们快吃。我边吃边打量那一堆书，一边认真地听他们说的话。

我想到了那本我看不懂的小黑本，这就是柏荣齐的战利品吗？李瑞阳要找的，是柏荣齐的罪证吧？

黎致远朝我伸过来一只手，我没有躲开，他用大拇指擦掉了我嘴巴边上沾的东西，说："宝珠，吃慢一点，李警官不会跟你抢的。"

李瑞阳明显地停滞了一下，他的声音低沉下来了。

我去给他倒了一杯水。黎致远已经蹲在床的内侧去翻一本又一本的书。然后，他从里面挑出了一本《沉默的大多数》。

他说："你觉得这本怎么样？"

李瑞阳放下手里的饭菜，随手翻开，随便念了一句："别人的痛苦才是艺术的源泉……"他"嗯"了一声说，"有点意思。"

随后他打开手机拿里面的某些照片进行他的比对工作，嘴巴里问："黎主任，你怎么会第一时间选择这本书呢？"

黎致远说："沉默往往对应着话语，但话语却不一定是真实的，真实的东西恰恰都在沉默之中。"

李瑞阳皱着眉头，说："这是说的什么意思？"

黎致远笑了，说："我只是觉得，在各种犯罪里，沉默的往往都是受害者。"

李瑞阳点着头："是这个道理。"然后他逐渐坐直了身体，脸色也逐渐严肃起来，接着他喊了一声："哎呀，原来是这样啊。"

随着他的喊声，我也坐直了身体。

李瑞阳拨了个电话，接通后我听见他喊："小刚子，快，快去物证科找那本《沉默的大多数》，有的有的，嗯，柏荣齐家里找出来的那一堆书，快去。"挂掉电话后,他正色对黎致远说,"黎主任,等我出院了,一定请你吃饭。"

黎致远点头说"好"。

李瑞阳接着对我说:"宝珠,明天上午八点半,小刚子会来接我们,九点十五之前,我们要到区人民法院。"

我知道他说的是什么,只是褚教授允许他请假了吗?

所以我问:"褚教授允许你明天出院了?"

李瑞阳摇头:"没有,明天上午请了个假,褚教授也说可以下床活动了。"

我说:"下床活动和出院活动是两个概念啊。"

他用气鼓鼓的眼神使劲瞪我。

我说:"至少得问问褚教授,像你这样的情况能不能去参加庭审。"

他有点牙痒痒的样子,说"知道了"。

告辞下楼后,黎致远有点情绪低落,我想可能是李瑞阳说的庭审的事,这是他从来没有听我说过的事。

我想我应该说给他听,但是只要一说给他听,也许之前我的很多他看在眼里的行为有着怎样不可告人的用意,就一定会被他领悟到。黎致远绝对是个聪明的人,我不会小看他的。于是我什么都没有说,假装没有看到他的失落。

这一天终于来了,不管它对现在的案子来说是太快了,还是对以前的案子来说是太晚了,总归它就在今天了。

李瑞阳的电话是提前打过来的,他说昨晚已经和褚教授沟通过了,保持情绪稳定,保持车速稳定……总之一句话,今天上午,他是得到褚教授的许可才出院活动的,这是个理直气壮的出院活动。

到达后,小刚子和我们暂时分开,今天上午他是以警方证人身份出庭说明侦查情况的,和我们不是一个通道。

鲜艳的国徽庄严地覆盖在审判庭的正前方,整个法庭让人有一种庄严肃

第十四章 同学

穆的感觉。这是我人生中第一次进入法庭旁听庭审。在审判长进入法庭后全体肃立，我已经感觉到了不怒自威的压力。

柏荣齐很快就被传唤进入法庭。在众目睽睽之下我抬起头直视着他，不需要伪装，不需要掩饰，我想我的眼神里一定是带着恨的。

柏荣齐看起来并不颓废，也不潦倒，他还可以称得上是精神抖擞，他脸上带着恰到好处的自信的神情，这种自信融入了他的每一根头发丝。

李瑞阳在旁边深吸了一口气，然后闷闷地咳嗽了两声。

他的情绪有点激动，其实我也一样。

审判长核对了他的基本资料，在核对时，柏荣齐吐词清楚，条理清晰。

不得不说，对于不了解他的人，他的表现是极具欺骗性的。

审判长宣布了开庭，柏荣齐因涉及违禁药等违禁品的购买和使用，被以非法持有毒品罪提起公诉，这一罪名的审理将是公开审理。柏荣齐当庭表示不申请回避的权利，申请证人出庭做证，申请自我辩护的权利……

说实话，我不知道别人旁听是什么感觉，我自己是一头雾水。

我不知道现场的人民陪审员会不会分裂，如果受审的这个人不是柏荣齐，而我是一个一无所知的无关人士，只在庭审现场听到他的一些事，那么我很可能会感到无所适从。因为每当检察官发言时，我会觉得这是证据确凿无可辩驳的；而当柏荣齐的代理律师在发言时，我又觉得代理律师说得也是很对的，有没有可能真的存在冤枉。

果然，柏荣齐当庭否认一切指控。

第一，非法持有毒品罪，他承认购买了少量的催情药，但这是建立在无知的基础上的自用，持有量没有达到非法持有毒品罪的定量。王强所谓的六次购买记录都是虚构的，可有转账记录？可有剩余药物？可有既往受害人？如果都没有，从哪里体现柏荣齐曾拥有过上述数量的迷奸药物？

第二，他承认有不正当男女关系，同时拥有多个女性爱人，也在两性行为时用了催情药，但这一切都是建立在女方自愿的基础上的。

第三，庭审现场指控警方诱供。

我听见李瑞阳狠狠地骂了一句粗话。

小刚子是作为控方证人出席的庭审，他在现场抑扬顿挫但不带任何主观情绪地陈述了柏荣齐案件的起因和侦破过程。

在他发言的时候，代理律师没有打断过他，在他发言结束后，也没有问询他任何问题。但是在质证环节，轮到代理律师对公诉方提供的证据进行辩护时，代理律师提出了要求，我想这就是李瑞阳一直在说的意外！

代理律师要求现场增加证人，他言之凿凿地说："这三位证人的存在，将还原事实真相，证实我的代理人柏荣齐先生并不存在以上违法犯罪行为，也并不是控方所形容的败类。"

控方表示反对，证人此刻出现不符合流程。

然而代理律师表示："这三个证人，都是经过很长时间的考虑，才决定认真地对待这件事情，她们保证，这将是她们最真实、最客观地陈述事实。"

然后他念出了辩方三个主要证人的名字。

我看见李瑞阳咬牙切齿地狠狠咒骂了一声，转过头急切地说："这是我们的女受害人，也是报警人。"

作为强奸案的受害人，为了避免受到第二次伤害，是可以申请本人不出庭，由代理人出庭的，这是时代的进步，也是法律的进步。

然而接下来，这三个受害人，这三个报警人，却将以柏荣齐证人的身份出席庭审为他做证辩护，这真是太可笑、太荒谬了。

而柏荣齐脸上，终于露出了第二种神色，这是一种得逞的得意。他微撇着嘴，斜挑了一下他的左眉，迅速地看了一眼审判庭正上方的国徽。

审判长宣布紧急休庭商议。双方跟随审判长，同时进入了另一个房间商议。

二十二分钟后，审判长和双方又一起进入法庭，然后宣布本案因涉及个人隐私，将转入不公开审理。

法警指引旁听席的所有参与者一个一个退出法庭，包括我和李瑞阳。

李瑞阳坐在椅子上，花了半分钟才能站起身来，他露出了忍耐着痛苦的表情，我赶紧伸手扶住了他，慢慢走出法庭。我逐渐感觉到满腔的无力、愤慨和失望。我想我和李瑞阳一样，都猜到了事情的走向，只不过，我们不知道原因，这一切究竟都是因为什么？或者，柏荣齐手里还有筹码，他用这些筹码，威胁了这三个报警的女受害者？裸照？视频？只是，这是他什么时候做的，用什么办法做的？这不可能是运气，我不由得抬头看了看天。

　　李瑞阳从出来后就一直没有说话，他的眼睛一直凝视着某一个或某一处虚无的地方。我没有打扰他，而他也似乎忘了旁边还有个人在。

　　他沉默了很久，然后突然间轻声说了一句话："别人的痛苦是艺术的源泉，别人的痛苦是艺术的源泉……"然后他"砰"的一拳砸在轮椅上，说，"小刚子，走，我就不信拿不下他……"

　　然后他起身就要往前走，痛让他清醒过来，这才回过头来，看见我还跟在身后，他说："宝珠，很遗憾让你看到的是这个。"

　　他按捺住自己的焦灼，还要来安慰我："今天是不可能宣判的，即使一周后宣判，也绝不可能判他无罪释放。"

　　他揪下了路边的一根狗尾巴草，拿在手心里无意识地搓。

　　"极大概率，这个案子将驳回到我们手里，重新侦查。"

　　他有可能是在安慰我，也有可能是说真的。

　　"我们还有时间，昨天黎致远的提醒很有用，我们一定会找到新证据的。"

　　李瑞阳说，现在他们要抢时间，他在这里等小刚子，一会儿和小刚子汇合后一起回警局，就不送我了。我毫不犹豫地否定了他："李警官，我觉得最好还是你跟我走，你需要先回医院。"

　　他的病情是不能疏忽大意的，绝不是他认为自己可以出院就能出院的，我不能看着一个病人做出危险的行为而置之不理。

　　他被我噎住了，但是没有反驳我。

　　小刚子从法庭出来时，脸也是红的，他的语气十分愤怒。

　　"师兄，柏荣齐的律师反控你在审讯过程中故意使用语言暴力，故意刺激柏荣齐，存在诱供的行为。"

李瑞阳大喝一声："他放屁，老子说他不举，他就是……"然后他突然咳了一声，清了清嗓子，才继续说，"不怕，又不是第一次经历这样的事了。"

"在法庭上，你的表现很好，就是要保持这样客观平和的情绪，千万不要带有主观色彩，这才不会被辩方律师带着情绪走。"他拍了拍小刚子的肩膀，"你这次做得不错。"

然后他说了一句话，瞬间吸引了我的全部注意力。

他对小刚子说："不要惊动其他人，你悄悄地联系我。"

这是什么意思？警方内部有什么问题吗？

小刚子开车回警局，我和他打车回医院。在车上，他问我怎么不自己买辆车，我说我驾照没有考下来，他不厚道地笑了，调侃我说："终于也有刘医生拽不起来的时候了。"

回到医院的时候正好是刚午休，黎致远看到我推着李瑞阳走进医院。

于是我隔着人群喊他："黎致远，我饿了，中午我们吃什么？"

我看到他瞬间绽开的笑容，他带着这样的笑容一直走过来，将他的饭盒递给我，又接过了李瑞阳的轮椅："那你先去吃，我送李警官上楼，一会儿就下来。"

我说："如果这些菜没有辣椒，不如留给李警官，我们回去吃面条好吗？"

他唇边含笑，明亮得仿佛将这些阴霾一扫而空。

于是我们俩当真回到宿舍去，大中午一起吃了碗面条。

而他在厨房忙碌的时候，我看着他的背影，模模糊糊地想了很多事。我眷恋他的温暖，我也向往他的温暖，只不过，当他的温暖和我的目标背道而驰的时候，我该怎么办？

在医院不远处有家书店，我去买了一本《沉默的大多数》。这是一本看了让人沉默的书，因为实在太精辟，每一句话都有可能引起共鸣。但是我完全看不出李瑞阳当时说的"原来是这样"这句话，到底代表了什么意思。我想这应该是要结合着那本神秘的小黑本一起看的。三个报警人，三个女受害

第十四章 同学

人,是不是会异口同声地说这是一场争风吃醋的多角恋?如果是这样,性侵的罪名将会不攻自破,只剩下一个非法持有毒品罪。

我在网上搜索了这个罪名的相关科普,但是也没有看到定量的标准。柏荣齐的代理律师提出的问题,足以暴露警方目前的几个问题。

第一,警方没有找到除了已经报案但又出庭改口供的三个受害人以外的受害人。第二,警方尚且不清楚柏荣齐是否有藏起来的剩余的药物。第三,警方没有找到柏荣齐涉及迷奸药的制造和销售的证据。

我不知道这是柏荣齐太狡猾,还是背后藏着污垢,但是我想李瑞阳说的那句"不要惊动其他人"绝对不是空穴来风,他一定是发现了什么。

我再一次开始缓慢而又不引人注意地收集自己想要的东西了。

我还在想,我应该抽时间去看一看中央广场那里的僵尸车了。

或许,其实在我内心深处,我一直在盼望着这样的结果,我一直在等着这一天,所以我才没有李瑞阳那么失望。

只是当我每一次看见那个温暖的人时,心里开始钝钝地痛。

这几天,我抽空回了一趟那幢灰墙黑瓦的三层楼的房子,我看了看下水道,看了看楼顶的蓄水池,也看了看那一排隐藏着的溶液。

三外婆还是那样继续衰老着,我给她收拾了她那乱糟糟的后院。

我第一次发现,真的有什么都不舍得扔的老人家,庭院里外都堆着我不可能整理干净的东西。而且真的是有宝藏,这一堆堆看着像垃圾的东西里,居然有些东西和我收藏的溶液可以说是绝配。

好不容易清理了一批,三外婆开心地让收废品的人来称重,然后我去了外婆和妈妈的墓地。

等我爸选好日子,姐姐就可以迁来这里,回到妈妈的身边。

小刚子这两天忙得脚不沾尘。

当然,大家都很忙,5·16特大案件让大家所有人都加了很长时间的班,他已经很久没有回家好好地吃一顿了。

尤其是在李瑞阳严肃地交代他不要惊动其他人的情况下。

他确实没有惊动其他人，但是这让他的心里十分难受，他当然也懂李瑞阳的潜台词，可是这个潜台词血淋淋的，让他不敢相信。

身边的某一个人可能是"鬼"，这会是真的吗？

可师兄说，太多的巧合集中在一个案子身上，那就不可能是巧合，只有可能是阴谋。小黑本的消失确实有太多巧合了。

这么巧物证科在交接时，清点好后却没有及时收入库，这么巧被不小心碰进垃圾桶，这么巧丢失了这么久都没有人发现，最主要的是，这么巧收进物证科这么久，里面的内容居然没有拍照留存，这已经不能用巧合来解释了，这是渎职，是蓄谋。

这是李瑞阳的分析，小刚子虽然不想相信，但他潜意识里认为是对的。

所以当他环顾四周时，看到科室里来来回回的同事们，尤其是自己素来尊敬的大队长时，他心里涌起一阵难言的叹息，随着手里的这杯白开水一起咽进了肚子里。

李瑞阳还不能出院，他还需要在医院继续观察三天，三天后可以出院，但不能上岗。这是褚教授的医嘱，警队也不会允许他现在带病上岗。这没关系，这不妨碍他一头扎进了柏荣齐的卷宗里。不得不说，对柏荣齐提起非法持有毒品罪的公诉是成熟的，这个不需要多看，证据链是完整的。但对他提起"强奸性侵"的公诉确实是太匆忙了，可攻击的点多。

第一是丢失的小黑本。

第二是，经核查，作案工具里还少了一个最近两年用的摄像机，大部分受害者的照片和视频都找得到源文件，但还有一小部分女性受害者只有照片，比如说这次出来做伪证的三名受害者就只有照片而找不到对应的碟片，也就是说，源文件在一个未知的摄像机里。

但李瑞阳已经逐渐掌握到了小黑本的规律。就是他所设想的那样，这本神秘的小黑本，其实就是柏荣齐的猎艳日记，配合那天从柏荣齐隔壁房间暗格里取出来的所有类型的东西，李瑞阳确认，这个小黑本里面一定会有所有

第十四章 同学

受害者的身份信息。在这个小黑本里,每隔几张纸,就会出现一排大同小异的数字,和其他的记录都不一样。

比如在那本书的帮助下,他破译了其中一段,破译后是这样的文字:鬈发,腿长,胸大,在车里,左胸口下有痣,做的过程中有反应……

而在这长段的记录性侵现场的文字后,这串数字让人摸不着头脑。李瑞阳甚至在怀疑会不会是某种保险柜的序号和密码……

最吸引李瑞阳的,是在这个小黑本的其中一页,十分特殊地用红笔标记着一排类似的数字。而这页的其他内容经过转化后,是一桩触目惊心的犯罪:酒窖里,刚成年,初夜,像她……

李瑞阳几乎咬碎了牙才忍住了心里躁动的怒火,死刑,必须是死刑,柏荣齐的这种种罪行一个死刑绝对不够。

眼睛都快盯瞎了,李瑞阳已经根据小黑本上的提示,将大部分的裸照、碟片同柏荣齐墙里找到的工具里的源文件对上了号。就差身份信息了。

还有个方法,从酒吧的监控录像里去找,找着装体貌特征能对得上的人进行人脸识别,这是一项非常大的工程,但必须去做,还必须抢时间去做。

就在这个时候,小刚子给他发来了一段警局办公室里的工作视频。他在仔细看过之后,对于小黑本的非正常丢失,已经有了怀疑的对象。

尽管他不敢置信,但是,这个人的嫌疑是最大的。

李瑞阳已经收到通知了,只有一个星期的时间,一个星期后,上次暂时中断的庭审将再次开始,全程不公开审理。

而如今已经过去了一天半,时间非常紧迫。

小刚子也很忙,他必须去详细查找三个受害者当庭翻供的原因。凡走过,必有痕迹,凡接触过,必有端倪。

李瑞阳认为,她们翻供的理由只有一个,受到了柏荣齐的某种威胁。

律师是不会帮助柏荣齐做这种藐视法律的事情,那一定另有一个人在暗中帮助柏荣齐。找出这个人,就找到了翻供的原因。

小刚子认为,这个帮助柏荣齐威胁女受害者的人,不一定是警局内部的人。如果小刚子的直觉正确，那就是有两个人。一个警局内的鬼，和小黑本的消失密切相关。一个不知道在哪里接触到柏荣齐的人，和女受害者的翻供有关。这两个人，和"违禁药制售案"会不会存在着联系？

违禁药团伙的追查进入了瓶颈期，胡主管和秦药师口供中不尽不实的部分，不是他们还想负隅顽抗，而是他们真的不知道为什么还有那么大的原材料的量对不上，他们对是否存在违禁品走私的情况一无所知。

就像负责售卖的王强了解去向但不了解来源和制作一样，负责制作的也不了解来源和去向……

李瑞阳很遗憾自己没办法继续跟进，这相当于将自己已经到手的功劳分出一大半给后来者。但他一贯不贪心。事实上，对于宋源，上级领导正在研究跨国抓捕的各种可行性，目前比较被肯定的是遣返。这是一种非正式的国际协助方式，亚利国有关部门根据移民法的相关规定，可以强制遣返某些疑犯，比如签证为探亲的宋源。

对于被市里列为重点的5·16特大违禁药制售案，从一开始侦查到现在，李瑞阳没有遇到过来自任何方面的阻力，从对几家重点医院的排查，到对医院主要领导的排查，都没有遇到过阻力，更没有出现像这样重要证据丢失的情况。所以两个人的出现日的都是一样的，小黑本的非正常丢失，为的是替柏荣齐脱罪；这个人去威逼三名受害者，同样也是为了替柏荣齐脱罪。

而在柏荣齐被羁押阶段，除了律师，没有人探望过他。

李瑞阳在思考后，引导小刚子去查自从柏荣齐进拘留所后，从拘留所放出来的每一个人，他怀疑是这些同样被羁押在拘留所，但在这期间被放出去的某一个人，被柏荣齐蛊惑或者利诱，甘愿当了柏荣齐的走狗。而李瑞阳的所有精力都在这本小黑本上，他必须争分夺秒地进行比对工作，时间太紧迫了。所以当他能出院而没有出院时，褚教授忍不住问他："李警官，你不是着急出院吗？现在可以办理手续出院了，快走吧，今天就可以腾出病床了。"

李瑞阳讪笑着，这时候的他有一点憨憨的。

没等他回答，褚教授开始扎心："别等啦，我们刘宝珠医生已经有主了，

第十四章 同学

但是呢，我们科室还有好几个未婚的好姑娘，要不要我给你牵根红线？"

李瑞阳感谢了他的好意。

将目光集中在拘留所后，小刚子在两个小时后终于取得了突破性的进展，他找到最有可能帮助柏荣齐的人了——来自同一个地方的刘育亮。

而随着对刘育亮的调查，他和柏荣齐、刘雅兰之间的关系也浮出水面。

刘育亮，小名阿亮，十八年前至关重要的当事人之一，刘雅兰曾在同学会上说过，刘珍珠是被他推下池塘的，而刘珍珠临死前放在池塘边上的日记本是阿亮拿走的，之后却从柏荣齐家里墙上的暗格里被警方找到。

而在柏荣齐被羁押期间，他因为私开他人保险柜被拘留七日，和柏荣齐关在同一拘留所。

此刻，他就在他的老家，也是柏荣齐、刘雅兰以及刘珍珠的老家。

找到他。

李瑞阳穿着病号服，在医院里快速地走。他明天要办理出院了，现在他要去找一个人，他迫切地想要见到他。当然不是刘宝珠，他说的是黎致远。

这个文绉绉的中年老白脸，在某一方面还是有点意思的。

至少在这两次的接触中，李瑞阳不得不承认，这个男人确实还是有两把刷子的，如果没有那场意外，也许现在应该叫他黎教授才对。

当他敲开中药房的铁门并且表明自己身份的时候，一个短发的俏丽女人一直上上下下地打量他，露出了意味深长又恍然大悟的表情。

黎致远很快就从炮制室走出来了，他居然戴着大妈才戴的那种袖套，对，就是那种为了防止袖口被弄脏才戴的袖套，这让李瑞阳一时之间忘记自己要说什么了。等他终于说出自己的来意后，黎致远痛快地点头跟着他走，临走前告诉科室的人现在在炒什么黄，李瑞阳没听清楚。

当然，他也没兴趣打听。他有兴趣打听的，都打听过了。比如刘宝珠和黎致远还真的不是滚床单的那种关系，但显然确实也关系匪浅。

要说滚床单，自己才是切切实实和刘宝珠滚过床单的那一个。

所以你看，到底谁该嫉妒谁？

李瑞阳乱七八糟地想了一通,以至于没听见黎致远在说什么,于是他赶紧问了一下,并表示歉意。黎致远是在问他,方不方便给他看点其他的证物,这样才能让他打开思维。

这是当然,用人不疑,疑人不用。李瑞阳选择了两位十八年前已经过世的女受害者的照片。毕竟,这是女受害者的个人隐私,他不会将照片扩散出去给任何人。十八年前已过世的是影响最小的。没想到黎致远在看到第一张的时候就"咦"了一声,他带着肯定的语气问李瑞阳:"这和刘雅兰有关?"

"嗯,也和宝珠的姐姐有关。"李瑞阳顺口说。

黎致远没有再说话,他一张接一张地看了过去,然后问:"你希望我往哪一方面考虑?"

"假如这些东西是张七巧板,我现在还缺很重要的一块。"李瑞阳拿起那本《沉默的大多数》说,"这本书不能解决这一块的问题。"

黎致远问他:"从以前到现在,都是同一种罪行吗?"

李瑞阳点点头。

黎致远:"我在刚进中药房的时候,即使将理论知识背得滚瓜烂熟,在实际操作炮制的时候还是溃不成军。正是刚开始的那一段日子,奠定了现在工作的基础。犯罪是不是也有一样的行为模式,最初的习惯延续下来,成为自己的标志。"他说,"如果现在已经成为固定模式,那就从陈年往事中去找找看。时间越早,意义越大。"

第十五章　二审

黎致远说："在不影响你的情况下，或者你可以和我说一下陈年案件中你能透露的情况，我可以参考一下。"

李瑞阳认真地考虑后，简单地讲了十八年前的案子，这不可避免地讲到了刘珍珠和刘雅兰。

在他说话的过程中，黎致远将那两张老照片重新翻到最上面，他一直在细致地观察着。在李瑞阳停下自己的讲述后，黎致远将这两张照片推到他面前，一点都没有卖关子，将自己看到的、想到的都告诉了李瑞阳。

"这个拍照片的人，明显有一定程度的强迫症。你看，"他指着照片，"这两个场地虽然不一样，但布置的东西都很固定，包括固定的位置、固定的留白、固定的黄金比例、固定的姿势……包括垫在女生身体下的地毯。"

"这是表示？"李瑞阳听懂了，但是没有联想到其他，所以很谦虚地问。

"像这样的人，拍照留下的东西就是他的战果，在这些所有的东西里有没有某样东西是只出现过一两次的，或者是每次都会出现的？符合这两个条件的东西，必定就是他最重要的东西。"黎致远说。

"为什么只出现过一两次的东西会是最重要的东西？"李瑞阳不耻下问。

"因为足够特殊，这种特殊性会让他很难忘记，所以他才会打破自己的习惯。"黎致远说，"这个东西特殊到你一看就觉得它和其他的东西不一样，或者这个东西不应该出现在这里。"

李瑞阳呆住了,他使劲敲了敲自己的脑袋,懊恼地小声喊了一句"哎呀"。还真的有这么一个东西,足够特殊,足够重要,本来不应该出现在柏荣齐的手里——刘珍珠的日记本。

李瑞阳待了一小会,之后快速拨出了一个电话:"宝珠,你姐姐的日记绝笔,你上次看完之后说你都记得,你能写给我吗?"

原来如此,我的宝珠,原来心里藏着这样的伤和痛。这一瞬间,黎致远觉得自己胸膛里这颗怦怦跳动的心就要被揉碎了。

他不由自主地想起自己第一次见到宝珠时的样子。

青涩的宝珠抱着那个失去母亲的孩子,流下的那一颗让他铭记到今天的眼泪。她含着泪说:"我想他需要和最爱他的人认认真真地道个别,而不是糊里糊涂地就没有妈妈了。"

原来她在年幼时,曾糊里糊涂地失去了一个最重要的人。

黎致远和李瑞阳在一起等宝珠。

在这个等待的过程中,黎致远和李瑞阳聊起了行为心理学,这是黎致远曾认真主修过的学科,在当助教的那两年,又认真地进修过。

人的行为往往能反映他的心理,每个人都有不同的人格特征、动机和个体差异,他下意识的行为与生理过程之间的关系,特别是神经系统的活动引起的条件反射,就是行为和心理的联系,一切行为都可以通过分析还原为巴普洛夫条件反射。

黎致远说:"很遗憾当时没有继续好好地学下去,现在我也是一知半解,还需要好好学习才行,所以只能作为一个参考。"

李瑞阳没有说话,他在思考柏荣齐的事,黎致远说的这些,让他想到了自己学过的犯罪心理学。连环案犯的第一个犯罪对象,往往是用来练手的,所以刘育美是第一个用来练手的,李夏或者刘雅兰的次序是第二或者第三,刘珍珠才是他的理想型。这从他之后的受害者可以看出来,他的理想型一直是比较固定的,刘珍珠对他而言,有特殊的意义。

第十五章 二审

刘宝珠很快就出现在他病房外,她将内容写在处方笺上带了上来。黎致远敏锐地发现,她在看到自己的那一刻不是惊讶,而是难过,无法抑制的难过,但她很快就把头扭过去,一直对着李瑞阳,没有转回头来看自己。

李瑞阳并没有发现包括自己在内的三个人之间的暗流涌动,黎致远也没表现出自己的心如狂潮。他们三人的注意力,都被李瑞阳刚接到的电话吸引了。

小刚子说,找到阿亮了,但是当地警方需要本地警方传真协查请求才能配合这样的异地传唤。小刚子问他怎么办。

带公章的协查请求,那就一定会惊动上面的一些领导,惊动哪一个会比较安全?李瑞阳只考虑了两秒钟,他果断地选择了焦队长。

但是即使他们争分夺秒,也还是没来得及——阿亮不见了,同时不见的还有从拘留所出来的刘雅兰。李瑞阳简直恨不得长出翅膀飞出去办案。

他胡乱地点着头和站在他身边的两个人说抱歉,在他们即将开门出去的时候,又问刘宝珠:"刘宝珠,一会儿你就下班了,能再上来一趟吗?我需要让你帮我辨认一些东西。"

刘宝珠毫不犹豫地答应了。

在刘宝珠还没下班之前,李瑞阳快速地将照片里的一些无法分类的都挑了出来,一些明显是过去的照片又单独放在一起,这是一会儿要让刘宝珠辨认的。尽管没有找到阿亮,但是追溯阿亮从拘留所出来后的行踪,小刚子有了重大发现。

当小刚子汗流浃背,整个人如同刚出锅的包子一样热气腾腾地站在他面前时,李瑞阳第一次狠狠地夸奖了他:"干得好,师弟,你太棒了。"

即使这三个女受害人自愿为柏荣齐开脱,这也不是无懈可击的。法庭的审判是个重证据、轻口供的过程,为的就是防止出现这样信口雌黄、不负责任的证人以及滥用权力、放大权力的警方。

小刚子找到了阿亮和柏荣齐接触的监控画面,还找到了更多证据。

拘留所有固定的放风时间,几年前拘留所就实现了全方位的监控,但是任何监控都存在盲区。有一些盲区是在监控摄像头的正下方，有一些是因为天气原因，有一些是出现了光线折射。而这个拘留所用的是三百六十度旋转的监控摄像头，当它转动到某一个角度时，会出现十秒左右的停顿。阿亮和柏荣齐不止接触过一次，但是被监控摄像头拍下来的仅有两次，这也足够了。

阿亮从拘留所出去后做了什么，才是直接证据。

刘雅兰开车将阿亮从拘留所门口接走后的行动足迹，可以说明很多问题。小刚子在查到这个车牌号码之后找到了租车行，又通过这个车牌号，获取车上的行车路线。

这个行车路线囊括了三个女受害者的家庭地址。如果刘雅兰说的有关阿亮拿走了刘珍珠的日记本这一部分是真实的，那笔记本怎么到柏荣齐手里的不难想象。阿亮在其中扮演了更多的不为人知的角色，他有什么把柄留在柏荣齐的手里，柏荣齐在拘留所里发现了他，又通过他，威胁了三名女受害者。

阿亮是怎么知道三个女受害者的家庭住址的？只有可能来自柏荣齐。

柏荣齐不但留下了这些女受害者的照片视频，还记录了她们的身份信息。这个想法给李瑞阳提供了思路。他让小刚子马上将这三名女受害者的个人信息发给自己。

因为这样一个突如其来的灵感，案件得到了突破性的进展，李瑞阳终于找到了破案的出路。经过仔细而枯燥的比对之后，李瑞阳解开了另一个谜题：那排乱七八糟却又像有规律的数字，代表着每一个受害人的身份信息。

小刚子发给李瑞阳的这三名女受害者的身份证上的数字，每个数字分别乘以二，就得到了这本神秘小黑本上的那一串串数字。到此刻，所有未知的受害者的身份证号码，就都清清楚楚地呈现在李瑞阳的面前了，已知的这三个女受害者已经验证成功，其他受害者只等着李瑞阳去证实。

这么多天来临门而不得入的郁闷一扫而空，李瑞阳不由得仰天大笑："我怎么这么厉害？哈哈哈。柏荣齐，你完蛋了！"

第十五章 二审

旁边也传来了轻轻的笑声,李瑞阳扭头一看,刘宝珠正微笑着看着自己。他激动地跳下床,在刘宝珠反抗之前,将她拦腰一把抱起,狠狠地亲在她的额头上:"宝珠,柏荣齐跑不掉了。"

…………

李瑞阳说过"宝珠,我不会让这种情况出现",也说过"宝珠,很遗憾让你看到这个"。但这是他第一次,用肯定的不容置疑的语气告诉我:"宝珠,柏荣齐跑不掉了。"

他脸上的喜悦直接而且热烈,这种热烈毫无疑问地感染了我。

此刻,我不想做煞风景的人,我愿意相信这个好消息一定会实现。

李瑞阳很快就控制住了自己的情绪,他没有再透露更多的讯息,而是将一堆照片放在我的面前,说:"宝珠,你看看,这里面有没有和你姐姐有关的东西?"

我看得很仔细。十八年过去了,有可能即使里面真有和我姐姐有关的,我也认不出来了。但是眼前这张照片上用双手捂着脸,只露出头发和双手手背,裸身蜷缩着坐在地上的,不是我姐姐还能是谁?我将照片翻过来贴在我的胸口,然后才递给李瑞阳,继续看其他的照片。我没有发现其他眼熟的了。

我问他:"李警官,现在证据确凿了吗?"

我期待肯定的回答,他也给了肯定的回答:"我就只差最后一个谜团了,"他点点头,"哪怕最后一个谜团解不开,就凭现在的证据,柏荣齐也脱不了罪,只是量刑不同而已。"

我重复了一遍柏荣齐的代理律师在庭审现场否认罪行时提出的那三点。

李瑞阳再次向我确认:"宝珠,细节我不能多讲,每个律师都会钻法律的空子,但是这种行为是不可能得到遏制的。被告代理律师利用的漏洞,控方换一换,一样也可以用到。现在不是以前了,即使拿不到有力的口供,只要证据确凿,照样能给人定罪。"

我没听懂,但还是点点头表示我听到了,我问他:"你用语言暴力诱供的事呢?"

李瑞阳说:"放心,有监控全程录制的,不是他说是就是的。"

这就太好了。我向他说"再见",然后搭公交车去了学校。

在我经过景观湖时,黎致远说的那棵会武功的树下正有年轻的学生们在约会,天上湖里各有一轮弯月,互相映照,交相辉映。

月亮下,那棵被修剪得造型奇特的松树,就像一个正在打拳的老师傅。

走过那个转角,我看到了一个熟悉的身影,他正坐在花坛边上,抬眼看着二楼的实验室。我走过去,坐在他的身边。我知道他很聪明,今天在李瑞阳病床前,他一定是听到了,也猜到了。我没有说话,我也不敢看他转过来的视线,直到他用力地握紧我的右手。

他什么也没有问,什么也没有说,只是喊我"宝珠",然后又沉默了。

在我抬起手腕看手表的时候他问我:"宝珠,今天我没吃肉,是不是可以参观你的其他工作了?"

今天的工作内容是在尸库旁边的处理室继续去脂找结构,然后建立一个完整的腋窝标本。脂肪若是去不好,出现融化和腐败,大体老师的脏面将在两天之内出现腐败。

任何关系都是一样,只要出现裂痕,就不可能破镜重圆。我和他是什么关系?

我和他,除了没有彼此说出"让我们在一起""做我女朋友"这样的话,其他的时候和普通的情侣还有区别吗?

"黎致远,我以前和李瑞阳谈过恋爱,上过床。"我补充道,"我不是处女。"

他面红耳赤地呛咳了两声,好一会儿才说:"为什么是他?"

我想了想,说:"可能是因为他长得帅、身材好吧。"

我不想说我是颜狗,但我确确实实好色,好男色,也好女色。漂亮的人谁不喜欢呢?

他"嗯"地应了一声:"我嫉妒得要发狂了,怎么办,刘宝珠?"

我说:"这是我的交代,我觉得该交代的一定要交代清楚,不该交代的，我不需要说。"

他问："你说的是你姐姐的事吗？"

我点点头说"是的"。

黎致远也点点头："在大学的时候，我也有过女朋友，也和她上过床，宝珠，我也不是处男。后来分手是因为异地，她要出国，我不想去，两个人的距离越来越远，一直到……"他停顿了一下，"一直到她有了新的感情寄托，就自然而然分手了。"

他停顿的时候，手无意识地去摸了摸自己的左腿，我想分手大概就是在他出意外的那段时间。

他笑着说："宝珠，我知道你的意思，你不想说，我就不问，你不用担心我会因为李警官知道我不知道的事而生气或者伤心。我没那么笨，不会连你的感觉都感觉不到。"

时间过得很快，李瑞阳已经出院了，明天就是第二次庭审的时间了。

我爸和林凯一直没有跟我联系，但是曹律师一直和我有联系。他告诉我，刘雅兰和刘育亮两个人不在本地了。因为本地待不下去了，两个人的名声恶臭，当地已经无人不知了。

另外，他已经将代表我这个家属对刘雅兰和刘育亮提出的诉讼交到法院了，三天之后法院会针对会不会受理此案给出回复。

我的诉讼请求很简单：向珍珠道歉，恢复珍珠的名誉。我问曹律师，刘雅兰和刘育亮至今不知所终会不会对案件审理有影响，曹律师告诉我，民事诉讼当事被告经法院传票传唤，没有正当理由却拒不到庭的，即使他们不在，法庭也可以缺席判决。

难道只要道歉就有用吗？刘雅兰身败名裂，身无分文，无处容身，这样就足够了吗？她身体健康，自由自在，有手段，有胆识，这样的处境对她来说，真的是绝境吗？我很怀疑，我觉得，她还没有到走投无路的地步，随时还能东山再起。

自从发现了小黑本里的秘密，这个案子的进展就一日千里，越来越多的细节、证据、受害人浮出水面。随着联系上的受害人越来越多，李瑞阳心里的念头越发清晰。他将所有的精力都投入在这个连环性侵案犯身上。以至于焦队长说："我这个徒弟是有点傻的，违禁药制售案的功劳他是一点都不想要了。"

李瑞阳说："我想要一个死刑，柏荣齐的死刑才是对这些被迫害的女性的公平的交代。"

但李瑞阳心里沉甸甸的。有一件事情，他一点都不想做，但是他必须去做，还必须今天做，因为明天就是柏荣齐案件再次开庭的日子。

他要在今天中午之前，将所有的证据通过合法的程序交到负责此案的公诉人手里，然后递交检察长。所以他现在一定要去做这件事。

他现在在一家小饭馆，这是他们俩经常来的地方，加班晚点时，他俩就在这里对付一口。他已经给那个人发了信息，他等着那个人来。但那个人真来的时候，他有点想哭。

他费了点功夫才站起身，喊："大队长。"

大队长拍了一下他的肩膀："小子，恢复得不错，气色看起来还可以。怎么不在家里多休息，出来乱跑干什么？"

大队长的神情很亲切。

"难道这是在家里要闲出病来了？"他又接着打趣，"我们特意给你转到刘医生所在的医院的，这是在给你创造谈恋爱的基本条件。我跟你讲，这个时候你可千万别尿啊，得抓住这个机会。"

李瑞阳咧开嘴笑："估计没机会了，她心里有人了。"

"那就算了。感情这东西不好说，不要勉强，天涯何处无芳草，何况你这小子人模人样的。"大队长调侃。

李瑞阳没有再说话。

他掏出手机，打开了那段小刚子发给他的视频，然后将画面转向大队长。

第十五章 二审

大队长笑眯眯地说道："哦，我知道了，这是为这个小黑本来向我讨公道来了。"他郑重地倒了一杯水举起来，向李瑞阳道歉，"兄弟，对不起，是我大意了，是我冒失了。"

李瑞阳将视频倒回去，停在三分十五秒的地方："这是物证科小李在清点我桌上的、桌里面的证物。"他指了指画面中的某一点，"这是我们办公室的推拉门，你看，这是谁的倒影？"

李瑞阳说："这个倒影一直在这里站着，看他面朝的方向，他在观察哪个地方，他在观察什么？"然后他将画面快进。

"这是他夹着支架走出来的时候，他在这里停了一下，然后调整了支架的位置。这是他在假装不经意地来回夹着支架扫动的时候。这是他终于将目标扫进垃圾桶后松了口气的样子，他的肩膀放松下来了。"李瑞阳一直没有停下来，"这是一晚上，他在我办公桌前后来回走动的样子。"

大队长看着他，突然一巴掌拍在他脑袋上："你小子是不是住院住傻了？你这是在演谍战大片，我真是服了你了。"

李瑞阳没有说话，也没反驳他，但是他默默地从手机相册里调出了另外一张照片。这张照片，是从柏荣齐的小黑本上拍下来的，也正是那最特殊的单独的一页。然后他准确地念出一个身份证号码。

柏荣齐知道小黑本已经消失了，所以他有恃无恐地将报警的三名受害人的身份信息告诉阿亮，让阿亮给他带某种讯息给受害者，也许是照片，也许是视频。他用这些隐私来威胁对方。虽然李瑞阳还不知道具体细节，但是不妨碍他推演出大致情形。

而正是因为柏荣齐的这份有恃无恐，让他从三名受害者的身份信息里悟出了一个规律，除了那本书，还有简单的数学。在破译了之后，就会发现其实这并不难，难的是找到脚本，比如母本，比如数字的规律。

是的，柏荣齐将他的战利品设了一个战绩簿，《沉默的大多数》这一本书的页码和行数字数，记录了他对这名受害女性的详细描述；变换的数字记录了受害女性的身份证号……他将这些分散藏起来了，照片、碟片这些战利品放在夹层里,作案工具藏在墙壁里。唯有一点,最近两年的受害者的作案工具包括源文件,现在李瑞阳还没有找到。

其中,没找到的正是李瑞阳推算的小黑本里最特别的一页。

那一页用红笔圈出的,是大队长的女儿的身份信息。

大队长没有说话,沉默地将杯子里的白开水一饮而尽。

李瑞阳觉得自己说得够多了,他不想再说下去,他知道对面的人会懂的。

他只是站起身,谦恭地将空了的杯子里续上白开水。然而他看到对面的水杯里荡开了涟漪,他不敢抬眼看这位既是前辈也是兄弟的人的脸。

"媛媛那天刚满十八岁,她兴高采烈地带着身份证,约了刚参加完高考的同学一起去玩。"大队长说。

然后李瑞阳听到了对面坐着的人的哽咽,他沉默地看着对面水杯里持续荡开的涟漪,那是一位老父亲的眼泪。

大队长的女儿叫媛媛,因为抑郁症休学在家的事不是个秘密,只是大家都不知道原因。

"那天晚上,我在局里加班,九点半的时候,媛媛在出事前给我打电话,我没有接到,当时我在审讯室里。这本来是可以避免的,媛媛那么乖,她甚至答应我,她和同学们第一次去酒吧,会让我在旁边远远地陪着,绝对不会乱来,会让我一直看着的,我说什么时候回家,她就跟我什么时候回家。谁知道那天我加班进行审讯,忙起来我就把这件事给忘记了,媛媛在家里等我,给我发微信,问我大概几点回去陪她一起去,我没回复她。后来同学们催得急,她给我留了言,留了地址,留了同伴的电话,就自己去了。这本来不会发生的。"

李瑞阳面前的,是一张让人不忍直视的老父亲的脸。

大队长的女儿,今年大二,目前休学在家。

即使拿"受害者有罪论"的那一套诡辩来套在她身上,她的行为也没有可以让人指责的地方。她不是单独去的酒吧,她去的时候穿着长衣长裤,她去的时间不是深更半夜,她没有放任自己喝多,甚至还照顾着自己那一帮都

第十五章 二审

是第一次来的女同学。她去之前给自己爸爸发了详细的地址和她的同伴的电话,她没有理会别人的搭讪,她清醒地在酒吧一条街的入口将同学们都送上出租车,却发现自己的身份证在进入酒吧出示给一位工作人员后就没有拿回来,于是她折回酒吧……这个"工作人员"就是柏荣齐。

大队长是在第二天中午才回家的,他以为自己女儿的情绪低落是因为自己的不守约,他没有发现自己女儿的异样,一直到女儿因为情绪问题而申请休学……

在李瑞阳和小刚子将柏荣齐从老家抓回来之后不久,媛媛的病情再度失控。他那时候还不知道,这是柏荣齐第一次被抓后,自己无意中在女儿面前说起了酒吧才导致的。

李瑞阳中枪后,他接手过审讯柏荣齐的工作。

柏荣齐面对着他,露出了似笑非笑的表情,他用只有大队长能听见的声音,报了媛媛的姓名、电话、身份证号……在大队长不可置信的时候,他还报出了一个网盘的账号,他说密码是媛媛的生日。

之后大队长找机会登录了这个网盘,网盘里只有一个文件,全都是媛媛的照片、视频……

柏荣齐用最大的视频篇幅,录下了媛媛的各种信息,包括身份信息,包括案发当晚,包括媛媛手机里和父亲的聊天记录。

这个文件夹的名称是:我最得意的作品。

大队长颤抖着手将这个网盘删空,然后利用提审路上的几分钟,再次接触到了柏荣齐。

柏荣齐说,他的要求不多,有且只有一个,毁掉小黑本。

柏荣齐说,上一次从拘留所出去后,他就做了准备,防的就是这一天。他说:"我这个人,一向有点没法说的好运气,总是能够遇到让我化险为夷的贵人。"作为交换,柏荣齐承诺,他被释放出来的当天,会当着大队长的面将媛媛的东西全部删掉。

在这次提审之后,大队长强忍着颤抖的手和狂跳的心回了一趟家。

他摸黑回家，又摸黑坐在女儿的房门口，他甚至不敢打开女儿的房门，也不敢发出声音，就这样无声地压抑地痛哭。

柏荣齐说："你也可以选择。不过我就是在里面十几年，这十几年，你猜会不会有人去看我，你猜猜看我的这个人会不会想赚钱，你猜我能不能找到机会，让你女儿做一回大红大紫的脱星。"

大队长做了选择，他知道这样做是大错特错的。那天晚上他在李瑞阳的办公桌前来回徘徊，在捡与不捡之间来回拉锯，每一次想捡起来的时候，媛媛的脸就在自己眼前。自他工作以来，他从未见过如此大尺度的视频，一旦传播出去，媛媛还怎么能够活下来？

大队长说："自从我办了这件事，我想这一天早晚会到，如今终于到了。李瑞阳，我求你，拜托你一定要找到这个原件，这是媛媛的命啊。"

但那本小黑本是真的不在大队长手里。这个小黑本，才是今天李瑞阳最主要的目标，他始终认为，大队长不会这么愚蠢且鲁莽。

李瑞阳没有再说话，有时候，语言是苍白无力的。他起身，没有说再见，径直走了。走到拐角，他不由自主地回头去看，以前那个伟岸的背影，如今怎么看都透着一股凄惶。

李瑞阳不知道该怎么办，他去找了焦队长，在焦队长的指点和陪同下，他们带着所有已知的证据，找到了检察长。

检察长告诉他们，根据《刑事诉讼法》第七十一条：据以定案的书证应当是原件。取得原件确有困难的，可以使用副本、复制件。书证有更改或者更改迹象不能作出合理解释，或者书证的副本、复制件不能反映原件及其内容的，不得作为定案的根据。书证的副本、复制件，经与原件核对无误、经鉴定为真实或者以其他方式确认为真实的，可以作为定案的根据。

如今小黑本的原件既然确定已经消失不见，那就找到证人证物来证明李瑞阳现在所能提供的小黑本里的内容的来源。

来源在哪里？是谁发来的？请他出庭做证。来自林凯，林凯发送给他们的，林凯拍摄下来的，林凯从庆春地下商城拿走的……

第十五章 二审

天网恢恢，疏而不漏！这是李瑞阳心里涌起来的最强烈的念头。

林凯在哪里？马上找到他。

今天是柏荣齐的大日子，也是李瑞阳的大日子，这个案件，在李瑞阳心里十分重要。即使是不公开开庭审理，李瑞阳依然在开始庭审前和小刚子一起来到了法院。

他还坐在上次那条长椅上，只不过这次身边没有坐着刘宝珠。小刚子依然以证人的身份出庭，同时出庭做证的，还有昨天晚上乘飞机到达的林凯。

是的，他们陆续整理出的新的证据，昨天就经由正规流程提交给了检察官，呈交负责本案的检察长，再经过合理合法的程序，成为正式的呈堂证供进入到今天的庭审。

李瑞阳对刘宝珠说得很肯定，但是没到最后一刻，他也还有自己的顾虑和考量。那本丢失的小黑本原件将是最大的攻击点，林凯的出现，将这种可攻击性降到了很低的水平，但也还是可以攻击的。

但他同样还有个好消息没有告诉刘宝珠，他想在这次庭审结束后，连同庭审结果一起告诉刘宝珠。他期待着看到她喜出望外的表情。

此刻他忐忑不安地坐在法庭外等待着，骄阳似火，大地恍如一个烤炉，他逐渐有点焦躁不安地开始徘徊起来。然后，他就看见了刘宝珠。

她站在一棵树下，阴影将她的身影笼罩起来，无论四周怎么炎热，她仍然给人一种清爽感。看见她，就像大热天里看见了可爱的冰西瓜，身上的燥热、心里的烦热，一下子就被洗涤得清清爽爽。

李瑞阳走过去，静静地站在她身边，她回过头来微微一笑，继续认真地看着法庭的出入口。有人从他们身后经过，有人坐在离他们不远的对面长椅上，也有人站在离他们远远的树荫下……

李瑞阳没有再感觉到时间的难熬了，时间开始过得很快。他总觉得没过多久，好像离他看见刘宝珠才不到一两分钟的时间，法庭的大门打开了，有人走了出来。

李瑞阳专心地找小刚子的身影。等看到小刚子壮实的身影后，他一把抓住刘宝珠的手朝小刚子快步走过去，他是想用跑的，又怕跑起来刘宝珠跟不上，会松开自己的手。小刚子也不知道审判结果，他做完自己应该做的，就被法警指引着进入了另一个房间等待。

李瑞阳又拉着刘宝珠去找负责本案的控方公诉人和检察长。

由于宝珠的特殊身份，李瑞阳在见到检察官时松开了她的手，自己上前和检察官交谈起来。二十分钟之后，他回到刘宝珠的身边，打开手机让她看自己刚刚经过允许后拍下来的照片。他成功地看到了刘宝珠露出惊喜交集的表情，她将手捂在自己心口，绽放了一个最美丽的笑容。

李瑞阳看着她，也不由自主地露出了一个最开心的笑容。

"本院认为，被告人柏荣齐以非法占有女性为目的，使用诱骗、强迫、迷药等行为，违背女性意愿，强行发生性关系，已构成强奸罪，应依法追究刑事责任。公诉机关指控的犯罪事实清楚，证据确实充分，罪名成立。

"被告人柏荣齐，自十八年前实施了诱骗、暴力及言语威胁等行为，强奸受害人刘珍珠、李夏、刘育美，并对刘珍珠的死亡负有直接责任，在之后并没有停止其违法犯罪行为，持续时间特别长，受害者数量特别众多，罪行特别深重，性质特别恶劣，后果特别严重。辩护人提出被告人柏荣齐系初犯的意见，本院不予采纳。

"为保护公民人身权利和财产权利不受侵犯，维护社会治安秩序，根据《中华人民共和国刑法》第三百四十八条、第二百三十六条，判决如下：

"一、被告人柏荣齐犯非法持有毒品罪，判处有期徒刑五年，并处罚金五万元。

"二、被告人柏荣齐强奸妇女、幼女多人，对多名女性的死亡负有直接责任，犯强奸罪，后果特别严重，数罪并罚，依法判处死刑，缓期两年执行。"

第十五章 二审

李瑞阳说，听公诉人说柏荣齐当庭表示上诉，如果他上诉，案件将会转到高院。他"哼"了一声，冷笑道："二审也改变不了事实，他还真把自己当成什么神吗？真是……"

他义愤填膺又透着得意骄傲的样子好像在说：快夸我、快夸我、快夸我……他还在念念叨叨："今天是个好日子，今天要好好庆祝一下……"

对，今天要好好庆祝一下，和我爸，和林凯。

所以我说："李警官，那不耽误你去庆祝了。"

他一下就板着脸了："刘宝珠，咱俩不应该好好庆祝一下吗？"

小刚子也说："还有我！"

于是我们三个决定去大吃一顿，其实是他俩做决定，我决定去做付账的人。

李瑞阳居然倒了酒，小刚子不能喝，他还在上班时间；李瑞阳也不能喝，他还在休养中。我一个人慢悠悠地喝了一瓶酒，因为我今天休假。

小刚子说："刘医生，你怎么越喝眼睛越亮？"

我说："因为我酒量好。"

李瑞阳大笑："刘宝珠，你少拽一点不行吗？"

错了，酒量好是因为体内具有比一般人多的乙醇脱氢酶和乙醛脱氢酶，代谢率相对比较高，和拽没有任何关系。何况，酒量好的人，并不代表他的肝脏功能和代谢功能更好，在他意识清楚的时候，酒精造成的伤害已经在悄悄累积了。但我很开心，我不想煞风景，所以我没有反驳他。

晚上，我又向单老师请了个假，我要找人庆祝。

我爸带了一只喷香的烤鸡，林凯带了一瓶据说很贵的酒，我带了一颗雀跃的心和一只烤鸡。大概是因为林凯绘声绘色说的庭审的事比较开胃，我们三个人吃了两只烤鸡，居然还饿。

林凯说，柏荣齐显然是以为自己胜券在握，他一直以为这些东西在那天夜里的地下商城被警方缴获了，他从来没有想过在其他地方还有备份，所以当他看见自己走到证人席的时候，脸色真的可以用青红交加来形容。

他直接在法庭上开始咆哮，说这一切都是林凯陷害自己，这一切都是林凯的阴谋，自己会落到这个境地，都是林凯的有心谋算。林凯说，当时柏荣齐大叫大嚷，场面一度十分地热闹，法警不得不出动电棍才压制住柏荣齐。

尤其是柏荣齐听到自己被宣判死刑的时候，简直可以说是歇斯底里，他暴跳如雷，往日维持的风度和形象一扫而光。他当庭叫嚣着一定要上诉，他要请最好的律师……

但他的代理律师在结束后对柏荣齐说，自己作为法庭为柏荣齐指定的辩护律师，这次庭审结束，他的责任也算尽完了，以后不会再接柏荣齐的案子，希望他找到愿意接他案子的律师，如果实在找不到，还是可以向法庭申请法律援助的。

我举起杯子，诚挚地对林凯说："幸好有你。"

林凯跟我碰了下杯子，说："不，幸好那晚有你在，不然这些东西我根本带不出来。"

我爸很开心地笑，像只护雏的老母鸡，他眉飞色舞地说："还有刘雅兰和刘育亮，我们怎么解决他俩？"

晚上，我回到宿舍，上网查了查，心里还是很遗憾，原来死刑缓期两年执行，并不是两年后才执行死刑，而是两年执行期限届满，没有故意犯罪的，可以减为无期徒刑，有重大立功表现的，可以减为十五年以上十八年以下有期徒刑。原来并不是让他在恐惧中生活两年之后再执行死刑。

我发了一会儿呆，我不知道该说自己是满意还是不满意。就像我爸说的，还有刘雅兰和刘育亮这两个人需要解决。

怎么解决？显然我爸也还在考虑。

刘雅兰比柏荣齐更棘手，她没有明显的、致命的漏洞可抓，就凭现在的这些过失，得到的不过就是些不痛不痒的处罚，不伤及根本。

这样的人，法律制裁不了她，道德对她来说仿若无物。

或许应该从阿亮着手，我想。这是个和我姐姐的死息息相关的人。

第二天，天气晴朗，万里无云。我从今天开始轮岗到了产科住院部的

第十五章 二审

白班。宋琪每天都来接送卿卿,偶尔交谈的时候,他会说起他的堂哥,就是违禁药团伙的首领。整个城市最近被这件特大违禁药案弄得人心惶惶,所有的酒吧生意一落千丈,酒吧一条街里很多店都贴出了转让的告示,宋琪在考虑要不要将失忆清吧也转让出去。

他和卿卿的婚房在今天终于选好了,别墅也已经售出了,将赃款追缴清并接受处罚之后,分期买了套大三房,胡丽已经去他们的新房看过了,回医院之后跟我说这就是她以后的目标了,希望程鹏的事业能蒸蒸日上,早点给她和宝宝也换个大三房,靠她自己的这点死工资,估计卿卿新房里的一个卫生间她都买不起。

我想了想,其实凭我自己的工资,我也买不起。但是我真心觉得住宿舍挺好的,没有邻里矛盾,没有物业纠纷,不用操心水电煤气,这样简单的生活少了很多烦恼。我决定只要医院不赶我走,我就继续住宿舍。

晚上,小姨打电话跟我说请大家一起吃饭,我这才知道,今天卿卿带着宋琪、程鹏和黎致远,在小姨家的老房子里整整忙活了一天。

胡丽是因为怀孕没有去,而黎致远说我最近请假比较多,容易招人闲话,所以小姨也没有喊我。

小姨在电话里喜滋滋地告诉我:"宝珠,这个男人我越看越喜欢,真不错,就是年纪大一些,腿脚有一点不方便,其他真的好得没话说。"

她肯定地说:"什么情情爱爱的,都是你们小年轻追求的,我就觉得,选择伴侣,最优先选择的就是这种能陪着你一起进步,让你有自己的发展空间的,而不是天天喊你回家做饭啦,回家带娃啦,说什么一个女人不需要发展事业,只要照顾好家庭的。这都是老皇历了。那些要你牺牲自己为家庭付出的,十有八九是自私的男人。"她顿了顿,"好的感情,就是要齐头并进的。"

小姨说:"宝珠,你和卿卿都不要像我这样一辈子窝窝囊囊的,不要做金丝雀,要自己把握自己的命运。"

等终于吃好饭,黎致远开着车先去送东西,程鹏送胡丽先回去休息,我和小姨他们返回了小姨的老房子。房子里已经清空了,只剩下小姨手里拿着的一点私人物品了。卿卿在每个房间里走了一圈,说:"怎么这些东西都搬掉了,就不像原来的家了?"

宋琪亲昵地说:"要不以后我们家就按照以前的样子来装修?"

卿卿白了他一眼。

宋琪揽着她的肩走到了卫生间的那个位置。

没有一点预兆地,卿瑞突然从小姨身边冲过来,用力揪着宋琪的衣领,他喊了一句:"不许偷看。"

卿卿赶紧将他推开,卿瑞虽然是小孩子的性格,身体却完全是个成年男性,他嘴里喊着"不许欺负宝珠",揪着宋琪往后推。宋琪应声而倒,头正好砸在卫生间里的大理石洗漱台上,鲜血汩汩流出。小姨吓得魂飞魄散,卿卿也白了脸。黎致远马上折返,一起将宋琪送进了医院。

所幸没有大事,但是卿卿一直若有所思的,有时候会失神地看着我发呆。就在这时,刘主任打电话通知我,医院去国外进行交流学习的名单已经下来了,我将在半个月后跟随交流学习小组,去国外某医院进行交流与学习。

刘主任说:"宝珠,刘宝珠,你可要给我认认真真地学习,可不要光顾着谈恋爱啊。"

原来黎致远也去。

只有半个月了,半个月内,刘雅兰的事情能得到解决吗?

今天白天,我亲手接生了五个女孩、四个男孩,我见证了生命经历挤压、经历阵痛、经历鲜血、经历汗水和泪水,艰难地降生到这个世界。每一个新生命的诞生,都伴随着声声啼哭。

而此刻我看着正在忙碌的黎致远,他的脸上有汗水沿着下颌流进他的衣衫里,他专注的侧脸有着禁欲系的性感。我发自内心认识到,我现在并不想亲手带走一条生命,我期待着爱,期待新生活,期待幸福,期待美好。

我想要和黎致远一起,去看一看世界有多大多美,去试一试自己到底能走多远多高。

第十五章 二审

刘雅兰现在在哪里？我不知道。

宋琪的伤看着血流如注，十分吓人，更多的是因为头皮的血液供应主要来自颞浅动脉、枕动脉，而这两条动脉都是血液供应非常充足的动脉，血管直径大，血运丰富，而头部的毛细血管呈左右交叉式供血，所以出血量大。及时止血很重要，再进行局部清创……

这种出血量大的创伤，只要能及时止血一般没有生命危险。

而真正危险的是颅内损伤，因为没有肉眼可见的出血，往往因为容易被忽略而延误送医，等到有明显不适症状时已经十分危险……

如果拿柏荣齐和刘雅兰做比较，我觉得柏荣齐像是第一种，刘雅兰更接近第二种，潜伏的、容易被忽略的，但却是致命的。

刚把宋琪送回家，在黎致远送我去学校的路上，我爸给我打电话了。

铃声一直在响，他没有按照约好的方式和我联系。他有紧急情况！

我只犹豫了两秒，就决定现在就接听。

"乖女，注意安全，刘雅兰回来了。"我爸说。

我看见黎致远将视线从前面路面上转向我，他听到了。

我爸那边已经挂掉了电话。

"宝珠，这是……"黎致远想问。

我决定先发制人："黎致远，我觉得你流汗的样子很性感。"

他目瞪口呆了一下，然后扑哧一下笑了："好了，宝珠，我懂了，我不再问了。"他调侃地看了我一眼，"难为你从眼睫毛夸到流汗了，下次想堵住我的话，你要夸哪里？"

我的视线落在他的唇上，唇形完美，柔软湿润。或许我的视线太直白赤裸，我看到他的喉结滑动，他咽了下口水，车里的气氛一下变得暧昧。

"宝珠，你这样，我要疯了。"他的声音变得克制而低哑，他的右耳耳尖以肉眼可见的速度变红。

"想象一下我一会儿要用力拉开大体老师的手，尽量暴露他的腋窝，做一对左右对称的腋窝标本,"我尽量举高自己的左手,模拟给他看,"你现在心情怎么样?"

他显然真的去想象了,然后他投降:"我能选择跟上一次一样,只看一看泡在福尔马林里的标本吗?"等到了实验楼,我用钥匙打开楼梯口的铁门时,他拉住了我,"宝珠,我在你休息的地方等你吧。"

"我怕你睡不好。"我说,"你不用勉强自己来适应我,这里很安全。"

置身于实验楼冷冰冰的实验室里,你很难不去浮想联翩,福尔马林的味道会刺激你想象出更多惊悚的画面。我说:"要不你明天早晨来接我?"

我很开心看到他绽开的笑容。

等黎致远走后,我立刻给我爸留给我的号码打了个电话。

我爸告诉我,刘雅兰和阿亮回本市了,这是他知道的最后的消息。因为他失去了刘雅兰和阿亮的行踪。

我爸十分担心刘雅兰和阿亮会再次对我动手,他们极度缺钱,而我有钱又孤身一人。我爸要求我出入必须和人一起,随身必须带着他送我的防身工具。他说:"乖女,小心驶得万年船,千万不要大意。"

这是当然的,我很惜命。从现在起,我和刘雅兰的位置已经对调了,以前我隐身在黑暗中,她知道我,却不知道我的心思。如今她隐身在黑暗中,我知道她的心思,却不知道她的行踪。哪一个更危险?

这黑暗中,有两双眼睛在盯着我,等着我行差踏错,好给我来致命一击。

这里反而是最安全的,这个尸库,这个解剖实验室。这里没有丑恶的灵魂,没有恶毒的心思,只有许多躯壳,纯粹的、纯净的躯壳。

第二天早晨,我下楼打开铁门时,黎致远已经在楼下了。我先看到他的车就停在实验室楼前不远,然后才看到推开车门的他。等我上车坐好才发现他居然还带来了早餐,我问:"这样你会不会起得太早?"

他笑着说:"宝珠,我不但刷了牙齿和舌苔,我还用了牙线。"

呃,这个回答是不是南辕北辙了?

第十五章 二审

直到我被他温柔地吻住，我才知道他说的是什么意思。

在我闭上眼之前，我看到了俯身在他那边车窗上的一张脸。我吓得赶紧推开他，第一次体会到心惊肉跳。然后那张几乎趴在车窗上的脸离开车窗，伸手敲了敲他那边的玻璃。

黎致远疑惑地摇下车窗，我赶紧打招呼："单老师早。"

黎致远马上跟着喊了一声"单老师"。

单老师："下车下车，马上下车。"

黎致远立刻下了车，我也是。等我绕到他们那一边，单老师和黎致远已经完成了自我介绍、握手问好的那些繁文缛节的环节，进入了男人之间你问我答的环节。等对方的姓名、年龄、工作单位甚至收入和车房都有所了解之后，单老师终于点点头："你这小子能找到宝珠，那真是找到珠宝了。"

然后他说了一句让黎致远和我都意想不到的话："我们系有个成为传奇人物的师姐吧，她男人出轨，被她划了二十七刀，刀刀避开要害，最后仅构成轻伤。"他很骄傲很骄傲地补充道，"宝珠比她强，如果是宝珠，二十七刀下去，估计连轻伤都构成不了，顶多轻微伤。"

"轻微伤连刑事责任都不用负哦。"单老师最后说。

他走上楼梯的时候，在黎致远看不到的角度给我点了个大大的赞，意思是我眼光不错。但他说的话确定是在给我呐喊助威吗？我很怀疑。

上车后，黎致远问我："宝珠，你真能做到二十七刀不构成轻微伤吗？"

我想了想，摇了摇头告诉他："我不知道轻微伤的鉴定标准，我没学过法医。但是给我足够的时间，我可以将你全身上下扎成血筛子，却保你没有性命之忧。"

宋琪没有回医院家属楼。他这个样子不好让宋妈妈看见。

卿瑞意识到自己闯了祸，一直怯生生地看着住在自己房间里的宋琪。

包裹成猪头的宋琪正亲昵地埋怨为什么不让自己住卿卿睡的房间，电视剧里都会拍这样的桥段，男朋友住在女朋友的闺房，想象自己女朋友平日生活、睡觉的模样，睡在有女朋友体香的床上，感情得到进一步的升华。

为什么到他这里就要睡大舅哥的房间？难道他不是男主的最佳人选吗？

卿卿当然知道他是在让自己和自己妈妈、哥哥放松心情，所以她第一次毫不避讳地当着家人的面亲了他。

宋琪又开始亲昵地埋怨为什么只有一个轻飘飘的吻。

卿卿敏锐地发现他的不同："宋琪，你不会是在学那个陆一鸣吧？"

"什么陆一鸣，他是一只鸟吗？还一鸣一鸣地，像不像个男人？"宋琪学卿卿翻了个白眼。

卿卿对他这种幼稚的行为无语得很。但卿卿想，自己可能真的需要对刘宝珠道歉。等两个男人都睡了，她去找自己的妈妈，问出了心里的疑问，也得到了答案。

一个孤女，身怀巨款，偏偏又亭亭玉立，如果更多人知道，想染指的人不可能没有，想财色兼收的人比比皆是，想吃绝户的大有人在。

当年卿卿的爸爸，也动过财色兼收的龌龊念头。

妈妈告诉卿卿："你爸爸这个人，好大喜功，又眼高手低，总以为自己怀才不遇、时运不济，其实从来不肯从自身去找失败的原因。我以为事情没那么严重，你爸只是想从宝珠手里借钱，我再三告诉宝珠不能借、不要借，宝珠做得很好，该拒绝就拒绝了。后来你哥哥开始变得怪怪的，只要我喊宝珠来吃饭，他就黏着宝珠，形影不离地跟着。你还记不记得，那时候你俩总吵架？你嫌你哥老是跟着你们女孩子，其实他是跟着宝珠。"

妈妈的眼泪像断线的珠子一样："你哥哥告诉过我两次，我还以为是他太夸张了，后来等我也觉得不对劲了，我就很少喊宝珠回家来吃饭，都是做好了让卿瑞送去给宝珠的。那天你也没看错，你哥是站在卫生间的门口，可能也是像你说的那样趴在门缝那里，但你哥哥不是在偷看宝珠。"

妈妈的眼泪将卿卿的心浸得像冬天的雪一样冰凉："你们追出去之后，我看见卫生间的门上还挂着一卷黑色的宽胶带，你哥是想把门缝都贴起来……"

第十五章 二审

卿卿不知道怎么形容自己的心情,她问:"那你们为什么都不告诉我?"

妈妈说:"你那时候特别崇拜你爸,老说他是你的英雄,我怎么好跟你开口说这个?"妈妈看着她的眼光都是带着愧疚的。

卿卿还有一个问题:"妈妈,为什么他老是说宝珠是个惹祸精?"

"他"指的是她爸爸,她现在没法将"爸爸"两个字喊出口。

妈妈给她讲了一个她从来没有听说过的故事,关于大表姐刘珍珠,关于那个自己印象中奇奇怪怪又早早去世的大姨,关于那个被外婆无意中发现的从浴缸里捞出来的快要被溺死的刘宝珠……之后卿卿来到卿瑞的房间,看着睡得像死猪一样的哥哥,毫无形象地在宋琪怀里号啕大哭。

李瑞阳发现,大队长还是隐瞒了很多事。

大队长现在已经交出了配枪和证件,处于强制休假中,处罚将会由上级决定。李瑞阳没有反对。这是他曾同生共死的同事,他曾放心地把自己的后背交给他。

是的,李瑞阳已经回局里了,他将会在很长一段时间内,不能参与一线的部分行动。但他还在查柏荣齐。

他的执着让焦队长叹为观止:"我这徒弟啊,真是又傻又轴。"他说完这句,又说,"要做两手准备,一是刘育亮,二是被胁迫的女受害者。"

柏荣齐值得一个死刑立即执行。如果有二审,就应该把他从死缓改为死刑才对,这才能体现法律存在的意义。

比如胁迫他人做伪证,这就需要将刘育亮缉拿归案,这才能形成一个闭合的证据链。而大队长,哎,李瑞阳只想叹气。

他在大队长的电脑里发现了一封打印的辞职信,文件日期正是柏荣齐得意地向大队长挑明之后。

大队长的衣柜里找到一把未登记的来源不明、已被磨花序列号的手枪。

他还找到一段从另一个角度拍摄的视频,那天晚上,大队长在自己桌前徘徊了九次,到凌晨五点,大队长趴在办公桌上睡着了。

等到大队长醒来后,他又往自己办公桌前走,在这之前,他做了一个深呼吸,然后他走过来弯腰去翻垃圾桶。大队长后悔了,他是要找回那本笔记本,但是他现在才发现垃圾袋已经在他睡着之后被换新了。

另一个视频拍下了大队长疯狂地追赶垃圾车焦急如焚的样子。

能找回来固然好,不能找回来,也不能放弃最后一个谜题。

那些存着包括媛媛在内的部分受害者的拍摄工具到底会在哪里?绝对不能让这部分照片和视频外泄,给受害者们造成无法挽回的第二次伤害。

这也是为什么即使柏荣齐已经被判死缓了,那三名受害者依然不肯跟警方袒露自己在什么时候受到了由谁带来的什么内容的威胁。

这些原始文件,将成为一枚枚悬在受害人头上的定时炸弹。

而根据《监狱法》第四十七、四十八条,柏荣齐在服刑期间,可以会见亲属、监护人,也可以与他人通信,这将是一个极大的威胁。

没人能阻止柏荣齐行使自己的正当权利。

但是李瑞阳现在也并不是完全没有头绪的。大队长说他收到了柏荣齐的一个网盘地址。会不会阿亮传递的就是这样的网盘地址和用户名?

听说柏荣齐现在一直在申请法庭的免费法律援助,他要上诉。

李瑞阳不担心柏荣齐,但是很担心大队长,这是他曾并肩战斗的队友。

阿亮在哪里?

阿亮老家的警方在收到小刚子传真过去的协查申请后,立刻对阿亮的行踪展开了调查。阿亮的老婆虽然为他请了律师,但也同样要求和他离婚,并分割共同财产,不承认任何夫妻共同债务。

他们从拘留所出来后,刘雅兰和弟弟阿礼见了一面。在警方前来调查时,阿礼详细描述了当时的情景。刘雅兰看起来有点像大病初愈,整个人十分没有精神。

阿礼瞒着父母和老婆给自己唯一的姐姐拿了一万块钱,他告诉刘雅兰,如果她想带孩子回家住或者玩,他很欢迎,但以后不会再帮姐姐做任何事。

第十五章 二审

对于这个姐姐，他的感情是复杂的，他知道姐姐已经走上了一条扭曲的路，这从他上次去帮姐姐做事就可以看出来。

那次，刘雅兰和柏荣齐约定了在庆春二巷地下商城见面。他们原本的计划是这样的，刘雅兰用四十万做诱饵，将柏荣齐引到车上，她会要求柏荣齐录下保证没有下一次的视频，在这个过程中，刘雅兰出手将柏荣齐用兽用麻醉剂放倒，然后将阿礼从后备厢里放出来，由他将柏荣齐带到城北的某处早已准备好的民房，直到柏荣齐将用来勒索姐姐的东西交给刘雅兰。

刘雅兰曾保证，在后备厢最多三个小时就能出来，但实际上，他等了无数个三个小时，如果不是因为后备厢本来就透气，而且里面备着瓶装矿泉水的话，他坚持不到被人发现。他从晚上等到天亮，又从天亮等到艳阳高照，体验到了生命流逝的恐惧，也体验到了自己姐姐的绝情和狠心。

其他人不知道他在哪里，可他姐姐是一清二楚的，但是他姐姐没有向任何人提起过他的存在和他面临的危机……

在医院被急救回来后，他一度以为姐姐也一样身处危险自顾不暇才忘记了自己，后来警方将他从医院带走的时候，他知道了一切，他的姐姐，在他正处于生死关头时，在警察面前一言不发。

那天，姐姐带着律师将他从里面捞出来，同时还给他找了个离她租的房子很近的地方住，还让他一有时间就去医院观察刘宝珠。

姐姐说："阿礼，自从来到这里遇到刘宝珠，我就特别不顺，我总觉得这一切发生得太巧合了。我本来应该还是那个上市公司高管的富太太，被人追捧和奉承，但是你看，你姐夫被调查，我被柏荣齐勒索，我的直觉告诉我这不对劲。"比如开锁时莫名其妙的报警，还有接阿亮时的照片。

"我觉得有人在盯着我，我怀疑是刘宝珠，但是我说不出哪里不对劲，她送我的每一样东西我后来都拆开看过，都没有什么不妥当的地方。"

刘雅兰说："阿礼，如果有人要对付我，我想只有可能是她。你帮我看着她就行，真的不用你再做别的。我只要知道是不是她在搞鬼就行。"

但同时，姐姐又背着他，让安安去找刘宝珠，她甚至对安安这样说：

"安安,你听妈妈的,去找宝珠阿姨,跟她住一晚上,到时候我们又能住上大房子了,你的同学们又会羡慕你的。"

偷听到这个电话之后,阿礼知道,这已经不再是他记忆里的姐姐了,要是自己再没有主见地跟着她,就真的要妻离子散了。所以他下定决心只帮姐姐的最后一个忙,拿走那个丑萌泰迪熊,然后他想他该回家了,回家踏踏实实地生活,踏踏实实地带好孩子,哪怕苦一点,自己至少还有手艺在。

阿礼说,刘雅兰走之前没有回家去看看父母,也没有说自己会去哪里。阿礼并不知道她是不是和阿亮一起走的,他只是听街坊们说阿亮抛妻弃子,和姐姐浪迹天涯去了。因为阿亮自己一个人回来后,被老婆赶出去了。

老家的警方通过身份信息,查询到了阿亮的乘车记录,他坐上了去海城的大巴车,同行的确实有刘雅兰。

老家到海城的班车途经本市,刘雅兰和阿亮极有可能回了本市。

通过老家警方传来的刘雅兰冒名顶替的那张身份证,也就是刘育美的各种资讯,李瑞阳发现了这个以刘育美的身份信息登记的电话号码。

李瑞阳安排技术人员立刻对这个号码进行了调查,发现这张电话卡自开通以后,仅有几个联系人,经过比对,分别是刘雅兰的弟弟阿礼、阿亮,以及另一个北方的号码。

刘雅兰曾和李昊宇一起在北方生活过多年,她会重返北方吗?

阿亮是否就像个隐形人一样跟随着刘雅兰呢?

小刚子还在调取这张电话卡的行动轨迹,以及北方那个联系人的身份信息。而李瑞阳再次将自己的目光拉回来,他发现柏荣齐这几天没有接受任何探视,也没有往外寄信,他一直在写申请请求法律援助,他要上诉。

他没有钱请律师,所以在不断地要求人民法院安排免费的法律援助。

柏荣齐的亲人没有任何人出现在庭审现场,也没有任何人来探视过他。

李瑞阳不知道柏荣齐对大队长说的会有人帮他扩散受害人视频的话是不是真的,不管是不是真的,他都要将这种行为扼杀在摇篮里。

这是他对大队长的承诺,也是他身为一个刑警应尽的职责。

第十五章 二审

因为他不能出外勤,而小刚子不擅长面对女性受害者,想来想去,他找到焦队长,要求派一个年纪较大的、有亲和力的女警直接去和三名受害者谈一谈,以期从她们那里得到一些可靠的线索。

焦队长安排了那位在迷奸药案件中非常有经验的女队长进行这项工作。

同时,小刚子在调查以刘育美身份办理的电话卡的移动轨迹时发现,就在对柏荣齐进行庭审的时候,这个号码曾经在离法院最近的基站有过通话记录。这个基站,离法庭很近,离当时的李瑞阳很近,当然,离刘宝珠也很近。

刘雅兰和刘育亮是在跟踪刘宝珠,还是在跟进柏荣齐的庭审结果?他们有什么理由关注柏荣齐的庭审?因为什么?是因为阿亮的把柄?还是因为刘雅兰的把柄?

如果是在跟踪宝珠,难道是因为钱?会不会真的大胆到这么丧心病狂的地步?在明知道刘宝珠身边有个当警察的朋友时,还敢冒着随时暴露的危险对宝珠下手?难道现在的自由不可贵?如果不是为了钱,那又是为了什么?

李瑞阳第一次有点犹豫。在他下决定之前,他的腿脚比他的脑子有主意,他已经开车来到了医院大门口,正好赶上刘宝珠坐上黎致远的车。

隔着这么远的距离,黎致远脸上的表情依然清晰可见。

刘宝珠好像对他说了什么,这个中年老白脸笑得像一只就要开屏的公孔雀。这,还有没有一点男子汉大丈夫的气概了?

李瑞阳觉得自己应该扭头就走,然而他的腿脚再一次战胜了脑子,他开着车跟在他们身后,不疾不徐地穿过城市,逐渐来到了他曾很熟悉的地方。

在他和刘宝珠恋爱的那段时间,这一条种满了梧桐树的林荫路、路边的餐馆,还有电影院,以及那个小旅馆,都是他觉得甜蜜的地方……

李瑞阳叹了口气,他觉得自己该掉头了。

然而他看见黎致远在学校的一栋实验楼前停了下来,刘宝珠下了车,站在花坛前看着黎致远的车开走后上了楼,她的身影消失在楼梯转角。

李瑞阳将车停远了一点,他还不想离开。

他曾和刘宝珠说过两清了，但他真的甘心就这样结束吗？不是说烈女怕缠郎吗？如果那时候他一直坚持下来，现在会不会是不一样的局面？

他不知不觉地发了一会儿呆。就这发呆的工夫，他看见黎致远的车又开了回来，和他一样将车停得远远的。黎致远从车上下来，打开后座，拿出了拐杖，卸下了左腿，开始在这里不停地撑着拐杖走路。

这是在干吗？李瑞阳起了兴趣，他坐在车上一直没有动。

刘宝珠没有从这栋楼出来过，良久之后黎致远走到了这幢楼下，坐在花坛边上，抬头看着楼上。楼上有间房子里有灯光透出来。

李瑞阳好奇极了，黎致远和刘宝珠在做什么？

于是他不知不觉守了一夜。楼上那间房子灯光熄灭之后，黎致远上了车，放倒了驾驶座的位置，然后，他就这样睡了。

再然后，就一直等到了第二天天色微微亮，黎致远在五点左右离开，在七点左右又回到这幢楼下，他已经换过衣服了。

七点半，刘宝珠打开铁门走了出来。

黎致远为什么在楼下守了一夜？这是情侣间的什么把戏吗？

上班前，李瑞阳给刘宝珠发了微信，告诉她刘雅兰和刘育亮很有可能就在本市，如果刘雅兰来找她，请她一定要联系自己。然后，他决定用工作来充实自己，暂时忘记刘宝珠这个让他放不下又抓不住的人。

负责联系受害人的女队长带来了好消息，其中一个受害人愿意和警方谈一谈了。

…………

这两天，我没发现有人跟踪我，也没有发现有什么异样的地方。

产科是个忙碌的地方。在科室上班的时候，我没有那么多的时间去观察我的周围。李瑞阳在上班之前给我发来微信，他特意提醒我刘雅兰的事，我想他一定是发现了什么。

我在想，阿亮和刘雅兰这一对青梅竹马、两小无猜的野鸳鸯，在这样落魄的时候是会风雨同舟还是分道扬镳。如果人为地给他们俩之间制造一些不

第十五章 二审

可调和的矛盾，是不是可以从内部分化他们俩？

刘雅兰最清楚阿亮的把柄，阿亮最清楚刘雅兰的阴暗。用他们自己的矛攻他们自己的盾，是不是会更有效？阿亮的矛和盾都是什么？他的儿子？刘雅兰的女儿？

可以从他的儿子入手。只要利用他离开儿子不清楚家里的状况这一点，让人传出某些风声，让他心慌意乱，就能让他和刘雅兰出现分裂，不可调和的分裂。刘雅兰最爱钱，如果阿亮必须将身边的钱都给自己儿子，这会出现什么戏码？

我想到了黄婶。我把想法告诉了我爸，我爸说黄婶好安排，这件事交给他来运作。我想我爸由于身体的原因，很多事情都是交由林凯实际操作，为此我真的很感激，这种感激是无法用言语来形容和表达的。

卿卿居然在等我，我问她宋琪怎么样，她翻了个白眼，说某人因为形象问题打死也不出门，天天让小姨变着花样给他做好吃的，烦都要烦死了。

我觉得她这是在变相地秀恩爱。我们俩难得和谐地并着肩一起去中药房找胡丽。还没走到中药房，就看见迎面过来一个手捧鲜花的青春花美男，卿卿看见后赶紧拉着我就要绕道走，不过没有成功躲开。对方在十米外看见她，就喜滋滋地迎上来了，嘴里亲亲热热地喊着"仙女姐姐"。

卿卿无奈地拉着我转头："陆一鸣，你再这样继续下去就没意思了啊，看见我身边这位医生了没？你要是再来，我就让她给你动手术了。"

对面的男孩没说话，在我们两个人之间来回看，一副见了鬼的表情。

卿卿拉着我赶紧换道走："刘宝珠，用来辟邪，你比钟馗好用多了。"

胡丽对于卿卿和我第一次联袂而来给她送营养餐的行为既惊讶又开心，但她撇着嘴，翻开饭盒，明显嫌弃卿卿的手艺："人家说色香味俱全，你这卖相可真不咋地。"

卿卿没好气地回她："爱吃不吃。"

胡丽耸耸肩，挺没志气地吃了。

她俩有一句没一句地互相打趣，叽叽喳喳地说得很开心。

我站在窗口，看着外面街道上的人来车往。

世界这么大，刘雅兰和阿亮此刻在哪里？究竟是不是阿亮将珍珠推进池塘的？

我想得入神的时候，恍惚听到胡丽喊了我几声。回过神来，卿卿打趣我："刘宝珠，你这是找不到你远哥，在我们面前表演望眼欲穿吗？"

黎致远今天休假回家去给小侄女过生日了，他说在下班前来接我，让我一定等着他一起去学校。

我说："我正在想国外现在是什么样的天气。"

卿卿和胡丽难得立场一致地表演了个双人二重奏，齐声说"喊"。

离交流学习小组出国的日子越来越近了。只是，去国外进修曾是我计划里的最后一部分，如今，我什么都没做好，最后的退路却近在眼前了。

难道我要这样一事无成地去国外吗？柏荣齐身在监狱，我已经无可奈何了，刘雅兰呢？阿亮呢？我就等着让我爸做完所有的事，自己袖手旁观地等着吗？

李瑞阳联系上了远在深市的柏荣齐名义上的妻子。

而在柏荣齐的通话记录里，他和他的家人几乎没有联系，就连在他的庭审现场他的家人都没有露过面，一面都没有。

但就是这样的一个亲情淡漠的人，在老家的声誉居然很好，如果不是赌债和违法的事情被传开，柏荣齐在老家还算是个小有成就、声誉良好的商人。

他的妻子是个文化人，声音听起来很温柔，语气不紧不慢，在李瑞阳表明自己的身份和来意之后也并没有回避，李瑞阳询问什么，她稍一思考都会坦诚地回答。是的，很坦诚，至少给李瑞阳的感觉是这样的。但是她完全不清楚柏荣齐会在什么地方存有保险箱。她和柏荣齐这几年的联系，只是因为两个人之间还有孩子。她说柏荣齐的赌债已经对她和孩子造成了困扰，她很后悔没有及时去办理离婚证。

柏荣齐这个人很善于伪装，至少在刚结婚有孩子的那十年，他们过了一段举案齐眉、夫唱妇随的甜蜜日子。这和柏荣齐的"小黑本"对上了，刘珍珠用命换来的那十年，柏荣齐没有将罪恶之手伸向其他女孩。但也真的只有那十年，之后每况愈下。柏荣齐最开始是对夫妻生活失去兴趣，然后对家庭生活不再上心，甚至对当时蒸蒸日上的家电生意不再上心。

她第一次发现端倪是有年轻女孩闹到了家里，之后是漫长难熬的岁月……在通话要结束时，她终于问起了审判结果，但在李瑞阳说完之后，也只是没有过多情绪地"嗯"了一声。

小刚子已经在配合女队长对其中一个受害者进行讯问。女队长的攻心是润物细无声地循序渐进，经过理解、认同后她逐渐打开了这个受害者的心门。

女队长说："柏荣齐现在是死缓没错，但他还在上诉，他认为上诉是他的机会，殊不知，他上诉同样也是我们的机会。"

"他想从死缓到有期，我们想的是从死缓到死刑立即执行。

"你们感受到的难堪、痛苦、不被理解、不得支持，在十八年前有个才满十八岁的女孩都感受到过，但她和你一样勇敢地报警了。

"正是她的揭发，使得柏荣齐在后来将近十年的时间里没有再轻举妄动。这十年，这个女孩保护了不知道多少个懵懂无知的女孩，保护了她们的未来，保护了她们的青春，保护了她们的生命，这是她用命换来的。

"你现在能帮助我们做的，是让无数个像柏荣齐这样的杂碎害怕，送柏荣齐一个死刑，会震慑外面无数个潜伏着的柏荣齐。

"就像那个女孩当年做的那样。"

女队长将一张照片放在受害者面前："她叫刘珍珠。请你帮帮我们，不要让刘珍珠白死。"

照片里，青春姣好的女孩正冲着镜头露齿微笑。

李瑞阳在审讯室外由衷地鼓了个掌。

那天上午，天气阴沉，让人感觉心慌气短，女受害者的父母都出了门，只留她一个人在家里。自从出事后,她因为在工作中屡次发生错误,已经被公司劝退了,而她也恹恹地打不起精神去找工作。

父母对她执意报警是反对的,她自己也越来越觉得报警对自己的影响不是一点点大。

那个男人出现在她家门口,在敲开门后只说了一句话:"柏荣齐让我问候你。"然后告诉给了她一个网盘的地址和访问密码。

这个网盘里,有三个人的照片和视频,还有柏荣齐的要求。按照他的要求去做,他将保护她们的隐私,否则就让这些隐私曝光。

柏荣齐的要求就是自己承认是自愿服药的,承认自己争风吃醋报假警。

李瑞阳给她看了柏荣齐和刘育亮的照片,她毫不犹豫地指认了刘育亮。

女受害者说:"如果只有照片和视频,也许我没那么怕,可是他说,他还有我的身份证信息,也有我的通讯录名单,我不敢赌。"

小刚子那里也传来了消息,刘育美那张电话卡里的最后一个联系人找到了。这个号码的登记人在北方,他说自己是做外贸生意的,他的信息已经通过北方警方的协查,目前没有发现什么疑点。对于为什么自己的号码会出现在这个叫作刘育美的人的联系人中,他说他自己一点也不清楚,对这个叫作刘育美或者刘雅兰的女人,也完全没有印象。

李瑞阳已经要求自己的队员对本市的所有银行进行询问,凡是能提供银行保险柜业务的,都仔细查一查有没有以柏荣齐的身份信息租下的保险柜。

银行的保险柜业务其实还是挺常见的,而且真的不贵,居然还有一天一块钱租金的银行保险柜业务。你只需要提供本人身份证,一次性缴清租金,就可以办理,只要你寄存的不是易燃易爆危险物品和毒品,银行完全不会管你放在保险柜里的是什么。这项实地调查走访工作是很累的,没有技巧,只能一家一家银行地自己去跑去查,小刚子说他已经要跑断腿、说破嘴了。

李瑞阳再次给黎致远打了电话。其实他也不明白自己为什么要存这个中年老白脸的号码,也许是因为这个人在自己提问时毫无保留的态度,也许是因为这个人独特的观点,总之,他想让黎致远帮自己好好理一下思绪,他需

第十五章 二审

要再快一点找到原件，至少要在省高院的终审之前。

黎致远应约来警局的时候，随手给他带了一箱子青翠碧绿的西瓜。他在办公室打开西瓜的时候，清香扑鼻，连焦队长都闻香而来。不过，焦队长在端走一大半西瓜后，给李瑞阳发了这样一条信息：吃人嘴软，拿人手短，你吃了人家的西瓜，还怎么跟人家抢女人？

说得好像不吃就能抢到手一样。

这一次，黎致远在签了保密协议后，针对他的问题给出了自己的想法。

黎致远认为，李瑞阳要找的东西未必需要在全市所有的银行里找，因为这太不方便了。警方调查不方便，柏荣齐自己使用也不方便。他的作案工具也一定是在他方便存取的地方。更何况，作为这样一个自恋自傲的连环犯，经常回味自己的战绩对他来说是很重要的。这些东西，一定在他经常活动的范围之内。

柏荣齐经常活动的地方，包括他在本市的家，包括酒吧，也包括本市外市的各大地下赌场、某些赌友牌友家，还有一个是李瑞阳十分熟悉的，庆春地下商城的老照片冲洗店。

在李瑞阳写下的按照分类排开的地址里，黎致远首先排除了那些跟赌有关的地址，然后排除了酒吧，只剩下柏荣齐家和老照片冲洗店。

黎致远说："要去调查柏荣齐家附近、老照片冲洗店附近所有提供储物箱、保险箱功能的地方，不限于银行。"

于是李瑞阳赶紧遥控着在外奔波的小刚子，马上带队优先去这些地方。

他则和黎致远在一起整理这两个地点周边，除了银行外其他能够提供类似保险箱功能的场所。黎致远甚至列出了周围博物馆和图书馆的位置，并查找到电话号码，亲自打电话咨询馆里是否提供储物柜服务。

这个中年老白脸逻辑思维缜密、做事细心、执行力强，是搞侦查工作的一把好手。李瑞阳认为，如果警局要设立犯罪心理侧写科，这个中年老白脸十分值得吸收过来。于是李瑞阳依样画葫芦，也将自己认为有可能提供储物功能的公共场合列了出来。

就在两人默默地工作的时候,警局走进来了一个让人很意外的人。

他戴着帽子,对门卫说是来找李瑞阳警官自首。

有工作人员在门口大喊:"李警官,有人来自首了。"

李瑞阳抬起头来,不由得惊讶了。那个人摘掉帽子抬起头来,看着迎上来的李瑞阳把双手伸出来:"我叫刘育亮,我来自首。"

这个男人跟着刘雅兰一起坐上开往海城的大巴车,然后成了一个隐形的影子,没有出现在任何地方,却在现在自己一个人走进警局,对警察说他要来自首。这真是……踏破铁鞋无觅处,得来全不费工夫。

黎致远将脸侧向后方,仍然是原先那副埋头做事的表情。李瑞阳赶紧向黎致远交代一声,然后通知焦队长,带着刘育亮进入了审讯室。

黎致远一眼就认出了这个男人。曾经在医院,他开车跟着这个男人,一直跟到了中央广场的深处。他不会忘记这个男人用电棍伤害了宝珠。但同时,这个男人也是宝珠不愿意提起的往事中的一个当事人。他只想了一分钟就站起身,沿着警员指的方向走进卫生间的隔间,给宝珠发了条信息。

刘育亮出现在警局,他说他要自首。

只隔了不到几秒钟,他的手机屏幕亮了,宝珠给他回了信息:**我知道,是我让他去的。**

…………

确实是我让刘育亮去自首的,准确地说骗他去的。卿卿和胡丽在中药房互相调侃时,我在心里想了又想,时间太紧迫了,我不能这样坐着等,我需要主动出击。

但是我要怎样才能做到安全地主动出击呢?我连刘雅兰和阿亮在哪里都不知道。不,也许我知道的,只不过我忽略了。

让我从头开始再想一想。刘雅兰的弟弟曾在我宿舍楼下等着我,他对我说:"总之,你小心一点……"他背着一个鼓鼓囊囊的包,包里装着那个丑萌的泰迪熊。他背着的包上面有两排字,是一个店名和一个地址,地址的字迹太小,我看不清楚,但是我清楚地看见了那个店名。

第十五章 二审

那是一家连锁药店，我读书时曾在其中一家分店里做过暑期促销员。

我上网搜索了一下这个连锁药店在本市的各个分店，刘雅兰以前住的别墅区附近只有一个分店，就在安安上舞蹈课的地方的旁边。

如果刘雅兰和阿亮回到了本市，会不会也想离安安近一点？会不会就住在以前给阿礼找的地方？我要不要冒险去找一找？这究竟值不值得？找到了之后怎么办？还是按照原来的想法分化离间他们吗？

在我犹豫要不要去的时候，科室里另一个医生帮我做了决定。她给我打电话，要跟我换班，明天下午，她需要去给女儿开家长会。

我没有继续纠结下去，现在就准备回宿舍去拿装备。

路上，那个缠着卿卿的年轻男孩从旁边长椅上站起来拦住我，他结结巴巴地问："医生小姐姐，你还记不记得我？那个打着石膏坐轮椅的大学生。"

我没有说话，这和我没有关系，我往旁边走两步绕过这个路人甲继续往前走。我带上了防狼喷雾和电击器。

我没想到这么顺利，我才刚到药店旁边的路口，就看到阿亮独自一人从药店出来往小区外走。

我跟在后面观察了十几分钟，确认刘雅兰没有跟在身后。

在一个没有人的街口，我喊他："刘育亮。"

他回过头看见我，一副见了鬼的表情，但是他马上轻松下来。他的肩膀松弛，双臂自然下垂，没有任何蓄势待发的动作。他反而用"终于来了"的那种表情说："刘宝珠，能在这里看见你，真是太好了。"

我说："刘育亮，你反正都是被人利用，要不要考虑一下，给自己卖个好价钱？"

他低下头用轻一点的声音说："我手里有你姐姐的一些东西，你要不要？"

他抬起头，眼眶里有眼泪，表情既骄傲又难受，他对我说："我想要一笔钱，你有吗？"

我说我有，现金，管够，看你值不值。

我有二十万的现金，一直放在我的宿舍里。

我问他："在这里说？还是另外找个地方？"

他说随我意。

我记得在来路不远处，有一个街道派出所，我们两个就蹲坐在离派出所不远的马路边说话。我们的距离并不远，足够他动手，也足够我动手。我包里不但有防身电击器和防狼喷雾，还有几针药剂。

他比我有力，我比他快。不过，他的肢体一直有着放任自流的松弛。

阿亮说："刘宝珠，真是你一直在背地里安排的吗？"

我说我不懂他的意思。他说刘雅兰一直认为有人在背地里害她，她认为是我。我说没有人要害她，害她的是她自己的贪婪和恶毒，我不是手眼通天的神仙。

阿亮没有继续说这个话题，他说："你说得对，反正谁都想利用我，不如我自己卖个好价钱。"

我说："我要知道所有的事，原原本本地。"

阿亮说，他知道的故事从我姐珍珠报警之后开始。

十八年前，我姐姐报警了。学校里有各种关于我姐的流言蜚语，刘雅兰一度心情很好，但是她很快就开始变得魂不守舍。

柏荣齐的家人找到了刘雅兰，之后又找到了他，并威胁说要是不想阿美身败名裂，他就要帮柏荣齐做一件事。阿亮并没有第一时间相信，而刘雅兰说她害怕，她不敢做，她害怕对不起刘珍珠，刘珍珠是她最好的朋友，也怕害了阿美，阿美是她最好的妹妹，她为难得不得了。

阿亮去问阿美，想知道是怎么一回事，然而妹妹只会从头哭到尾。但是和自己从小相依为命的妹妹有什么不对劲，他还是隐隐约约地看出来了。在他的逼问下，阿美承认有东西在柏荣齐手里。最可怕的是，阿美怀孕了。

阿亮说，他当时就决定了，死道友不死贫道。他想，刘珍珠即使打输了官司，还能被经济条件好的父母带去外地或者去上大学，以后没有人知道她的过去，她还能好好生活。然而他和阿美只能在这小县城里偏安一隅，在这小县城里，被曝光的阿美根本活不下去。于是他又赶紧去找刘雅兰，可刘雅兰不肯再掺和这件事了。他求了刘雅兰很久,刘雅兰最终愿意帮忙了。

他们一起威胁李夏做了伪证,之后,刘雅兰又将珍珠写的诗交给柏家,由柏家出面让林凯夹进了柏荣齐的私人物品里。他拿回了阿美的东西,得到了一笔钱,让刘雅兰陪阿美到很远的诊所里处理了肚子里的孩子……

不出所料,珍珠的官司输了,所有认识的人都说刘珍珠自己自甘堕落勾引柏荣齐,又害怕被人知道所以倒打一耙,刘珍珠陷入了千夫所指的境地。

阿亮说他心里很不安。但在他心里,很不安的还有另一件事。

那天晚上他将珍珠骗出去,珍珠和李昊宇没说两句话就转身往回走了。他看见躲在一旁的刘雅兰转身跟上了李昊宇,而他因为不放心就跟上了刘珍珠。珍珠在短暂地回家之后,带着笔记本来到了池塘边上。

他心里有不好的预感,尤其是当刘珍珠写完日记后,将本子端端正正地放在池塘边的树上,这种不安变成了惶恐。

他不由得在黑暗中轻声喊了一声:"珍珠。"

珍珠抬起头来看着他,她的眼睛让他不敢直视,她的脸很白,一点血色也没有,她的表情镇定得让人心里直发毛。

珍珠也就看了他一眼而已。接下来,她往池塘边走了下去。

"珍珠,"他很害怕,"珍珠,你爸不是说带你离开这里,以后都不回来了?你快走啊。大不了以后都不回来不就好了。你这是要干什么?"阿亮的手脚因为害怕而发抖。

珍珠站在池塘边似乎犹豫了一下,问他:"我想我不是唯一的一个,阿兰是,阿美也是,可能李夏也是,对不对?"刘珍珠说,"所以她们才做假证据冤枉我,她们为什么不站出来和我一起对付柏荣齐?"

阿亮说不出话来。

"阿美是怀孕了吧,她和阿兰鬼鬼祟祟的,你们收了柏荣齐多少好处……"

原来她知道得这么多,阿亮不敢说话了。珍珠站在树下,衣袂飘飞得就像一尊没有生命的雕塑。过了一会儿,一直沉默的她突然说了一句话:"阿美肚子里的孩子,是不是可以作为证据?"

不!绝对不行,绝对不能让任何人知道阿美的遭遇。阿亮说,他朝刘珍珠走近了两步,刘珍珠站在池塘边,只要从背后一推,这个秘密就永远沉入水底。但是他只走了两步,就被自己刚刚心里涌起的恶毒给吓到了。

刘珍珠回头看着他时,他感觉更害怕了,在刘珍珠清澈的眼神下,他心底的恶简直无所遁形。但是刘珍珠对着他笑:"阿亮哥哥,你别动手。我爸说阿美是这附近最可怜的女孩子,我希望她以后能好好地生活,你要好好照顾她。"她说,"阿亮哥哥,希望你以后不会后悔。"

阿亮喏嚅着说不出话来。他的怯弱如此可笑,于是珍珠真的笑了。

"你放心,我本来真的想死了算了,可看到像你、像刘雅兰这样的人都活得好好的,我想说,凭什么死的是我?我没有做错,错的是你们,凭什么要因为你们去死?我死了,宝珠怎么办?"

阿亮说,他既庆幸,又害怕。但看到刘珍珠一步一步走回岸上,他心中的庆幸是大于害怕的。

之后他转身走了,他像游魂一样往自己家里走,一直走到阿美的床前。阿美正睡觉,她睡觉也是皱着眉的。

这个时候阿亮才想起来,他想求珍珠不要告发阿美,不然他这个妹妹没活路的。于是他拔腿就跑,一直跑到池塘边,但刘珍珠已经不在池塘边上了,反而是刘雅兰站在池塘的另一边发呆。

我认真地看着眼前这个好似走投无路的男人,他还不知道那本日记本已经被警方从柏荣齐家里搜查出来了。也许可以诈一诈他。

我想验证一下:"你说你有我姐姐的东西,是什么?是李昊宇写给我姐的信吗?"

"是,"阿亮说,"上面有李昊宇约的真正的地址。"

"你为什么会留着它?"我问。

"我和刘雅兰,我们从来没有那样文绉绉地表达过心意,我觉得很浪漫,所以留着了。"他说。

第十五章 二审

"不是为了勒索柏荣齐吗？或者为了勒索刘雅兰？"我故意说，"他们可都比你过得轻松自在多了。"

他的手在我提柏荣齐的时候骤然收紧。

"你没有说真话，"我站起身，"那就没有必要继续谈下去了。"

我作势要走，他赶紧说："我有证据，我有证据。"

"哦，什么证据？"我问，"拿出来看看。"

他迟疑了。

我加了把火："警方和我联系说，我的姐姐有可能不是自杀，她是被人推下池塘的。刘雅兰在同学聚会上说是你。"

他惊诧地抬起头脱口而出："不是我，我只是拿走了日记本而已，不是我……"阿亮颓然地低下头，他在沉默了一两分钟后继续说了下去。

阿亮说，刘雅兰告诉他，刘珍珠回家了，她亲眼看到的。

所以阿亮长嘘了一口气，这个时候，他看到了刘珍珠之前放在树上的日记本。但他什么都没有说，在刘雅兰离开后，他拿走了这本日记本。谁知道，刘雅兰说亲眼见到已经回家的刘珍珠，第二天一早竟被人发现泡在池塘里。

"你是想告诉我，我姐姐是刘雅兰推下去的？"我问，"但你有证据吗？如果没有证据，就凭你这几句话，怎么可能值二十万？"

阿亮急切地问我："那你需要什么证据？"

我说："我需要能将刘雅兰定罪的证据，比如十八年前她将我姐姐推下池塘的证据，又或者是十八年后的今天，她牵涉进柏荣齐案件里的，能将她送进监狱的实实在在的证据。我需要能让柏荣齐罪加一等的，继续向死刑靠拢的，无法通过表现减刑的实实在在的证据。"

阿亮说，他刚刚从老家的朋友那里得知，李昊宇对他提起了诉讼，他的老婆已经准备将修理厂低价转卖了。如果卖掉自己能值二十万，他就会按照我的要求做的。这个消息，大概就是我爸通过那个收了钱的朋友特意传给他的。

阿亮说："我没钱了，那个修理厂是我儿子安身立命的地方。"

珍珠曾对他说:"阿亮哥哥,希望你以后不会后悔。"

后悔过吗?后悔过的,无数次后悔过的。在夜深人静的时候,在和自己老婆反目的时候,在自己的儿子对自己失望的时候……

阿亮不知道自己怎么把日子过成了这样。刘雅兰曾许诺的幸福未来,就像一个虚无的泡沫一样,在阳光下一戳就破了。

他和刘雅兰早就发生过少男少女不应该发生的事,他们都将自己的第一次给了对方。他一直认为自己和刘雅兰之间是有深厚感情基础的。

珍珠说刘雅兰也是柏荣齐下手的对象,他并不相信这一点,他觉得她只是对刘珍珠和李昊宇的事情过分热情了。

她和阿美不一样,她热心热情、积极上进,人又聪明漂亮,这样的一个女孩子从一开始跟着他就没有嫌弃过他,他有什么好怀疑的?

可最后,刘雅兰跟李昊宇结婚了。

而阿美……阿美之后就辍学了,很快就匆匆忙忙地结婚了。

她的婚姻并不幸福,她是那个家的免费劳工、免费保姆、免费月嫂、免费护工……那家人并没有因为她的温顺胆小而爱护她,也没有因为她的任劳任怨而肯定她,尽管那家人只出了八千的彩礼,而他回了一万的嫁妆……

阿美的嫁妆,那一万块钱,是他将日记本卖给柏荣齐得到的,那时候他还不知道,十八年后他会因为这一点再度被威胁被利用……

之所以会把日记本卖给柏荣齐,还要说到珍珠下葬那天。

刘雅兰偷偷地去参加了葬礼,她抱着珍珠的妹妹痛哭流涕,珍珠的妹妹看起来呆呆的不怎么聪明的样子,一声都没有哭过。

他是无意中发现柏荣齐的。柏荣齐在远远的山顶看着,脸上的表情很奇怪。

柏荣齐看到自己,挑了挑眉,带着说不出的笑容问他:"你就是刘育良,我是不是该叫你大舅哥?"

阿亮扑了过去,照着他的脸狠狠地给了他一拳,柏荣齐当然回手了,他们两个在山里打了一架。

柏荣齐说:"十个刘雅兰,也比不上珍珠的一根手指头。我能顺利出

第十五章 二审

来，得感谢你和刘雅兰的配合。哦，不，我该感谢钱才对。"柏荣齐得意地掏出了厚厚一沓钱。

这个人真恶心。但是自己更恶心，阿亮心里知道。

因为他突然想到用日记本里的东西可以换钱。刘珍珠的日记本里，记录下了柏荣齐给她写情书，要求和她见面约会，但被她拒绝的事。

刘珍珠在日记本里写着："这个所谓的爱心人士，空有容易欺骗人的外貌，实际上轻浮浪荡，品行不端，真不明白为什么会有人追捧他。"后来，在柏荣齐的要求下，他将这本日记本以一万块钱的价格卖给了柏荣齐，这一万块给了阿美当嫁妆。

柏荣齐提起连襟时那种暧昧的态度，让他怀疑过刘雅兰，但是刘雅兰不但骂了他，还哭诉他没良心。他也觉得不应该怀疑一个对自己毫无保留的女孩子。他满怀期待地等着刘雅兰毕业后结婚，但刘雅兰在北方说了分手，他去过一次北方，刘雅兰身边的男朋友让他感到极度自卑。

之后几年，他和刘雅兰再没有联系过了。他娶了一个在修理厂旁边饭店工作的女孩子。两个人的家庭条件不相上下，都是那么差，婚后的日子过得辛苦又忙碌。之后他们有了孩子，这个孩子从小就特别聪明，在学习上从来没有让他们操心的时候，这让没有好好上过学的他非常骄傲。

日子过得忙碌，但是有滋味，有奔头。

拐点出现在功成名就的李昊宇夫妻回乡参加政府的招商庆典上。他之所以会在这样的场合出现，是因为修理厂安排他给其中一个嘉宾换轮胎。

这个嘉宾就是刘雅兰。

当时他只觉得自惭形秽。但是那天很晚的时候，刘雅兰给他打了电话。他们在自己的老房子里幽会了，可能安安就是那天晚上有的。

阿美是一个月后难产死的。临死前，她托自己照顾她的儿女。她说"有的人满脸带着笑，心里藏着毒"，还说"哥哥，希望你以后不会后悔"。

阿美的丧事，她老公家没有人出面，是自己和老婆办的。刘雅兰要走了阿美的户口本，给了他一笔钱，他用这笔钱开了这家修理厂。

刘雅兰对他来说，不仅仅是白月光，也是困住了他的年少未得。

阿亮说："刘宝珠，对不起，那次打劫你的人是我。"

他说，接到刘雅兰电话的时候，他是真的不想被摆布了，他都已经在车站了，但刘雅兰给他发了安安的照片。

刘雅兰说："阿亮，这是你的女儿，你随时可以去做亲子鉴定。"

黎致远从厕所隔间出来，他听懂了宝珠的安排，放下了一件让自己担心的事，又在心里理顺了一件宝珠交代的事，所以他很自在地洗干净自己的双手，出门时顺便看了一眼卫生间入口处的监控摄像头。

于是他神情自若地掏出手机，给宝珠打了一个报备电话："宝珠，我现在还在警局，今晚不能送你去学校了。嗯，就是帮我们的朋友李警官做一些整理文件的工作，没有其他事，放心好了。"

然后他自然地走回李瑞阳警官的办公桌前，继续认真地完成原先的工作。这是一份来自人民刑警的信任，他绝不会辜负。

宝珠已经做了什么，现在正在做什么，将来想要做什么，他有一些自己的推测，但他的推测就是事实吗？

他对宝珠的善良深信不疑，他认为宝珠的一些不可说的行为是为了自保，是为了查清真相，所以他没有任何犹豫地偏爱、偏向、偏心宝珠，他认为，宝珠的这些不可说的行为，已经有了合理的解释。

此刻的他不知道，就在一天后，他和宝珠的世界，会发生怎样翻天覆地的变化。这种变化颠覆了所有他对宝珠、对未来的想象和期待。

刘育亮的自首来得突然，但并非不能想象。

迄今为止，除了十八年前的刘珍珠一案他们还有民事诉讼正在进行之外，其他像偷盗、使用假身份证信息等违法行为已经被治安处理过，对阿亮来说，他只有一个隐忧：是否涉及柏荣齐威胁证人一事。

而刘雅兰也只有一个隐忧，没钱……

当然，在警方眼里，刘雅兰涉及迷奸药团伙这一推断没有任何证据能证明。同样，刘育亮涉嫌谋杀刘珍珠这一论点，也完全没有任何证据。

对刘育亮的审讯，关键就在于分辨他供述的内容是真是假。

李瑞阳和焦队长迅速对审讯内容进行了重点安排。

当然，审讯自首的嫌疑人，第一要务是听，第二是辨别，第三才是引导。李瑞阳做好了听刘育亮交代沦为柏荣齐走狗一事的准备，这是目前刘育亮暴露的唯一地方。尽管经过了这么多次审讯，在面对形形色色的犯罪嫌疑人时，他听过不知道多少荒谬荒诞的事，但真的，这是第一次，一个犯罪嫌疑人交代的第一件事情，就成功地让他汗毛倒立。

刘育亮说："刘雅兰曾经安排我，对刘宝珠进行绑架、抢劫、勒索，我们实施了抢劫，绑架没有成功。"

第十六章　报复

刘育亮自首承认的第一点很好核实，刘宝珠就在本市，而她所谓的男朋友就在审讯室外面的办公室。

但李瑞阳没有说话，也没有中止审讯去求证，因为刘育亮接下来说："我只有一个要求，免除我自首提到的犯罪行为的所有刑罚，不留案底。"

还能厚颜无耻到什么地步？李瑞阳简直想骂娘，但是焦队长的手恰好在此时搭在他的手背上，这让他一个激灵顿时冷静了下来。他这是被自己听到的刘宝珠曾受到伤害的消息给带动了情绪。

自首的嫌疑人能提出这样肆无忌惮的要求，一定是有所倚仗的，大部分只有一个原因——他手里有足够重要的证据，这些证据不仅能让他立功，同样也能让办案刑警立功。

而依据的是《刑法》第六十八条规定，犯罪分子有揭发他人犯罪行为，查证属实的，或者提供重要线索，从而得以侦破其他案件等立功表现的，可以从轻或者减轻处罚；有重大立功表现的，可以减轻或者免除处罚。

刘育亮有条件地承认了五件事，一件比一件让人惊讶，有一些是早在李瑞阳的推理之中的，有一些则是李瑞阳第一次听到的。

第一件事是意图抢劫、绑架、勒索刘宝珠，因为刘宝珠男朋友的出现而以失败告终。第二件事是陈年旧事，当年他被蛊惑，胁迫李夏作伪证，伪造了对刘珍珠不利的线索。第三件事才是柏荣齐威胁证人的事。

第十六章　报复

他和柏荣齐已经多年未见,在拘留所放风的时候,是柏荣齐主动找的自己。柏荣齐说:"当年珍珠的死,可以是自杀,也可以是他杀。有什么证据能证明是他杀呢?她用来写绝笔信的随身日记本居然会在我家,难道是我杀的吗?哎呀,忘记了,当时我还被拘留着呢,怎么可能飞出去杀人啊?那是谁杀的?也许是当年收了我钱的人杀的。"

杀人可没有所谓的追诉期啊。柏荣齐很得意。

但刘育亮并没有理睬他,大家都是身陷囹圄的人,又有什么可怕的?

但是在第二次柏荣齐找到他的时候,柏荣齐说:"听说你儿子成绩很好,我现在主动揭发当年的内情,对他应该没影响吧。哎哟,可怜的娃啊。"

如果柏荣齐一口咬定自己当年谋杀了刘珍珠,有谁可以证明他没有?和谋杀扯上关系,是不是会重启案件的审查?当年他做过的事是不是都会被曝出来?所以他不敢赌。

但他以为只是一件小事,传一句话而已。况且他心里还有个疑惑,柏荣齐和自己十几年没有见过面,自己儿子的事情柏荣齐从哪里知道的?

刘育亮还交代了其他两件事。

第一件事是刘雅兰曾经意图杀死柏荣齐。

刘雅兰在收到柏荣齐的催款电话后,曾想要对柏荣齐下手以绝后患。她购买过能藏尸体的塑料袋,也购买过能藏尸体的水泥,就在自己和刘雅兰一起住的民房里。这一点刘雅兰并没有告诉他,是他自己发现的。

就在今天,刘雅兰和自己大吵一架。

"你难道希望我们的安安像她的姑姑一样,从小因为没钱受人白眼,你总不能只顾儿子吧?我没法再过原来的日子,一点也不行,我要有钱,我会很有钱的。"于是她带走了两人身边仅有的钱,连离开都没有说一声。

但以上均不是重点,也不是他要求减轻或者免除处罚的立功依据。

重点在第二件事,那就是他有证据可以证明刘雅兰正在筹划犯罪,和制药有关的犯罪。但是他需要警方的保证。

连见多识广的焦队长也陷入了短暂的沉默。

刘育亮说："你们可以去核实我以上说的每一件事。刘雅兰购买的塑料袋我从来没有碰过，就在现在住的房间里的床板下。"

刘育亮还说："你们可以去查这个车牌号码的车从医院门口开始的行车轨迹，我当时一直跟在跑步的刘宝珠身后，你们也可以去问刘宝珠。"

接着刘育亮说："我知道我犯了罪，但是为了我儿子，我想努力申请戴罪立功。"

李瑞阳和焦队长结束了审问，一个急匆匆地去找局长反映这个紧急突发情况，商讨接下来的对策，一个急匆匆地去找那位中年老白脸核实情况。

黎致远还在认真地核对李瑞阳去审讯前暂时丢下的工作。他看到李瑞阳出来，白净的脸上马上露出了"快来快来，我有新发现"的表情。

李瑞阳先开口问："你和宝珠，曾经在中央广场被打劫过吗？"

黎致远露出了惊讶的表情，然后马上反应过来，问："这和刚才那个来自首的人有关是吗？"

他将当时的情况描述了一番："当时抢劫的人戴着口罩，天色很黑，我和宝珠都没有看清楚他的脸，因为没有被抢走任何东西，我和宝珠就商量着没有报警。因为那个地方，就是以前很有名的情侣被杀悬案所在地。"

他接着说："我得现在告诉宝珠这个好消息，她一直认为应该报警的。"

…………

刘育亮去自首的时候，我已经去学校，因为已经迟到了，所以我特意打电话给单老师说要请会儿假。他用过来人的口吻说："没问题，热恋时难舍难分才是正常的。我不催你，反正你有钥匙。"

我一直知道刘雅兰手里一定有阿亮的把柄，阿亮手里也一定有刘雅兰的秘密，这一对野鸳鸯的感情太过复杂，或许有爱，但更多的是互相利用和控制。当然，阿亮虽然是这段感情中劣势的那一方，但不代表他会任人宰割。他果然知悉刘雅兰的阴暗面，并且还有她犯罪的证据，对我来说这完全是意外之喜。但是阿亮不知道，他最终不会如愿的。已经找到日记本的警方，比如李瑞阳，一定会查清他的说法，而他也该受到应有的严惩。

第十六章 报复

我该对我爸和林凯预警，告诉他们我从阿亮那里得知的消息。

黎致远的信息发过来的时候我真的很惊讶，我完全没有想到他和李瑞阳居然会这样默契。我希望他在对刘育亮的审讯结束后告诉我一声，他答应了。

但我还没等到他的电话，先等到了我爸的。

我爸听我说完后，在电话里叮嘱了一句："宝珠，如果以后你对上了刘雅兰，一定要小心再小心，不要轻举妄动，也不要小看她。"

虽然这些话我爸不止一次说过，但这个电话仍然让我感觉到不寻常。

如果以后对上刘雅兰……难道我们现在不算是对上刘雅兰了吗？

这个电话不太对劲，为什么会有这样的感觉，我说不出来，但是我爸说话的语速比其他时候快，他的呼吸节奏乱而浅。

所以我问："爸，是出什么事了吗？"

电话那头他发出了一阵爽朗的笑："能有什么事是你爸用钱解决不了的？"

那就是有事，还是必须用钱解决的事。

我问："爸，你在哪里？"

我爸："宝珠，以后我就不联系你了，你阿姨小心眼得很，我把给你的那部分已经委托信托基金了。"

我暂时将电话从耳朵边拿开放在眼前看，这是一个本地手机号码，不是公用电话号码。事很大，很难解决。

我的大脑在飞速旋转。不是刘雅兰，如果是，我爸不会提醒我以后小心刘雅兰。

"是林凯出事了吗？什么事？"我问。我真的只是要诈一诈我爸的话，没想到我诈对了。我爸停顿了一下，骂我："胡说八道，小孩子家家这么敏感干什么，你爸难道就不能感性一回？"

这就像是被我猜对了，但是死鸭子嘴硬不肯说，反而先倒打一耙才好堵住我的嘴巴。

"他要多少钱?"这个"他"是泛指,是我杜撰的。

"一人一百万,一共两百万。"我爸终于说漏嘴。

"在哪里给钱?"我问。

我爸终于在电话里露出了焦急的样子:"我也不知道,我还在等电话。"

"你在哪里?"我问他。

我爸就在医院对面小高层的六楼。我挂断电话,带上所有我想带的,往我爸那里去。

快到时,我迟疑了一下。

小高层的楼下有一个男人蹲在路边抽烟,路灯下有蚊虫在他头顶飞舞,他的视线汇聚在这条路的另一头,他无意识地摆弄着手里的打火机。

这个人我不认识,但我见过,柏荣齐庭审那一天,他排在我和李瑞阳的前面,他和我之间隔了五六个人。而就是这一点迟疑和停顿,我才看见再远一点的位置,在小高层出入口的另一边还站着一个男人,他看似无意地站在马路边无聊地抽着烟,其实他站的位置能看到所有想要进入这座小高层的人。我再往前走十几步,就会进入他的视线范围。这个站着的和那个蹲着的,几乎能将这条巷子里所有的情况观察得一清二楚。

我径直向另一条大路走去,没有回头,没有侧目。

我走的方向直接通向大街,大街往前一百米有个路口,可以绕回小高层的背面。等我绕到另一边的小高层楼下时,正好看见站着的那个人将手里的烟扔在地上,用鞋底踩灭,然后他走到一辆黑色小货车前,从驾驶位那里拿了瓶水喝了一大口,又从车厢里拖出一个旅行箱。旅行箱很大,足够装进一个成年人。然后这两个人在路边耳语了几句,又一起上了楼。

我已经有了不好的预感,不只是林凯,还有我爸。

想要找到林凯,或许应该跟着这辆车。

我没有犹豫,见四下无人,就从包里掏出一个很长时间没有派上用场的定位器,从他没关上的驾驶位车窗上探进去,装进了他的坐垫后面。

我尽量不发出声音地走上了消防楼梯,一直走到了我爸的那一楼层。然

第十六章 报复

后我探出头去看,那个房间的门大开着,房间里有阳光照了出来,门口站着两个男人中的一个。

我来晚了。我的心就像被揪住了一样,高高地悬了起来。

一个声音在说:"我坐电梯,你走楼梯,我往楼上找,你往楼下找。"

找什么?找谁?找我吗?还是找我爸?我爸意识到了危险,然后藏起来了?

没有多余的时间了,其中一个男人正在朝消防楼梯走来。我想起另一个男人说的他坐电梯往上的话,灵机一动往楼上走,贴着墙站在楼梯转角的角落里。我听到了楼下"噔噔噔"的脚步声,也听到了楼下消防门打开又关上的声音,之后我也听到了楼上消防门被推开的声音。

等两个声音都远离,一个继续往上、一个继续往下时,我走下楼梯,来到原来的楼层,进入那个大门敞开的房间。

我径直走到了房间里关闭着的窗前,敲了敲窗,轻轻喊了一声"爸"。

最危险的地方,就是最安全的地方,小时候我爸带着我躲猫猫,最喜欢藏在看起来危险的窗户外面。当然,那时候的筒子楼最高也只有三层。

我爸果然在,有人在窗外敲着窗户回了一声。这是六楼,很危险,我不敢随意推开窗户。我隔着窗户说:"爸,我引开他们,你一会儿小心下来。"

我走出门,从消防楼梯走下两层楼,先按好电梯,然后在楼梯口大喊一声:"谁在那里?"然后在电梯打开的时候进了电梯,直接按一楼。

我已经走到了小高层的出口。如果我抬头,应该就能看见在六楼窗户边大概站在空调外机上的我爸。但是危险还没有解除,那两个男人还没有出来,于是我大声喊:"你跑什么跑,撞了人你知不知道?"

终于听到有脚步声从背后追了过来。有一个男人越过我,往前追了过去。

我回头一看,另一个方向也有人跑过去。

路口有个卖凉粉的摊子,我坐进老板搭起来的凉棚底下,喊了一碗凉粉。

我看见两个男人都陆续跑了回来,看着他们的车开走,然后我端着凉粉,一直站在马路边上等。直到我回头看见我爸走到我背后。

他说:"宝珠,是不是应该让他们把我带走,才能找到林凯?"

我问:"爸,你开车了吗?"

我爸开着车,我坐到了车后座打开了手机里的监控视频。

我和我爸跟在小红点之后,我能看到行车路线,也能看到黑乎乎的画面,但是一点声音也没有,难道很久没用,它出现问题了?

就这样开了一段路之后,我爸嘶哑着声音说:"宝珠,这是去林凯家的路。"

林凯到底怎么了?我问我爸,这实在太让我意外了,林凯怎么会出事?

我爸将他的手机递给我,他收到了用林凯的号码发过来的两张照片,照片上是昏迷的林凯和一个我从来没见过的女人,我爸说这是林凯的老婆小秋嫂,她也同样人事不省。

我正要问的时候,我爸的手机响了,有人给他发视频通话请求。他颤抖着声音说:"是林凯的微信。"

我躲进了座位下面放脚的地方。我爸接通了视频。

我听到了林凯的一声闷哼,然后有人在说话。这个声音是机械的、冷冰冰的,是经过了变声器处理的,我曾经用这个小伎俩吓过刘雅兰。

"你很聪明,知道躲起来,你能躲起来,林凯能躲哪里去?我不想再跟你绕圈子了,到这里来,带着钱,带着林凯给你的东西,你要是报警,林凯老婆就要下去陪你女儿。"然后对方挂掉了视频通话,发过来一个地址定位。

小红点在往林凯家的方向开,这个地址定位却是背道而驰。这是谁?

我爸说,林凯前天配合警方进行了酒吧流水和进货源的调查,尤其是洋酒的进销细节。但当天晚上,林凯给他打电话说暂时不见面也别联系,有人在跟着他,不知道是不是警方在对他进行调查。然后他的手机上就收到了这两张照片。

我爸说,林凯绝对不能出事,林凯老婆也一样不能出事,否则,就算将柏荣齐和刘雅兰都送进了监狱,也没有任何意义。我爸说:"宝珠,虽然这样说可能不对,但是这些年,没有他,我办不成这么多事。"

第十六章 报复

我懂。林凯被绑架，还是和柏荣齐有关。因为这两个男人中的一个，同时出现在庭审现场和我爸所在的小高层，还想绑走我爸。

林凯夫妻对我爸来说，不仅仅是战友。

"爸，我们分开走，我跟着这辆小货车，你去指定的地方。"我说，"爸，给我那辆斯巴鲁的车钥匙。"

我爸没有给我，他咬着牙说"不行"。

就像有一团突然降临的浓雾，遮住了我爸和我。谁会绑架林凯夫妻？只为了我爸的钱吗？形势为什么会突然间直下？明明一切都在向好的一面发展。

柏荣齐在监狱里，阿亮在警局，唯有一个刘雅兰下落不明。

我想起阿亮说的那些，刘雅兰在偷偷地和什么人联系，曾经无意中说过多功能提取罐的事情。多功能提取罐能用来进行各种浓缩和提纯，可以用于化妆品生产，也可用于制药。那天晚上在地下商场的暗房里，只有柏荣齐和刘雅兰的时候，究竟发生了什么？

今天下午我还在为刘育亮的自首可能会带给刘雅兰牢狱之灾，而刘雅兰的牢狱之灾可能会推动柏荣齐的死刑而高兴，而几个小时后的此刻，我的心里只剩沉重、疑惑和无尽的担忧。

这一切不真实得像是在做梦。我像在梦中没法理智思考的梦游患者。

电视新闻里不是说迷奸药团伙除了逃往国外的首恶，其余已经一网打尽了吗？那这两个男人又是谁？我想起那个站在马路边上边抽烟边不动声色观察四周环境的男人，他会是团伙里的什么角色？

突然手机里有了声音，有人给小货车里的男人打来了电话。而接听的人应该是为了两个人都能听见，所以打开了外放，我爸和我都能听见。

"把车停在惠民路尽头的路口，钥匙放在左边的车轮上。"电话里的人说。

"不行，你说过，今晚会将我女儿的东西还给我们的。"

"你不还给我们，休想我们再做任何事！"车上的两个男人在说。

"计划一会儿发给你们。再出现失误，就大家一起死吧。"电话里的声音还是那个冷冰冰的机械声。

这又是被胁迫的两个人。

那两个男人中有人问："我不明白，这是让我们做什么？你一直不现身，我怎么能确认你到底能不能做到？"

电话里的人说："你们拿到钱给我，自然就能知道了。"然后对方挂断了电话。

车里两个人在商量。

"老大哥，我们这样做真的有用吗？"一个人问。

"相信我，我们的目标是一样的。"另一个人说。

而我爸的手机又亮了，对方再次利用林凯的微信发来了一个位置。

这次，这个位置离我们已经很近了。

我爸和我需要快速地做一个决定，到底接下来我们该怎么办？

手机里那个代表着小货车的小红点，已经掉转了方向，沿着我爸刚刚开过的路径开过来了，移动的速度很快。

他们就在我们的正后方，而前面就是用林凯微信发来的那个地址了。

我爸说："你下车。"

我说："好。"

他说让我下车，我知道是什么意思。我不会哭着喊着不走和他一起死。我说过我很惜命。何况，我们还没有到绝境。以前是你们隐身于黑暗中保护我，这一次，让我来隐身于黑暗中，尽我所能保护你们。

我爸的车在我眼前急速离开，他在下一个路口左转，很快连车尾灯都看不见了。没关系，我不急，下车之前，我将另一个摄像头装在我爸车子座位下，这样，我只要跟着走就能找到他的最终位置。

小货车的距离在一直缩短，离我已经只有几分钟的路程了。

我要再快一点才行。

第十六章 报复

我爸的车没有再移动位置,他一直停在一个点没有动。

当我终于接近时,四周一片死寂,仅有一个远远的路灯,被拆房子留下的各种建筑垃圾所围绕,这是一个被喧闹遗弃的地方。

林凯会被藏在这里吗?

我沿着马路一边的草坑往前爬。我不能停下来,因为我还没到我爸的位置,尽管我已经能看到他的车。我不能跑过去,因为我看到了疾驰而来的车灯。

那辆小货车从上面的马路开过,停在我爸的车前面,下来了一高一矮两个人,矮个的是曾出现在庭审现场的那个。

我爸没有下车。小货车的灯没关,我看见我爸坐在车里的样子。

他很镇定。我隐约能听见他们在交谈了,我爸好像是在说看不到他要的人,他不会下车,不会把东西交给他们。

高个男人说:"大哥,对不住了,东西我非得拿走不可。"

我爸说:"我不会给你的,车子我锁住了,你也打不开车门,车窗只开了这么一点,你也进不来,只要我在车里一直按响喇叭,这附近总有人会听见的,除非让我见到人,否则就大家一起死。"我爸说,"这是我的坚持,我不会随随便便交给你,让我见到人,否则一切免谈。"

矮个男人对我爸说:"大哥,我们也是不得已的,别逼我们伤害你。"

"除非见到人,否则免谈,"我爸甚至笑着说,"林凯不过就是一个拿着高薪为我打工的人,起不了大作用,我没必要花这么大的代价来护着他,你就是杀了他,我也不过是少了一个听话的提线木偶。"

"大哥,我们也不知道是谁,他一直是单线联系我们的。求你了,这对我们真的很重要。"矮个男人哀求道,"我们真的不是坏人,九点之前不能给他带过去,他就要毁了我女儿。"

在他们谈判的时候,我从小货车边上经过,来到了我爸车旁边不远的坑里。

"你要知道,他就算拿到了东西,也不会放过你们,像你们这么好用的人，他会继续拿着这个把柄威胁你们，你们逃不开他的控制的。"我爸说，"他在监狱里，警察会找到他用来威胁你们的东西的。"

高个男人说："你不知道，还有一个女人，她在外面。"

刘雅兰！

矮个男人说："大哥，我女儿只有十七岁。他女儿也只有十九岁。"

我听见我爸坚定的声音："正是这样才不能放过他们，这才要报警啊。没有报警，柏荣齐怎么能被抓起来，怎么能被判死缓？你们为什么没有勇气让女儿报警？就是因为你们的不报警，才会有越来越多的受害者。"

我爸说："我的女儿就能勇敢地站出来，你们的女儿为什么不行？"

矮个男人说："不能报警。他们手里有我女儿的东西，一定不能让别人看见的。"

我爸大声喝住他："为什么不行，你难道不相信警察吗？我女儿能做的，你们女儿也能做。"

"所以你女儿死了，我们女儿还活着。"高个男人说。

我爸像中枪了一样，我远远地看到了他扭曲的脸孔。这句话像是子弹一样刺穿了他的胸膛。

这是什么人，他为什么知道得这么多？是刘雅兰告诉他我爸和我姐姐的事情的吗？

这个人有一张刚毅的脸，他站在马路边的时候看似随意，却一直不停地观察着周围的动静，给人的感觉有点像李瑞阳。

趴在车窗前的男人的手机屏幕亮了，他接通了自己的电话，然后对高个男人喊了一声"老大哥"，把电话放在他耳朵边。

我听到高个男人对电话那头骂了一句"你闭嘴"。

然后他走到车子正前方，我清清楚楚地看见他沉下肩膀，从后背掏出了一把手枪，赫然对准了坐在车里驾驶位置上的我爸。

"开门，不然我就开枪了。"他说。

他的动作很标准，和宣传片里李瑞阳端起手枪的样子很像，他是个警

第十六章 报复

察？或者曾是个警察？

他再次强调："开门，不然我就开枪，谁也不能拦着我救我的女儿。"

我爸打开了车门。他迅速上前将车里一大一小两个黑色的包拿下来，递给矮个男人："你去货车那里检查一下。"然后他站到驾驶座前，"把车钥匙给我。"

我爸没动，他将身体俯进车里，说了一句什么话，将车钥匙拿在手里，仰手一挥，将车钥匙扔进我旁边的草丛里。

他说："大哥，对不住了。你自己慢慢找车钥匙吧。"

矮个男人在小货车那里喊："快走快走，来不及了。"

然后他们开着车迅速离开了。

我在草丛里摸索了一阵，找到了车钥匙，起身跑向我爸。自从那个男人说了"所以你女儿死了，我们女儿还活着"这句话后，我爸一直没有发出过声音，他的神情让我在黑暗中仍旧不能直视。然而我刚一出现，我爸马上喊我："宝珠，快找钥匙，林凯被关在自己家里。"

我把车钥匙递给他，赶紧上车。

我依旧坐在后座，我爸说："宝珠，我们经过中央广场的时候你去开车，分头行动。"

我问我爸："你怎么知道要去哪里？"

我爸说："刚才那个男人告诉我的，他是警察。他说刘雅兰的背后还有人。"

我爸让我去救林凯，他要我给他那个有监控的手机，自己要去跟着那辆小货车。我爸交代我："宝珠，记得小高层的六楼窗外吧。我把你妈留的东西藏在空调外机背后，那是你的嫁妆。"

可是现在，轮到我不同意我和我爸兵分两路了。

刘雅兰的背后还隐藏着谁，这不是我爸和我两个人能搞清楚的，这一定是需要警方去立案侦查的。

我说："爸，我们最重要的是将林凯夫妻救出来。其他的交给警察去办吧。"

我爸没有反对。一个人的力量永远是很薄弱的。如果连国家机器、公权部门都没有办法做到的事情，我们俩非要去做，那和螳臂当车有什么区别？

我问我爸怎么确定林凯在自己家里的。

"刚才那个男人在抢车钥匙的时候告诉我，刘雅兰让他把车停在惠民路的尽头。"我爸补充道，"惠民路离林凯家，走小路只需要十五分钟。"

之前这个男人没有撒谎，他在小货车里接到的那个电话，那个冷冰冰的机械声确实是要求他把车停在惠民路尽头，把车钥匙留在左轮胎上。

那个男人，真的是个警察？有个十九岁女儿的警察？

刘雅兰为什么找上我爸和林凯？如果她真的找到靠山了，在每一次都逃脱刑罚后，为什么要这样高调地利用一个警察来给自己办事？

我很疑惑，但我们都没有时间多想了。

林凯的家在梅家坞的山脚下，这是一个寸土寸金的地方，这里的房子都是本地的土著的独栋，离这不远就是非常著名的一片茶山。

因为林凯的老婆很喜欢这里，所以林凯在这里长期租了一幢民居。

我们绕到屋后的竹林里，从竹林穿行来到林凯家的后院。后院有一只狗一动也不动地趴在地上，我爸抬起头看了一眼，我顺着他的视线一看，后院有个监控摄像头，线被剪断了。

我想起了很多年前某家电视台的法治节目，就像被电流击中了一样，直觉让我立刻警惕起来。看样子确实就在这里了。

我爸让我停在这里，不要一起进去，我知道他的意思了，便指了指那些竹子，然后指了指二楼露台。我小时候很爱爬树，我也很擅长爬树。

我爸点头，无声地说"小心"。

我将背上的包固定好，通过爬竹子上到了二楼，可露台上还有个上了锁的玻璃门。我顺着露台往房子前方悄悄地走，玻璃门里漆黑一片，我能影影绰绰地看到房间里的一些情景。

房屋前方有一扇窗户，我想爬过去看看窗户是不是上锁了。

第十六章 报复

就在我低头查看的时候，有一只脚伸过来，五个脚趾张开，紧紧地贴在露台的玻璃门上。我在一瞬间睁大了眼睛。

这扇玻璃门后面有个人，之所以是只脚，一定是因为人躺着的缘故。

是被控制住的林凯老婆。

我赶紧贴上去，顺着脚往下看，一个女人被反绑在椅子上，有一圈又一圈的黄胶带紧紧地将她的嘴巴、下巴、耳朵和头发都黏住了。她正目不转睛地看着我，眼角血红一片，极缓极缓地对着我摇头。

小秋嫂！

她在向我示警，告诉我房间里的情况很麻烦，而我非进去不可。

我先从玻璃门边退下来，然后绕到前方的小窗户前，心里祈祷着千万不要上锁。我伸出手一推，玻璃窗纹丝不动，看来我的祈祷没有用。

我看到她在激烈地摇头，一双眼睛盯着我，试图引起我的注意，等看我已经看到她了，她将下巴点向门口。

或许是隔音太好，我完全听不见里面的动静，难道她是想告诉我有人来了？我赶紧爬到墙壁后面躲起来。我看见房间里的灯被打开了，灯光从窗户的玻璃照出来，此刻房间里灯火通明，是谁进来了？只要我一摄像头就能看得清清楚楚，但我按捺住自己的好奇心，贴在墙壁上纹丝不动。

五分钟过去了，灯光还没有熄灭，六分钟……七分钟……

灯光一直没有熄灭，而我完全听不到房间里的声音。

稳住，不要动，等着……

终于在第十一分钟时，房间里的灯光熄灭了。再等三分钟，我悄悄地探出头去，贴在玻璃上看。

她还斜躺在那里，然而双眼往上翻，眼白外露，牙关紧闭，口涎外流，浑身颤抖……如果不是发病，就是被注射了某类管制药物……

刘雅兰，我的心里从来没有这么强烈地恨一个人！

我一定要进去，非进去不可！

我再次推了推小窗户的窗口，还是纹丝不动，然后我想了想，将窗口往外拉起,小窗口被拉开了。所有的窗户都是由里向外推开的,而我在外面。

我轻轻地穿过窗口,爬了进去。当我终于来到她身边时,她已经意识不清了,我快速地将她放平,她瞳孔缩小如针尖大小,心跳加快,出现呼吸抑制的反应,喉咙里咯咯作响……

刘雅兰,你该死。

我再次整理好自己的包,将她的枕巾折叠好,塞进她的上下牙关里。

然后我轻手轻脚地打开一条小小的门缝。

外面漆黑一片,我适应了一会儿,在黑暗中打开了另一个房门,终于听到声音了。

"你让我有赌瘾,我让你老婆有毒瘾,我这个人够朋友吧,林凯。"

有人在说话,而我像被雷劈中了一样。

这怎么可能?是我听错了吧?他应该在监狱里,绝对不可能在这里!

"放心,我不会让你有毒瘾的,有毒瘾的人自己是很享受的。"他恶毒地大声说,"我怎么能让你享受?我要让你日日夜夜地看着你老婆吸毒,她自己控制不了,你也控制不了,而且真的是戒不掉的啊。哈哈哈哈……"

有拳脚到肉的声音传过来,我听到有人在呜呜呜地发出挣扎的声音。

"哭有用吗?求饶有用吗?哈哈,晚了,明天一到,她就有瘾了,谁也拦不住。"他咬牙切齿地说,"谁让你阴我,谁让你害我?你这个阴险小人。你害得我一无所有,我就让你也一无所有,你不是最爱你老婆吗?你就看着她在地狱里挣扎吧。"

我将门缝打开一条缝,终于能看见里面的人了。

我没听错,真的是他。可他完全不应该出现在除了监狱以外的任何地方。

这是在做梦吧?是因为太担心了所以才做梦吧,我居然梦到在监狱里的柏荣齐出现在林凯家?

不,不是做梦!这就是真实的。

他就在那里,将林凯的头往墙上使劲撞,"砰砰砰"的声音不绝于耳。

第十六章 报复

手脚都被绑住的林凯气若游丝,无力反抗。

从我这里冲出去,距离太远,我才冲到三分之一,就会引起他的注意,不偷袭、不取巧,女人的体力永远比不上男的,鲁莽地冲出去只会让自己暴露。我需要他走近一点,还需要他背对着我。

我爸呢?他在哪里?还在后院没有进来吗?

有人给柏荣齐打电话了,他好像打累了一样,将自己的屁股坐在林凯头上接听电话:"刘雅兰,你怎么还没到?钱拿到了吗?小黑本拿到了没有?"

他一连声地发问。那边不知道在说什么,他阴险地笑:"这两百万算什么?那个小黑本更值钱,有了它,你想去哪里就去哪里,想要多少钱就有多少钱。"

他很得意:"我能出来,就是靠这个东西。刘雅兰,你就是天上派下来救我的仙女啊,次次都因为你逢凶化吉,你可真不错,以后好好跟着我,不比你家李昊宇强多了。"

"好,那我等你。"他得意扬扬地挂掉了电话。他的形象一改往日,被剃了光头的脸因为没有发型的修饰,显得阴沉凶横。

林凯在他屁股底下无力地扭动挣扎,而他环顾四周说:"这要是在法庭上就好了。那天你是不是很得意,看着我像个傻子一样,看着我站在那里,你心里是不是也这样爽翻了?林凯,你可藏得够深啊!今天以前,我一直在想我哪里对不起你,我怎么想也想不通,你为什么要这样处心积虑地来害我。你可真是厉害啊,原来早就攀上高枝了,他给你多少钱?"

在他说话的间隙,林凯已经看到了我,他目眦尽裂、双眼血红、鼻青脸肿,然而他一直咬着牙关没有说话,没有喊痛,只在忍不住的时候发出一声闷哼。

我想他是不想让在里间的小秋嫂听见。我的心痛得就像被枪击中了一样,我感觉我喘不上气来,我的眼里满含热泪。

"只有半个小时了,是先揍你还是先废了你呢?你藏得这么深,我怎么一点也没看出来?"他提起林凯的头发,"我想不明白,你为什么要这样做?"

"你以为你跑得了吗?你现在这样,被判处死刑是妥妥的了。"林凯断断续续、声音微弱地说出了我来以后听到的第一句话。

柏荣齐很得意:"你以为我是怎么从牢里出来的?死缓两年都能申请保外就医,还能从医院跑出来。我这个人不但有点运气,命还大,总能碰到贵人绝处逢生,你们出事关我屁事,警察拿我有什么办法?"

柏荣齐真的很得意忘形,这大概就像暴发户不愿意锦衣夜行一样,他想要把自己的得意之处向林凯展示。

"何况,再过半个小时,只要刘雅兰一到,我就带着她一起走了,连船票我们都订好了。这个女人有点名堂,我就不甩掉她了,以后万一用得上呢?"

他起身从柜子上拿出一把铁锤在手里掂了掂:"可惜啊,时间不够了,要是时间够,那个姓刘的老男人我是不想放过的,刘雅兰不是说他还有个女儿是医生吗?迟早我要她在我胯下哭。"

不能让他动手,不能让林凯再继续受伤了。

我将包里的东西拿在手里,我要冲进去了。

对面门那里更快,我爸冲了进去,在柏荣齐的铁锤砸下来之前,他将柏荣齐撞开了,然后将地上的林凯拖向门口。

柏荣齐稳住了身体,举着铁锤再次砸了过去,我爸躲开了,但我爸明显体力不够,腿脚没力,他不是柏荣齐的对手。

我忍着,继续躲在门口,我在等一个一击必中的机会。

柏荣齐已经将我爸一脚踢在地上,再次控制住了局势。

我握紧了拳头,我还在等,忍着"怦怦怦"跳动的心等着。

在地上的林凯喉咙里发出几声微弱的呛咳,好像说了什么,我听不清楚,柏荣齐也听不清楚,所以他将耳朵靠近林凯去听:"你说什……啊……"

手脚没法动弹的林凯一口死死地咬住了他的耳朵,柏荣齐发出了一阵急促的惨叫。他用手肘用力顶着林凯的头,全身使劲地扭动着。

就是现在,我打开门冲了进去,快速冲向纠缠在一起的两个人。我的脚步声引起了他的注意,他转过头来,双眼圆睁,惊恐地大叫了一声:"你

第十六章 报复

是谁?"

我没有理他,右手狠狠一拳打在他右边的颈动脉窦,他发出了一声闷哼,手脚发软地往下垂,我没有丝毫犹豫,将左手早已准备好的针剂狠狠扎进去,全部推进他的身体里。

林凯松开了他的耳朵,他像一摊烂泥一样滑向地板,嘴巴里还在念叨:"你是刘珍珠吗?"他睁大了双眼,一直盯着我的脸,他的手无力地捂在自己的脖子上,喊:"刘珍珠。"

我真想杀了他!不杀他,我对不起我姐珍珠,对不起一直跟随我爸、身处黑暗却心怀阳光的林凯,对不起素未谋面却承蒙照顾的林凯的老婆。

我不知道明明已经判了死缓应该在监狱里度过余生的柏荣齐是怎么出来的。我只知道,再过半个小时刘雅兰就会到这里,只要今晚拿到我爸给的两百万,他们就可以远走高飞。

我现在可以选择报警,可以告诉李瑞阳,让警方来抓他。在死缓期间再次犯罪,他必定被判死刑无疑。

可我不确定他会不会再次逃脱,毕竟今天之前,谁能相信他居然还能站在林凯家?

要怎么做才能让他彻底消失?

黎致远没有打通宝珠的电话,这并不是什么少见的情况,但是今天,黎致远感觉到有一点点的反常。

不过,宝珠可能在尸库忙得听不见铃声。所以他给宝珠发了条微信,告诉她事情已经结束了,然后就热切地和李瑞阳讨论起来。

已经过了下班时间,天色渐渐浓黑起来,小刚子带着队伍陆陆续续地回到局里。小伙子瘫在椅子上张大嘴巴呼着热气的样子,很像一只哈士奇。

这是另一种人生,热血的、沸腾的……黎致远感觉新奇而且有点羡慕的。

李瑞阳在询问过他和宝珠经历过的中央广场打劫事件后沉默了一小会,然后才如梦初醒般地问他现在有什么新发现。

黎致远说:"也不能说是新发现,而且也没什么证据,就是觉得这个巧合有点多。"他将自己已经列好的单子递给李瑞阳。

庆春地下商城旁边仅一条巷子之隔有间教堂,教堂里有储物柜。

这家教堂特殊的地理位置和传奇的修建过程本地人应该都有了解。但最特殊的是,宋源曾经去过很多次这家教堂,最开始是陪着他还没有出国的妻女去,后来是自己一个人去,但宋源是不信教的。

好奇地加入他们谈话的小刚子说,明天早晨他就去教堂里跑一趟,好好实地看一看。

在谈话过程中,黎致远看了一下自己的手机,没有未接来电,没有信息,没有微信,宝珠此刻在做什么呢?

他想起在车上略显淘气地举高自己的左手说要做一对左右对称的腋窝标本的宝珠,露出了收不回来的笑容。

李瑞阳觉得自己并不太想看到黎致远现在的笑容,于是他去联系信息科。

等黎致远准备告辞的时候才发现,李瑞阳警官不在自己的座位面前,而小刚子瘫在椅子上睡着了。

他等了将近一个小时李瑞阳也没有回来。

黎致远将资料整理好装进文件袋,准备离开警局去学校陪宝珠,尽管刘育亮已经自首了,但外面还有一个危险的刘雅兰啊。

他去李瑞阳办公桌前放好便利贴的时候,看见李瑞阳的私人电话正在无声地振动着。他没有偷窥的意思,真的就是无意中扫了一眼,是个没有姓名的陌生号码。

心情轻松地离开警局的他这个时候还不知道,李瑞阳错过的、自己看到却无法接听的,是来自宝珠他们的为数不多的自救。

黎致远开着车一直来到了实验楼的楼下,二楼房间里没有开灯,宝珠应该还在尸库。他就在车上将刚买的快餐吃掉,拿出拐杖,取下假肢,开始每日的练习。

大概晚上十点半的时候,他看到实验室二楼的灯短暂地打开了,这应该

第十六章 报复

是宝珠从尸库上来了。没过多久就熄灭了,这应该是宝珠进入房间里面的休息间去洗漱准备休息了。

他给宝珠发了说晚安的信息,然后放倒驾驶位准备入睡,最近他的梦里都是宝珠,说自己很性感的宝珠,将目光落在自己唇上的宝珠。

对他来说,这是一个平常而又略带甜蜜的夜晚,对李瑞阳来说是一个特别的、不寻常的、激荡起伏的夜晚。李瑞阳被紧急叫去了鉴证科。

刘宝珠曾说,警方小看了医护从业人员的职业操守,调查方向出了细小的偏差。而她话语背后的意思就是,"违禁药制售"团伙的原材料不可能只来自胡主管和楚药师这两个医护里的败类,一定还有其他的来源。

这一点结论他很支持,这也是他觉得这两个人口供的不尽不实之处,但当时由于负责制造违禁药的两名团伙成员在逃,鉴证科用了很多的时间来反复验证,走了很多弯路。

等这两名团伙成员逮捕归案后,鉴证科得到了制作的公式,这才确认原材料里来自医院的只是很小很小一部分,原料还有别的来处。

现在,找到来源了。

"李队长,GHB是一种存在于自然界中的神经传导和精神活性物质,牛肉中有,柑橘中有,某些啤酒中也有,但含量都极其低微。根据这两个制造成员的交代,他们只管做,怎么来的、从哪来的一概不知道,都是老大,也就是宋源送过来的。

"我们一直没有突破,直到前几天,我们找到了一则来自国外的警情通报。某知名影星涉嫌组织违法性交易,警方在他车上搜到了四升听话水,足够让八百个成年人乖乖听话。我们科里和技术部门联合,在网上注册了个账号,专门在外网寻找目标,终于找到了同样制造工艺的东西。你知道吗?就这么一点,买回来后按照工艺进行制造,可以产生四万多的利润……"

李瑞阳制止了越说越激动的鉴证人员:"说结论。"

"宋源手里违禁药的大部分来源,是走私。"

也就是说,本地存在一个走私集团的交易网。

也许是刑警的直觉，李瑞阳很快想起了刘雅兰用阿美的身份办的那张电话卡上那个只被拨打没有被接通的号码来。

他赶紧去了技术科那里："帮我查个号码。帮我查查这个号码有没有被宋源或者柏荣齐或者其他涉案人员拨打过。"等他回办公室看到黎致远的整理和留言后，他再次为黎致远的细致而服气。

这时候他才发现，去为刘育亮申请戴罪立功名额的焦队长还没有回到自己的办公室。这可有点奇怪了，按说这样能立功的申请，局里大多数都会立刻准备实施细节。现在都已经过去三个小时了，焦队长还没回来，这还不能说明问题吗？

他在用工作电话打给焦队长的时候，发现自己的手机上有一个陌生号码打来的未接来电，他决定先完成自己比较重要的事。于是他继续打给焦队长，但是焦队长没有接听。

李瑞阳决定给那个未接来电回电话，他调出这个未接来电记录时，焦队长的电话打了过来，电话内容让他如同被五雷轰顶。

"刘育亮的申请被驳回了，上面要求我们用审讯撬开他的口，将他知道的都挖出来。"焦队长说。

李瑞阳觉得很意外："原因呢？"

焦队长说："相同的立功申请在昨天下午就递交给上面了，上面已经批准了。"

"是王强提出来的吗？还是那两个主管药师提出来的？"

他万万没想到自己会听到之后的内容。

"是柏荣齐。"焦队长说。

"我不同意，我不支持，柏荣齐的案子现在有机会向死刑立即执行靠拢。"李瑞阳斩钉截铁地说。

"听我说完，你个倔毛驴，你不同意有什么用啊？"焦队长小声地呵斥他，"听说柏荣齐出示了相关证据，他递交的立功申请很可靠。上面已经正式批准了。具体计划今天上午已经开始执行了。"焦队长说。

第十六章 报复

李瑞阳在心里骂了一句娘，没好气地问："他有什么要求？"

焦队长的语气也很气愤："他只有一个要求，他要保外就医。"

杀了他！我心里只有这一个想法。

他有什么资格活在这个世界上？视道德如狗屁，视法律如无物，疯狂残害女性，放肆威胁受害人家属，因为他毁掉了多少青春女性，又因为他毁掉了多少幸福家庭，凭什么他还能继续活着？！

他就这样一摊烂泥似的躺在那里，没有知觉，不会抵抗，而我包里还有足够让他死几回的东西，我现在完全可以动手。

我爸拦在我面前，他眼神哀恸："宝珠，要动手也是我动手。"

在地上的林凯拉住了我的裤脚，他焦急而哀痛地喊："宝珠，快去看看我老婆，快。"他已经哭了出来，"柏荣齐给她注射了毒品，从一开始到现在这么短的时间，一共三次。"

他的声音里的难过，连最好的文字大师都没法形容。

"所以他该死。"我说，之前我就已经看到她的体征了，我知道有多严重。

我转身推开那扇门，将林凯从地上扶起来，又扶着他进入里面的房间。

小秋还保持着原来的姿势平躺在那里，衣衫凌乱，手臂上有明显的针孔，没有其他外伤。林凯突然有了力气，他挣脱我的搀扶扑了过去，用自己的脸紧紧贴在他老婆的面颊上，眼泪毫无形象地流下来。

我使劲地咽口水，用吞咽的动作来忍住就要到嘴巴边的哭泣。

林凯强忍着的哽咽声让我不忍心听，我低下头，正好看见林凯老婆眼角流下的眼泪。我将她被绑住的手脚松开，小心地撕掉她嘴上的胶带，即使我动作轻柔，仍然带走了她的一大片头发，但是她一点声音也没有。我轻柔地理好她的头发，将她抱在床上躺好。

我说："他们背后还有人，你确定不会有人再救他一次吗？"

林凯在他老婆脸上深情地吻了吻，扶着我的手用力站起来。我们回到客厅里。

柏荣齐被我爸绑住了手脚扔在角落，林凯肯定地说："宝珠，谁也不能动手。"他又安排我爸，"刘叔，你拿我另一个电话报警，刘雅兰要来了，不能放她走。"

"宝珠，如果只是要杀了他，难道这十几年我都没找到哪怕一次机会吗？不是的，我们坚持了这么久，就是要光明正大地让他死，不说他今天的所作所为，就凭他保外就医期间出现在规定之外的地方，他一定会是死刑立即执行。宝珠，别脏了你的手。现在，让我们一起专心对付刘雅兰。"林凯说，"我们还要查清是不是她推的珍珠。"

对，还有刘雅兰，她就快要来了。

我找回自己的理智："那就打给李瑞阳，他绝对不会是内奸。"

但是打给李瑞阳的电话并没有被接听。

我爸说："别管了，就打110。"

林凯说："打110让我来，110有录音。刘叔、宝珠，你们先走，去路口守着，刘雅兰那边的情况我们完全不清楚，不能都在这里守着。"

我说："惠民路的尽头有辆小货车，钥匙会放在左边轮胎上，柏荣齐是不是原来计划用这辆车逃走？"

我爸说："刘雅兰为什么还要跟着他逃走？刘雅兰现在手里有钱，她为什么要跟着柏荣齐这样一个被通缉的逃犯？这是刘雅兰会干的事吗？"

林凯说："刘雅兰一定会自己走，除非柏荣齐身上还有她不得不拿到的东西，比如说逃跑用的船票？"

林凯已经拨打了110，然而他突然又挂掉了电话，带着低沉嘶哑的哭腔大喊了一声："老婆，不要啊！"

我爸扭过头去震惊地大喊："小秋，不要啊！"

我转过头去，看到了小秋嫂笑中带泪的脸："以后，我只会记住现在他在我手里断气的感觉，不会记得他做的恶。我的人生反正毁了，我只想要个痛快，我不会做噩梦的。"

第十六章 报复

她手里拿着我之前从她脚上解下来的绳子，绳子紧紧地勒在柏荣齐的脖子上。

同一时间，李瑞阳正在火冒三丈。

"柏荣齐有什么病需要保外就医，不举吗？怎么可能同意他保外就医？死缓两年执行期内，谁这么明目张胆违规给他造假？"

要是办理这件事的人在李瑞阳面前，李瑞阳会用口水喷死他。

"检察院驳回了他保外就医的申请，但他的病情不是造假，狱医确认过他的病情，直接把他送进了定点医院。"焦队长说，"我正在要求提供柏荣齐在监狱里的监控视频，你仔细找找，他的病情一定有猫腻，务必再次将他送回去。"

"得令。"李瑞阳对于这个要求很满意。

这时，他再次调出那个未接来电，顺利地拨过去了，对方没有人接听，甜美的女声提醒他对方已关机。他暂时放下了这个不知谁打来的电话，叫醒了旁边沉睡的小刚子，开始一起逐帧检查柏荣齐在监狱里的日常。

四天前，柏荣齐出现双下肢水肿，逐渐影响站立和行走，狱医一直在检查，没有发现其他不适，但也没有找到原因。昨天下午，柏荣齐开始无法行走，双下肢失去知觉，他向监狱里提交了立功申请，并递交了书面申请要求进行病情诊断，他说感觉自己命不久矣，想要用自己知道的、掌握的其他证据戴罪立功，不需要减刑，只申请保外就医，在医院进行治疗。

狱政科的同志亲自到他所在的牢房进行核实后，将柏荣齐的立功申请、病情诊断以及保外就医申请递交给了人民检察院。

人民检察院驳回了柏荣齐的保外就医申请，只允许他在狱警的监视下入院治疗。所以今天下午，柏荣齐被移送出监狱，正在定点医院接受治疗。

李瑞阳和小刚子马上就没有时间抱怨了。信息科的汇总出来了。

"这个号码很奇怪，只有接听没有拨出记录，"技术人员说，"刘雅兰拨打电话的时间是柏荣齐的第一次庭审后。而这里，这两个号码在同一个基站附近。"

这是刘雅兰在和这个电话号码的主人见面。这可能就是那条走私集团的线。

在大家的震撼中,李瑞阳说:"谁都别吱声,我去报告局长。"

在局长的办公室,李瑞阳再一次被震惊了。

办公室里,有局长,有焦队长,有李瑞阳、小刚子和技术人员。

"这个消息,关系着一个卧底警员的安危,从我开始,谁泄密,谁负责。"局长很严肃,"这是个机密,现在开始到行动结束之前,你们完全脱离原来的队伍,直接向省公安厅的行动组报告。"

这次的行动,事关之前被勒令停职的大队长,他就是本次行动要解救的卧底警员。他的卧底生涯,从受到柏荣齐的威胁开始。

"我就知道,我就知道,"李瑞阳的心澎湃了起来,"大队长绝不可能背叛自己的信仰。"

事情要从大队长回家在女儿门外失声痛哭开始说起。

他哭,是他的信仰和媛媛的安危在他心里激烈地冲突着。这些大队长都说了,他没说的是,媛媛打开了门。

大队长手忙脚乱地擦干眼泪,笑着问媛媛想吃什么。

媛媛问:"爸,你怎么有空回来,不是说有重要任务吗?"

大队长说:"想你了,回来看看就走。吃不吃蛋炒饭?爸给你炒。"

"爸,我来炒,你抓紧时间歇一下。"媛媛说。

在他吃饭的时候,媛媛说:"爸爸,你知不知道我一直盼着这个时刻?"她带着难得的笑,"这让我有种说不出的骄傲,好像我也在你的任务里立了一功。"

他将一大碗炒咸了的蛋炒饭吃完后,找了个机会进了局长的办公室。

于是,大队长成了卧底。

所有的线索,此刻成了一个闭环。

技术人员得到的疑似走私集团的号码,牵涉到了一个被追踪多年的贩毒

第十六章 报复

组织,宋源也好,柏荣齐也好,或许都只是贩毒组织中不重要的一环。而他们贩卖的,正是李瑞阳他们查到的"迷奸水"这种新型毒品。

大队长是以被胁迫的受害者家属身份接触的这个贩毒组织,柏荣齐让他拿走的小黑本,就是送给了这个贩毒组织中的人。而具体案情稍后会有省公安厅负责的同志做详细介绍。

这群犯罪分子会暴露出来,是因为他们除了走私毒品外,还涉嫌伪造海关缴款书、虚开增值税发票等,获利高达十五亿。

就在刚刚,卧底警员大队长以特殊的方式传递出了消息,刘雅兰要去见这个贩毒组织中的某一个人,地点就在庆春二巷旁边的那个教堂。

李瑞阳心想:我去,黎致远,你是什么天才!

林凯挂掉电话,马上取出电话卡并用打火机烧掉了。

柏荣齐面色青紫,双眼凸出,喉间一道深可见血的勒痕,心跳脉搏全无。

小秋嫂看着我们笑,眼里却流着眼泪,她说:"痛快,我只想要痛快。刘叔、宝珠,你们都走吧,我自己会去自首的。"

"不,要自首也是我去。"林凯将老婆搂得紧紧的。

"争什么争?你也不能去,你还要好好照顾小秋,好好陪着小秋去戒毒,我相信一定戒得掉的。"我爸说,"自首这事当然是我去,我年纪最大,已经活够本了。再说这事从我开始,就应该由我来结束。"

"谁都不要去。"我说,"按照我说的去做,要快。别犹豫,没时间废话了。"

真的没时间废话了。我们要做的事情很多,时间很少。

除了我们,还有谁知道柏荣齐绑架了林凯夫妻?除了刘雅兰,没有别人。

除了我们,还有谁知道柏荣齐出现在林凯夫妻家里?可能也只有刘雅兰。

但除了我们,没有其他人知道柏荣齐是生是死。

那个像警察的男人说过:"如果你要找人,他只知道刘雅兰让他们把车停在惠民路的尽头……"

另一个男人也哭着说过："还有一个人，一个女人，她在外面……"

我说："快，行动起来，我们没时间了。"

没有人听我的。

我爸说："宝珠，乖女，你现在就走。"

林凯说："宝珠，这不行，你不要卷进来。"

小秋嫂说："宝珠，这是我的事，你要继续做个好医生。"

我笑着说："我没有卷进来，这一开始是我要做的，怎么，你们以为我能眼睁睁地看着，然后若无其事地继续生活？"

我没办法看着你们受苦，而我却微笑着视若无睹。

林凯马上下了决断："柏荣齐今天对着我透露了不少信息，我来联系刘雅兰。宝珠，你快速做个计划；小秋，你去卧室拿那个最大的行李箱；刘叔，你去把我家电脑的硬盘取出来烧掉；你们都要检查一下自己有没有伤口或者血迹，我和小秋一会儿才好打扫痕迹。"

我伸出手："从爬树开始，我都戴着手套。"

久不爬树，竹子又太滑，没沾滑石粉的手套正好能增加摩擦力。

林凯给刘雅兰打电话，在电话接通的那一刻，他的声音就像是柏荣齐本尊在说话一样。

"你到哪里了，怎么还不来？"

"哈哈哈哈，终于感到不对劲了吧。"刘雅兰笑得很得意，"柏荣齐，你画的大饼我不稀罕，这两百万已经在我手里，偷渡的船也是我联系的，你认为我为什么要冒着和通缉犯一起行动的风险分你一半？"

她笑得很肆意："我知道你说的赚钱的生意是什么了，我可不想沾边，我一会儿就可以上船了，既然你打电话来了，那就跟你好好说声再见吧。嗯，听说国内的死刑现在很人性，基本上都是无痛的，你好好享受吧。"

刘雅兰不会来，没有其他人知道柏荣齐在哪里，但是刘雅兰说她马上就

第十六章 报复

可以上船了。没有人知道她在哪里上船,而她带着我爸准备的两百万现金,想必又可以换个身份,重新开始美好生活。

我爸说:"不要想太多,先专注眼前的危机。"

我深以为然。

我需要先去学校,我那套昂贵的工具放在学校解剖室。我很庆幸我爸居然有一张轮椅放在林凯家备用。

我爸和我推着轮椅,上面绑着一个大皮箱。

小秋嫂看着我开始流泪,她说:"宝珠,我……"

我打断了她要说的话:"嫂子,什么都别说,我会没事的。"

我将她紧紧地抱在怀里,轻声对她说:"你不知道我有多感激。"

晚上的小路并不好走,庆幸的是这条路我爸熟悉,而夜晚对我的妨碍不大。当我们终于上车后,我再次缩进了车后座下面放脚的地方。

车子开动之后,车里很黑,很安静,我们都没有说话。

逐渐响起来的哽咽的哭泣声,强忍着吸鼻子的声音,抹了一把眼泪的唏嘘的声音,还有我爸终于忍不住说出口的话:"这不公平,这不公平。"

这种强忍着的哭声比号啕大哭更直击内心,我无法想象这个六旬的老人泪流满面却强忍着的模样。

我选择闭上眼,回忆着那张我和珍珠的唯一合照。

珍珠穿着白裙子,手里捧着一把小雏菊在阳光下大笑,而我穿着短裤,打着赤脚,手里提着我的沾满了泥巴的凉鞋。

那时候我刚一脚踩进泥里,而妈妈非要现在就拍照,引起了我的强烈不满。妈妈那时候长什么样子?我现在才发现,原来我从来没有看到过我们四个人的合照。我在中央广场的那棵古树那里下车,也终于拿回了那辆斯巴鲁的钥匙,时间并不久,却恍如隔世,我曾心心念念的、以为没有用武之地的计划就这样猝不及防地在我面前展开。

在我要走时,我爸将皮箱拿下来,喊了我一声:"乖女……"

我接过皮箱,看到他散乱的白发,看到他湿润的眼角,还有他努力忍住的表情，我说："爸爸，再见。玉珠还在等着你。"

我爸的车在我身后开走，他还有他必须做完的事。我也有我的。

我一个人推着轮椅走在那条盲道上，轮椅咕噜咕噜地滚动着，只有我知道皮箱里有什么。

托二手车行女老板的福，斯巴鲁用起来很顺手，我也很顺利地把车开到了学校，停在湖边。

我需要先去实验室拿工具。

已经放假了的空旷的校园正在进行维修。我沿着围墙走，走在路灯照不到的黑影里。然而下一秒，我迈不动自己的脚了，它仿佛被灌进了沉重的铅。

我看到了黎致远的车和在楼下花坛边坐着的黎致远。

他为什么会在这里？还是他每晚都在这里？

这一瞬间，有一种无法形容的感觉攥住了我的心脏，使我透不过气来。

我绕到了实验楼靠近景观湖的背面，沿着粗大的水管，爬上了二楼，从窗户进入实验室。

我大概只想了两秒钟，就打开了灯。等装好工具包之后，我等了大概三分钟，重新关上了灯，再次通过水管爬下楼。

我只有不到七个小时的时间，在明天早晨五点之前，我必须赶回学校，除去来回在路上的两个小时，我只有不到五个小时的时间。

我将皮箱拉了出来。我要杀的人，此刻就在这个箱子里。

他还没有死，或者说，他还没有死透。在车上时，我曾听到皮箱里传来的蠕动。小秋嫂并没有勒死他。

此刻，如果将被关在皮箱里的他送进医院急救，环甲膜穿刺对他已经没有用，只能进行气管切开后做气管插管……

经过这些急救后，他有活过来的概率，不过死的概率更大。

区别在于他是死在谁手里。

我想起了希波克拉底誓言，我曾将手放在心口庄严地宣誓，我不会用我的医学知识去违反人权和公民自由,即使受到威胁,我会认真负责地对待每一个需要救治的病患,不管他是谁……

我还想起了黎致远,他含情的双眼,他柔软的唇,他笑起来嘴角上扬的弧度……

他说:"宝珠,如果做了,我不甘心再退回到朋友的位置……"

他说:"宝珠,对我公平点……"

他说:"宝珠,你这样,让我要疯了……"

他说:"宝珠,我爱你。"

我真的想过要和他一起,去看看世界有多大多美,我也想过要和他一起生一个可爱的女儿……我的包里,有可以对他进行急救、延缓他死亡的药,也有可以加速他的死亡、让他死透的药,还有那把闪着银光的手术刀……

我的左手可以救他,右手可以杀他!我闭上眼,珍珠就在我眼前,还有小秋嫂,还有其他人……

对不起,黎致远,是我不配。

我伸出了右手,拉开了皮箱的拉链。

第十七章　幸福

这真的是一个跌宕起伏的夜晚。

对于李瑞阳来说，所有的谜题都即将被一扫而空。

他兴致勃勃地想去领配枪和子弹，却被焦队长无情地揪住衣领："你能出外勤？自己啥情况自己心里没点数啊。你的任务，是和技术人员一起，跟省公安厅缉毒总队的同志完成信息对接。"

这个任务也很好，李瑞阳很高兴，这意味着能够接触更多的一手资料。

事实上，省公安厅缉毒总队与边境缉毒大队组成的跨省多部门秘密调查小组早在今年三月份已经成立，之所以秘而不宣，是因为缺少实质性的证据。

不迂回地说，在柏荣齐准备逃脱的计划中，大队长只是一颗小棋子。这个贩毒组织，才是柏荣齐挑衅法律的底气。

缉毒总队的同志目前最怀疑的对象是柏荣齐那个将自己逐出家门的富商爸爸。他用媛媛作为胁迫大队长的武器，让大队长联系了贩毒组织中的人。

后来他找到了刘雅兰，通过什么方法联系到刘雅兰的暂时还不知道，估计和他俩单独在暗室时发生的事息息相关，这一切等刘雅兰被捕后就能清清楚楚了。

柏荣齐不知道用什么办法造成了自己双下肢水肿无法站立走路的假象，虽然没有得到保外就医的最好待遇，但仍然能进入定点医院进行治疗，得到

第十七章 幸福

了更大的活动空间和更好的治疗方法。

李瑞阳现在要做的,就是配合省公安厅的调查组实施抓捕计划。

这次的行动,不但有全程的录像,而且给每个参与抓捕计划的警员都配了92式手枪。此外,组织还为负责抓捕前进行迷惑工作的女警配备了05微声冲锋枪,为武警配备了95式突击步枪。李瑞阳简直太恨自己不能参与了。

…………

在大三的时候,恰逢单老师的独生女儿刚考上自己理想的高中,单老师带着我们一帮医学生和他的妻女,曾经一起去了他的家乡游玩庆祝。

单老师的家在本市的农村,青山绿水现在已经是金山银山,小小的庄园不但可以实现自给自足,还能够开展十分有特色的民宿经营。

我还记得那年满田野盛开的紫色小花、那凉爽的晚风带来的沁人心脾的清香,但是最难忘的,还是和大家一起满地找骨头的窘状……

单老师当时十分豪气,大手一挥购买了一头猪,是活猪,他要求我们自己动手,从宰杀到烹饪……单老师"变态"的不只是这个。在大家都大快朵颐、肚满肠肥之后,单老师要求我们所有人齐心协力地再将这头猪的所有骨头找出来,拼成一副完整的猪骨架……

当时的那头猪,我清清楚楚地记得大大小小的骨头的数量,也是通过那一次,我才知道原来尾巴相对长的猪,骨头就相对多。

人和动物有什么分别呢?

人的骨骼数量是固定的,每个正常人都有二百零六块骨头。对于一个正常的成年人来说,不论男女,他的体内共有二十九块头颅骨、五十一块躯干骨、一百二十六块肢体骨,加起来就是二百零六块骨头。新生婴儿则有三百零五块骨骼,五块骶骨长大后合为一块,尾骨也是这样……

我没有时间想太多,我要做的事情还很多,时间被安排得满满的,思绪几乎被放空。但不知道为什么,我放空的脑海里,常常出现那一年在乡下,在空旷的田野里,和同学们围着篝火坐着,头一回在人前唱歌的自己。

悠悠流泉随路转，偶于山中转数圈。一片软软渐黄落叶，荡向清溪之中早飘远。啊，过去过去，多少次心乱，今天今天，随着云烟渐远。听听鸟语，静望雨丝飘断，悄悄的风，赠我衷心祝福一串……

这首歌，是我姐珍珠用来哄我睡觉的歌，长大后我找了很久才知道，这是叶蒨文的《祝福》。从今之后，我是否还配得到祝福？

…………

早上五点半的时候，黎致远醒过来了，手机上有其他人发来的微信，唯独没有宝珠的。他抬头看了看二楼的窗户，天蒙蒙亮，宝珠应该还在睡觉吧，她还能再睡一个小时。

可是不知道为什么，黎致远觉得自己有一点心慌气短。他抬头看了看天，显然今天会是个大晴天。

等到七点五十，宝珠还没有下来，电话也还是无人接听。

黎致远本能地感觉到不对劲，难道宝珠根本不在上面？

他走过去隔着铁门喊了一声"宝珠"。没有人回应他，他顿觉昨晚自己太大意了，难道宝珠出了什么危险？

他先给刘主任打了一个电话。刘主任乐呵呵地接了电话，他喊："小黎同志，有何贵干啊？"

在他不好意思地问起宝珠时，刘主任说："怎么，你俩吵架啦？你等着，等宝珠来了我训她，从来不犯错的人怎么就不会谈恋爱呢！"

好吧，黎致远听懂了潜台词，也知道宝珠还没有到医院。

那宝珠会去哪里？

他看到远远走过来的单老师，就远远地迎过去。可能是走得快的缘故，单老师张口结舌地问了一句："你的左腿，是天生的还是？"

在他简单地交代了自己失去左脚的经过之后，他问："单老师，宝珠一直没接我电话，她昨晚来学校了吗？"

第十七章 幸福

"当然来了,虽然晚一点。我们宝珠可从来不会去乱七八糟的地方,有什么可担心的?"单老师说。

于是两人一起上了楼。单老师打开了实验室的门,又去敲后面的休息室,喊:"宝珠,你起床了没有?"

没有人回答。黎致远的心高高地提起来,千万不要……

单老师打开了休息室的门,房间里空荡荡的,简易床上被子折得整整齐齐,就像没人睡过一样。单老师自言自语:"难道会在尸库?"

两个男人一起下楼来到尸库,单老师开门后拉住了要进去的黎致远:"呃,等一下,你可不能随便进去。"他将黎致远推离门边,"等着,我去找。"

尸库里安安静静地没有人。单老师摸着头:"奇怪,宝珠昨天没有来?"

正说着,身后有人喊:"单老师,这么早啊?"

"宝珠,怎么这么早就到尸库里来了?黎致远在楼上楼下找你呢?"单老师问。

穿着隔离衣和长筒靴的宝珠说:"哦,找我做什么?"

"那谁知道?可能是你下楼晚了吧。他还想进来呢。被我挡住了,你这个样子能给他随随便便看去了吗?怎么也得将他推倒拿下之后才能暴露真面目吧。想当年我就是这样拿下你师母的。"

单老师絮絮叨叨的,最后才想起来问:"这么早,你来尸库做什么?"

刘宝珠抬起头,看着他说:"这两位大体老师的脏面出现了小霉点,我在重新做加压灌注呢。"

尸库最左边的角落,有两位大体老师安静地躺在那里,脚脖子上的铭牌发出了微微的被灯光折射出的白光。

"昨晚很累吗?"黎致远问我,"你的脸色很不好。"

我强迫自己抬起头来看看他,努力笑着说:"还好,并不太累。"

黎致远笑:"宝珠,你要是累或者不想笑,就再睡一会儿,不要勉强自己。"他伸出右手贴在我的额头上,然后滑到脸庞,停在我的脸颊上,"体温正常，真的没有哪里不舒服吧。"

我说："大概是饿了。"

黎致远笑起来："都怪我，今天在宿舍起得太晚了，来不及给你做好吃的。中午好好补偿你行吗？"

他的右手轻柔地捏了捏我的耳垂。他在撒谎，凌晨我回学校的时候，他就睡在自己的车里。

我说："那我再眯一会儿。"

我闭上眼睛，我还有很多事情没弄明白。但今天我必须正常地上班，只有等晚上再继续。

不知道我爸和林凯夫妻各自要完成的事情完成得怎么样了，也不知道刘雅兰现在在哪里。她是不是已经坐上去往异国他乡的船了？以后我还能找到她吗？

再睁开眼睛的时候，我躺在黎致远宿舍的床上。我看了看手表，九点十分。从上车到现在，我睡了一个多小时。我一个翻身坐起来："迟到了。"

黎致远安慰我："我已经跟刘主任请过假了，她会替你两个小时。"

在我们去科室的路上，黎致远突然说："宝珠，估计你今天会收到很多问候，希望你别生气。"

我很疑惑不解，他露出了一个欲言又止的表情。到科室的时候，阿娟和那几个小美女护士一看到我，就开始各种各样花式地笑，笑得乐不可支。

阿娟调侃："小刘医生，到底是你推倒了他，还是他推倒了你？"

什么跟什么？

"黎主任说你昨晚累得很，难道是你主动的？"她笑得合不拢嘴，"难道这就是老房子着火的感觉？"

听不懂，我表示完全跟不上她们小年轻跳跃的思维。但是连刘主任都说："做好防护措施啊，不管是谁，未婚先孕都是愚蠢的啊。"

在办公室里，我抬头看了看对面的小高楼，以后那里不会再有红气球了。很快我就没有时间多想了。

第十七章 幸福

产科工作是我最喜欢的工作,我比以往任何时候都更专注,我的精神比以往任何时候都更充沛,我全身好似有用不完的力气。

产妇打开的腹腔里,我能看到每一根神经的纵横走向,我能摸到每一根动静脉血管的搏动和扩张,因为怀孕而被挤压到腹腔上部的内脏随着胎儿被抱出而缓慢地归位,一个新的生命此刻就被捧在我的手心里。

这一整个白天,小刚子都处于亢奋的状态,李瑞阳实在不想听他啰唆,就去找了昨天带队的牛队长,他还有几个疑问,想要去和他深度沟通一下。

昨晚的行动,一直没有等到卧底警员大队长的信号。现场虽然捉了些人,但是大队长并不在现场,刘雅兰也同样不在。刘雅兰是怎么和柏荣齐接上头的,又是怎么和这一伙人联系上的?她现在在哪里?

牛队长热心地邀请李瑞阳:"李队,我现在要去监狱的定点医院,在征得医生同意的情况下,将柏荣齐带回这里,你要不要一起去?"

这当然太好了。

牛队是个雷厉风行的人,说走就走,同行的还有一名女警。

很快,他们三个就收到一个消息。柏荣齐失踪了,他越狱了。

这种时候,刑警的素质就完全显现出来了。李瑞阳立马安排调取监控录像,控制狱警,通知驻地武警,通知警局……

这一次,李瑞阳给焦队长打电话告诉他这个情况时,清晰地听见从来游刃有余的焦队长第一次当着他的面骂人:"混蛋!"

监狱侦查科其实已经开始了对柏荣齐行踪的调查,不过李瑞阳信不过他们的结论,他在听取了报告后要求重新梳理监控视频。

柏荣齐被从监狱里转移的时候确实是坐着轮椅的,他的双下肢明显水肿得厉害,视频中的他颤颤巍巍,站立不稳,更别说行走了。

正是因为他双下肢水肿,所以他并没有像其他从监狱里出去就医的犯人一样佩戴电子脚铐,更加没有加上死刑犯必须挂上的手脚挂链,但是他戴着手铐,还戴着无线腕带,可随时定位。

到达医院后办理了住院，柏荣齐分到了一间单独的病房，但一个小时后，他从病房溜走了，将无线腕带留在了医院病床的被子里。

这两名狱警在昨晚九点上报监狱，监狱侦查科九点四十分到达现场开始侦查，却一直没有上报市里。

柏荣齐在从医院出去以后就消失在监控画面里，至今没有消息。

再过两个小时，柏荣齐就失踪二十四小时了。而现在大队长和刘雅兰也同时失去了踪迹。这三个人的失踪一定存在某种联系。

李瑞阳想到了一个人，刘育亮。如果说刘雅兰还有什么线索或者破绽，一定有一些端倪是能被刘育亮发觉的。侦查紧锣密鼓地展开了。

李瑞阳还想到了一个办法，从大队长的行踪开始查。大队长一定会给他们留下线索，只不过留在哪个地方、是什么，需要自己一点点去挖掘。李瑞阳全情投入到这个工作里。一天过去了，越来越多的线索出现了，应该归案的人也陆续被抓捕了，只有柏荣齐、刘雅兰、大队长三个人还杳无踪迹。

二十号下午两点四十八分，柏荣齐从医院逃走。三点二十二分，柏荣齐的身影出现在某路口便利店。三点四十六分，他的身影出现在某交叉路口的交通监控视频里，他在往这个城市的郊区逃窜，之后失去踪迹……

二十一号，柏荣齐未归案。下午三点十五分，警方接到报案，有人报警发现了一具尸体。此刻的李瑞阳还不知道这具尸体和大队长有关。

大队长一直没有消息，这让李瑞阳有点茶饭不思。他很担心，大队长不但是他的前辈，也是他的兄弟，卧底计划一定是哪个环节出了问题，才会导致他的失踪。

从昨晚的抓捕行动开始，落网的犯罪分子从下往上，围绕整个走私案的方方面面，行动组已经将绝大部分涉案人员落实到位，包括柏荣齐背后的人，此刻已经采取了强制措施。而牵涉到柏荣齐越狱案的每一个失误环节的负责人，行动组也在逐步收网，甚至还无意中查到了监狱的涉黑案。

就在这个时候，李瑞阳终于得到了来自大队长的信息，伴随着第一具尸

第十七章 幸福

体的尸检报告，第一时间就抓住了李瑞阳的视线。这是一枚从死者衣物中取出来的子弹壳，这枚子弹壳曾经一直被挂在大队长的脖子上，从不离身。

李瑞阳几乎是和牛队长同时喊出的"集合"，可他只能望洋兴叹，眼睁睁地看着女警小颖"唰"地戴好配枪。牛队长"啪"地一挥手，一支小型队伍立刻出发，前往发现尸体的第一现场。

李瑞阳只能被留在办公室里，他感觉到心很痛，羡慕嫉妒地痛。

但他有他的事要做。

李瑞阳一直都知道，刘雅兰是个有故事的女人，焦队长也一直知道，这个女人演技比起影后毫不逊色。事到如今，还得说一句，她的运气真不错。

她没有出现在交易现场，成功逃过了被一网打尽的可能，就像条滑不溜丢的泥鳅。是因为运气吗？还是因为别的什么？

李瑞阳提审了昨夜现场捕获的贩毒组织的成员。这次，他没有问柏荣齐，而是问起了刘雅兰。成员说他一直没有等到柏荣齐，也一直没有等到刘雅兰。如果她没有出现，传递出交易消息的大队长会做什么？

他一定会想方设法地通知行动组才是。

如果自己是大队长，自己会怎么做？会不会和第一具尸体有关？那颗子弹，是不是大队长不得已的办法？这具尸体是谁？

马上安排人脸识别，并发布尸源寻找通知……在他的期待中，牛队长率先传来了好消息，在离第一具尸体不远的地方找到了一个可疑的手机。

李瑞阳的工作一直在持续进行中，焦队长再次提审了刘育亮……

牛队长带队将那个无主的可疑手机带了回来，然而他是无精打采的，因为手机里没有电话卡，并且被格式化了，可以说是毫无帮助。只能用最笨的办法，从第一具尸体查起。

刚回到办公室还没有来得及喘口气的牛队长立马认领了这个工作。

看着他们无精打采地回来，又精神抖擞地出发，没法出外勤的李瑞阳已经觉得自己的心痛习惯了。

然后，负责对尸体进行人脸识别的同志传来了好消息：这个人绰号老九，曾出现在柏荣齐第一次的庭审现场。

可以这么说，当李瑞阳和宝珠一起进入法院时，这个老九比他们先进去几分钟。这样，之前出现过的看起来无关的蛛丝马迹，就都连在一起了。

另一方面，由焦队长审理的"柏荣齐越狱案"的脉络基本清楚了。

焦队长用的是倒推法。直接责任人是两位负责在定点医院进行看守的狱警。老练的老焦头只用了一招就各个击破了。

这招叫"挑拨离间"，利用的是"囚徒困境心理"。他对两个人都说对方已经指认了你，你才是要负主要责任的那一个，两个人都开始狡辩，并且指认对方。然后，拼凑出了一个真相。

从时间上推算，柏荣齐在被李瑞阳用激将法拿下口供之后，知道自己已经没法顺利脱身，于是利用了自己的律师。

他告诉他的代理律师，警方指证他的某个时间他正和某人在一起。

律师和这个某人确认行程时，就在不知情的情况下变相地替他传了话。

这个某人就是贩卖新型毒品组织的一员。

一开始，柏荣齐只想着利用大队长，所以才有了小黑本丢失的"渎职"。

没想到李瑞阳追着他不放，也没想到林凯那里居然有"副本"，判了死缓之后，他一边上诉，一边筹划着越狱。他通过某种方法让自己的身体出现了狱医没法治疗的病情，又通过刘雅兰和他们约好了地点，准备出逃。但是该来的没来，不该来的警察全来了，还是全副武装的。

被抓的贩毒组织成员指认曾出现在庭审现场的那个老九是负责走私的蛇头之一，外省某县首富柏某，也就是柏荣齐的父亲是贩毒组织的上线之一。

省公安厅立刻安排了抓捕计划。因为早有部署，所以很快就传来了捷报，柏荣齐的父亲落网了，同时落网的还有边境的走私蛇头。

那一天，警局里一片欢腾，大家的精神都为之一振。

李瑞阳看见焦队长甚至偷偷地在洗手间的镜子前比了个耶。

李瑞阳现在的工作重点，是马上找到大队长和柏荣齐。像柏荣齐这样的越狱犯，最终的逃亡方向一个是自己家，一个是偷渡出去。但柏荣齐就像

第十七章 幸福

人间蒸发了一样不见踪影,同样不见踪影的,还有大队长。

刘雅兰有了踪迹。

二十二号早上八点三十七分,警方再次接到报案,有人报警发现了第二具尸体。

接到报警后,李瑞阳倒吸了一口凉气。没法出外勤的李瑞阳费尽九牛二虎之力申请到了机会,带着法医和痕检人员,还有小刚子和小颖等人,一起来到了医院,在医院产科手术室外等着正进行手术的刘宝珠。

此刻的他从未想过,就在不久后,他会和这个让他念念不忘的刘宝珠走向了奇怪的对立。

…………

二十号,事发的当天晚上,我没有睡觉,因为没有时间。

二十一号,事发后的第一天,我没有睡觉,因为我需要将小细节进行收尾,比如实验楼后面水管攀爬的印记……

我踩着月光走在那条泥路上,在外婆和妈妈身边待了一会儿。但是我睡不着,在月光下,我伸出双手,仔仔细细地看着每一根手指头,如果没有稍显粗大的关节,我的手指算得上漂亮。

二十二号天一亮,我搭乘最早的一班公交车先回了宿舍。

胡丽在宿舍里等我,她好奇地问我:"听说你和黎致远修成正果了。是真的吗,宝珠?"

我笑她:"这么八卦,看样子最近伙食太好了吧。"

她如今已经孕16周,子宫宫高大约16cm,大约在耻骨联合和肚脐连线的正中,也许已经可以感觉到微弱的胎动,就像调皮的小鱼轻轻地甩了一下尾巴。

"宝珠,快来,差点忘记正事了,快来摸一下,你干女儿昨晚会动了。"胡丽兴奋地喊我。她喊我坐在她身边,拉着我的手去摸她的肚子:"除了我,你是第二个,程鹏都还没感觉到呢。"

我把手收了回来,缩进裤兜里:"那可不能抢了程鹏的乐趣。"

上午的产科不算太忙，每降生一个新生命，都能有一段休息的时间。

不到十点，在我处理好眼前的产妇和新生儿后，阿娟急匆匆地进来对我说："小刘医生，外面有警察找你。"

终于来了，我并没有慌张，只是仍然没有避免短暂的心跳加速。这不好，我要多加练习才行。我在没人注意的角落做了几次深呼吸，然后旁若无人地走出去。我看到了正站起身来的李瑞阳。

恍如隔世，我想起那个没有被接听的电话，如果当时接通了，现在会不会不一样？

我看着他的眼睛，问："李警官，请问有什么可以效劳的吗？"

他看着我的眼神有一些复杂，好像有遗憾，有庆幸，也有怜悯。

他说："今天八点三十三，清洁阿姨在医院地下负一楼的停车场发现了一具尸体。"他看着我的眼睛说，"宝珠，刘雅兰死了，被人谋杀的。"

原来她没有坐上船。我想我稍微控制了一下才没有笑出声来，但是我仍然笑了："真的吗？这真是太好了！"

刘雅兰是真的死了。李瑞阳说她陈尸于医院地下负一楼的垃圾箱里，非正常死亡，其他的具体情况暂时还不能告诉我，以后一定会有案情通报的。

李瑞阳说："宝珠，可能到时候还会需要你进行协助调查，放心，这是对死者周边关系人物排查的必经流程。"然后他略有点不好意思地挠了挠脖子，说，"今天来还有一件事要麻烦你。"

他给我介绍了身边的两位同事，然后告诉我，柏荣齐越狱了，目前处于失踪状态。我没有露出大吃一惊的样子，只是很疑惑不解地，皱着眉问他："你说的越狱，就是我想的那种吗？这真的不是拍电视剧吗？"

李瑞阳和他的同事们都露出了一言难尽的表情。

我沉默了一会儿，似乎不知道该说什么，然后才问："那我能帮上什么忙？"

那个站姿如松的牛队长说："其实是有个我们不懂的医学问题想要请教刘医生。"

第十七章 幸福

我看到那个女警有点不太一样的目光,瞬间反思了一下自己是否有什么不合适的举动,然后迎着她的目光对着她笑了一下。牛队长说他会给我出示一些视频,但希望我能保密,不对其他任何人提起。

李瑞阳好似对我的办公桌特别感兴趣,问我:"宝珠,别人办公桌上都有好看的摆设,你怎么一个也没有?好歹摆点啊。"

我说:"医院里的办公桌都是这样啊。再说我也没有什么可摆的。"

他点头后离开了,去现场做实地勘察,牛队长会在这里等我看完视频。

其实我也想亲眼看见刘雅兰是怎么死的,但我知道这是不被允许的,所以我没有提。牛队长给我看的就是柏荣齐在监狱里的生活日常,他说:"我一直想不明白,为什么柏荣齐明明双脚水肿不能走路,却能轻轻松松地从医院走出去?我理解他能伪装行动不便,不能站立行走,但他是怎么做到让自己的双脚肿得像猪蹄一样的?"

我认认真真地从头看到了尾,在我看来,监狱里的生活真的不算差。

而柏荣齐能做到那样,其实很简单。从被拘留所转移到监狱之后,他只做了两件事:第一,写申请要求法律援助,他要上诉;第二,他将双脚一直悬垂于床下,双下肢长时间处于制动状态,严重的静脉曲张会导致并加剧双下肢水肿。这在静脉曲张患者身上比较常见,时间越长越严重,但只要恢复活动,进行按摩,再配合药物,很快就能好转,从根本上来说,不影响下肢的行走功能。他熟知自己身体的特点,并一直在为自己的越狱创造条件。

我将我的推测告诉了牛队长,并告诉他,如果去查柏荣齐的既往病史,一定能发现他是原发性静脉曲张患者。

牛队长愤怒地说了一句:"太狡猾了。"

我觉得我应该适当地表达一下自己的担忧:"牛队长,像这样越狱的死刑犯会不会很危险?你们还能抓住他吗?"

"一周以内,一定能抓住他。"牛队长斩钉截铁地说,"刘医生,放心,如今天眼遍地,没有坏人能做了恶还妄图逍遥法外。"

刘雅兰确实死了，还死得挺惨的。

这是李瑞阳现场勘查时目睹的。

不管生前多么精致美丽，随着生命的消失，一具尸体和一座雕塑没有太大的区别。

法医初步推断刘雅兰的死亡时间在今天凌晨一点至三点之间，死亡原因初步判定是机械性窒息，具体原因需要等待之后的详细尸检结果。

刘雅兰双眼半睁，眼周青紫，左边脸颊有被一路拖行的伤痕，身上的伤痕和瘀青很多，大大小小遍及全身，看起来死前遭受过一定程度的泄愤式的暴打，口鼻处有明显的手形瘀青，目测是被人捂住了口鼻导致的窒息而死。

垃圾箱初步判定是抛尸现场，目前第一凶案现场未知。

死者随身携带的只有一个背包，里面有零散的钱，还有身份证——刘雅兰本人的身份证……

随身物品里没有手机，这不正常。刘育亮曾说过，刘雅兰是在偷偷摸摸地接了一个神秘电话后带着身边所有的钱消失的。这只可能代表有人拿走了她的手机，还拿走了她的钱。

事实上，像刘雅兰这样的女人虽然不多见，但也绝不少见，所谓的闺密仅仅因为嫉妒而毁了对方的家庭和事业的情况，真的不算少。像这样处心积虑地谋害自己最好的朋友的人，刘雅兰不是第一个，也绝不是最后一个，所以老祖宗才会说"害人之心不可有，防人之心不可无"。

在刘雅兰心里，谁都可以被她利用，但她自己一定是朵干净的白莲花。

李瑞阳带着队伍在医院地下停车场逐层开始细致检查，寻找案发第一现场，也寻找其他可能存在的线索。小刚子则去了医院保安科调取监控视频。

很快，有同事在另一个垃圾箱里找到了疑似刘雅兰的手机。没被删除的短信里有一条已发信息，将李瑞阳气得火冒三丈、七窍生烟——

刘宝珠，既然我在地狱里，你也来地狱里吧。

另外手机里还有一个网址。李瑞阳用手机登录网址后发现，这是刘珍珠被强奸的录像视频，在今天凌晨零点十五分被人挂到了网上，如今浏览量节

第十七章 幸福

节攀升,视频还署名女主角是××医院妇产科医生刘宝珠。

李瑞阳赶紧联系局里,半个小时之后,原网址该视频已经删除,然而已下载保存的、录屏的,仍然以不可阻挡之势蔓延开来。

李瑞阳已经不知道该说什么了,他核对了这个接收信息的手机号码,发现这并不是刘宝珠的号码。这是人为的,还是无意的?

很快,小刚子面色凝重地带来了两段视频。

第一段视频中的事发生在昨天午夜,刘雅兰失魂落魄、慌不择路地从医院地下停车场的转角跑出来,边跑边回头看,好似有人跟在身后。

但她很快跑到了监控死角。等她的身影再次出现时,她显得比之前要悠闲了,因为她开始扭着腰肢走路。然后在她身后的地上出现了一个黑影。

这个黑影在监控画面的一角只出现了一点点身影,看不清是男是女、是老是少。但这个黑影将手高高扬起,然后狠狠地扎在刘雅兰的脖子右边。

刘雅兰应声而倒,在监控画面里被拖走,然后消失在画面中。

还有一段视频,这段视频才是小刚子脸色凝重的原因。

"师兄,保安科的人都在聊这个,其中一个年轻的保安热心地提供了这段视频。"他咽了咽口水,低下头没和李瑞阳对视,"和刘医生有关的。"

这段视频发生在十几天之前,在这个视频里,有个男人持刀闯进了妇产科门诊,在门诊造成了极大的恐慌。在这一片慌乱中,刘宝珠持着笔,从监控画面的一角快速冲向这个持刀的男人,她高高扬起手,狠狠地扎在这个男人脖子上,这个男人应声而倒,周围的人这才一哄而上。

相同的角度,相同的位置,相同的手法……李瑞阳一个箭步冲到刘雅兰的尸体边,他将尸体的右边脖颈暴露出来,一个深而窄的印记清晰可见。即使李瑞阳再不相信,对刘宝珠不利的证据确实越来越多了。

那个叽叽喳喳的小颖在另一个垃圾箱前回头大喊:"李队长,快来这边。"她语气紧张,如临大敌。

李瑞阳赶紧跑了过去,戴着手套,从一脸凝重的她手里接过一张带着一个血指纹的名片——刑警队长李瑞阳。这是李瑞阳自己的名片。

为什么会在这里？李瑞阳自己也百思不得其解。

很快这张名片就被送去优先检验，赶在午饭前，初步的指纹鉴定结果已经出来了，一共三组半指纹，已知的血指纹属于死者刘雅兰，另一组指纹属于警务人员李瑞阳，还有一组半指纹，在指纹库里暂时没有发现。

李瑞阳知道必须再去医院妇产科刘宝珠那里走一趟了。

这一趟不同于上一次，上一次是通知和求助，这一次是命令和讯问。

刘宝珠正在产房迎接新生命的到来，而自己却要在这里问她是否牵涉到一桩谋杀案，这桩谋杀案的死者是害她失去了姐姐的主谋。

李瑞阳头一回觉得十分违和。

刘宝珠从产房出来后，对于他们的到来并没有很意外的样子，她直视着每一双看着她的眼睛微笑着说"你们好"，然后问有什么事情可以效劳。李瑞阳示意她找个不被围观的地方。他并不想有流言蜚语伤害到她。

刘宝珠带大家去了医生休息室，好整以暇地等着李瑞阳开口。

小颖问："刘医生，你不好奇我们要问什么吗？"

"当然也好奇的，不过，"她有一点慢悠悠地说，"反正是你们找我啊。"

李瑞阳很严肃，他说："刘宝珠，我们是公安局的，今天依法对你进行讯问，讯问关于刘雅兰被谋杀一案的有关情况。对与本案无关的问题你有权拒绝回答。根据我国法律规定，你有权聘请律师，为你提供法律咨询、代理申诉或控告。"

刘宝珠也严肃起来，露出了不可置信的表情，她的眼睛睁得很大很圆，这让她看起来有难得的孩子气。然后她用"你开玩笑吧"的表情说："虽然我也很想她死，但她的死确实跟我无关。"

"刘宝珠，请如实回答，昨天十一点到今天凌晨三点，你在哪里？跟谁在一起？有谁可以证实？刘宝珠，请你如实说明你和刘雅兰的关系。刘宝珠，我们需要对你的住宅和办公室进行搜查，需要你配合一下。"

小刚子已经申请到了对刘宝珠工作和住的地方的搜查证。

同时，有一段大尺度的视频悄悄地在网络里传播，这段尺度大得像毛片

第十七章 幸福

的视频，让胡丽和卿卿在食堂当众和人吵了起来，也让黎致远第一次和人打了起来。

胡丽哭着给黎致远打了电话，不到三分钟，黎致远赶到了食堂，卿卿正在和上次吵过架的两个男人吵架。

"卿卿，我看是你针对我们吧。我们说的是刘宝珠，关你什么事？要你多管闲事？"保安科的那个男同事说。

愤怒的卿卿："你们算什么男人？污言秽语地抹黑自己的同事，你们这是污蔑和诽谤知不知道？"

"这可不是我诽谤，你自己看看，这是别人发到网上去的。有她刘宝珠的名字，这可不是我瞎编的。"医务科那个男同事说。

"你别看刘宝珠平时冷若冰霜，像个贞妇烈女一样，其实私底下……你们看这视频拍得多真实。"保安科男同事将手机举起来。

这视频画面让一直认为自己见过世面的胡丽气得肚子一抽一抽地痛。

周围几桌有同事在互相耳语，还露出了意味不明的笑。

卿卿将手机"唰"地抢过来，直接用力砸在地板上，周围的人瞬间安静了下来。卿卿用掷地有声的气势喊："我可以负责任地说这不是宝珠，这是有人在故意抹黑宝珠，污蔑宝珠，我现在就敢报警。你敢不敢在警察面前说你确定这是宝珠？"

有人应和："对，报警，让警察查清楚。"

保安科那位男同事冷笑了一声："不用你报警，警察早就来了。你们还不知道吧，今天早晨医院里面发生命案了，嫌疑人就是刘宝珠。搞不好是刘宝珠勾引人拍了这样的视频，被人家老婆找上门，却把别人老婆给杀了吧。"

"你闭嘴，"黎致远从后面走过来，"流言伤人半句寒，是男人就不要说长道短。"

"怎么，把刘宝珠搞到手了就这么护着她啊？小心自己看走了眼，错把草当成了宝，你别看刘宝珠平时拽得很，勾引男人很有一手嘛。"

这次，黎致远没有废话，朝着对方的嘴巴狠狠地给了一拳。

"宝珠是什么样的人，轮不到你说话。今天的事，我现在就会报警，当众传播淫秽视频已经构成犯罪，我希望你好好跟警方解释清楚，不要后悔今天的行为。"

保安科男同事捂着嘴巴，血从手指缝里流了出来，正大着舌头呜呜地说话，有人说了一句："快看，警察去宝珠的宿舍了。"

大家涌到玻璃门边，果然看见几个警察围着刘宝珠，正在往宿舍走去。

黎致远喊了一声"宝珠"，然后赶紧跟上去。

刘宝珠听见了，回头对他笑，说："警察要去宿舍看看，你去不方便。"然后对他说，"我还没吃午饭，帮我打份饭吧。"

黎致远虽然对她点头说"好"，但担忧已经涌上了心头。

今天早晨在医院里发现了一具尸体的事他已经听说了，但他不知道死者就是刘雅兰，他深信宝珠只是需要配合警方的调查而已。

刚才带队去搜查的是李瑞阳，这个警察是个人品端正的人，由他来给宝珠澄清是最合适不过的。黎致远拨通了报警电话，在保安科男同事手里的视频里，他看到了熟悉的场景，他大概猜到了是谁的视频，但这样指名道姓的标题会对宝珠产生许多不利的舆论影响。只有警察出面才能查明来源，才能追根溯源，才能令行禁止。他希望这场风波快点过去，因为它对于一个女孩子的杀伤力是巨大的，会持续地伤害到她生活的方方面面。

…………

我没有什么可担心的，宿舍里没有什么不该有的东西，所以我十分配合警方的行动。

李瑞阳好奇地问我："刘宝珠，你这么有钱，为什么一直住宿舍？"

我问他："这和案件有关系吗？"

他不太好意思地笑起来："没有，我就是纯好奇。"

我说："这里安静，离科室又近，又不要房租，我挺喜欢这里的。"

我跟他就站在门口走廊的柱子边说话。

我说："李警官，你不会真的认为我跟刘雅兰的死有关吧？"

第十七章 幸福

他做了个投降的动作,说:"这个问题我真的不好回答,说信或者不信都会影响案件的侦查,我反倒希望你不会因为这样的调查而讨厌我。"

"我们院长说,如果他有冤,他自己喊破了喉咙也没有人会信,但是经过警方一查再一放,他的冤枉大家都能看见了。我觉得挺有道理的。"

黎致远给我送来了午饭。他打开自己宿舍的门,让我坐下来慢慢吃。

黎致远站在走廊里和李瑞阳说着什么,两个人都很严肃,但是他们两个好像是故意走远了一点,我听不到具体内容。

那天晚上我爸说:"宝珠,以后什么联系都不要有,我会好好的,你也好好的。"

林凯说:"宝珠,放心,我们会顺利的。"

但是谁杀了刘雅兰?我确信不会是我爸和林凯。因为我爸和林凯都不知道刘雅兰在哪里。已经收到两百万现金的人,说马上就会上船的人,怎么会在两天后陈尸于医院地下停车库呢?我也不会主动再做任何事,除了等待。

大队长依然不见踪影。和他一起不见踪影的刘雅兰却已经死了,还死在医院的地下停车场里。他的失踪和刘雅兰的死亡有什么直接或者间接关系,这一切都还像个谜。

小刚子已经去核实刘宝珠在刘雅兰的死亡时间前后的行踪了。

经过刘宝珠的同意,采集到的她的指纹也已经交给鉴定组进行指纹鉴定,最多半个小时就能出结果了。李瑞阳有点担心,因为他想起来一件重要的事,他曾经给宝珠留过一张他的名片,后来宝珠凭借名片上的电话告诉他管制药品的管制流程,为他们的破案提供了极大的便利。

这张带着刘雅兰血指纹的名片,是不是当时自己留给她的那一张?

鉴定组的同事打断了他的思绪。同事拍了拍他的肩膀:"好了,你小子最近立功立得是不是太招人眼红了?这次听说你配合省公安厅又破了一个大案子,眼下这个医院凶杀案,你又成功找到嫌疑人了。"

李瑞阳的心往下沉:"指纹比对上了?"

"对上了,百分百对上了,名片上另一组完整的指纹,就是你找到的这个人的。"

"那还有那半个指纹呢?现在说是谁还太早。"李瑞阳说,"再说,这个医院凶杀案还是和柏荣齐的越狱联系在一起的。"

这个老九的胃里为什么会有大队长的弹壳,大队长到底在哪里?

他很快就没时间关注这个老九了,对刘宝珠的担忧将他的心占得满满的。小刚子打来电话说,刘宝珠所说的一切行踪经过核实都确有其事,唯独刘雅兰死亡前后的晚上九点到次日凌晨五点半这段时间,没有人看到刘宝珠回家,也没有人看到她在哪里。刘宝珠自己说是在睡觉,但是三外婆说她去了村里的坟山,不知道几点回来睡觉的。三外婆只知道在早上五点半再次看到她时,她还穿着昨晚的衣服,正从山上下来。

没有人看到这段时间刘宝珠的踪影,就能说明刘宝珠会是杀害刘雅兰的凶手吗?当然不能。

从城市的东边到城市中心,从坟山到医院,刘宝珠要找到正好在医院的刘雅兰,杀了她,将她抛尸,然后再离开现场,回到自己村里。

这时间上能做到吗?能,十分能,时间还很宽裕,再进行一回都没问题。

问题是,刘宝珠的交通工具是什么?自己开车?出租车?

李瑞阳清楚地记得,刘宝珠自己没有车,也没有考到驾照,她不会开车。没有找到符合行程的出租车,村口的监控摄像头也没有拍到有车进村。

步行可以做到吗?从坟山走到医院,马不停蹄地走,再马不停蹄地杀,再马不停蹄地抛尸,再马不停蹄地赶回去,时间上也来得及。但是,这可是来回五个小时的步行路程啊。走了两个多小时路的女性,还能有力气杀人?

李瑞阳不得不承认,目前来说,刘宝珠是最有嫌疑的人,有动机,有手段,有时间,并且没有证人证明她不在场。李瑞阳想了又想,他的目光回到了医院地下停车库。刘雅兰是从哪里进入医院的?又是通过什么交通方式到医院的?那个黑影又是从哪里来的?先排查这些。

第十七章 幸福

他的想法,不代表大家的想法,至少小颖表示了明确的反对。

"我们现在不提审刘宝珠医生吗?"她在李瑞阳的周围绕,"现在直接出示证据,提出疑问,看她能不能合理解释。不能合理解释,那她就是嫌疑最大的人。"

李瑞阳抬起眼睛看着她:"你不觉得很可疑?"

小颖停下站在他身边:"哦,哪里可疑?"

"这张名片,你不觉得很多余?这不是明目张胆地告诉警察凶手是谁吗?"李瑞阳说。

"刘医生没经验,疏忽了呗。"小颖说,"这不能代表她没嫌疑啊。"

"难道我们只有她一个嫌疑人吗?"李瑞阳反问她。

他没有生气,办案最忌讳感情用事,他不会因为对宝珠特殊的感情就忽视其他,他能接受任何一切合理的怀疑。

"比如说刘雅兰为什么没有出现在交易现场?是不是有其他人在追捕她?为了她手里的钱?她死了,这两百万到哪里去了?"他循循善诱,"还有,她用来交易的东西在哪里,我们一直想找的那个缺失的摄像机在哪里?再比如她的老公李昊宇,夫妻双方任何一方出现意外的非正常死亡,最值得怀疑的就是枕边人。"

小颖做了一个好奇的表情:"这跟死者老公有什么关系?他一直没有出现在我们的案件中啊?"

李瑞阳说:"你看没看过一个美剧,里面那个老头说,妻子被杀,一切都是老公做的。"

小颖打了个响指,点点头:"我知道,美剧《重案组》。"她恍然大悟地点点头,"有道理,我马上去查死者老公。保证给他一查到底。"

李瑞阳露出了一个孺子可教的表情。

小颖说:"李队,你真是又睿智,又帅气,人家说的有颜有才有智商,就是专门用来夸你的吧。"

李瑞阳给她点了个大大的赞:"小丫头,有眼光。"

黎致远不但报了警，同时还去找了宋院长。

他已经在社会上摸爬滚打了很多年，不是初出茅庐的毛头小子，他深刻地了解到这样的负面影响有多伤人，让受害者喊冤也不是，不喊冤也不是。你喊冤，有人说你欲盖弥彰、自我炒作，你不喊冤，有人说你心里有鬼、品行不端。所以他要在宝珠得知这一切时，尽量将影响降到最低。

警方这一边，李瑞阳给他提供了帮助，他提供了网警稽查同事的办公电话，并给予了引荐。然后他去了宋院长的办公室，讲述了整件事情的原委，也同时向宋院长寻求了帮助。

他心里还是沉甸甸的。他从保洁大妈那里得知了死者的模样，猜到是刘雅兰，也就明白了为什么宝珠会被警方如此对待。但他心里有更深沉的担忧，宝珠明显不太对劲，情绪不对劲，身体不对劲。这种不对劲很难用文字形容出来，尽管她看起来一如既往，甚至比平时更有劲头，但他确信自己感知到了这种不对劲，这就像明珠蒙尘一样，宝珠眼里有什么光在悄然消失。

但他没想到那段他不希望宝珠看到并为此奔走了一中午的视频，还是被人捅到了宝珠面前，就在宝珠下午刚从产房出来的时候。

那位保安科的男同事将网上的视频截图，发在医院的工作群里，直接@刘宝珠，问：刘宝珠，这是不是你？

宝珠不是第一时间看到的。阿娟先看到，她惊叫了一声，然后将手机捂在自己胸口，迅速在群里发送了一条信息。她@那位始作俑者说：你这是犯法，我已截图，请你撤回。

在她的信息发出后，包括胡丽、卿卿以及很多的同事纷纷复制她的信息，谴责这位始作俑者。黎致远接到了阿娟的电话，他看到了群里的消息，同时也看到了急匆匆赶来宋院长办公室的刘主任。

但是谁都没有想到，这位男同事不知道出于什么心思，竟将这条视频完整地发到了宝珠的手机上。阿娟说，小刘医生已经看到了视频，她在厕所里吐得站不起身来，已经吐出黄疸水了。

第十七章　幸福

　　黎致远急忙赶到产科住院部，正想将宝珠从卫生间抱出来，宝珠制止了他："黎致远，麻烦给我一瓶水，我不会有事的。"
　　是的，她看起来好像一切正常，甚至看起来很好，只有黎致远知道，一只命运的蝴蝶扇动了翅膀，在宝珠的生活里掀起了巨浪。

第十八章　嫌疑

下午刘主任安排我和其他医生换了班。但是因为今天人手确实不足，所以我不能休息，于是下午我去了门诊工作。

胡丽在工作的空闲间隙来诊室找我。她双眼通红，看见我在忙，对着我点点头，笑一笑就走了。看到她那比哭还难看的笑，我才逐渐感觉到满腔的恨，我不知道视频是什么时候被挂到网上并且指名道姓针对我的。但我想，除了刘雅兰，应该不会有别人。

她为什么死得这么早，还不是死在我手里！

只是刘雅兰为什么会死在医院里？像她这样会趋吉避凶的人，怎么会大意失荆州？难道是偷渡的时候露了白？

警方对我的调查，一直围绕着刘雅兰和我的关系展开，按照我爸和林凯的计划，可能很快之后就会围绕着柏荣齐是否和我有关系来展开调查了。

在漫长的岁月中，我在四百多天前再度见到柏荣齐的时候，他带着一个年轻的女孩深夜前来进行手术，是我找他签的手术确认书。这是我有可能被找到的疑点之一。但那次负责这些事的是值班护士，填写的笔迹是柏荣齐本人，我顶多只能算是主刀医生的第一助手，没有和患者家属接触是非常正常的。

另一个疑点，是我在酒吧里的三次露面有可能会引起酒吧服务员的注意。但酒吧自从被封，一直到今天也没有重新开业。

第十八章　嫌疑

至于跟踪的过程中的夜跑，和突然不再去的夜跑，我想那次被打劫的经历已经可以解释了吧。

下午，再次有警察来医院进行了调查。我听护理台说，这次调查针对的就是医院内部视频的传播。为此我很感激医院对此事的重视，这极大地缓解了我要面对的尴尬局面。但我逐渐出现了注意力不集中的现象。

我听着病人的讲述，看着她一张一合的嘴巴开始发呆，直到她开始哭泣："医生，难道我的病情很棘手吗？是癌症吗？我还有多长时间？"

我暗中拧了自己的大腿一把让自己清醒过来，然后仔细地告诉她病情和治疗。她舒心地长叹一口气，说："难怪其他人说，不怕医生凶巴巴，就怕医生不说话，还真是这样，你不说话，我这颗心就悬得啊……我快连自己的后事都安排好了。"

然后我就收到了我的职业生涯中的第一个投诉。我能理解她的心情，想必我迷迷糊糊的那几分钟，会是她记忆深刻的几分钟。这是我自己工作的失误，也确实是我的责任，我不会推脱。

冰火两重天的体验是怎么样的？李瑞阳以前体会过，现在又体会了一次，小颖传来了坏消息，李昊宇不但对刘雅兰的去向和动态毫不知情，还在刘雅兰死时有不在场证据。那他就需要重新对医院的监控视频进行检查，他的目的很明确，要么找到其他可疑人物的踪迹，要么找到刘宝珠的踪迹。

而就在这个时候，小刚子急匆匆地跑进来，对着他焦急地问："焦队长呢？局长呢？出大事了！你还记得林凯吗？他打电话来说，他有重要情况要报告。"

真的是大事。但小刚子不知道重要情况具体是什么。

林凯在电话里不肯说，他要求对局长说。

李瑞阳看着急匆匆一个人跑进来的小刚子，问："林凯呢？"

他并没有看到有人跟随小刚子一起进来。

小刚子边跑边回答了他一段拗口的话："在医院呢，他要求在电话里对局长说,他说他有重要的事情要说,还说他还有能证明自己说的内容的真实性的人证。"

大概十分钟之后,局长、焦队长和小刚子从办公室里出来,三个人全冲向门口。李瑞阳也跟着跑向门口,边跑边问小刚子:"出了什么大事?"

"有大队长的消息了。"小刚子拉着他一起跑。

李瑞阳以为大队长已经到警局门口了,也急迫地跟着他一起跑。

然而门口没有大队长伟岸的身影,只有一个年龄有点大的老头,他头发花白,面容干枯,站在那里,肩膀微微地塌下来,显得奇怪又萧条。

他对着局长礼貌地说:"您好,林凯要求我一定要来的,我跟警方的卧底有面对面的接触,我是刘珍珠的父亲。"

"我是刘珍珠的父亲。"

其实这句介绍词还不够完整,他还是刘宝珠的父亲。李瑞阳看着眼前这个比同龄人稍显苍老的父亲,心情很复杂。

这就是刘宝珠已经失踪多年的父亲,在她尚且青春稚嫩的时候就再没有尽过责任的父亲;刘宝珠无爱无恨地说有可能在什么地方已经结婚生子的父亲。这不是关键,关键是他带来了大队长的消息。

但这是个颠覆性的、让在场四个人都大吃一惊的事情,局长甚至不得不要求这位刘先生进入审讯室:"刘先生,进审讯室不是因为不信任或者是怀疑你涉嫌犯罪,而是因为你说的一部分内容,可能对我们的侦破有帮助,以后需要成为证据出现在审判庭上,所以我们需要全部拍摄下来,麻烦你重新说一次。"

如果从十八年前说起的话,这个故事有点长;若是从各个不同的角度说起的话,又太复杂。所以刘珍珠的父亲说:"之前的事我会慢慢地说清楚,现在让我先讲眼前最重要的事。"

他露出了一个受惊的表情,说:"二十号下午,有人给我打了个电话,他说林凯在他手里,如果我不想林凯死,就给他准备两百万的现金,如果我

第十八章 嫌疑

报警,身在老家的林凯老婆就得死。我按照他的要求准备好了现金,然后开车一直走。在路上,林凯的手机号码给我发微信视频,我看到林凯确实是被绑架了,绑架他的人是柏荣齐。"

他露出了一个不可置信的表情接着说:"柏荣齐告诉我,他本来只想报复,因为林凯出卖了他,没想到在林凯手机里发现了我,所以他要两百万,不然就让林凯死。我根据他的要求有时候在路上停,有时候又改变方向,不知道自己绕了哪些路,一直绕到了天黑。你们的同事是在夜晚出现的。我按照柏荣齐用林凯手机发来的位置到达了指定的地方,就在那里,我碰到了你们的同事,但当时我不知道他是你们的同事。"

他说得很详细。

"以上就是我的情况,你们的同事当时假装进入车里抢走我的车钥匙扔掉,趁这个机会悄悄地告诉我他是警察,事关重大,让我现在千万别报警,等警察联系我。他说打电话给我的是个女人,并没有和其他人在一起,他让我去惠民路的尽头,他说这个女人要求他把车停在那里,如果我要找人就去那里找找看。

"他和一个比他矮一点的男人同行,那个男人说他要救自己女儿,只能对不起我,还说那个女人要求他九点之前把钱带过去给她,否则就让他们自己承担后果。你们的同事拿枪指着我,他拿枪的样子有模有样的,不知道为什么,我相信他说的话。

"我按照他的指点找到了林凯家,家里只剩受了伤动不了的林凯。我没看到柏荣齐。林凯告诉我,柏荣齐接到了一个电话,好像是他的同伙说什么钱拿到了,要上船,催他快一点,让他出口气赶紧走,千万别出人命。这些具体情况,林凯说可以让陈志刚警员去医院核实,因为他受伤行动不便。我们一直没等到警方联系我们,所以才主动联系你们。"

然后他看看这里听得目瞪口呆的人问:"请问哪位是李瑞阳李警官?"

李瑞阳赶紧起立做自我介绍,刘珍珠的爸爸说:"林凯被绑架的时候找机会给你打了一个电话,可惜没接通。如果不是柏荣齐的同伙催他走,林凯可能就死了。"

从来假话必须掺至少三分之二的真话，否则就太假，经不起揣摩了。

刘珍珠的爸爸说："我愿意来警局，是不想让你们做卧底的同事有事，否则我绝不会来。我现在还有一件重要的事要说，但我有一个要求。"

他坐起身体，严肃地说："我进行了非法监控，我要求免除刑罚。"

刘珍珠的爸爸的要求有两个：免除他本人进行非法监听的刑罚；免除林凯的一切刑罚，这个一切刑罚只包括数次非法赌博、数次非法入侵。

刘珍珠的爸爸说，之后他会坦白他的行为，现在请警方快速做个决定看看这场交易值不值得，当然，即使警方不同意，他也会提供有关卧底警员的相关信息的。五分钟之内，局长拍板了。

刘珍珠的父亲说："我在你们同事开的小货车上装上了定位窃听器，就在驾驶座。"他摊开手，有点无奈地说，"这毕竟是两百万啊，不是两万块啊。我总不能钱也花了，人也找不回来吧，那我岂不是太亏了？"

于是，大队长与同伴之后的行程清清楚楚地呈现了出来，包括他们在车里的对话以及在车里接听电话时说的话都一清二楚。

这个同伴，经刘珍珠的父亲辨认，就是被发现的第一具尸体，也就是老九。大队长开的车经停过艮山路、庆春二巷，然后笔直前往本地最大的港口货运码头，在柏荣齐失踪的第二天凌晨，一直停在港口码头附近某处仓储中心。

这个港口吞吐量达一百万吨，要在这样的码头进行搜查工作是十分艰苦的，现在这个定位的出现，简直解了警方的燃眉之急，给牛队长指明了具体方位。李瑞阳赶紧联系牛队长调整战略部署，把控住各个出入口，等待焦队长带上的便衣警察，直接从这个仓储中心开始寻找。

而他和局长一起开始从头梳理大队长的行程和经历。

和刘珍珠的父亲分开以后，在车上大队长和老九按照电话里的要求赶到艮山路某处，对方要求他们将钱和东西全部放在马路边的某处，大队长开口拒绝了。这是李瑞阳这么多天以来第一次听到大队长的声音："这不可能，我

第十八章 嫌疑

们不会做这么傻的事,现在你和我手里各有倚仗,要么你现在现身把我们的东西给我们,不然,你可以看看财帛能不能打动人心。这可是两百万,不是两万块。"

两人在电话里不肯让步,大队长踩了油门准备开走,对方这才答应现身。车子在原地等了十五分钟。李瑞阳清晰地听到了开关门声,老九愤怒地问:"你也是女人,看年龄也有自己的儿女,为什么要帮柏荣齐做这些丧尽天良的事,你不怕报应到自己儿女身上吗?!"

李瑞阳清楚听到了刘雅兰的声音,她在狡辩,说自己同样是被柏荣齐威胁,不按照柏荣齐说的做,自己将身败名裂,众叛亲离,她的声音哀切无比。老九没有再说话,似乎是不好意思将恶言恶语都倒给一个看起来柔弱的女人。

大队长说:"你说你被胁迫,被胁迫的人会做得这么尽心尽力吗?要求我们扔掉自己的衣服、手机,只用你提供的衣服、手机和车,手机还必须时刻保持通话状态,太老练了。我不相信你,就现在,把答应我们的给我们。"

黑乎乎的画面中,三个人好似有什么动作,窸窸窣窣的一直在响,然后大队长愤怒地说:"这不是原件,也没有摄像机,到底还要糊弄我们多久?"

刘雅兰说:"柏荣齐要求我们做的事情没做完,他是不会给我们的。"

这件事应该就是去庆春二巷旁边的教堂。因为经过一番争执之后大队长的车就开始向这个方向移动。到达后刘雅兰单独下车,吩咐他们在这里等。

十几秒后,老九问:"老大哥,你不要轻举妄动,不要害了我们女儿。"

大队长没说话,但有车门拉开的声音。之后出现了一小段的沉默,接着听到有人急促地拉开车门,然后老九诧异地喊:"老大哥。"

大队长说:"她说柏荣齐越狱了,你下车赶紧走,这个项链给你,你带着它去找刑警队李瑞阳,切记,不要找别人,让他带你找局长。"

这大概就是大队长的子弹壳会在老九身上的原因。大队长被骗了,他以为老九是受害者家属,其实老九是一个狡猾的贩毒组织成员。

刘雅兰上了车,她要求车辆往前继续开,变换了四次方向,做了两次无意义的停留。大队长不知道有没有引起足够的注意力，李瑞阳却知道终点是港口码头。之后，刘雅兰似乎拉开了车门，因为她的声音瓮声瓮气的。

"你去干什么？"老九问了一声，然后车门又开了，有人下了车，好像听到老九说了一句什么，但实在太轻，只用耳朵来听已经无法分辨在说什么。

李瑞阳站起来焦急地大喊："快来处理。"

隔壁，刘珍珠的爸爸应警方的要求还留在审讯室里。李瑞阳把视线收了回来，正好看到焦队长看着报告摇头。

"根据尸检报告，老九被人从背后一刀毙命，伤口锐利呈斜下四十五度，这说明凶手比他高。"焦队长说，"老九不是刘雅兰杀的。"

"难道是大队长？"小刚子说，"那这……"

"刘雅兰却死在医院的停车场，"李瑞阳担忧地说，"大队长很危险了。"

据刘珍珠的爸爸说，两百万其实并不需要一个太大的包，所以他准备的是一个双肩登山包，但这个包不在刘雅兰的身边。李瑞阳第一次觉得，刘雅兰是因为这两百万才死的，十分可能是柏荣齐和刘雅兰的内讧造成的。柏荣齐有可能拿走了钱进行了偷渡，这样宝珠身上的嫌疑就没有那么突兀了。

这一切的答案要等到找到大队长，或者找到柏荣齐才能揭晓。

在晚上七点半，牛队长通知大家，找到大队长了，需要急救车，要是有急救直升机更好。

不能出外勤的李瑞阳头一次不顾纪律和命令，和小刚子赶去了现场。

人是在港口附近的一个空置集装箱里发现的，他俩赶到的时候，大队长已经被急救车接走了，据说生机渺茫……

李瑞阳站在集装箱的入口流不出眼泪来。在他终于能上去时，踩在集装箱的地板上差点一个趔趄。血，很多很多血，在一个血人的轮廓下，压着一行已经乱七八糟的字。

这是大队长蘸着自己的血写下后压在自己身体下的。

李瑞阳和痕检人员费了很多功夫才分辨出了个大概。

第十八章　嫌疑

"李……瑞……找……源文……媛媛……命……"

李瑞阳，找到源文件，那是媛媛的命！

李瑞阳的眼泪终于流了出来。

这里就是第一现场，但现场没有找到柏荣齐，柏荣齐还是没有踪影。

李瑞阳已经脑补出了一个柏荣齐双杀的故事了。但他脑补的故事没有得到当事人的证实，大队长一直没有度过危险期。

看到哭不出来的媛媛时，李瑞阳想起了刘珍珠被挂到网上的视频。

一个星期后，网警稽查和扫黄打非组抓获了一个犯罪团伙。这个团伙使用专门的软件将网盘空间由5G扩容至2T后，再批量转存淫秽视频进行贩卖。该团伙组织有序，分工明确，犯罪产业链成熟，分别有提供软件工具的、制作淫秽母盘的、批量制作淫秽网盘账号的，还有批发、零售淫秽网盘账号的。

网警稽查和扫黄打非组的同事找到了已卖出的二十个用受害人身份信息办理的网盘。但卖出这些信息、视频的并不是柏荣齐，而是刘雅兰。

至于她是怎么拿到的，现在还是一个谜。但终于有好消息传来了。

一直没有放弃的同事们终于在离柏荣齐家很近的一家健身房找到了一个以柏荣齐身份证登记的保险柜。只是在打开时犯了难，没有密码，如果强行切割开，又害怕将里面的东西给破坏了。

李瑞阳想起黎致远说的"不应该出现但是出现了的具有特殊意义"的话，想了想刘珍珠的日记本，用刘珍珠的生日、受害的那天、自杀的那天作为密码，却都没有打开。

他给黎致远打了一个电话，将心中的疑惑说给黎致远听。黎致远想了一会儿，之后给他回电话说要不要试一下柏荣齐被判无罪当庭释放的那个日期。黎致远说，也许这一天会是柏荣齐特别得意的一天，这是他逍遥法外重获新生的日子，对他来说意义更大。

保险箱应声而开，要找的缺失的那个摄像机和包括媛媛的受害视频在内的部分源文件一应俱全，同时，还找到了大人物团伙聚众淫乱的视频。

李瑞阳一刻都没有耽误地赶去医院，在EICU里，在昏迷不醒的大队长耳边说出了这个好消息。大队长还是没醒，但他的眼角流出了一滴浑浊的眼泪。

而柏荣齐依然未归案。

现在，所有人的目光，又回到了刘雅兰的他杀案。

到底是谁杀了她？是逃窜的柏荣齐？还是刘宝珠？会不会柏荣齐已经带着两百万偷渡出去了？

在二十号当天晚上，从港口开出的往东南亚、中东地区的货船在放行时并没有出现异样，没有发现这些船上有从事带引、运送、窝藏他人偷渡外逃活动……还有二十一号的和二十二号的……

李瑞阳看着海关发过来的公函，只感到眼发晕、头发昏。

大家对于如何看待刘宝珠，逐渐有了分歧。李瑞阳主张先排查目前存在的所有疑点，小颖认为已经有足够的理由请刘宝珠回警局协助调查……

刘雅兰被杀的案子已经正式立案，小刚子带队正在核实刘珍珠的爸爸说的所有事情。刘珍珠的爸爸坦承，林凯是他为了收集柏荣齐的犯罪证据专门花高薪聘请的。

李瑞阳还能想起那天下午刘珍珠的爸爸的表情和语气，他说："我已经处在花甲之年了，我就想知道个究竟，现在不但知道了究竟，还能为我的乖女珍珠正名，我已经没有遗憾了。"

他将自己四年前是怎么联系林凯的也交代了，包括拍摄了柏荣齐去地下赌场聚众赌博，包括私自进入柏荣齐在本市的家以及老家他外婆名下产业。林凯就相当于他请的私人侦探。但是他唯独没有提到自己的另一个女儿刘宝珠，一句也没有。

李瑞阳有点意难平地多问了一句："你只有刘珍珠一个女儿吗？"

他才恍然大悟一样地说："不，我还有一个女儿。"

他露出了慈祥的满带爱意的笑。

看到他的表情，李瑞阳为刘宝珠鸣不平的心刚刚放下一点，就听到他说："我还有一个女儿叫'玉珠'，今年已经十二岁了。"

第十八章 嫌疑

"你不是还有个女儿叫'刘宝珠'吗？"李瑞阳终于说出了口，他感觉小颖的目光在自己脸上停留了一会儿。

刘珍珠的爸爸好像被提醒了一样，但他没说话，好一会儿才说："是，听说现在已经是个很厉害的医生了。"

"你觉得她怎么样？你是不是不喜欢她？"小颖问。

"也不是不喜欢。"他有点为难，"都是自己的女儿，怎么会有不喜欢呢？不过这个孩子从小就乖张，和别的小孩不一样，不会撒娇，也不会哭闹，都说会哭的孩子才有糖吃。"他叹了一口气，"也许是父女缘分浅，我一看到她，就想到她好几次在她外婆坟上睡觉的样子。"

"什么？"李瑞阳十分惊讶地问，"在哪里睡觉？"

刘珍珠的爸爸为难地说："是吧，你听了也会觉得心里发毛吧。"

他咂巴了两下嘴："好几次，我都不敢去坟前抱她回来，每次都是她三外婆抱她回来的。"

从刘珍珠的爸爸口里，李瑞阳知道了刘宝珠的另一面。她爸爸说，这个女儿从小就和父母都不亲，和奶奶也不亲，唯独搬家后和外婆亲。外婆过世后，她隔三岔五就不见踪迹，要不是早晨的时候村里的人上山干活看见了，还不知道去哪里找呢。

刘珍珠的爸爸说："亏得现在都是火葬了，都只有一块小小的墓地，要是像老家还是以前的土葬，那真是……看见的人都要吓死了。"

李瑞阳觉得自己应该去刘宝珠的家里走一趟，去仔细调查刘宝珠当晚的所有动向，小颖主动请缨要跟着一起去。

李瑞阳："你跟小刚子把医院的视频从头查一查，不限于地下停车库，还有每个出入口和每个楼层。"

老实说，刘宝珠家所在的村子真是一个好地方，环境好，空气好，连那些一模一样的小三层都挺有特点。刘宝珠家大门紧闭，门上的沙尘可真的不少，一看就是不常回家的。

他们又找到了三外婆家。

三外婆对他们的来意很怀疑。直到他们出示了证件，三外婆才说："上次有个小伙子也来问宝珠，究竟宝珠出了什么事？"

她开始慌乱起来，忙不迭地起身回屋里去打电话。

她口里的小伙子就是小刚子。李瑞阳怎么解释都没用，一直到刘宝珠接通了电话，在电话里轻言细语地向她保证自己没出事她才罢休。

三外婆再次验证了刘珍珠的爸爸的话。

"宝珠是会经常上山去的，以前我腿脚好的时候也会跟着去，这几年腿脚不好了才不去的。"

她说这一个月，宝珠有两次是睡在那里的。这种频率是不一定的，冬天肯定不会睡在那里，春天也不会，冬天冷，春天雨水多，只有夏天和秋天的时候才会。老人家絮絮叨叨的，好几次说到别的上去了。

李瑞阳只有耐着性子听，在话题脱离得太远时把它拉回来。

在他表示想上山看看时，三外婆自告奋勇地要带他们去山上。

这是一条挺有意思的泥巴路，被阳光晒得硬硬的，偏偏还有土地的松软。在上山的地方还有一座牌坊，是村里集资修建的，牌坊下有一排不算太高的石墩，石墩上刻着为修建牌坊出钱出力的人的姓名，每一个石墩上都有一个小小的花坛，绿油油地，看着就让人觉得舒服。

刘宝珠的外婆和妈妈的骨灰就葬在从牌坊往上山走的道路右边的一个高处。李瑞阳没有其他的发现。

他在山上转了两圈，找到了一条被林荫掩盖着的小路。小路很窄，也不引人注意，两个人无法站立着肩并肩一起行走。绿色的青草从石板中间的空隙里钻出来。三外婆说这条路现在走的人很少，以前村里年轻人多的时候常有人从这里走。沿着这条路走十几分钟，能到一条不通车的马路，再往下就是市里修的大水库。

初产妇，孕39+5，于上午八点四十五分入院，宫高32cm，腹围96cm，ROA，头已入盆，胎心好，会阴膨隆和变薄，肛门松弛，宫缩时可见胎儿头

第十八章 嫌疑

部,胎心音168次每分,宫缩持续40秒,每3分钟一次……

这位年轻妈妈即将迎来她生命中的第一个孩子,将第一次感受到神奇的遗传和血缘的魅力。

她也将永久地结束她最无忧无虑、无牵无挂的一段时光,进入极有可能再也没有懒觉睡、再也没有说走就走的个人空间,进入既有软肋又有盔甲的母亲生涯,她也将会第一次从真正意义上明白和理解自己的母亲……

我打开了产包,戴上手套,穿上无菌衣,铺好无菌巾准备接产。但我不知道我从哪一刻开始失神,是她胎膜破裂羊水涌出的那一刻,还是会阴出现一级撕裂的那一刻,一直到阿娟善意地用她的屁股撞我,我才回过神来。

阿娟咯咯咯地笑,说:"好了,答案要揭晓了,一会儿小刘医生要是输了,就得请大家喝奶茶啊。"

她在用我们之前在护理台和大家猜男女时打的赌替我圆场。

虽然我在笑着附和,但我的心开始一点一点地往下沉。

出产房后,我很诚恳地向阿娟道谢。

阿娟关切地对我说:"小刘医生,你不要有心理负担。我听医务科的人说了,黎主任特意去找了院领导,警察也来过了,不会放任那个保安的行为的。你别太担心了,了解你的人怎么都不会误会你,会误会你的人也不值得你将他们放在心上。"

说得很有道理,我差点被安慰到。

阿娟说到黎致远,这让我瞬间有心潮澎湃的感觉,人的情绪会引发神经系统中的副交感神经发出让泪腺收缩的指令,压力、幸福、悲伤这些对比强烈的情绪会通过自主神经系统错综复杂的连接,引发基本眼泪、反射眼泪和情绪眼泪……

昨天我拒绝了他接送我,我本来想让这种拒绝成为常态,结果在我拒绝时他去忙着帮我扫除风霜雪雨去了。但是他如果知道真正的我是什么样子,做了什么,会不会吓一大跳?会不会对我避之唯恐不及?我不愿意去想。

之后的每一次进入产房接产,我都保持十二分的小心。人的身体是有记忆功能的，你不能放纵自己。越不受拘束，越野蛮生长，好的坏的都是一样的。我无比热切地盼望着去国外交流学习。因为等交流学习结束，已经是今年年底了。

中午午休时，刘主任问我最近情绪有没有好点，我说我一直挺好的，她笑我："别逞强，该休息就休息，人最应该负责任的是自己。"

幸好下午没有再出现任何一次走神的情况。

在下班之前，我迎来了一个好消息，医院帮我正名了，特别说明这段视频并不是我本人，内容属于刑事犯罪，是警方的物证内容之一，并对保安科那位男同事进行了开除处理，一切交由警方进行调查，以警方的调查为准。听到这个消息的时候，我在想，会不会我永远也没法知道，到底是不是刘雅兰将我姐姐推下水的？

晚上，黎致远在我科室门外等我。他说李瑞阳给他打电话询问有关柏荣齐的案子。这是我们两人之间第一次谈到柏荣齐，尤其是在这个时候，我真切地感觉到了自己的心在强烈地跳动。

柏荣齐隐藏的那些像炸弹一样的东西终于被警方找到了，找到了之后会怎么处理呢？会集中销毁吗？只有销毁了才能让那些受害者真的放心，真的不用担心再遭遇第二次伤害。

黎致远送我去的学校，他将右手伸过来摸了我的额头，说："宝珠，总觉得你不太对劲，是警方的调查困扰你了吗？"

我摇了摇头，强迫自己看着他关切的眼睛说："没有，可能晚上福尔马林接触多了，让人有点睡不好。"

他让我赶紧在车上补补眠。我侧过身体闭上眼，然后就忘记了所有的一切。再醒过来的时候已经到学校，单老师提着师母做的饭菜正等着我呢。

他热情地邀请黎致远去他家吃饭。黎致远没有扭捏，真的去了。我看着他们走远的身影，突然发现，这几天只有在黎致远的车上我才踏踏实实地睡着过。一个短短的却黑甜的睡眠，连梦都没有做一个。

晚上，当我从解剖实验室出来的时候已经深夜十一点了。我站在二楼看

第十八章 嫌疑

楼下，那辆车换了个地方停，车子里黑乎乎的，我看不到黎致远的身影，但是我知道他在车里。我大概只犹豫了刷牙洗脸那么长的时间，等我将自己收拾干净后，我给他打了一个电话："黎致远，我可不可以进车里和你一起睡？"

我知道自己只有为数不多的能好好入睡的机会，我也曾想过很多次事到临头时我会怎么样，但真的事到临头了，你会发现所有的想象不及现实的十分之一。但和他一起躺在车里，我只想好好睡觉，哪管明天洪水滔天。

宋琪终于可以出门了，虽然还没有恢复到以前英俊潇洒的模样，但好歹已经干净清爽了。

吃过晚饭，卿卿和宋琪手拉手去散步，妈妈拉着卿瑞走在前面。

宋琪问她："你有心事啊？"

卿卿摇了摇头，又点了点头。

"要不你说说，我给你出出主意。"宋琪贴心地说。

卿卿想了想还是没说，只说："你说婚礼上要是只有一个伴娘，是不是不太好？胡丽等国庆的时候肚子都很大了，只剩一个刘宝珠。"

"就这点事也值得你担心？我家表妹挺多的，要不我去问问她们？"宋琪说。卿卿露出一个"那可太好了，你可帮大忙了"的表情。

但是等宋琪和卿瑞睡着之后，她问妈妈记不记得大表姐刘珍珠其他的事，比方说以前害了大表姐的人叫什么名字。妈妈想了想，告诉她说那个男人姓柏，松柏的"柏"。

卿卿本来是想问问妈妈有没有可能记得某个女性，她很好奇那个在医院被发现的女死者和宝珠的关系，但她没想到反而问出来一个更劲爆的。

姓柏的人不多，她刚好知道一个，清吧对面的酒吧老板就姓柏，宋琪说起过两三回有关这个人的事情。而在所有人都不知道的时候，宝珠一个人去过这个酒吧，或许不止一次。

她就说嘛，宅女怎么会一个人去酒吧，有果必有因。但是宝珠真是为了这个姓柏的去的吗？她想了想，在心里诅咒了这个姓柏的一百遍。

趁着早晨上班，她先去了宝珠的宿舍，这家伙即使这两天风波不断，也一直雷打不动地去学校。作为知情人之一，她可是知道宝珠是去干吗的。因此她在心里鄙视了警察一万遍。

那个女死者要真是宝珠动手的，能这么简单粗暴地就被发现吗？

她看到运动场那里黎致远在停车，然后两人一起从车上下来。

哈，这可真是应了那句话，一起吃晚餐不代表什么，一起吃早餐才是官宣啊。这就是官宣了吧。但她看着刘宝珠一步一步走近，疑惑地皱起眉头。等刘宝珠上了楼，她先跟黎致远打过招呼，然后问："刘宝珠，也就两三天没见你，你怎么瘦了这么多？你在减肥吗？你瘦得胸都快没了。"

然后她看到了黎致远同样担心的眼光。

她跟在宝珠后面进入宿舍，坐在宝珠床上看着正在忙碌收拾的宝珠问："刘宝珠，你真没事吧？要是需要帮忙就说一声，别一个人死扛。"

刘宝珠问她："你就是来说这个啊？"

卿卿翻了个白眼："不，我来看你笑话的。"

她确实看到了笑话。在她们三人一起往医院走去的时候，在那条一边通往放射科、一边通往妇产科住院部的分岔路口，刘宝珠被警方拦住了。

带队的年轻女警说："刘医生，我是分局刑警队的张颖，有件案子希望请您协助调查。这是我的工作证，这是本次的传唤证明，请你现在跟我们回警局。"

来来往往的正要进入工作岗位的医院同事们一片哗然，那边排着的长长的挂号队伍里更有很多人在指指点点、交头接耳。

卿卿觉得自己的血液都要冲到脑门上了，她拦在宝珠身前，正要说话，突然被刘宝珠拉住了自己的手肘。刘宝珠说："可以让我先去科室里跟同事做个交接吗？我还没请假呢。"

对面的女警点头示意可以。然后就看到一个男警从院外跑进来，跑到女警身边对她说了什么。

卿卿看着刘宝珠和黎致远一起上楼，她想了想，跟在他俩身后。

第十八章 嫌疑

警察们也跟在他们身后。

黎致远正在利用这短短的几分钟简单地交代宝珠很多事："宝珠，保持沉默是你的正当权利，你对任何一个警察所说的一切都可能对你不利。我可以代表你去委托律师，让律师陪伴你接受询问的全过程。如果你不愿意回答问题，你在任何时间都可以终止谈话……"

刘宝珠微笑着打断了他："黎致远，我没事的，警察说我是去帮忙的。"

卿卿回头看警察的动静，正好看到了楼梯下一堆同事里胡丽一手扶着墙壁、一手摸着肚子担心的身影。她想了想，噔噔噔又跑下楼："胡丽，别担心，是因为上次宝珠被诬陷的那个视频才要去警局配合调查的。"

她说话的声音很大，足够身边那些人都听得清清楚楚。

…………

这一天终于来了。

这才是真正的挑战。我告诉自己不要紧张。黎致远正在说话，他说的我都听得很清楚，他很担心。这很没有必要，因为我没有杀过刘雅兰。

长这么大，我还是第一次来警局。刑警队的办公室有点凌乱，还有点空气不太新鲜，小刚子说这两个月大家都忙得一团糟，以前不是这样，尤其是他师兄，以前很爱干净，很爱整理的。

大家并没有像小刚子说的那样都来围观，只是都从座位上抬起头来看了看，然后又去忙自己的事了。

我进入了一个普通的房间，就一张大桌子，这边两把椅子，那边一把椅子。我想他们应该还没有确凿的证据，不然对面的那张椅子应该就是电视里看到过的那种特制的铁椅子了。这是个好迹象。

对面坐的是小刚子和那个女警。这也是个好迹象，我认为。

那个女警问："刘宝珠医生，你知不知道为什么请你来？你有什么要交代的吗？"

我很礼貌地说："我并不知道为什么要请我来。"

李瑞阳就是在这个时候进来的，他用力地推开了门，表情严肃。和李瑞阳一起进来的,还有一个年龄相对更大一点的警察,他反而是一脸笑眯眯的慈祥的样子。这会是一个很难缠的警察吧!

李瑞阳坐在刚才小刚子坐的椅子上,很严肃地说:"刘宝珠,请你回警局协助调查,是为了刘雅兰被杀一案。"

他身边的老警察笑眯眯地说:"刘医生,你别紧张,就随便聊聊,聊什么都行。真的,聊什么都行。"他很亲切地问我,"你有什么想说的吗?"

我想了想,说:"刚才的女警应该是很喜欢你们,她看到你们进来的时候,瞳孔放大了将近百分之四十五,这其实就是人们常说的看到喜欢的人会眼前一亮的原因。"

坐在墙边的小刚子以及女警不约而同地咳起来,那个老警察露出了乐不可支的表情。李瑞阳开始用力瞪着我。

迎着他的目光,我改口说:"也有可能是我看错了。"

那个女警站起来,大声说:"刘医生,你没看错,我就是喜欢李队长。"

小刚子不咳了,老警察捂住了嘴巴笑眯了眼。

李瑞阳回头没好气地对后面的人说:"添什么乱?"

"这不是添乱,我就是喜欢你,我就是为你来的。"女警一字一句说得很肯定,然后又问我,"刘医生,你觉得怎么样?"

我想了想,慢慢地说:"我觉得你很有眼光。真的。"我很肯定地对她点头,然后补充道:"李队长体力很好。"

审讯室里好像是乱套了,我听到那个不透光的大玻璃后面有人捶墙。那个老警察笑弯了腰,小刚子面对着墙壁肩膀一耸一耸的,那个女警脸都红了。

李瑞阳面红耳赤,张口结舌,好一会儿才说:"刘……刘宝珠,你搞什么?请你来是因为发现了一些对你不利的证据,我们在现场找到了你的指纹。"

这就是我想要的结果。我害怕那个老警察"你随便聊聊,聊什么都行"那种绵里藏针的方法,这会让人不小心放松了心防,不小心说漏了嘴,不小心露出马脚。而我心里是有鬼的。

第十八章 嫌疑

我说:"如果负一楼就是现场,那我想一定是哪里出了错。"我补充,"我从来不会去负一楼,还有负二楼。"

我没有一点心虚,因为我不用去停车,坐别人的车也都会在去停车前下车。

老警察终于笑够了,又露出那种笑眯眯的样子来。

李瑞阳说:"根据我们上一次的笔录,你曾说自己二十一号的晚上和二十二号的凌晨是在家睡觉的。你这是在撒谎。刘雅兰的尸检报告显示,她的死亡时间是二十二号凌晨一点。这段时间,你到底在哪里?"

我低下头:"我不想说,但是我没有杀刘雅兰。"

"刘宝珠,请你诚实一点,这很重要。"李瑞阳盯着我,很严肃地说。

我低下头不说话。

李瑞阳轻声呵斥:"刘宝珠,你只有说清楚,我们才能查明你究竟有没有牵涉其中。"

"我在我外婆和我妈坟前看月亮。"我没有抬起头。

"从什么时间开始,到什么时间结束?有谁能做证?"李瑞阳问。

"二十一号晚上九点半左右,我告诉三外婆我要去,她送我到门口,第二天五点多,我从山上开始往回走。不知道有没有人看到。"我回答他,"我从山上下来的时候,遇到了同村的人,从山上走下来大概要花十五分钟。"

"也就是说,没有人能证明你一直在山上是吧?"李瑞阳问。

我抬起头直视他的眼睛:"李警官,能不能证实这不是我的事,这不应该由警方去调查吗?"我又看着那个老警察,"那天晚上,有多少人在睡觉的时候只有一个人,难道都需要自己证明自己吗?"

李瑞阳拿出一张被装好的名片放到我面前:"这张名片,是我第一次去你医院留给你的,这上面有你和我的指纹,还有刘雅兰的指纹。"

李瑞阳站起身来,略趴低身体问:"它怎么会出现在刘雅兰的尸体边?"

我记得这件事,我也记得这张名片,如果名片上有我的指纹,只有可能是我给李昊宇的那张名片。

刘雅兰是李昊宇杀的？为什么？为了安安吗？

我低下头，将眼睛垂下来，说："这是你给我那张名片没错，不过，后来我把它给了李昊宇。"

李瑞阳问我我将名片给了李昊宇的事情有谁能做证。我想了想，摇了摇头，我只能证实当天的那一时间他进入了诊室，并不知晓他进入诊室后都干了什么。

我没有继续想下去，这是一场对我的审讯，时刻不能放松。但是我没有主动说什么，而是等着警方的提问。

李瑞阳又给我看了一段视频。这段视频让我知道了我被怀疑的真正原因，原来是当时不经意的举动给我带来的麻烦。

"颈动脉窦的危险性，其实是很多人都知道的，手法一样就一定有嫌疑吗？"我补充道，"那我们医院里80%的人都有嫌疑了。"

我很认真地说："如果是需要我来说明情况我理解，但如果就因为这些就说我杀了刘雅兰，我不理解。警方办案都这么草率吗？"

李瑞阳再次给我出示了一段视频。这一次，视频里有个看不清脸的女医生，她从楼梯口推开门进入地下一层，然后消失在转角，再次出现在另一个监控画面里。不过几秒钟的时间，她又走进了另一个转角。她穿着白大褂，戴着大大的口罩，一直在尽力地避开监控。这是谁？

李瑞阳也问我："这是谁？是不是你，刘医生？"

我摇摇头："这确实不是我。"

然后李瑞阳出示了另一段视频，一个女医生行走在黑夜中，她从宿舍的方向走过来，一直走到了住院部的楼下，然后消失在转角的监控画面里。

李瑞阳问我："刘宝珠，这是你吗？医院里女医生不少见，但是深夜还在医院里这么偏僻的地方走动的很少见。她不是去诊室，也不是去病房，而是去了地下停车场，她去干什么呢？"

"去杀刘雅兰。"他又接着说，"在整个医院里，谁会想杀刘雅兰？除了你，没有第二个人。你有动机，她不但在多年以前设下陷阱害了你姐姐，现

第十八章 嫌疑

在还骗了你,又将你姐姐的视频发在网上指名道姓地说是你,你难道不恨她?你还有手段,你看你两次的手法,是不是如出一辙,一样的角度和力度。"

我仔细地看了两次扎颈动脉窦的视频,发现那个人是在有意地模仿我。

我说:"我知道自己没做过,所以我能不能请你们先去调查一下当天下午出现在妇产科门诊大厅的人,看看有没有另一个人同样也有动机?"

李瑞阳问:"刘宝珠,你这是什么意思?"

我说:"我觉得有个人在暗地里陷害我。"然后我抬起头,看着那个老警察的眼睛说,"而且我认为陷害我的人就是刘雅兰。"

李瑞阳紧跟了一句:"刘雅兰用自己的死陷害你?"

我没有解释,他没有转过弯来,不代表其他人没有。那个一直保持着慈祥的笑容的、看着我犹如看宝一样的老警察悚然一惊,立刻坐直了身体,然后皱着眉,凑近了去看那些视频。

李瑞阳觉得自己有点迷糊。但是焦队长已经笑起来了,他很亲切地对刘宝珠说:"刘医生,麻烦你在这里喝杯咖啡。你喜欢什么口味,我让这小子去给你买。红糖玛奇朵行吗?或者猫屎咖啡?"

刘宝珠也笑着说:"如果可以,请给我一杯白开水吧。"

焦队长拍着大腿笑起来:"知音啊,现在小年轻喝的那些真的就比不上白开水,又健康又解渴,咱俩的爱好都一样啊。"

李瑞阳看着面前这个"老狐狸"拿在手里的茶杯,以及杯子里常年喝的绿茶,心里说:装,你继续装。

但他们一出审讯室,刚把门关上,办公室里震天响的都是拍桌子声和大家意味深长的笑声。

有人走到小颖面前,伸出大拇指点赞:"小丫头,有眼光。"

还有人故意走到李瑞阳身边,用那种只可意会不可言传的眼光上上下下地打量他。

李瑞阳想分辩几句,但想起夸他的人是刘宝珠,心里分明有几丝甜蜜和许多骄傲。

焦队长是真的把他赶去买咖啡了,并且交代他买最贵的。警局边上不远就有一家咖啡馆。李瑞阳去那儿买了一杯咖啡,想了想,顺便又配了个菠萝包。等他把这些东西送到正独自一个人坐在审讯室里的刘宝珠面前,刘宝珠很客气地对他说:"谢谢,让你破费了。"

李瑞阳心里有一句话想问,但他还是忍住没有说。他其实很想问刘宝珠,既然你说我这么好,那这么好的我,你为什么不要?

他走出审讯室,锁上了门,然后去找焦队长。

这个"老狐狸"老远看着他就招手:"快来快来,有发现,有发现。"

这么快就有新发现了?李瑞阳跑了过去。

焦队长大声说:"难怪你这小子这么多年念念不忘,要是我年轻几十岁,这丫头我非抢回家不可。"他拍着李瑞阳的肩,"她的思路非常对。"

其实很简单,因为刘雅兰死了,所以大家都下意识地把她放在了受害者的位置,却忘了,受害者也有可能是在想加害别人的过程中被杀的。之所以在今天将刘宝珠带回局里审问,是因为昨天新发现的两段视频,就是李瑞阳后面给刘宝珠看的那两段,穿着白大褂的女医生去地下停车场杀刘雅兰。

反过来想,假如这不是女医生要杀刘雅兰,而是刘雅兰想害女医生呢?

刘雅兰穿着白大褂,戴着口罩,故意遮挡自己的面容,在深夜偷偷地沿着监控的死角走,她的目的,是为了伏击另一个真正的女医生,为她的钱或者其他。焦队长问大家这个想法如果配合视频来看,是不是也能完全成立。

李瑞阳率先表示了同意,并且讲了讲刘宝珠的家底,和刘雅兰曾向刘宝珠借过的钱,以及刘雅兰曾试图用自己的女儿来算计刘宝珠的事情。

借钱的事得到了小刚子的赞同,当时他和李瑞阳一起听得清清楚楚的。

李瑞阳表示刘雅兰女儿的事可以找到班主任证实,同时也可以找到当时他安排的片区片警核实。

李瑞阳带着大家从港口的码头仓库重新开始推演起来。

技术人员将已经处理好的音频发给了李瑞阳,痕检人员出具了详尽的

第十八章 嫌疑

报告。从音频到痕迹，警方得到了一个可信度很高的场景。

在大队长离开有监听定位的那辆黑车后，老九在追刘雅兰说"你站住"，大队长在追他说"小老弟回来"，之后大队长闷哼一声，现场响起了扭打声。接着，大队长问了一句："刘雅兰，你要干什么？"

"你果然认识我，我就觉得不太对劲。"刘雅兰说。

之后大队长模糊地喊了声，这一声真的听不清，而老九没有再说话。

等了大概半分钟，刘雅兰接了个电话。她畅快地笑起来，好像说了一句什么，然后她喊柏荣齐的名字，说了句"赚大钱的……我可不想沾……"

挂掉电话后，刘雅兰清晰地喊"九哥，来……"之后就再也听不到了。

听到这句甜腻的喊声，李瑞阳全身的汗毛都竖了起来。

痕检报告显示：仓库里有三个人的脚印，分别属于刘雅兰、老九、大队长。大队长是被老九拖进来的，之后被扔在仓库一角，另一个角落有老九和刘雅兰来回走动的脚步，似乎是在那里商量。有老九单独出去了一趟的脚步，但之后他又返回，然后，看脚印是老九在大队长身前蹲下，之后的脚印开始带血，然后这一团的脚步凌乱而无序……

"老九要杀大队长，被大队长反杀了。"李瑞阳说，"大队长一直防着刘雅兰，所以吸入的迷药浓度不高，他比刘雅兰预计的要醒得早。"

但刘雅兰对大队长动手了。

"大队长难道会对付不了刘雅兰一个女人的吗？"张颖说，"这个女的体能并不好。"

李瑞阳抬起头，正色说："不，大队长做好了死的准备，他拼死也要杀了这个老九，是为了给我们留下贩毒组织的线索。"

大队长中了迷药，攻击力本来就下降，没法做到一打二，只有留下老九的尸体，因为尸体太沉，刘雅兰肯定带不走，大队长笃定老九的尸体被发现后，警队一定能通过那颗弹壳发现端倪。

"大队长知道这个老九比刘雅兰知道更多贩毒组织的秘密，他对我们更有用。"所以大队长杀了老九，可他也身负重伤。

"老九死了，刘雅兰以为大队长也死了，她很聪明，知道不能把老九的尸体留在案发现场，所以她将老九扔到了其他地方。"

这个女人，真的是让人不知道该怎么形容。

李瑞阳略一沉吟，说："我们沿着码头的仓库到发现老九尸体的地方这一路找一找，一定能找到凶器，还能找到运尸工具。这个仓库外，一定还有一辆老九开来的车。"

他们很快就找到了这辆车，在港口不远一个荒凉的岸边。然后李瑞阳安排了蛙人，从离岸不远的水底找到了这两百万，又在离岸很远的地方找到了凶器。

刘雅兰虽然大胆，但太爱财，她知道要把凶器扔远一点，所以她用了很大的力。但她忘了她还背着装了两百万现金的包，于是一不留神，她和两百万一起掉进了水里，两百万沉了下去，她游了上来。

她虽然慌不迭地逃走了，却比刚刚从老家回来的时候还要惨。那时候她至少还有个刘育亮可以差遣，还有刘育亮的那笔小小的积蓄，不说其他的，确保她衣食无忧还是可以的。

可从这里逃走后，她可以说是山穷水尽了。她肯定不敢返回来这里捞钱，但她肯定是要想办法弄来钱的，谁能下手？

身怀巨款又孤身一人的孤女刘宝珠难道不像是一个站得很高很显眼的活靶子？尤其是刘雅兰还知道刘宝珠的爸爸为了林凯能花两百万，为了自己女儿，是不是有可能愿意花个五百万？

李瑞阳打断了这个想法，林凯和刘宝珠看起来谁对刘父更重要，这真的不太好说。但刘雅兰需要一个帮手，她不可能自己一个人去做这件事。这个帮手以前可能是刘育亮阿亮，但现在阿亮身陷囹圄，有可能就是最终杀了她的人。目前最有嫌疑的，是李昊宇。

"那就去查李昊宇最近的动向吧。"焦队长叮嘱小颖，"不要光查刘雅兰死亡那段时间的，要从刘雅兰从蛇头那里逃走之后的时间查起，看看刘雅兰到底有没有和他接触。"

第十八章 嫌疑

然后他再一次叮嘱小刚子:"你去重新核实李昊宇的不在场证据,看看有没有可能是伪造的。"

等小刚子和小颖两人走了,他继续低声安排李瑞阳。

"你去把刘医生送到医院,趁午休的时候,找医生扎堆的地方送她回去,一定要当面感谢她的配合。"他有点不好意思,"今天早晨小颖抢了小刚子的先,她在把刘医生带回来的过程中有一点粗暴了,你想法子弥补一下。"

李瑞阳很乐意这样的安排,他去审讯室找刘宝珠的时候发现她除了白开水,其他的一口都没动,他问:"是不是不合你胃口?"

"不是,还没到饭点,吃不下。"刘宝珠说。

李瑞阳让她带回去吃。

但是李瑞阳没时间展示自己的温柔体贴,他和刘宝珠才走到门口,就看见黎致远一直在警局门口站着等呢。隔老远就看到他脸上扬起的笑容,尤其是当刘宝珠将菠萝包递给黎致远,说"帮我吃了吧,太甜了"时,黎致远脸上的笑容就更碍眼了。

这个中年老白脸真是太讨厌、太奸诈了……

…………

感谢李瑞阳的唱念做打,他在医院里的一番感谢确实对我挺有帮助的,至少让我被带走时造成的影响消弭了大半。

胡丽眼泪汪汪地和卿卿一起来科室看我。刘主任看到我也长吁一口气,说:"最近怎么回事?要不要这个周末跟你叔一起,我们一起找个地方拜一拜?要不然我们去上天竺吧。"

她说的上天竺是一个在本市当地人心里很灵的佛门圣地。

但是我很疑惑地问:"上天竺不是求姻缘的吗?"

刘主任没好气地责备我:"求姻缘难道不是正事、大事、眼前最重要的事吗?"她掷地有声地问,"谁家要是还有这么大的姑娘,还不赶紧去求求姻缘啊!"

我这一生,何其有幸遇到了他们,有恩师、有前辈、有好友……或者,还有爱人？但这一切被我搞砸了。下午，我再次出现了意识溃散。我搞砸了，我失去了去国外交流学习的机会，我失去了这条退路……这一切，只因为下午的两场手术！

由于我上午的突然请假，产房的工作由其他医生进行。下午，刘主任安排我进手术室，做她的第一助手（一助）。我很荣幸，第一助手是非常重要的，在主刀同时有几台手术时，第一助手就是实际的施术人。

一场手术从准备工作完成开始，第一助手先切开皮肤层和皮下脂肪层暴露筋膜，剪开筋膜，分离腹直肌，第二助手（二助）将腹直肌向两侧拉开暴露腹腔，第一助手确认腹膜下无异常后剪开腹膜暴露腹腔后，主刀上场。在刘主任手术的过程中，我要时刻跟随她的步骤和进度，暴露、牵引、固定目标。我不但需要配合她、辅助她，还需要想在她之前提前暴露、清理手术部位。

合格的一助就像相声里的捧哏，卡点精准，走位精准。高难度的手术里面都是讲团队合作的。好的主刀少不得好的一助帮助，才能完成一台高质量的手术。

第一次意外发生在暴露腹腔后，刘主任说我停顿了超过五秒，她在等待我的电刀将渗血的组织烧好止血时，我目光溃散，意识飘忽。

出了手术室，刘主任不算太狠地批评了我，并告诫我下不为例。

后来的几场手术都没有再出现问题。

然而在就要下班时，手术室接到了一例从地方医院转院过来的危重急诊手术，我在第一时间看到急诊病患的信息后顿时呆住了。

这是两个半月之前在我们医院进行过手术的妊高征伴子痫同时又是熊猫血的冯女士。她再度怀孕，已经孕27天了，入院时已处于休克状态。

刘主任听我说起是她后，破天荒地骂了一句："这可真是自己找死啊。"

如果主刀医生可以选择，我想没有人会愿意给她做手术的。

刘主任硬着头皮上之前，慎重起见，将我改成了二助。

二助主要负责拉钩保证视野开阔，同时用吸引器吸走血液保证术野暴露

第十八章 嫌疑

清晰可见，吸引器指到哪个部位，手术就进行到哪个部位。

我的失误出现在刘主任正紧张地等待我使用吸引器将腹腔内的血液吸净时。

这一次，刘主任没有允许我停顿超过二秒，立即示意第一助手快速进行补救。回过神来的我吓出了一身冷汗，我不敢相信自己居然会在这么紧张、危急、致命的手术中犯这种低级错误。

感谢刘主任在准备手术时将我安排在二助，不然后果不堪设想。

如果我在一助的位置出现这样的失误，我十分有可能害刘主任和我自己背上重大医疗事故。

刘主任在百忙中瞪了我一眼，这一眼让我醍醐灌顶，如梦初醒。

手术结束后，在没有其他人的休息室，刘主任不由分说地用力打我的胳膊："刘宝珠，你给我清醒点，现在就这么一点小事，你就变成这样了？我让你爱惜自己的羽毛，你是这样爱惜的？你这样怎么能做科室的中流砥柱，怎么能精益求精？"她说，"你到底是发生了什么事……"

她的话还没有说完，极度的恶心让我冲到了垃圾桶旁。我单腿跪在地上，抱着垃圾桶一直不停地呕吐，到最后，我浑身颤抖，直冒冷汗……

刘主任焦急地将我扶到座位上，一只手探我的额头，一只手去摸我的脉搏，一边自言自语："难道是怀孕了？"然后她重重地拍我的肩膀，"刘宝珠，你到底发生了什么事？说出来，看我能不能帮你？"

不能说。我咬紧了牙关。每当我意识不清的时候，眼前闪回的都是我爸花白的发顶和他在车里带着哭音的那句"不公平"。

刘主任很肯定地说："宝珠，你到底出了什么事？你知不知道这是在自毁前程？你需要寻求帮助。如果你不能对我说，那你就去看心理医生。"

不，看心理医生也解决不了，我需要时间，需要自愈。

刘主任犹如困兽一样在休息室走来走去，我想我已经懂了她的为难。

"宝珠，"她很艰难地开口，"你休息半个月吧。这趟交流学习，交给小李医生吧。你的这个情况，我得看着你。"她脸上的表情比我的还难看。

刘主任说的她得看着我，我知道是什么意思，在她面前我即使犯些错误，也有她可以在一旁帮我弥补，护着我，而在国外鞭长莫及，又是负责手术的副院长带队，她护不了我。但这次的出国交流学习对我而言很重要，所以我第一次开口争取："刘姨，我很想去。"

她露出了难过的表情："快七年了，即使在实习期，你也从来没有犯过这样的错。宝珠，我是真心疼。"但是她还是摇头，"宝珠，我不敢让你试，这关系到你的职业生涯，也关系着医院的声誉，你让我想想。"

可惜犯了错的人，不是谁都配得到救赎。

没等刘主任想好，晚上九点二十四分，医院传来坏消息，已经平稳度过术后三个小时的冯女士病情突然恶化。等刘主任和我们都赶到医院时已经回天乏术，刘主任和我们再次被堵在医生办公室。

我再一次因为同一个病患而拨通了保安科的电话。

医患科科长很快就赶到了手术室。

这次病人家属摆出了一副只要钱、不给钱就往大了闹的架势。

刘主任是不同意私了的，我犯的错误，它可以出现在实习医生身上，却不应该出现在我身上。但总体来说，并没有对手术的进程造成实质的损害，在手术中是属于要被主刀医生骂却不是医疗事故的过错。所以她强烈要求由卫健委进行公正的判决，但家属不同意做尸检。

家属的赔偿要求从五十万降到了四十万，又从四十万降到了二十万，之后说十五万也行。医患科调取了所有有关冯女士的诊疗记录、手术记录、手术监控视频，进行了综合判断，只同意出于人道主义给予家属五万的丧葬费。

家属愤愤不平地闹，医患科、刘主任和我都没有办法离开。

后来医院分管手术的副院长出动了，他要求报警进行公正的处理。对方家属突然变卦，同意了赔偿五万丧葬费这个处理方法，但是要求现在就拿，同时将冯女士的遗体从医院直接带走。

在医患科起草协议时，副院长看了手术监控视频，然后他笑眯眯地对刘

第十八章　嫌疑

主任说:"小刘医生最近杂事太多,你看要不要给她放个假,让她好好休息一阵子,将事情都处理好了,以后再心无旁骛地工作和钻研。"

刘主任看着我说:"宝珠,你先出去一下,我和院长谈谈话。"

我怀着沉重的心情走到了门外等候,又看到了当初信誓旦旦说长大后要带妈妈离开的小女孩。她好像晒得更黑了,又黑又瘦,当初倔强的、乐观的、有希望的眼神,与此刻迷茫的、被抛弃的、无助的眼神重叠在一起。

我不知道为什么向她走了过去,而她也向我走过来。

"医生,我妈妈喊痛,却被爸爸推了一下。"然后她开始哭,"我没有妈妈了。"

我蹲下来抱着这个小女孩,我只有浓重的无力感,我什么都做不了。

她说:"我要辍学了,我爸说女孩子不用读太多书,免得读傻了。"

她说:"我可能也要嫁人,嫁人可以拿好多彩礼。"

此刻,她的脸上不喜不悲,唯有麻木,就像在等待裁决的我。

我想到了我爸给我的零花钱,我想我可以用到该用的地方,我和她做了个约定。

我也等到了我的结果,趁着还能赶一赶签证,小李医生要抓紧时间去办理了。刘主任通知我的时候,我感觉办公室里的灯好像突然熄灭了一下,再亮起来的时候,全世界都失去了颜色,也失去了声音。

不知道为什么,我再次想起那天晚上,我蹲在我爸车后座的空隙,听着我爸轻声的、压抑的、哽咽着的那句"不公平,这不公平"。

不公平,这不公平!从十八岁考上大学,我的生命里最重要的就是医学,从实习开始,我的生活里最重要的就是看诊、手术。我曾在没有人看见的地方模拟过无数次的开腹手术,曾缝合过不知多少猪皮,也曾无数次将每一个内脏脏器精确到血管和神经……

我再一次在灯光下伸出自己的手。白,是因为过度的清洁和消毒;不嫩,是因为每一次术后真的没有时间保养手部;右手明显指节粗大,是因为实习期长时间的拉钩、搬运……但这是一双刘主任曾夸奖过的手:"小刘医生,你要加油,你一定能成为业界大佬,这是一双能突破自己的手。"

我其实可以听见刘主任在打电话,她说:"黎致远,你能不能来一趟?宝珠有点事。"我也听见她在我的身边坐下,对我说:"宝珠,休息半个月,给自己放个假,你绷得太紧了。"

我听见黎致远急促地在已经锁住的楼层玻璃门前敲门的声音,也看见了他焦急跑过来的身影,他的左脚跛得真的很明显了。然后他就这样跛着跑过来,用手将我的脸捂起来:"宝珠,拜托,不要这样笑。"

他说得真奇怪,我明明想哭,又怎么会笑?

第十九章 结局

　　李昊宇真的很有嫌疑，比刘宝珠的还要大。

　　而这还要从刘雅兰的行踪开始说起。二十号晚上，刘雅兰逃脱后失去了踪迹。第二天中午时分，她出现在市区的一个便利店里，趁店员疏忽偷走了一些物品，包括食品和充电器。然后她的身影再次出现时，已经回到了她和刘育亮曾经短暂住过的出租屋附近。

　　她没去出租屋，因为这里有警方的封条，但她再次出现在附近的药店时已经收拾过了。店员在警察面前回忆起她的形象，给的都是正面的形容词。而刘雅兰暂时租住的地方，离她女儿安安上舞蹈课的地方真的是很近很近的。

　　焦队长在提审刘育亮时推断出了刘雅兰和柏荣齐联系上的真相。

　　刘育亮出面去威胁那三名报警的女受害者时，是刘雅兰送他去的，之后，刘雅兰打过一个神秘的电话，这个电话正是老九的。之后，老九出现在柏荣齐的庭审现场，不久，刘雅兰开始偷偷地学习某种制药的流程……

　　对于刘雅兰为什么会有老九的电话，李瑞阳只能怀疑是在地下商场的那间暗房里柏荣齐透露的，这符合柏荣齐说的"赚大钱的路子"。但真相是什么，可能只有找到柏荣齐才能揭晓。

　　另一头，在核查刘雅兰的行踪时，李瑞阳发现了一个刘雅兰和李昊宇有可能接触碰面的地方。安安舞蹈课快要下课前，李昊宇来接安安，彼时，刘雅兰也在楼下徘徊，两人前后脚地进入了同一个监控画面……

小刚子查到，刘宝珠在制止那个在妇产科门诊持刀的男人的同一时间，李昊宇出现在医院的监控画面里，赫然就在妇产科候诊大厅。

还真应了刘宝珠那句话了。

现在只有两个问题，如何证实李昊宇的不在场证明是伪造的，如何找到李昊宇在案发前后进出医院的方法。

一个嫌疑人从进入警方的视线，到被警方不停地深挖狠查，只要他确实犯了案，他就没有办法完全隐藏自己的蛛丝马迹，一定是有破绽可以找到的。李瑞阳再次详细排查了李昊宇电话号码的移动轨迹。

李昊宇的破绽就在他的移动轨迹上，警方通过研究技术人员掌握的移动轨迹，打破了他自己说的不在场证据。

他的不在场证明是他的女儿，安安当天晚上出现了发烧的症状，李昊宇说他一直陪着安安，安安也确认她每次醒过来的间隙，爸爸都在自己的身边。事实上，他在撒谎，安安也在撒谎。事发当晚，在刘雅兰死亡的可能时间段，李昊宇的手机出现在离医院最近的基站，同时还有一条通话记录。

正是这个通话记录暴露了李昊宇。

小刚子带队，立刻将李昊宇带回局里审讯。

这次的审讯，依然是李瑞阳为主，焦队长配合。

眼前的李昊宇和照片里的李昊宇已经有了很大的不同，照片上意气风发的成功人士，如今有了颓废苍老的感觉。难怪人家说富养人贵养气，财富地位的不同，真的对人的影响很大。

李瑞阳将刘雅兰尸体的照片一张一张地铺开，铺在李昊宇的面前。李昊宇看了一眼，马上闭上了眼睛。

"李昊宇，请你来局里，是因为我们找到了可靠的证据，证明刘雅兰是被你杀害抛尸的。"

李昊宇不说话，任凭李瑞阳从他出现在医院妇产科候诊大厅，说到了他在诊室里得到了李瑞阳的名片，再说到模仿刘宝珠的动作作案……

李昊宇一直没有说话，哪怕是李瑞阳说到了安安撒谎做假证的可能。

第十九章 结局

李昊宇一直是安静的、沉默的、麻木的,任凭李瑞阳自己唱独角戏。

对于这样一直不开口的嫌疑人,焦队长依然是那副笑眯眯的闲话家常的模样。

焦队长对他的遭遇和前途深表可惜,对他给予了十二万分的理解和同情。

"唉,你是从小县城出来的真正的精英啊,考上了名牌大学,没毕业就拿到了考级证,刚毕业就接到了五百强企业抛出的橄榄枝,凭借自己的能力一步一步地爬到了之前的位置,你不容易啊,真的不容易啊。换作别人,早就被生活打趴下了,你真是太可惜了。可惜遇到了刘雅兰这样的女人,她把你毁了啊。"焦队长简直为他掬了一把辛酸泪。

"你要是没出事,我看不用五年,以你的能力和才干,你一定能飞黄腾达。真的,我真的是太可惜你了,不容易啊!"

听着他不绝于耳的"哎哟可惜了、哎哟太不容易了"之类的话,李昊宇逐渐被触动,他的表情从一开始的麻木不仁,变成了"我赞同"的那种心有戚戚焉。在李瑞阳快要失去耐心前,他几乎就要和自己的知音抱头痛哭了。等他一个人哭得终于能停下来后,李昊宇交代了。

二十一号下午,安安舞蹈课要下课了,阿姨突然打电话要请假,所以李昊宇急匆匆地赶去接安安。

刘雅兰是在李昊宇刚到安安上舞蹈课的地方的附近时出现的。

她当时戴着一顶鸭舌帽,鬼鬼祟祟地挡住了自己,一直不停地左顾右盼。李昊宇真的不想再和她有任何纠葛,就想绕过她,但是刘雅兰说了一句话,就让他想好好听一听刘雅兰怎么说的。

刘雅兰说:"昊宇,你以为你们公司对你的审查是意外吗?这是有人故意安排的。你想不想知道安排这一切、让你一无所有的人是谁?"

最大的罪魁祸首不应该是你吗?李昊宇心里明白得很。

但是刘雅兰说:"这一切,都是因为刘珍珠的爸爸。"

刘珍珠那个有钱的爸爸,他用钱开路,买通了公司里的人里应外合,这才会有这场飞来横祸般的审计。而如果没有这场审计,他们还是那一对令人艳羡的神仙眷侣，有名有利有钱……

她说："不信你就跟着刘宝珠，她爸爸一定会去找她的，他们不可能没有联系。"

李昊宇说，他真的只想要问个究竟，他不想糊里糊涂的。

刘雅兰有一辆黑色的车，车牌号他从来没有见过。他们就是开着这辆车进出医院的。在二十一号晚上进入，一直没有出来过。

刘雅兰从医院里偷来了白大褂，有时候会穿着白大褂去医院，他就一直在车上等。之后，刘雅兰终于说出了她的真实意图：她要绑架刘宝珠。刘宝珠不但自己有钱，他爸爸更有钱，到时候他们可以狮子大开口地要一笔钱。

刘雅兰说，刘珍珠的爸爸的钱见不得光，他做了很多非法的事，被人勒索了两百万，连警都没报。这一次，他们可以多要一点。

刘雅兰说："昊宇，我们都快四十岁了，以后没有机会了，难道你要去送外卖吗？不如拼一把吧。"

李昊宇拒绝了，表示他绝不会这样做。事实上，他已经联系了外地的一家企业，对方给了他一个工作机会。他没有到穷途末路的时候，才不会做这样铤而走险的事。所以他和刘雅兰一拍两散，他回到了孩子身边。安安晚上发烧，他守了一晚，除了安安，还有阿姨可以做证。

李瑞阳敏锐地抓住了他话里的时间破绽，宣称已经回家的人怎么会在现场接了儿子的电话呢？

李昊宇再次沉默起来，但他的这种沉默和刚开始的不一样，这一次，即使闭着眼睛，他的上下眼皮也在轻轻地颤动。他在思考，他在衡量。之后他承认了自己的罪行，他承认在争执中失手伤了刘雅兰。

可是事实就是这样吗？

在他承认罪行后，小颖和小刚子将自己去核实的情况汇总到了焦队长面前。令人奇怪的是，李昊宇真像自己说的那样，在二十一号晚上八点多出现在自己家里，还抱着安安去过诊所，这一点得到了阿姨的证实。晚上将近十点时，阿姨由于担心，从自己家里给安安打电话，电话是李昊宇接听的，同

第十九章 结局

时还有安安喊"爸爸"的声音。

那么,李昊宇的手机又怎么会在医院附近的基站接听了他儿子的电话?

不过,假如李昊宇在家里,同时在家的儿子怎么会想到给爸爸打电话,而不是推开门去妹妹房间找爸爸?

于是警方再度对李昊宇的儿子进行了调查,结果赫然发现,他儿子拨打电话时的位置,和李昊宇一样,都在同一个基站。

刘雅兰的他杀案就此结案。这真的是让人唏嘘不已。

小刚子和小颖从班主任老师手里接到这个少年的时候,他用那种"终于解脱了"的表情向老师和同学们说"再见"。而李昊宇崩溃了。

那天晚上,就如同李昊宇所说的一样,他拒绝了刘雅兰的犯罪提议,独自一个人回了出租屋。儿子独自一人在照顾发烧的安安,阿姨在给他们熬粥。后来阿姨回家了,李昊宇安排儿子去睡觉,他抱着安安去诊所。

烧得迷迷糊糊的安安突然问:"爸爸,为什么妈妈说我还有一个爸爸?"

李昊宇以为自己听错了,问安安是什么意思。安安说:"妈妈说我还有一个爸爸,以后可以跟那个爸爸一起回家住比原来更大的别墅。"

李昊宇想起了老家的那幢别墅,心里像着火了一样。他带着安安去了医院,不知道自己儿子也跟在后面。

他们在医院地下停车场找到了刘雅兰,彼时,她正穿着白大褂从别处回车里。他们在车里发生了激烈的争吵,刘雅兰不承认自己说过这样的话。就在李昊宇接阿姨电话的时候,她起身往车外走了,而李昊宇将昏睡的安安放在车上后跟了上去。

那个女人扭着腰肢袅袅婷婷地走了,却让他的世界天崩地裂,这一刻,他想让她死。于是他毫不犹豫地按照自己从刘宝珠那里学来的方法做了。当时学的时候,他是真的觉得刘宝珠又飒又酷才会去研究的,他真的没想过自己有一天会用上。

意识到危险的刘雅兰小跑了几步,但还是被他追上了,在他的动作下应声而倒。他将刘雅兰拖到了角落里,但是他犹豫了。他或许贪财好色,但没有泯灭天良，这是他孩子的妈妈。

这个时候他接到了儿子的电话。儿子问他在哪里，他说正陪妹妹看医生，马上就回家。

他终于还是决定放过刘雅兰。折回身走到车边准备去抱睡着的安安时，他觉得他听到了儿子的声音……

他走回了原来的地方，看到刘雅兰正在咒骂儿子，说他儿子才是她不想要的那个孩子时，终于没忍住，冲出去从背后捂住了她的嘴巴，将她捂死了。

他让儿子马上去抱妹妹走，说他会找医生来做急救的，实际上他已经想好要让刘宝珠做自己的替罪羊了。

李昊宇儿子的说法正好相反。他说，他跟着爸爸到医院，通过爸爸的电话铃声确认了位置。他看到妈妈在角落里昏迷着，就跑去把妈妈喊醒问他有没有事，要不要抱她去找医生，却被她拒绝了。

儿子边扶起她边质问她为什么要告诉妹妹还有一个爸爸，还说这会带坏妹妹的。刘雅兰压低了声音呵斥他，然后要求他帮自己做点事。

她说的做点事就是绑架宝珠阿姨，儿子理所当然地拒绝了，并要求她现在跟自己一起回家。刘雅兰像疯了一样，说他和他爸爸一样都是只会动嘴巴的懦夫，十八年前指望不上他爸，十八年后也指望不上他，他们俩一点用都没有，她什么都得靠自己……就在这个时候爸爸折回身来，不允许妈妈当着孩子说这样的话。妈妈笑着骂他是懦夫加绿帽子王，还说难怪珍珠都不肯为他寻死，还得她自己推一把……

他其实一直知道妈妈更疼妹妹，但从来没想过妈妈心里是这样看不起爸爸和自己。眼前这个像疯婆子一样的人，绝对不是自己平时那个优雅礼貌的妈妈，所以他从后面捂住了那张喋喋不休的嘴巴……

他儿子捂着脸说："她说我才是那个她一点也不想要的孩子。"

究竟是谁捂死了刘雅兰？李昊宇肯定地说是自己，他儿子悲伤地说是自己。在听到自己儿子认罪的时候，李昊宇号啕大哭，哭得涕泪横流。

第十九章 结局

他再三说是自己动的手。他告诉警察,儿子捂嘴巴的时间太短,连一分钟都不到他就上前拉开了,根本没有儿子想的那么严重。

李昊宇说,他把儿子推到车里,让儿子抱好妹妹,然后自己又回到刘雅兰的身边。刘雅兰还在轻轻地喊"柏荣齐",然后说了什么他没有听得太清楚,好像是说"柏荣齐你是不是也死了?早知道去惠民路尽头就好了"之类的话。

李昊宇胡乱地擦掉眼泪鼻涕,自己提供了证据。

他说,刘雅兰显然已经开始错乱了,她喊刘珍珠,说自己并不是故意推她的,是那个池塘太滑了……

原来刘珍珠是被她推下那个小池塘的!

他说当时自己对这个女人真的厌恶到了极点,也恨到了极点,强烈地想要让她尝到被折磨的痛苦,所以他顺手捡起地上的一块石头,对她连砸了好几下。之后他再次伸出手去,捂住了刘雅兰的嘴巴,直到她再也不动了。

事后经过查证,刘雅兰开的车就是大队长按照指示在老九汇合时开的车。有了这个车牌号,刘雅兰、李昊宇的行动轨迹就出来了,同时还有他儿子在医院侧门从出租车上下来的监控视频。在医院的监控画面里,他们找到了李昊宇抱着安安的画面,只不过由于安安的头挡住了李昊宇的脸,查监控的同事以为是常见的深夜陪孩子看诊的父亲,才会给忽略了。

李昊宇不是为了儿子才编出的最后一段,因为他的描述符合法医的尸检结果,头部有细小的伤痕,伤口有细小石屑。

检方最后以故意杀人罪起诉李昊宇,据说辩方律师以激情杀人,没有主观恶意为由为其辩护。而他儿子因不构成故意伤害致人死亡而被免于起诉。

李瑞阳迫不及待地想要告诉宝珠,她是对的,她姐姐刘珍珠不是自杀,刘雅兰在临死前承认了是她自己将刘珍珠推下了池塘……

而焦队长还在为李昊宇说的刘雅兰临死前的话而喃喃自语:柏荣齐、惠民路尽头。柏荣齐是偷渡出去了还是死了……柏荣齐到底在哪里?

生不见人,死不见尸。你说他偷渡走了,没钱谁会帮他偷渡?日行一善吗？蛇头可不是这样善良的人。

若说死了，死在哪里？谁是最后见到他的人？尸体又在哪里？

最后一个见到柏荣齐的人是林凯。

刘珍珠的爸爸说，他到林凯家里时，柏荣齐已经不知所终。林凯说，柏荣齐接到了同伙的电话才走的。但柏荣齐最后一次被目击，就是在林凯家里，之后他会去哪里？在刘雅兰欺骗了他之后，他没有钱，没有身份证，没有可以接应的人……这样的一个人，能跑去哪里呢？

李瑞阳决定从柏荣齐出现在林凯家里开始梳理。

在刘珍珠的爸爸代替受伤的林凯前来警局报警后，鉴证科的同事已经去过林凯家里了。

受伤的林凯、民居的情况、现场的情况，确实是和林凯说得差不多。现场发现了四组指纹，分别属于林凯、林凯老婆、柏荣齐和刘珍珠的爸爸。

林凯说，他老婆是在上次他非法入侵柏荣齐外婆家后和他一起从本市离开的，之后一直在老家，没和他一起回来。

从林凯家里的监控画面可以看到，柏荣齐是大摇大摆地出现在林凯家附近的。他先是进了院子，然后将院子里的监控摄像头的电线给剪断了，所以监控摄像头清晰地拍到了他来，却没有拍到他走。

林凯家的二楼客厅里乱成一团，符合林凯说的他一进门就被袭击，然后同袭击者扭打起来，然后被折磨的情况。

刘珍珠的爸爸说，他是从后山上来直接从后院进入的一楼，然后从一楼楼梯直接上了二楼，再从客厅门口开门进入了客厅，这一路的指纹和脚印证实了他的话。

林凯老婆的指纹比较乱，符合一个家庭妇女平时的生活轨迹。林凯说他的事情都瞒着老婆，包括这次受伤也一样是瞒着的。

刘珍珠的爸爸主动上交的行车轨迹似乎也没有疑点，他说的和大队长说的也没有太大出入。

唯有三点可疑之处。

第十九章 结局

第一,刘珍珠的爸爸发现了受伤的林凯后,居然不是第一时间送林凯去最近的医院,反而绕去了更远的医院。

第二,刘珍珠的爸爸曾经将车停在宝珠工作的医院后面,一共四十二分钟。据大队长说,他们先前约定好的交易地点就在附近,听刘雅兰当时在电话里的意思是要先拿走钱,再给他人。刘珍珠的爸爸不同意,要求必须见到人才给钱,所以他躲进了其中一栋居民楼。

第三,在第二日的晚上,刘珍珠的爸爸曾开车回了村子,却没有回家,反而在后山坟边滞留了很久。这究竟是无意中的行为,还是故意的行为?

当然,重要的是第一条。宁愿花两百万赎人的刘珍珠的爸爸,在见到满身是伤的林凯后,反而绕路去了更远的医院,又在绕到一半时往回走,这合理吗?

李瑞阳觉得,需要找林凯去核实一下情况。一个人失踪也好,死亡也好,往往最后见到他的那个人能提供最多的情报。

小刚子联系了林凯,说明了意图,林凯很爽快地答应了,还问他们想在哪里见,是去事发现场的那个民居,还是来他现在住的医院。

警方最后决定先去医院,然后再去民居看一看。

林凯除了脸上有些瘀青,腿无法自如行动,还有左胳膊抬不起来之外,看起来挺正常,也挺健康的,至少没有内出血或脏器破裂这样严重的内伤。

李瑞阳和小刚子来的时候他正在办理出院手续。两人在病房里自觉地找椅子坐下,并阻止了林凯要起身给他们倒水的动作。

一番寒暄后,林凯问:"这次柏荣齐应该是死刑立即执行了吧?缓期两年执行期内越狱、绑架、伤人,这死刑立即执行是板上钉钉了吧?"

"呃,这……本来应该是这样的,不过……"小刚子支支吾吾地说不出话来。

"不过我真的很好奇,他是怎么从监狱里出来的?这么大的事,我这两天各个电视台、网站到处找,居然一则相关新闻都没有发现,这是个机密是吗?"林凯实在是好奇心有点旺盛,小刚子有点头痛。

"现在抓到了,是不是会秘密关押起来,一直到执行那天为止?"林凯就像十万个为什么。

李瑞阳打断了林凯的问话,反问他:"其实我们今天来,是想来核实一下你说的内容和刘珍珠的爸爸供述的内容是不是一致的。"

林凯表示理解。

这一次林凯的描述比上一次感觉惊险一些。林凯表示十分后怕,他一再表示自己真的是命大,没想到自己这条命还能值两百万。他说其实那天一进门,他就觉得哪里怪怪的,只恨自己没经验太大意了,不然,凭他的身手怎么也不可能单方面地被揍。

他说:"主要是真没想到,看到他还以为是做梦,一点都不真实。直到我被他捆起来,才知道这是真的⋯⋯"

他的讲述和他上一次说的,以及刘珍珠的爸爸讲的并没有太大出入。

李瑞阳又去了林凯在梅家坞的民居。

林凯说,他屋子里一概没动,但是因为监控摄像头被破坏了,他已经请监控公司重新过来给他装监控设备了。这一次他增加了监控摄像头的数量,二楼的露台也增加了一个,他说:"我想着警方万一还需要过来勘察,所以一楼二楼都没让工作人员进去,他们自己带了梯子,露台上的就是他们爬梯子上去安的⋯⋯"

小刚子和林凯一问一答,李瑞阳一直在认真地听,但也没妨碍他仔细地观察。

这是一幢离群索居的相对孤独的房子,房子后面有一条蜿蜒的山路。林凯说那条山路可以直接通向马路,他估计柏荣齐就是从这里上来的。

房子后面有一排排的竹树,难得地长得又粗又壮,风一吹过去,竹林发出"沙沙沙"的声音。在这样热浪阵阵的暑天,这个地方让人感觉凉爽又怡人。

林凯笑着说:"这就是我老婆喜欢这里的原因。买是买不起的,租几年给我老婆住着过过瘾。"

第十九章 结局

这倒是实话，别看是这样的房子，本地人只要不是败家子，没有人会愿意卖出去的，都是用来出租。

"我老婆原本说，等明年她想用这个院子开个民宿，就叫竹林风。"林凯感慨地说，"她就快回来了，所以我得赶紧拾掇，该收拾的收拾，该复原的复原，不然被她发现了，那可是大事了。"

正说着，李瑞阳突然停下来，指着其中一根竹子问林凯："为什么这根竹子和其他的竹子不一样，特别干净？"

林凯和小刚子都凑上去仔细看，真的，这一根竹子很干净，比其他的竹子更绿。林凯表示他也不知道。

李瑞阳觉得不对劲，这是表示有人曾利用这根竹子爬上爬下吗？

黎致远万万没想到，那天晚上在产科办公室笑得让他心慌又心痛的宝珠，在回到宿舍后只发了一会儿呆，就开始利索地收拾起来。

黎致远问："宝珠，你这是要做什么？"

他看到刘宝珠头也没回地告诉自己她要去学校住，争取将学校的计划早点完成。想必单老师会很开心，但黎致远一点也开心不起来。他上前一步将宝珠揽在怀里，用低沉的语气问："宝珠，好好谈谈？"

宝珠没有拒绝，说："要不车上边走边谈？"

那意思还是得去。黎致远没有多说什么，他甚至也去自己宿舍打包了一份行李。

宝珠制止了他，说："休息室只有一张简易床，长时间睡车里真的对脊柱不好。"她说，"黎致远，我忙一点，才会好一点。"

这是宝珠第一次对黎致远承认自己不太好，至少这也是一种进步。黎致远没有逼她，他默默地开着车穿行在这个城市中。

宝珠一直没有说话，她沉沉入睡了。黎致远将车停在路边，将车窗关好、空调打开，将宝珠的座位放平，然后给单老师发了请假的信息，再拿出一条小薄毯给她盖好，然后重新安安静静地发动车子。

转个弯，学校就近在眼前了。然而黎致远一直开着车子，一直在路上行走。他经过了学校，又将学校远远地抛在身后。

宝珠在今天的手术中出现了失误，因而失去了去交流学习的机会。

刘主任问他知不知道宝珠到底发生了什么事。他知道果，却不知道因。他只知道和宝珠苦苦隐藏的秘密有关。他知道症状，却不知道病因。

失眠会让人精神紧张，引起自主神经功能紊乱，慢慢地出现焦虑和抑郁，长时间失眠甚至还会影响人体的自主神经系统以及内分泌系统……

宝珠的生活中一定是发生了某个重大事件，这个事件比刘雅兰的被害发生得更早，它让宝珠害怕，也让宝珠失控。这样的失控才是宝珠害怕的根源。但能让她好好地入睡比追根究底更重要。

他一直在城市的边缘开，路上很安静，隔得不远就会有一盏路灯。他的车里有他生命中最重要的人，这个人睡得很香，甚至发出了微微的鼾声。

黎致远觉得自己很满足，一伸手就能够到宝珠的脸，一低头就能看见她沉静的睡颜。这一生，他从未领略过这种美妙的难以言传的感觉。

他一点也不想停下来。虽然车子的油表在缓慢地持续下降，黑夜在逐渐浓暗深沉。如果车子可以不用加油，他愿意就像现在这样一直开下去，永不停止，永不结束。

宝珠的呼吸平和而悠长，她的脸颊白净而滋润，她的双唇润泽而粉嫩，让人很有一亲芳泽的欲望。黎致远的右手就像有自我意识一样，轻轻地抚上她的脸颊，才要碰到就赶紧收回来。他不想惊扰了宝珠的美梦。

宝珠是在车子需要停下来加油之前醒过来的。在微弱的灯光下，刚醒过来的她有一刹那的恍神，有种不知身在何方的茫然。但四目相对时，她由衷地绽开了一个微笑："黎致远，有你在真好。"

谁说冰山不会甜言蜜语？就这一句，抵得过所有的华丽辞藻。

黎致远觉得这是自己听过的最好听、最动人的情话。

两人一起下了车，随便找了块草地。今晚的月亮朦朦胧胧的，像是长毛的雪球，黎致远从背后将宝珠拥在自己怀里，并把下巴贴在宝珠的头发

第十九章 结局

上，说："宝珠，不如我们现在就出国吧。"

我愿意陪你去任何地方，只要你想去。有签证，有时间，还有两个人一起，只要你愿意。

宝珠没有说话，黎致远接着说："你有假，我翘班，坐最早的那班飞机，让胡丽他们都傻眼。"

宝珠"扑哧"笑了。

黎致远继续蛊惑她："你小时候一定没逃过学吧。要不现在体验一下？"

宝珠虽然没有说话，但是黎致远体会到了这种轻松愉悦的氛围。

"小时候我哥带我逃学去摸鱼，回家后我们俩被我爸用竹子揍了个屁股开花，但是就这样也没阻挡住我哥和我继续逃学的步子。"他伸出手比了个数字，"大概一年也就被揍这么多次吧！"

宝珠笑出了声，她伸出手抓住黎致远比数字的手，回头吻住了那张还想再说点什么的唇。等这个吻结束的时候，黎致远的唇又追过来，宝珠笑着说："我都没刷牙。"

黎致远忍不住笑出声，他挫败地把额头挨着宝珠的额头，亲昵地埋怨："那你不早说，亲都亲过了。"

宝珠再次笑出了声。

两人在月色中手拉着手漫无目的地走了一段路，又绕回到车边。

黎致远问："宝珠，要不要明天一起去海岛旅行？或者其他地方也可以啊，哪里都行。"

黎致远发现宝珠确实是认真地想了想，然后她才说："嗯，那一起去实验室吧。"

黎致远笑她："这么浪漫的气氛，你真的要说这个吗？不如你说说一对对称的腋窝具体要怎么做？"

"我真的会说，你确定真的要听吗？"

"要啊，你慢慢说。"

"那我们先从剥皮去脂开始说起吧。"

"不好，不能直奔主题吗？这样显得我太笨。"

"不会，你的左手和右手一样灵活，这样的人脑回沟皱褶多而深，大脑基层的表面积也大，这样的人智商都很高的。"

"你怎么知道我左右手一样灵活啊？"

"就这样知道的啊。"

"真的不是安慰我吗？"

"你知道怎么将人的大脑完整地取出来吗？"

"我现在不想知道了。"

"呃，好吧，其实我很想说。"

"宝珠，你知道月亮长毛，第二天就会下雨吗？"

"你这是在岔开话题吗？"

"嗯，被你看穿了啊。没有你的方法有用是吗？那我来试试你的办法。"

很久以后，这个夜晚一直都是黎致远不想醒来的美梦。

就像不知道柏荣齐怎么去的一样，李瑞阳现在也不知道柏荣齐怎么走的，他最后出现在林凯家，之后就再也没有人见过他了。这不应该啊！

引起了李瑞阳注意的竹子，林凯说自己也不知道，以前也没有留意过。

于是李瑞阳继续用他的火眼金睛观察和发现。

露台的玻璃推拉门是从里面锁住的，感觉像很久没有人打开过一样，积了不少灰。但是在二楼的窗户、露台的栏杆上，经过李瑞阳仔细地观察，发现有几处模糊的手掌印。

林凯说他老婆已经很久没回来了，这些手掌印可能是他老婆留下的。

李瑞阳观察了一下新装的监控摄像头的位置，然后试探着打开了监控视频，他看到有一个脑袋缓缓慢地沿着竹子升上来，慢慢地露出头发、眉毛、眼睛和嘴巴，然后露出了肩膀和身体……

有一个年轻男人顺着竹子爬上来了，然后他旁边出现了一架梯子，另一个人沿着梯子爬上来了。然后两个人拍手大笑，再次沿着竹子和梯子降下

第十九章 结局

去,然后过了一会儿,这次是搭梯子的人先到达二楼露台了。

还是这两个人,在露台、窗户、栏杆四处留下痕迹……

林凯给监控设备安装公司打电话,那两个年轻人其中的一个忙不迭地道歉:"不好意思啊,林总,你说过不能进入一楼二楼,所以我们就搭梯子上去了,很久没爬树了,就跟兄弟们打了个赌,不想却忘记删视频了,见谅见谅啊。不过,林总,要是可以,您家后面的竹子还是要砍掉一点,至少要离露台远一点。"

小刚子也这么说。

林凯说:"不是我不想砍,这些竹子不是私人的,是公家的,找了很多次,村委会都不同意,我也没办法,只能平时都锁住这个玻璃推拉门。"

李瑞阳和小刚子又沿着后山的路往下走,这是石板路,没有看到什么可疑的行迹。小刚子沿着山路往下走,仔细查找附近有没有可用的监控摄像头。李瑞阳返回林凯家,将一楼和二楼室内的情况再次排查了一遍。

没有踪影,柏荣齐就像人间蒸发了一样,没有找到任何踪影。

作为一名越狱者,柏荣齐可谓打破了一项纪录,他从越狱到现在已经足足八天了,依然是没有踪影。李瑞阳、小刚子、小颖三组人全无功而返。

焦队长说:"如果每个可能都排查了,那最不可能的那个可能就是真相。"

最不可能的那个可能,就是刘雅兰临死前喃喃自语的那一句:"柏荣齐,你是不是也死了……"

如果柏荣齐确实是死了,谁最有嫌疑?最后一个目击者。

最后一个目击者是林凯,或者还有可能是刘珍珠的爸爸。

因为按照伤情,林凯一个人很可能搞不定。而按照年龄和体力,刘珍珠的爸爸一个人也搞不定。但是两个人联手呢?

"假如,"焦队长说,"我说的是假如,假如柏荣齐被林凯失手给杀了,那他的尸体藏在哪里?"

他将上次刘珍珠的爸爸在审讯室留下的视频找了出来,示意大家看他的手。手背和手指节伤有瘀青,像是新伤。

"这是不是和柏荣齐打起来留下的伤？"他问，"柏荣齐是不是被刘珍珠的爸爸带走了？带走后扔在哪里？是不是通过他车子的移动轨迹都能找得到？快给我跑起来，赶紧去查这两个人，一查到底。"

林凯和刘珍珠的爸爸的行踪真的很好查。

林凯说自己之所以不乘刘珍珠的爸爸的车走，是怕自己成为刘珍珠的爸爸的负担和拖累。

万一柏荣齐还有其他的埋伏，受伤后的他就会成为牵制刘珍珠的爸爸的对象。他认为，虽然现在这个民居已经被柏荣齐破坏了监控设备，但既然柏荣齐选择继续逃窜，那他就不会再走回头路，来自己家里自投罗网。所谓最危险的地方就是最安全的地方，他在这里比坐刘叔的车离开更安全。

这么一说，李瑞阳认为挺有道理的。

刘珍珠的爸爸也说，他出去了一圈，林凯这儿都没事，也没人跟着他，可见柏荣齐是真的跑了，他们是真的安全了。他认为，林凯身为一个大老爷们，这些皮外伤完全可以忍一忍。

刘珍珠的爸爸的行车轨迹基本上就是他从林凯家回家的路程。在中央广场他停了两分钟，他说他去小便了一次。一个下午都被柏荣齐和刘雅兰指使着满城跑，他没有时间解决这些基本的生理需求……这好像也是可以理解的。

之后的行程更好查，刘珍珠的爸爸将林凯从家里接出来，然后开车沿着大路一直开到医院，除了买水喝和买烟，两人一直都在医院里。

柏荣齐在哪里？这些环节里哪个地方可以抛尸，又是哪个时间实施的抛尸？是在中央广场去方便的那两分钟？就抛在中央广场里？这么热的天，这么长的时间，就算那里再荒凉，这样古怪又腥臭的气味，也早该被人发现了吧？

不过为了慎重起见，小刚子和小颖还是带队去了中央广场实地勘察。

焦队长自言自语："如果真是林凯和刘爸爸杀的人，他们为什么要主动协助警方调查？"

李瑞阳也在想这个问题。假如真是这两个人动手的，不管是有意无意——

第十九章 结局

当然他个人倾向于是在无意中失手杀了人,为什么还要自己捅出来?

如果他不来,结果会不会不一样?

会,至少大队长百分百会死。大队长死了,刘雅兰死了,柏荣齐也死了,还有谁可以指证他们?没有他们的出面,大队长必死无疑……

焦队长喃喃自语:"假如他们说了一百句话,其中九十九句是真话,只有一句是假话,所有的真话都是为了铺垫那一句假话,那么哪一句是假话呢?"

焦队长端起茶杯喝了一口,又呸呸呸地将茶叶吐回杯子里,李瑞阳做了个恶心不忍睹的表情,忍住了到嘴边的那句话。

焦队长说:"这两个人在案件中给警方提供了正面帮助,要去查他们……哎,这要是还有第三个人就好了,这两个人引开注意力,还有一个从来没露面的人去实施抛尸。"

问题是,有这个必要吗?柏荣齐是越狱犯,同时有证据证明他实施了绑架和勒索,又牵涉进其他案件,死刑立即执行是少不了的。即使在打斗的过程中失手杀人,法庭也会公正裁决的。

"除非人不是他们杀的,是另一个人杀的,这个人不能暴露。"焦队长说。

这个人会是谁?还有谁想杀柏荣齐而又和他们有关?李瑞阳知道有一个人很符合,但是又断定绝对不可能是她,因为她一无所知。

李瑞阳不想再去打扰她。她在刘雅兰被杀这件事上被人陷害,又在医院被刘雅兰传播的视频影响,尽管她和十八年前的事有关,但她当时才十一岁,她是最可怜、最无辜的那一个。

黎致远那天在警车上说的话李瑞阳还记得很清楚。整件事情已经对她造成了一部分不可逆转的伤害。再说,柏荣齐做了那么多恶,想杀他的人估计能排成很长的队伍,谁知道是不是其他哪个受害者或其亲友动的手呢?这潜在的嫌疑人就有点多了吧!

焦队长显然也想到了这个问题,这不,他正吩咐李瑞阳去将柏荣齐的受害者名单整理出来。

这可不是个有意思的事,正好小刚子带着小颖垂头丧气地回来,李瑞阳赶紧将这个任务交给了小颖:"来,女孩子更细心,好好整理一份吧。"

然后他和焦队长一起查看小刚子带回来的有关中央广场的照片。

李瑞阳指着其中一个空位问小刚子:"怎么这边的僵尸车这么多,这里还能空出一个车位?"

小刚子凑过头来,夸他好眼力,他还同时带回了中央广场附近所有出入口的监控视频。在同一时段的前后,有几辆车经过这里,有出入的监控视频,同时也有刘珍珠的爸爸的车进入和出去的监控视频。

而在中央广场里面,由于只有一个高高的监控摄像头,广场里疏于打理的树又比较多,还是存在相当多的监控死角。但是就这样,也没有找到在这两分钟之内有可能和刘珍珠的爸爸的车路径重合的车。

两分钟,隔得远一点,谁能背着一百多斤的柏荣齐跑很远?李瑞阳觉得哪怕是受伤前,自己也没这个体力。

就在他边想边转头时,一眼就看到了正拿星星眼看自己的小颖。小颖看到他看向自己了,"噔噔噔"走过来:"李队长,听说你喜欢刘医生啊?"

"你听谁说的?"李瑞阳好奇地问她。

"大家都这么说。"小颖用"你要否认吗"的眼神看着他。

李瑞阳点点头,赞同道:"可见群众的眼睛是雪亮的。"

李瑞阳将她扒拉着换了个方向面对小刚子:"你看那边,那边有个人一看到你,眼睛就会自动放大。"他拍拍小颖的肩膀,"少给我添乱啊。"

小刚子大声喊:"师兄快来,我找到了。"

这是在刘珍珠的爸爸开车离开之后几分钟,从不同的方向离开中央广场的一辆黑色车。"这已经是距离刘珍珠的爸爸最近的一辆车了。"小刚子喊。

那就排查一下吧,如果这辆车都没可疑之处,那就要放弃这个思路。或许可以去查一查柏荣齐祸害的其他人,以及其他的偷渡团伙……

这是一辆黑色斯巴鲁,李瑞阳一眼就看到了,因为这是他年轻一点的

第十九章 结局

时候最喜欢的一款车，但监控画面里这辆车经过了改装，有哪里不一样。

……………

"宝珠，你真的不考虑考虑回学校当老师吗？"单老师第N次提起这个话题，"真的，有我和曹老师推荐你，只要你愿意，绝对没什么问题。"

他在我做好的那一对腋窝标本四周绕啊绕，"啧啧啧"地赞叹："我都做不出来这么高水平的，这真的太考验基本功了。"

这不但考验基本功，还考验视力、腰力、臂力，这比我上十节拳击课还累人。

"你曹老师昨天说了，我这个人别的没啥优点，看人看得真准，一个选老婆，一个选徒弟，他是甘拜下风了。"单老师滔滔不绝地说，"那是，他好歹有眼光了一回，当年大家都说你是女人中的怪胎，说你以后要嫁不出去的，我就说他们没眼光吧。当然，那个姓黎的眼光也还不错，有我年轻时一半的水准了。"

单老师平时也是这么多话的，即使是面对着大体老师，他也很爱说，比方他会喋喋不休地夸奖大体老师拥有一个完美的被烟破坏了的病态肺……

这样的日子和上学那时候一样，我不需要考虑人情世故，不需要担心世俗纷扰，我可以不说话，也可以肆无忌惮地说话，这里是很能让我放松的地方。

黎致远在下班后开车来接我："不如回家，我给你做好吃的。"

于是我们去菜市场买菜，这是一派热闹又俗气的人间烟火味，让人觉得可爱又熨帖。除了现杀活鱼。

老板拎起一条被选中的活鱼，打晕后将它取鳃去鳞，剖腹去肠。被处理干净的鱼，还会在塑料袋里抖动。这是未被破坏的游走神经还在工作引起的神经反射弧所表现出来的肌肉痉挛和抽搐……

黎致远回头对我说："做酸菜鱼怎么样？我的切片技术还是相当不错的。"

我望着他的眼睛说："好。"

他忙的时候我又睡着了。

醒来的时候大脑的呕吐中枢告诉我，我曾吃下去的东西就要通过食管逆流出来，我感觉到强烈的胃逆向蠕动……这个房间我来过，坐在书桌边的那个人我认识，卫生间在哪里我还记得，所以我直接冲了过去。

黎致远将我垂下来的头发撩到耳后，在我后背一直轻轻地顺，我感觉到了四肢无力，眼冒金星……

我爸该怎么办呢？选的这条路真的能坚持下去吗？也许应该放弃抵抗？不，既然没有回头路，那就好好走我自己想好的路。于是我抬起头问："黎致远，有我可以用的牙刷吗？"

我将自己清洗得干干净净，然后去黎致远的衣柜里挑了一件深色的衬衫，又认认真真地吃了一碗米饭，没有动那些均匀薄嫩的鱼片，也没有碰杯子里那些晶莹剔透的酒。夜很深的时候，我们靠在窗边看星星，我引导着他的手在我身上游走，亲吻着他难耐得上下滑动的喉结。

我听到他咽了咽口水。记得很久以前看《挪威的森林》，里面那个名叫绿子的女孩就说过，做爱前最动听的就是这咽口水的声音。但是他反抓住了我的手，在我耳边说："宝珠，我不是每一次都能忍得住。"

我亲吻着他的耳垂，低声说"嗯"。

他搂着我，搂得很紧："宝珠，这算不算乘人之危？"

我说："黎致远，你在危险中吗？"

我听到他忍不住地笑，然后我迎来了一个热烈的激情的吻……

夜很长，也很短……

李瑞阳和小刚子坐在开往柏荣齐老家的高铁上，他们要去核实两件事情。第一，柏荣齐如果没死，是不是已经潜逃回老家了，藏在哪里？第二，林凯老婆兰秋在案发前后的动向。

之所以要去核查林凯老婆兰秋的动向，是因为发现了一些疑点。焦队长认为，如果确实有第三个人，那么是林凯老婆的可能性更大。之所以没有给当地警方发协查申请，是因为上面已经有命令，关于柏荣齐的案件调查要悄

第十九章 结局

悄地进行。

这时，小刚子将头转过去，举起右手打招呼："刘医生，你好，这么巧啊。你也回老家吗？"

李瑞阳几乎不敢相信，真的是刘宝珠坐在他的身后。然后他疑惑不解地喊出声："见鬼，就这么几天，你怎么瘦成了这副鬼样子？"

眼前的刘宝珠虽然还在礼貌地跟他俩打招呼，但真的，她已经瘦得太多了，更让人难受的是她的眼睛，眼睛里都是红血丝，而且整个人的精气神都不太对。

但是她礼貌地回答小刚子："陈警官，我回老家给姐姐迁坟。"

小刚子兴奋地跟后排的人说："不好意思啊，遇到熟人了，你看咱俩换换位置行吗？"

这个小师弟鞍前马后做得还不错。李瑞阳正准备起身，就看见小刚子已经换到后面挨着刘宝珠坐了。李瑞阳在前排侧着耳朵听他们聊天，原来宝珠是要回老家将刘珍珠迁到外婆和妈妈身边。

刘宝珠的话很少，比平时拽的时候还少，而且他总觉得她的声音有哪里不对。在他假装不经意回头时，他看见刘宝珠确实和以前不太一样了，整个人有种冷郁之气，给人的感觉就像过了花期即将枯萎的花。一直到快要下车，李瑞阳都没跟刘宝珠说上几句话。

于是在快要到达之前，李瑞阳终于坐到了刘宝珠身边。

刘宝珠一直在看着窗外发呆，她的眼神是茫然的，李瑞阳还没有想好怎么开口说话，就听到高铁提前报站了。刘宝珠对他们也在这里下车感到很惊讶，然后她问："李警官，你们也在这里下车吗？"

李瑞阳不好意思地点头，他没法张开口跟刘宝珠说柏荣齐越狱之后的事情。

李瑞阳一直担心如果刘宝珠问起自己这一趟的目的，自己该怎么说。

不过还好，担心的情况没有出现，一直到下车刘宝珠也没有问起，而是礼貌地跟他们说了"再见"，然后背着自己的双肩包走在前面。

李瑞阳是眼睁睁地看着刘宝珠在人群中突然倒下去的。有人惊恐地喊了一声："你怎么啦？"

李瑞阳和小刚子同时跑上去，有个大妈使劲地拖住刘宝珠倒下去的身体喊："姑娘，你快醒醒。"

李瑞阳赶紧把刘宝珠接过去，马上就被这滚烫的体温给惊到了，难怪一直觉得她不对劲，原来在发着高烧呢。他在抱走刘宝珠的时候被大妈拉住了："你们认不认识啊？你们不会是坏人吧？"

小刚子出示了自己的警察证，解释清楚了大妈才放心。

李瑞阳将刘宝珠送进了医院。在经过急诊诊疗后，刘宝珠开始退烧。她满头满身的冷汗，整个人像从水里捞出来一样，不停地发抖，又像在做噩梦一样，咬紧了牙关。李瑞阳都感觉到了她用力之大。在请女护工给她换衣服的时候，李瑞阳发现她包里的东西真的十分简单，连手机都没带。

在等待的过程中，小刚子先去进行自己的调查。这次的调查对于柏荣齐的部分是秘密行动，不想惊动任何一方，所以是纯走访的形式，但对于林凯老婆的则不必这么麻烦。小刚子带着协查申请直接去找当地警方，当地警方经过查询后，给了小刚子一个地址和一个电话号码。

小刚子没有打电话，既然来了本地，眼见为实，他直接找到了这个地址。

小刚子在外面走访了一天，带回了有关林凯老婆的消息。而刘宝珠还没有醒，于是他们俩就在急诊留观室外进行了交流。

林凯老婆的动向是出乎意料的，林凯撒谎了，而且一直在向警方撒谎。

通过这边民警的帮助，他们查到了林凯老婆在本地的一系列动向。

他老婆没有随朋友在外旅游，一直在戒毒所里呢。林凯老婆有毒瘾。

这才是林凯总是带着他老婆悄悄来回的主要原因，他对所有的人隐瞒了老婆有毒瘾的事实。而且，在这个本地最好的戒毒所，还查到了两年前林凯老婆的另一个住院记录，同样也和毒瘾有关。

小刚子和林凯老婆进行了交谈，林凯老婆对她老公充满了怨言，埋怨这个戒毒所，埋怨林凯老是东奔西走，埋怨林凯老是将她一个人留在老家或者

第十九章 结局

留在那幢民居……总之，如果有第三个人，那就不可能是当时在住院的林凯老婆。那么，到底有第三个人吗？

其实，李瑞阳更在乎那辆斯巴鲁的行踪，然而对这辆车的查找也是无疾而终。这辆车从中央广场开出后，进入高架桥，然后消失了一段时间，最后通过交警系统的查询，这辆车出现在九堡某个出城的路口，车主与这些事一点关系都没有。总之，这是一辆恰巧经过中央广场的无关车辆。

是不是太草木皆兵了？为什么不能相信柏荣齐已经偷渡潜逃出国了呢？

刘宝珠在当天晚上恢复了意识。

彼时，李瑞阳正在用棉签蘸水润湿她已经干燥开裂的嘴唇。她睁开眼时，李瑞阳看见的是一双疲倦的、浑带着红血丝的眼睛，眼神不但冷，而且带着狠。

在她看清是自己时，她的眼神很复杂，复杂到李瑞阳不知道该怎么形容。然后她又很快闭上了眼睛，在十分钟之后才再度睁开，用沙哑如同瓦砾刮过一般的声音对自己说"谢谢"。

李瑞阳告诉他，医生诊断是急性化脓性扁桃体炎，这种病好发于儿童和青少年，成年人在工作压力大、过度劳累以及免疫力下降时偶发。

李瑞阳其实是想调侃来着，说："难怪说医者不自医，刘宝珠，你这个医生也有力所不及的时候啊。"

说完这句话他只想给自己一个巴掌，在自己心仪的女人面前说这样的话，你是嫌自己太帅，还是嫌刘宝珠拔刀不够快？

但刘宝珠没有说话，她很费劲地坐直身体，好像是想起床，她拔掉了手背上的留置针。李瑞阳上前制止她："逞什么强？躺着，医生说你最快也得后天才能逐渐恢复，这两天高烧会有反复的。"

刘宝珠居然很听话，不过很快李瑞阳就发现，这不是听话，而是她根本没有力气反驳和违背，她现在处于毫无反击之力的时候。

于是李瑞阳赶紧给她端来了粥，并在她的手抖得停不下来时抢过调羹喂她，她也没有反对，就着他的手慢慢却认真地吃完了一碗粥。这可真是个很配合的病号。尽管半个小时后,她对着垃圾桶又全吐了出来。

李瑞阳赶紧安慰她:"医生说是有可能出现呕吐的。"

这个夜晚,李瑞阳在她床边守了一夜,陷在病床上的她有着李瑞阳从来没有见过的脆弱。她睡在自己外婆和妈妈坟头时,是不是就和现在一样?

李瑞阳一夜没睡,因为宝珠又烧上来了。她开始打寒战,并咬紧了牙关。李瑞阳赶紧去按床头的铃。就在这时,他听到了一声含糊不清的呓语。

他凑近了听,只听到"电话……姐……"然后她念了个名字,紧接着她醒了过来。她念的名字是:"李瑞阳……"

然后她又睡了,开始退烧了。

李瑞阳的心跳成了一只兔子,他纠结了一晚。他手机上有黎致远的电话,他一直在纠结要不要通知这个中年老白脸。但最后他承认,自己还没大度到这个程度。于是他决定自己再照顾刘宝珠几天。

不过刘宝珠没有给他机会。在第二天的早晨,刘宝珠表示自己已经请了护工阿姨了,就不耽误李瑞阳的工作了,她保证会老老实实地待在医院,李瑞阳可以在忙完正事后再来医院检查。

李瑞阳没话可说了。于是这一天,他和小刚子分头开始了对柏荣齐的走访,最后得出了柏荣齐绝对没有回老家的结论。

柏荣齐的恶大概是与生俱来的,连环案犯童年的三个显著特征他都有:尿床、纵火、虐杀小动物……这样的人在成年后最可怕的一点在于,极其善于伪装成一个普通的甚至是有吸引力的社会成员,这是他获得信任的方式。这种极具欺骗性的方式让他极容易掌握逃脱的方法……

而柏父这个隐藏得极深的老毒贩,年轻的时候将柏荣齐赶出家门,是为了保护自己的名声;年老后又愿意伸手护着他,不过是怕他连累了自己。

现在就看小颖那一队警员深市之行的结果了。

焦队长还在深挖刘珍珠的爸爸,这个老顽童调取了刘珍珠的爸爸在医院附近停留的那四十几分钟的监控视频,还煞费苦心地找来了刘宝珠的行踪。他乐此不疲地给李瑞阳发信息……

第十九章 结局

小子，刘宝珠医生这真是老干部一样规律的生活作息啊，你小子上点心，上下班送点花花草草啊……

小子，刘宝珠医生基本上都没有消遣娱乐啊，你要不要考虑搬到医院附近啊……

李瑞阳，刘宝珠在下午下班后出现在她爸爸停留的区域，从另一条主路折回到这栋楼的附近，之后，没有看到出来的身影……

李瑞阳，咱们是不是要查一查刘宝珠当晚的行踪？是不是要查一查她和她爸爸真实的关系？

不得不说，老顽童发过来的信息成功地让李瑞阳冒烟了，他思量着给焦队长回了条信息：师父，承认有人真的能成功越狱很难吗？

毕竟，师父和师弟是两个辈分，可不能用同样的方式喷了。

晚上，李瑞阳来了医院，刘宝珠已经恢复了很多，至少嘴唇没有之前那么干裂了，也有力气自己端着碗了。李瑞阳推开门的时候她正在一口接一口认认真真地喝粥。

她在自己刚推开门的那一秒回过头来，并且向他点头示意。

李瑞阳问她是不是明天准备出院，她点了点头，哑着嗓子说"是"。李瑞阳赶紧制止她说话，告诉她明天早晨他会来送她。刘宝珠果然摇头拒绝了，李瑞阳想起她那天在车站晕倒的样子，严厉地批评她胡闹。为了看住她，他决定在医院守着。

半夜，他听到了刘宝珠病房里传来的撕心裂肺的呕吐声，难怪人家说"有什么也别有病"，瘦得这么快是有原因的吧，这个化脓性扁桃体炎在成年人身上很严重啊。

果然第二天她没准备等自己就要走，李瑞阳又生气又心疼，怀着这样复杂的心情出现在她面前时，说了一句："刘宝珠，我们至少是朋友吧。"

于是两人一起出发了。刘宝珠要先到原来的户籍所在地凭民政局的证明去办理迁坟的手续，李瑞阳陪着她一起去了她小时候住的那个筒子楼。

刚进这条小巷子，李瑞阳简直惊呆了，那个巷子口站着的人，不是那个奸诈的中年老白脸又是谁！这还给不给人机会了？不过，这个中年老白脸的脸不但不白，还胡子拉碴一脸沧桑，这是演的哪出不入流的偶像剧？

刘宝珠也惊到了，黎致远显然也惊到了。三个人都惊呆了。

三个人都说："你怎么会在这里？"

刘宝珠和李瑞阳问的是黎致远，黎致远问的是李瑞阳。

三人异口同声地发问之后，黎致远又低声下气地说："宝珠，下一次，就算你生我的气，也不要这样一声不吭地走行吗？"

身后出现了一个大嗓门："你就是小宝珠吧，哎哟，你都这么大了。真好看，比你妈妈好看，也比你爸爸好看，天哪，你还记不记得我啊？"

刘宝珠礼貌地喊："黄婶，我记得你的。"

黄婶伸手去拉她的手："小宝珠，真是宝珠啊，得有十几年了吧，上次见你还是你奶奶过世呢。哎哟，你老公在这里已经等你很久了，我还以为他是骗子呢。"

原来黎致远是乘昨天早晨最早的一班飞机到的，在这条巷子里已经等了一天一夜再加今天的半天了。

听说是要迁坟，黄婶热心地说让她来帮忙，刘宝珠说已经联系好了，选了吉时，也根据当地的风俗请了当地最好的道士……总之，其他的不用麻烦黄婶，但是麻烦黄婶帮她张罗一下这些人的伙食。黄婶连连说好。

她给黄婶塞了一沓现金，一再地感谢她。难得看到她这样世俗的样子，李瑞阳觉得有点好笑，但是看到没有笑的黎致远又觉得自己有点多余。

这个晚上刘宝珠不在自己睡觉的地方，黎致远也没有去找，他坐在巷子里刘宝珠原来的家门口，同黄婶有一搭没一搭地聊天。

李瑞阳猜测这个中年老白脸也知道刘宝珠在哪里。他去巷子口买了啤酒，加入了这个聊天的队伍。

黄婶走后，黎致远问他："难道现在还没有消息吗？"

李瑞阳点点头："谁知道这个年代居然还有越狱成功再也找不到的人呢？越狱第一人也没他能藏。"

第十九章 结局

两人有一搭没一搭地说着话。

宝珠一个晚上没有回来。黎致远和李瑞阳两人半夜又找到了那处山脚下，两人不约而同地一起停了下来，就在半山腰上守了一阵。第二天天还没亮，刘宝珠下了山，眼睛肿得不像样子的她，看起来却比昨天要轻松。

看到她的样子，李瑞阳觉得身边的黎致远也轻松了下来。这两个人有着难以言说的奇怪的同频，李瑞阳感觉到了挫败。

迁坟的事刘宝珠是花了心思的，全程都按照当地的习俗办，捡骨只能是刘宝珠一个人做，但是他俩陪着刘宝珠将刘珍珠的尸骨送去火葬场，最后捧出了一个小小的骨灰坛子。李瑞阳没想到，自己以这样的方式送了这个曾出现在警方卷宗里的美丽勇敢的女孩一程。

…………

黎致远会追到这里来，其实我并不意外，我只是没想到他会到得这么早。

那天早晨，我是在他怀里醒来的，那个晚上是我最近睡过的最好的一个晚上。其实我应该在他醒来之前走，但是我想我是贪恋这一刻的，所以我窝在他的怀里没有动，一直到他醒过来，在我的头发上很轻地印上一个吻，然后他收紧了双手。阳台上晾着的衣服已经干了，在晨曦中随风摇来摆去，燥热还没有起来，这是一天之中最舒服的时候。

在学校实验楼下车的时候，我对恋恋不舍的黎致远说"再见"，他回应了我一个流连忘返的吻。我先将实验室里自己的工作做了个总结，然后带上休息室的衣服，给单老师和刘主任打电话交代了自己的去向。

我要去把姐姐带回来。那个开始了一切的地方，最终也会结束这一切。

坐公交车去高铁站的路上，我遇到了一个孕7月的妈妈，她身边还带着四岁左右的儿子。她前额青紫肿胀，脖子上有一圈红印，然而她还在给她老公打电话，求他回来带大宝去医院……这是一个在老婆孕期出轨、家暴、不顾孩子的渣男的故事。在感觉到她引起了我的注意后，她红着眼睛跟我说"对不起"，说真恨不得世界上没有这个人。

我一直晕晕乎乎的,身上一阵接一阵地打寒战。

我知道我在发烧,可能是四十度左右的高烧。我体内血液中的白细胞数量在增加,它在不停地运动和吞噬,试图阻挠细菌或者病毒的入侵,它在建立我体内的防御功能,它维持着我的免疫系统……

迁坟前一个晚上,我独自一人去了姐姐的坟前。曾经满山坡的鲜花已经杳无踪迹,唯有那个小小的埋葬她的土堆。

我喊"姐姐",我把所有的事从头到尾地说给她听,从十八年前开始,到这个月结束,所有的事,我爸的、林凯的、小秋嫂的……

我的头挨着墓碑,用只有她和我能听见的声音,说着不能说给其他任何人听的话,我说得很慢,很清楚,很痛快……

我说了一遍又一遍,直到我沉沉入睡……

我的姐姐,才是我的救赎。

当我醒来的时候,我觉得这是我最好的时候,我精力充沛,我精神十足。我看到了窝在草堆里的狼狈二人组。我对李瑞阳说"谢谢",对黎致远说"我下次不会了"。我当然看到了黎致远虽然放松下来但仍然写着担忧的双眼,同时也看到了李瑞阳故作潇洒欲言又止地耸肩。但我已不再怕,姐姐说,她会永远和我在一起。

我带着一个小小的骨灰坛子,和黎致远一起坐高铁回去了。

我没有回宿舍,而是去了那幢黑瓦灰墙的小三层,我带着姐姐和黎致远里里外外地逛了一圈。其实李瑞阳说它是小别墅也没错,不过房子是需要人气来养的,这幢房子没有人气也是一目了然的。

三外婆对黎致远很好奇。她绕着黎致远前前后后、左左右右地仔细看,然后用自以为是悄悄耳语实际上除了她谁都能听见的声音问我:"宝珠,这小伙子是谁?"

我也趴在她耳朵边,用她以为只有她能听见实际上谁都听得见的声音告诉她:"三外婆,这是我男朋友。"

黎致远笑成了一朵花。

第十九章 结局

我将姐姐的骨灰暂时放在家里,等着两天之后的吉时。

黎致远问我能不能带他去给外婆和妈妈见个面、行个礼,他走了不近的路先去买了鲜花和水果,我们手拉着手一起走上山。

太阳很大很晒,感觉像要被烤熟。我坐在外婆的坟前,看着黎致远认真地、恭敬地给外婆和妈妈行礼。

这样的日子想必不多了吧!以李瑞阳和小刚子为代表的警方正在查林凯和小秋嫂,想必另外有人在查我爸,什么时候会查到我的头上呢?

我真正该担心的是李瑞阳,他曾在本&色酒吧见过我。如果他想起来的话,他就会知道我和林凯是见过面的。

伸到我面前的手打断了我的思绪,黎致远说:"宝珠,陪我一起给外婆和伯母行个礼吧。"我站起来照做了。

下山的时候,黎致远终于问我:"宝珠,为什么不告诉我你的行踪?"

那天下午,他在下班后正常来学校接我,从单老师口里才知道我请假回老家,他去找小姨得到了我老家的地址,就一路追了过来。

我笑着说:"对不起,是我考虑不周。"

黎致远让我抬起头来:"宝珠,不要这样笑,这不是你。"

不,这是我,涅槃重生的我。

他问我:"宝珠,二十号那天晚上,究竟发生了什么?"

黎致远,我永远不会告诉你。

我笑着,看着他的眼睛:"二十号吗?如果没有什么特殊的,我不是在实验室,就是在尸库啊。怎么啦?"

晚上回到宿舍,他的唇在我的唇上辗转厮磨,我尝到了他眼角流下来的苦涩的味道。

去往柏荣齐老家父母那里的,和前往深市柏荣齐的妻儿那里的两队人马都铩羽而归。

焦队长在办公室里笑眯眯地看着李瑞阳:"听说你和刘医生单独待了两

天，有进展了吗？"

李瑞阳问:"师父，您老想说什么直接说，别和小刚子一样，净整什么迂回。"

焦队长拿出了刘宝珠从医院后面的小高层经过的监控视频。画面中，刘宝珠穿着黑色的夜跑运动衣，背着包从画面里走过去，她的步履快，但神色正常，并不见焦急。

李瑞阳叹了一口气:"师父，咱要不要换个思路？柏荣齐从被捕开始，做了不知多少让人意想不到但十分有用的小动作，你怎么确认这次的越狱失踪不是他故意安排的呢？"

焦队长赞同地点头:"这个也是一个值得特别注意的方向。"

刚回警局的小颖好似有用不完的精力，她扑闪着大眼睛，问:"这样的人渣，费这么大力气找他干什么？"

小刚子难得反驳她一回:"那可不能这么说，这样的人渣，如果不能确认他在哪里，这才是让大家担心的事。万一他在逃跑的过程中又伤害了其他人，这可怎么办？"他义正词严地说，"要么就确定他死了，要么就确定他在哪，总之得确认他没有办法再伤害其他人。"

"是这么个道理。"焦队长也难得赞同小刚子，"那从哪里查起呢？"

排查柏荣齐所有的受害者，将是一项非常繁重的工作。

小颖首先表示了对柏荣齐的一万遍唾弃加痛恨。最近她的工作就是梳理酒吧里柏荣齐的受害人，从之前的毫不了解到现在的了解透彻，她对柏荣齐的厌恶真的是到了恨不得亲手锁喉了结他的程度。

小刚子突然说了一句:"说起酒吧，有一次在酒吧，刘医生和其中的一个老板正在聊天，那是不是林凯来着？师兄你还记不记得。刘医生如果见过林凯，会不会也见过柏荣齐？"

刘宝珠去酒吧，是无意，还是蓄谋？

焦队长下了指示，既然目前其他方面没有头绪，那就从有头绪的地方找起。第一，联系一下酒吧原先的工作人员；第二，核实一下二十号晚上刘宝珠医生的行踪。双管齐下，一起使劲。

李瑞阳这口气憋在心里上不来下不去地，真是肺都觉得隐隐作痛。

但是他能说什么？这是合理的、正常的查案流程，要是对象不是刘宝珠，说不定他还要夸小刚子一句"思维敏锐、嗅觉灵敏"来着。

但他想到已经瘦得非常明显的刘宝珠，愣是今晚都食不下咽，于是，他来到了大队长的病房。大队长已经度过了危险期，但还没转出EICU。

李瑞阳又问他们和刘珍珠的爸爸交易时的情形。

大队长曾无比地接近车，在拔车钥匙时还进入了车里，车里有没有第三个人，大队长最清楚。如果是宝珠，宝珠只有可能是在她爸爸停留的那四十二分钟内进入车子，然后再一起到林凯家，才能和柏荣齐产生交集。

如果是这样，就表示林凯和她爸爸从头到尾都在撒谎。如果刘宝珠真是隐身在后的第三个人，李瑞阳发抖，光是这样想，他整个人都感觉不好了……

大队长很肯定地告诉他绝对没有，车里绝对没有第二个人。

那么，车外呢？李瑞阳这么问。

大队长懂他的意思，也许有一个人，在他们没到达现场的时候就埋伏在附近，在他们走了之后又上车一起前往林凯家。

大队长仔细回忆了当晚的情形。

"我在开车，远远地并没有看到有人下车，你也知道那里比较空旷，视野比较开阔，我是看着刘珍珠的爸爸车的尾灯熄灭的。即使有第三个人，我也从未发觉到。"大队长说，"但是如果是他们杀了柏荣齐，而刘雅兰死在医院里也并不是个秘密，明明知道只要我死了就真的死无对证了，他们为什么还要自己暴露自己呢？只要多等一阵，哪怕一两个小时，我也许就死了。这样说起来，他们是因为我才暴露的。"

第二天一早，李瑞阳带着小刚子和小颖，将刘珍珠的爸爸那天晚上从林凯家返回市里的路途全部缓慢而又仔细地查了一遍，尤其是晚上交易的地点。凡走过，必有痕迹，唯一遗憾的是时间已经过去了将近十天，唯一庆幸的是最近没有大风大雨天气。在路边坑底，李瑞阳发现了一小片黑色速干衣的布料，正像刘宝珠出现在监控画面里的那件。

　　李瑞阳第一时间将它送去了鉴证组，以鉴定是否残留有皮屑。皮屑是脱落的角质细胞，是含有DNA的。

　　而对于酒吧里的原工作人员，也已经有同事前去收集信息了。

　　在中午之前，他们带回来一个值得留意的消息：在某一天晚上，曾经出现过一个很美的美女，让柏荣齐铩羽而归，后来被对面酒吧的一个富二代给截和带走了。这个富二代听说是某医院院长的公子。

　　是宋琪，宋琪父亲正好是刘宝珠所在医院的院长。

　　李瑞阳蒙了，这意味着什么？宝珠和林凯曾有过交集，如果她也曾出现在柏荣齐面前过，再加上她消失在爸爸停留过的监控画面里，交易现场有和她衣服一样的布料……刘宝珠怎么为她这些巧合来做解释？

　　现在，没有任何理由可以阻挡警方去调查刘宝珠在二十号当晚的去向以及时间证人。

　　下午两点，刘宝珠在本月二十号一整天的时间行动轨迹就全部出来了。

　　二十号早上八点半，刘宝珠准时出现在医院，中午有同事和她换班，于是她外出。再次出现在监控画面里时，是在另一个城区的一家药店外，她和刘育亮正面相对。之后，在她和刘育亮蹲坐在马路边说了很久的话，基本上是她听，刘育亮说，下午三点半，她和刘育亮分别打车离开。

　　刘育亮一个人打车径直来到了警局，彼时黎致远正在警局。而刘宝珠打车回了宿舍。之后穿着黑色夜跑衣出现在医院后面的路上，一直走到了她爸爸藏身的小高层附近，就此消失不见。

　　一直到第二天上午八点五十，黎致远从自己车子的副驾驶座将沉睡的她抱下车，抱回宿舍的路上遇上了好几拨同事，据说，黎致远这个老白脸当时的脸很红。九点五十，刘宝珠出现在医院产科病房，开始上班。

　　二十号下午五点四十七分之后，刘宝珠在哪里？在做什么？和谁在一起？

　　已经有足够的理由再次将她请回警局协助调查了。这一次，需要将黎致远和她分开审讯，以防串供。

第十九章 结局

李瑞阳表示了坚决的反对,他反对的不是请刘宝珠和黎致远回警局协助调查,而是在这个时机进行这项工作。李瑞阳认为,只有符合这两个条件,才能有充分的理由将这两个人带回警局协助调查。

第一,服务员确认并可以进行指认,当天晚上被宋琪这个富二代从柏荣齐面前带走的女人,就是刘宝珠本人。第二,交易现场的黑色速干服上能检测出属于刘宝珠的皮屑组织,如果不能,至少需要明确的物证能证实这片小小的黑色布料,是来自刘宝珠的黑色夜跑衣。

李瑞阳同时认为,既然刘珍珠的爸爸、林凯和刘宝珠三人是属于合作关系,那一定要有明确的物证证明,不能建立在警方的推理上。

焦队长不同意,他认为这样做很有可能打草惊蛇。他笑眯眯地问李瑞阳:"假如现在涉案的不是刘宝珠,你会怎么做?"

李瑞阳愣住了,他细细地考虑了几分钟,汗如雨下。

假如不是刘宝珠,他会比任何一个人都更加积极,会马上就带队去请人回来。

焦队长说:"李瑞阳,你要不要考虑请几天假,在家里休息几天再来?"

你对刘宝珠的感情,已经影响到你的判断了。

…………

今天上午十点是吉时,黎致远请了假陪我一起回家,帮我准备了很多今天需要的东西。他这两天稍微有些心事重重的样子,我想我知道因为什么。

没关系,任何人都有选择去或留的权利。

但在每个晚上,他都用足以燃烧一切的热度贪婪地将每个夜晚变得很短,使我的睡眠变得很沉,而每个白天,我的精神都很好。

今天早晨我也是在他怀里醒过来的。他的手和唇还在忙活,但很快他就停下来了。因为有人在我的宿舍门口边敲门边喊:"刘宝珠,开门。"

他红着脸急忙穿衣服的样子让我忍俊不禁。

是小姨、卿卿、卿瑞、胡丽和宋琪。

小姨絮絮叨叨地埋怨我不早点告诉她,不然她可以陪我回老家一趟的。

宋琪好像是在打趣黎致远，因为黎致远伸出手给他额头上来了个栗暴，但是自己却红着脸不停地咳嗽。

昨天已经将准备工作都做好了，今天我只要负责将姐姐抱在怀里一步步送到外婆和妈妈中间就可以，工人会帮我将其他的做好。

小姨亲昵地埋怨："这样重要的事情，你怎么也不通知你爸爸啊？"

我说："我也不知道他的联系方式啊。"

我看到黎致远专注地看着我的目光，所以我抬起头对着他微笑。既然说过以后不会再联系，就没必要出尔反尔，最重要的，永远是眼前共同的危机。

李瑞阳在仪式开始后就出现了，彼时我们正在往山上走。

除了他，来的还有小刚子和那个女警。

李瑞阳示意我向旁边走几步再说话。他有点结结巴巴，但依然态度坚定地告诉我，因为柏荣齐的失踪案发现了一些和我有关的疑点，今天将带我回局里进行问询。而黎致远和宋琪身边也都有警员正在和他们进行交谈。

小姨很意外又很惊讶，她不明白发生了什么事。她急切地念叨着该给我爸打电话，却连电话号码都不知道。

我想是为我曾在酒吧里露面的事，因为宋琪也在接受问询。

该来的总会来的。

小刚子给我出示了各种文件，告诉我现在要对我的住宅进行检查。我在适度地吐槽和埋怨后，才走回家门口喊三外婆。

三外婆走出门口问我："宝珠，这是发生什么事情啦？"

我扬着声喊："外婆，给我钥匙。"

三外婆"哦哦"地点头，小步快走去屋里拿钥匙。

李瑞阳接过钥匙，边开门边问我："怎么，你家的钥匙不在你手里吗？"

我点头说"嗯"，没有解释，说多错多，由其他人嘴里无意中说出来的话能达到的作用，远远胜过被怀疑的人亲口说出来的辩解。被怀疑的人，无论说什么都像掩饰。

满是灰尘的大门在李瑞阳和我的眼前打开，惊起了无数在阳光中翻飞的

第十九章 结局 上

灰尘。我听见身后有人喊我的名字，回过头看到黎致远笑着对我挥手："宝珠，我们要和警方先去警局。完事后我们在那里等你，再一起回家好吗？"

我说："如果你们先办好了，还是帮我先送小姨回家吧。"

然后我对小姨笑："小姨，别担心。"

别担心，不会有事的。

…………

今天的行动分为五个部分。

第一部分，分别对黎致远和宋琪进行问询，并做笔录。

第二部分，也是最重要的部分，在审讯室对刘宝珠进行审问，这次的询问工作，将由焦队长进行。

第三部分，小刚子带着鉴证科的同志在刘宝珠的家里进行搜查。

第四部分，大安带着另一队警员，在医院刘宝珠的宿舍进行第二次搜查，重点就是刘宝珠那套用来夜跑的黑色速干衣。而大安很快就发现了这套出现在监控画面里的速干衣，以及当天刘宝珠穿着的鞋子。

李瑞阳的工作，就是带队去，再带刘宝珠回来，他将不参与搜查以及问讯工作。

第五部分，另外还有一队警员，已经去联系刘珍珠的爸爸，将要对他的车辆进行全面的鉴证与排查。

焦队长在今天早晨行动之前，推心置腹地对李瑞阳说："李瑞阳，我们都很喜欢刘宝珠医生，没有人会故意针对她，我保证这将是公正的行动，你可以监督，但不要再参与重点工作。"

李瑞阳即使有意见，也明白自己确实需要回避了。刘宝珠能对自己造成什么样的影响，他心里有数，哪怕知道她有黎致远了。

在带刘宝珠回来的路上，他看着执法车里的记录仪，想了半天，最后只能对她说："刘宝珠，你放心。"

你放心，在这件事上，我绝不会允许有不公正的情况出现。

黎致远很配合地接受了问询，也很坦诚地回答了警方的所有问题。二十号当天下午，本来他和宝珠约好了，下班后会开车送她去学校的，但是因为李瑞阳的一个电话，他从自己家里来到了警局，一直待到了晚上八点多，具体是几点离开的他已经不记得了，但是警局里应该有记录。然后他开车来到了学校，一直看到宝珠忙完学校的工作进入休息室，他才在实验楼旁边自己的车里睡着了。早上，他接到刘宝珠，从学校一起返回医院。

黎致远对做笔录的警员说："我不太明白究竟发生了什么事情，难道是上次的调查还没有结束吗？我听说上次的案子已经结案了啊？"

而对宋琪的询问则很快就结束了，在警员问起是否从酒吧带走过一位女人时，他说自己记不得了，然后他反问警方说的到底是什么时间发生的事，因为他常年都在酒吧一条街，遇到熟人真的很平常。

至于警方问是否在酒吧一条街遇到刘宝珠，他说他是曾和刘宝珠一起泡过酒吧，但那都是以前的事了。现在他有正牌女友了，往事千万莫提了，他的正牌女友可是母老虎来着。至于柏荣齐，他之前只听同行们说比较有能力。

一个黎致远，证实了刘宝珠一直在学校，一个宋琪，不能证实刘宝珠曾出现在酒吧里，更不能证实她和柏荣齐曾有过来往。这还怎么进行下去？

焦队长想了想，他其实挺开心听到这样的事，毕竟，李瑞阳这小子嘴里不说，心心念念这么多年惦记着谁，他心里有数。

何况，他自己也很喜欢这位刘宝珠医生。所以他说："一会儿酒吧的工作人员会来进行指认，等刘宝珠一到，就先开展指认工作吧，如果他不能指认刘医生，鉴证科也同样不能证实，咱们就要好好地换个思路。"

今天之前，没有人透露过刘宝珠涉案的消息。他相信，即将开展的酒吧工作人员的指认工作，对于有嫌疑的刘宝珠来说将是一个出其不意的打击手段。

这位酒吧工作人员比李瑞阳先到警局。这个染着奇怪发色的年轻潮男一来就夸奖个不停，说："警察办事真的是效率高，我就那么一说，你们就真的能把人找到，这可真是太不容易了。"

第十九章 结局

这话不太对头,焦队长忙问:"你怎么知道我们找到人了?"

发色怪异的潮男对他们竖了个大拇指:"一楼大厅站在电梯口那位比明星还漂亮的美女就是啊。"

见鬼了,怎么可能?那是和宋琪一起来的他现在的正牌女友,姓卿名卿,叫卿卿。卿卿没有想到,自己曾在无聊时担心的事终于发生了。宅女是不可能无缘无故地去泡吧的。宝珠出现在姓柏的开的酒吧里,这本身就很反常好吧。但刘宝珠牵涉进了什么事情里,她在这件事情里又做了什么,她一点也不知道。她心里有点忐忑不安,但还是先安慰自己的妈妈和大着肚子非要跟来警局的胡丽。她们四个人就在公安局的一楼大厅里等着,等着宋琪、黎致远,还有现在还没到的刘宝珠。

卿卿是坐不住的,她站起来,在一楼走来走去,一会儿走到电梯边,一会儿又走到大门口。胡丽喊住她:"你别走来走去的,走得我头晕。"又悄悄问她,"你知道宝珠家里以前发生的事吗?"

卿卿点头,胡丽没有追根究底地继续问,这正是胡丽最可爱的地方,但是她悄悄地对卿卿说:"前一段时间,宝珠受过伤,她说她家里发生了一点事情,黎致远帮了她的忙,卿卿,我很担心。这跟现在这事有关系吗?"

卿卿也悄悄问她:"你说的是什么时候?"

"大概就是在我们几个去试礼服的时候,你记得吗?试伴娘服之前。"胡丽说。

正在她俩窃窃私语的时候,从电梯里出来一个警员,他十分正式地邀请卿卿上楼帮他一个忙。

卿卿同意了,这个警员她见过,正是在刘宝珠家里对宋琪进行问话的那个。于是她按捺住内心的高兴,假装平静地去了,她正想知道更多事情呢。

她被带上楼之后,一个笑眯眯的老头将她请进了办公室,这个老头笑眯眯地跟她拉家常的样子真的很像平时拐弯抹角准备打击她的胡丽。

这个老头亲切地问她叫什么名字,在哪里工作,准备什么时候结婚……还问了自己的家事,又问了宋琪的事,还问了失忆清吧的事,最后,他貌似不经意地问:"刘宝珠医生也跟你一样喜欢泡吧吗?"

来了,这才是真正要问的。

"她不喜欢,都是我和胡丽喊她去,她才会去。"卿卿说。

"不是说她和你男朋友一起泡过吧吗?"这个老狐狸问。

"对,之前他们俩的相亲就安排在酒吧里。"卿卿坦诚地说,"我为此还吃了好久的醋。"

"有没有人说,你和刘宝珠有点像?"老狐狸问。

"这样的话我从小听到大。"她摊开自己细嫩的双手,"谁让我们俩是表姐妹呢!"

"你们是表姐妹啊,那你对她家里的事很清楚吧?"老狐狸问。

"那要看是什么事,以前的老皇历我知道得少。"

"你都知道些什么?"老狐狸问,卿卿不知不觉就说了很多。

老狐狸又不经意地问:"你平时会去酒吧吗?"

"去过一次,还被宋琪给发现了,直接把我拉走了,为了这件事,宋琪的那帮朋友笑了他很久,说他小心眼。"卿卿用十分甜蜜的语气说。

这当然是可以求证的,不过是个美丽的误会而已。卿卿一直记得宋琪第一次带自己去失忆清吧见他那帮朋友时的情景。

你要问的就是这个吗?不好意思,被宋琪拉走的人是我,不是刘宝珠。

…………

在所有人进去之前,痕检人员先把房门上的指纹处理出来,接着打开房门。这幢黑瓦灰墙的小三层此刻大门洞开,里面是否有什么不可告人的秘密,马上就要揭开。

痕检人员立刻用相机开始拍摄固定原始现场。而在他们工作的时候,李瑞阳站在刘宝珠前面,仔细地环视着现场。

这个房子装修得并不差,尤其是按照十几年前的标准来看,只是看起来老旧,缺乏人气,到处都有一层薄薄的灰尘,显得萧条而寂寥。痕检人员已经打开了足迹灯,仔细观察地面的鞋印,在已经发现的鞋印附近放置标尺……

第十九章 结局

李瑞阳不能参加搜查行动,他只能陪着刘宝珠,在鉴证科确认不需要刘宝珠在场后,他将送刘宝珠回警局。

随着一扇扇门被打开,李瑞阳的视线第一时间就被浴室里那个簇新的、一看就很贵很有高级感的浴缸给吸引了。这样的老房子里有这样一个浴缸,本身就很突兀,很不合常理。

他下意识地就要往那边走,想去探个究竟,看看浴缸里是否有使用过的痕迹、浴缸边缘是否有印迹、浴缸底座是否有血迹,再把浴缸的出水塞拔掉看看下水孔是否有淤堵……不过他很快就想起了自己的禁止任务,于是尴尬地走回来,在宝珠注视的目光下,尴尬地摸摸自己的鼻子。

他问宝珠:"这个浴缸怎么会这么新?不是和这个房子装修一起弄的吧。"

刘宝珠反问他:"这和案情有关吗?"

李瑞阳说:"有,不过我不能参与询问和勘察,还有审讯。宝珠,这次的事,我……"他没法继续说下去,从他的立场而言,此时此刻说什么都是错的,都是不合宜的。

宝珠凝视着他的眼睛,一字一句地说:"我不能理解……"

但她的话没来得及说完,里面传来小颖"啊"的一声尖叫。

小刚子快速从另一个屋子出来跑向小颖,李瑞阳也跟了过去。

刘宝珠站在原地没有动,她只是回转身,看向里屋发出声音的位置。

有人跑出来,快速冲到刘宝珠面前,扭住了她的右手手臂,刘宝珠因此而踉跄了两步。李瑞阳赶紧出来大喝一声:"张颖,你干什么?"

"那是一箱子的骨头。"这个叫张颖的女警说。

"你先放手,那是模型。"李瑞阳快要急眼了。

"嗯,仿真人体骨骼模型,可拆卸,脊柱可弯曲,一千九百八十八元包邮到家。"刘宝珠补充道。

随后小刚子和鉴证科的一个同事将这个箱子搬了出来。

张颖赶紧放开刘宝珠,嗫嚅着道歉:"刘医生,对不起。"

刘宝珠转着手腕,将自己原先没有说完的话说完:"我不能理解,柏荣齐越狱失踪，为什么会怀疑我？"

"不用道歉，你在做你的工作而已。"刘宝珠说，"我不需要道歉，我需要解释，为什么是我，而不是别人？"

"一会儿这边确认不需要你在场后，我就送你回警局。你想要的解释，焦队长会告诉你的。"李瑞阳只能这么说。

"好。"刘宝珠点点头，然后蹲下来打开箱子，将骨架的头颅扶起来，用很轻的声音说，"嘿，老伙计，原来你还在这里啊。"

李瑞阳看着她像把玩玩具一样将模型的手抬起来，像握手一样跟它打招呼，心里有一种无法言说的难过。

警局里，还有人在等待着指认刘宝珠。

造成这一切的，是一个伤害了许多女性的、破坏了许多家庭的、本应该判处死刑的人渣。而现在承受这一切的，是一位救治过许多女性、帮助过许多家庭、本应该拥有光明前途的妇产科医生。

但小刚子说得对，至少柏荣齐这个人渣是死是活、身在何处，都是一定要查清楚的，就像罪大恶极的迷奸药团伙的老大宋源，至少，警方清清楚楚地知道他躲在哪里，也正在展开相应的外交行动，希望能通过澳大利亚移民局的遣返来实施对他的抓捕计划。这几个月来，警方的工作强度和难度，是十几年从来没有遇到过的。大家几乎都是以局为家，将自己的小家抛在脑后。

如果说一定要有人为柏荣齐的越狱负责，那么不应该是他们这些警察，也不应该是刘宝珠这样的受害者家属，而应该是那些公权部门的害群之马。如果可以，李瑞阳宁愿是自己在抓捕柏荣齐时用一颗子弹结束他罪恶的一生。

他在这里杂七杂八地抓不住自己的思绪，刘宝珠一直在把弄骨架模型，鉴证组终于查到了浴室里。李瑞阳看见那两位已经戴上墨镜的同事先往四处喷洒发光胺，然后关了灯拉上了窗帘，关上了门，阻隔了他追随的视线。

这是在利用鲁米诺实验寻找血迹。鲁米诺是一种人工合成的化学物质，又叫发光胺，可以和人体体液包括血液、精斑中的铁发生反应，发出蓝光。李瑞阳的心被高高提起。

第十九章 结局

二十分钟后,浴室门被打开。大概是看他的眼神中透露的求知欲望实在过于强烈,鉴证科的一个同事对着他摇头,他猜是并没有找到血迹和精斑。

李瑞阳由衷地感觉到了轻松和开心。

鉴证科的同事取下墨镜,回头去查找浴室的柜子。

在他拉开柜子门的时候,意外发生了,随着他拉开柜门的动作,似乎有什么物品随着门的打开倾泻而出。他低低地呼喊了一声:"快来帮忙。"

然而他的话没有意外发生得快,好几个大玻璃瓶子滑了出来。他拦住了一个,其他几个玻璃瓶"啪"的一声砸到了地板上,里面的液体迅速地渗入到地面和瓷砖缝里、下水道的排水孔里以及浴缸里。而地面上,在这些液体的中间,赫然有一个被剖开的心脏……

…………

跟随鉴证科一起前来的法医立刻精神抖擞地进入工作状态。

这下,连李瑞阳都忍不住低呼了一声。他惊疑不定地看看地面上的东西,又抬起头看我这个屋主。

我低低地说了一句:"可惜了。"

李瑞阳莫名其妙又顺其自然地接了一句:"可惜什么了?"

我转过头来直视着李瑞阳:"可惜了大体老师。"

李瑞阳好像才缓过神来一样。他用力地拉住我的手,说:"你不想解释一下吗?"

我没有挣脱,甚至还直视着他的眼睛:"解释什么?我连你们为什么来都不知道,你让我解释什么?或者,解释一颗心该怎么从体内分离,怎么完整地保留神经、血管、心包膜。问题是你能听得懂吗?"

我毫不客气地袒露自己的不满和气愤。

李瑞阳放开了我的手,烦躁地大喊一声:"还需要我们吗?不需要我们就先回警局了。"

鉴证科的同事马上说"不需要了"。

在走之前,我喊了一句:"陈警官。"

小刚子应了一声。我说:"麻烦你,如果钥匙不需要带回警局的话,请还给我的三外婆,不然她会一直挂念这件事的。"

李瑞阳开着车带着我往警局走,同样的执法车,同样的位置,显然李瑞阳有话要说。他板着脸突然对我说了一句:"刘宝珠,你放心。"

嗯,我没有什么不放心的,除了小秋嫂的身体情况,除了那个人在夜里流下的眼泪……

途中李瑞阳接了一个电话,他加快了车速,他又喊了我的名字一次,但他什么都没有说。我很感激此刻他心里的挣扎。进入警局后,我被立刻带进了一个房间。李瑞阳在此刻又喊了我的名字一次,声音沙哑。

我被匆匆忙忙地带进一个房间,警员告诉我,有一个小喇叭会安排我怎么做,请听它的指示进行自己的动作。

这是在安排哪一位证人指认我吗?宋琪?酒吧服务员?

我深呼吸了一次后站好。它让我转身,我就转身,它让我转回来,我就转回来。我在心里默默地计算时间,大概过了十一分钟,它再次提示我让我转身,我很听话地照做。

从这个小房间出来之后,我进入了上次的那个审讯室,坐在我对面的其中一个人就是那个笑眯眯的焦队长。他还是笑眯眯的,和我聊家常一样问我知不知道为什么请我来警局。这一次,我不想这么好说话。

"焦队长,上次刘雅兰的案子,你们认为我有动机、有手段、有时间,所以请我回来调查,我想我可以理解。这一次是柏荣齐的越狱,这和我有什么关系呢?"我看着他的眼睛,一字一句认认真真地说,"我不理解,柏荣齐越狱之后逃到了哪里,这跟我会有什么关系?作为警察,到底是因为什么三番五次地怀疑我呢?而今天在我家里进行的搜查,到底是在搜查什么?"

"他是死了吗?是被人杀害了吗?焦队长,柏荣齐到底是死还是活着?你们这样对我,到底是因为什么?我认为我需要个合理的解释。"我表达了自己的愤怒和诉求。

焦队长沉吟片刻,对我说:"刘医生,你先别激动,我们这是在排查跟

第十九章 结局

柏荣齐有关的关系人。"

"是排查所有的关系人,还是只排查我这一个关系人?"我并没有放松,继续追问。

"在柏荣齐所有的关系人里,目前有好几个疑点都集中在你的身上,所以我们希望能从你这里得到解答。今天请你回警局,也是出于这样的考虑。"焦队长说。

"我也有一个问题需要得到解答,柏荣齐到底是死了还是失踪了?"我将问题抛给他。

"这正是我们希望能从刘医生你这里得到答案的一个问题。"焦队长用十分诚恳的语气反问我,"刘医生,柏荣齐到底是死是活?二十号下午五点四十分之后,你在哪里?做了什么?怎么做的?请你如实告诉我。"

"尽管你和你爸爸从来不联系,但是父女天性,他在需要帮忙的时候第一时间想到了你,于是他将车开到了你医院附近,然后给你打电话求助,而你也毫不犹豫就答应他了。所以,你在医院后面的这个小高层从这个入口绕到另一侧,悄悄地进入这栋楼。"他给我看了几张从监控画面里截出来的照片。

"你们想办法甩掉了'尾巴',一起到了交易现场,但是你提前下车,从路边草沟里爬过去,躲在交易现场附近。你看,这是现场你不小心被石头钩破后留下的布料。然后你们一起去了林凯家,在那里见到了已经越狱的柏荣齐,发现他正在折磨林凯,所以你们就动手了。"他出示了几张林凯客厅的照片,"你看,这个客厅,地板特别凌乱。林凯说这是他和柏荣齐在搏斗过程中在地板上滚来滚去造成的,这种活动造成了客厅里的足迹几乎全部被破坏了,这是因为林凯要遮盖你曾经在现场的足迹。至于为什么没有指纹,我想一副手套能解决这个问题,刘医生,你说对吗?"

我看着他的眼睛,他的态度很温和,他的眼神也透着对我的理解和赞同,他整个表情给我"即使是你做的,我也特别理解你"的感觉。

但是我笑了:"这个故事很精彩。但让我想起了一个成语——疑邻盗斧,你怀疑我偷了你家的斧头,所以我的一切行动就都像是为了偷斧头和已经偷走斧头做的掩饰。"我说,"但是我没有,你这是在做假设。"

"那么,刘医生,你进入这个区域之后,去了哪里?怎么完美地避开了所有监控摄像头?"焦队长犀利地问。

"我今天之所以会在这里,就是因为这个吗?"我问,"是因为怀疑我在这个时间协助了柏荣齐的逃跑,还是怀疑我利用这个时间杀了柏荣齐?我在哪里、用什么方法杀了他?他确实是死了吗?还是仅仅因为越狱后找不到才怀疑他被杀的?"

"有个农民叫赵海,同村有一个叫赵庭的人,是他的堂叔。他这位堂叔突然失踪了,一年后警方宣称找到了赵庭的尸骨,他因此被判死缓。但是十一年后,已经被杀死的赵庭却因为偏瘫无钱医治回到村里,大家才知道当年赵海说他没杀人是一句真话。赵海的老婆带着孩子改嫁,他的老母亲罹患妇科肿瘤,长期在我们医院治疗,到现在还欠医院几千块钱的治疗费用。"

我说:"我现在,是不是那个赵海?"

"我可以回答你的问题,二十号晚上和其他的晚上对于我来说并没有什么不同,我和平时一样在学校上夜班,我的工作要在暑假结束前完成。"我说,"没有被监控摄像头拍到并不是我的错。我没有去过你说的那些地方。这就是我的回答。"

审讯在这位看起来慈祥的焦队长接到一个电话后停止了。

我被暂时留在这个小小的房间里。

李瑞阳给我送来了一杯温开水,他什么都没有说,但表情严肃。

我问他:"李警官,我上楼的时候看到我的朋友还有亲人在一楼等,可不可以麻烦你帮我问一下,黎致远现在方不方便帮我送她们先回家?"

他出去了一下,回来告诉我黎致远已经在做这件事情了。

我笑着对他说"谢谢"。

他有话要说,但一直没有说出口,我猜他可能是要对我说"抱歉",果然,他在出门后再次对我说:"刘宝珠,很抱歉……"

第十九章 结局

我打断了他的话:"我理解,你们是在做自己的工作。"

而且做得很好!所以真的不必说"抱歉"。

我说:"黎致远一会儿回警局,我可以见一见他吗?我还想请他帮我做件事。"

他没说行也没说不行,只是沉默地关上了门。

又过了一会儿,焦队长走了进来。他坐下来问我:"刘医生,医院方面曾经说你是在学校里进行图书馆资料整理的工作,据我们所知,你并没有在做这项工作,你究竟在做什么?"

"我在学校解剖实验室,在为九月份开学时即将开幕的人体各部位标本陈列展览馆而工作。"

"也就是说,你拥有将尸体化整为零的本事,对吗?"焦队长问。

"也可以化零为整,这是解剖实验室必须具备的专业技能。"我没有回避,很肯定地说。

"在你家浴室里被打碎的标本,是你做的吗?为什么要做?"焦队长一句接一句地问。

"是我做的,就是为了练手。"我如实回答他。

"为什么要拿猪的器官来练手?"焦队长不解。

"也会有兔子的,我不挑。因为大体老师太少了。"我说。

医学院一个班级在几年的学习中,很有可能只能分到一位大体老师,想要有更多的练手的机会,你只能自己去找代替品。学校实验室有兔子也有老鼠,但是和人体器官最接近的是小型猪,它的器官大小和人体的相当接近,包括猪心、猪肝和猪肾。尤其是猪的心脏在生理功能、形态大小等方面跟人都非常接近,甚至连心跳频率都差不多,所以一直被当作开展异种器官移植的理想器官供体。

焦队长听得很认真,突然问我:"我们可以去学校的解剖实验室看一看吗?"

"这个,您需要向学校申请。"我问焦队长,"请问,我可以走了吗?"

在走之前,我需要对今天询问的内容进行签字,我从头到尾认认真真地读了两遍。黎致远就是在这个时候回到警局的。他站在台阶下,对着我挥手,笑起来的样子一如当初。

焦队长接到的电话是法医打过来的。

从浴室柜子里摔下来的那些是猪器官的解剖学标本,被泡在福尔马林里已经有不短的时间了,具体有多长时间,法医需要更进一步地检查。

只是还有没有这个必要?这一次对刘宝珠所采取的行动,还有必要进行吗?这是刑警队所有人也包括焦队长的想法。

这些想法,都来自今天一个接一个出来的鉴定结果。

第一,李瑞阳在交易现场找到的那一片疑似布料,与从衣柜里找到的刘宝珠的黑色速干衣完全不匹配。注意,是完全不匹配,衣服成分里的聚丙烯纤维、弹力纤维氨纶的比例完全不一样,最主要的是,在交易现场找到的疑似面料中Pentas α纤维原料的含量为零。

从刘宝珠家里拿到的速干衣的面料纤维横截面是扁平多叶状,能够快速吸水,且吸水速度比普通产品高,扩散性提高30%,散热性提高约30%⋯⋯总之,刘宝珠的这件速干衣很贵,跟现场找到的布料碎片完全不是一个档次。

第二,刘珍珠的爸爸的车子里,没有发现任何可疑痕迹,只是后备厢的车垫比较新。

第三,林凯家里经鉴定有柏荣齐的血迹、林凯本人的血迹,暂时没发现其他人的。客厅内有七处圆形滴落状血迹,右侧墙壁有抛甩型血迹,客厅桌子一条桌腿上有吹溅型血迹⋯⋯但无论哪一种血迹,都完全没有足够致死量的血迹。要么,这里不是第一现场,要么,柏荣齐的死法特殊,要么,柏荣齐压根没死。

第四,刘宝珠家里的足迹有三组,分别属于刘宝珠和三外婆,以及黎志远,没有其他人的足迹,鞋印已经分别与实物对证。

浴室地面上的排水孔边缘有陈旧性血迹,初步判定为动物血,其他需要

第十九章 结局

回局里经过其他化验才能有结果。浴缸内有灰，出水塞里未见异常。

三楼露台上用来洗拖把的水池后面发现一排暗格，暗格里应该是存放过相当数量的圆形物体，每一个圆形印迹的外面都有一层厚厚的灰。但这些圆形物体被移走应该已经有一定的时间，因为圆形印迹里也有薄薄的一层灰。

最为重要的是，小颖在将钥匙还给三外婆时，从三外婆嘴里得知了一个重要信息：刘宝珠本人并没有自己家里的钥匙。从她上大学开始，她的钥匙都放在三外婆手里，她每次回家都会在三外婆手里拿，没有一次例外。

二十号当晚，刘宝珠并没有出现在她家附近，没有人从三外婆手里拿过钥匙，她的家里也没有人发现有开灯。

小刚子还特意对今天出现在刘珍珠迁坟现场的工人进行了查询，得知动土是在吉时也就是上午十点开始的，刘宝珠在众目睽睽之下将姐姐的骨灰盒放进去，又在众目睽睽之下埋好土，没有时间和机会做其他的安排……

法医表达了自己的想法，刘宝珠医生医术不知道怎么样，但解剖能力一定是出类拔萃的，已经到了可以成为解剖学老师的老师的级别……

如果还要查下去，其他地方都可以不用考虑了，只有到解剖实验室去看一看。这么多天之后，刘宝珠会不会不小心留下一点错误，等着警方来抓住把柄了？焦队长也第一次觉得很为难。查下去吧，有点牵强。不查下去吧，排除一切可能，最不可能的往往就是真相。

刘宝珠的母校正趁暑假进行扩建。解剖实验室就在临近景观湖最边上的那一幢楼。李瑞阳带着小刚子还有两位法医一起走在刘宝珠平时走的路上。

那位单老师正在实验楼的铁门外等着他们。

趁着上楼的工夫，小刚子再次向单老师询问刘宝珠二十号晚上的行踪。

单老师嘀嘀咕咕地说："警方为什么想要到解剖实验室里观摩学习，这个借口是不是有点敷衍？"

他问一看就是四人行中的小领导的李瑞阳："还是跟宝珠有关系吗？今天上午你们已经有同事打电话过来询问过宝珠当天晚上的事情了。"

他又担心又得意地说:"难道宝珠终于犯下了比二十七刀还要严重的事?会超过轻微伤吗?"李瑞阳表示没有听懂,他就随意地挥了挥手,大方地说:"不懂就不懂,就当我没问。"

对于小刚子的问题,他想了想,有点想不起二十号到底是哪天,又发生了什么了。他总结说:"我们宝珠是不会去乱七八糟的地方的,二十号要是没有特殊情况,她要么在解剖实验室,要么就在尸库。"

他自得地笑着说:"这里比其他的地方让她更自在,更有发挥的空间。"

李瑞阳问最近刘宝珠有没有请假、早退或迟到的情况。

单老师恍然大悟一样想起了某一天的情况。他告诉警方,有一天刘宝珠说自己要晚一点到,因为黎致远有事,因此原先约好的时间要推迟。那天他本来给她带了自己老婆做的银耳羹和乌鸡汤,结果她说她要晚到,自己就都吃光了。

黎致远有事那天,是不是就是二十号?

刘宝珠并没有准时地出现在实验楼,而是请假说要晚点到。

"那您知道她是几点到的吗?"李瑞阳问。

单老师摇摇头:"那就不知道了,我才不会等呢,热恋中的人不能被打扰,晚点就晚点吧。"他补充说,"早日脱单是大事。"

"那天还有什么不一样的吗?"李瑞阳问。

单老师有点不满意了:"你这小伙子,又不告诉我宝珠犯啥事了,一直问啊问的,你不告诉我,我也不告诉你。"

这可真是个可爱的老师。但最后,李瑞阳还是知道了是否有不一样。

二十一号早晨,刘宝珠比平时更晚下楼,以至于黎致远很着急地在楼下找。刘宝珠没有在休息室,她在尸库给两位大体老师重新做灌注加压。

这是个大问题吗?李瑞阳不知道。单老师说刘宝珠是个极有时间观念的人,没有特殊情况是不会出现什么异常的,再说,大体老师如果出现脏面霉点是需要马上处理的,不然容易引起腐败溃烂。

两位法医肉眼可见地兴奋,他们说自从毕业后就再也没有进过尸库了,

第十九章 结局

想当年他们在校学习的时候,好的大体老师是靠抢和好运气才能分到的。

单老师说现在也是一样的,一个好的大体,是可遇而不可求的。但是经过刘宝珠的手处理过的大体,就没有不好的。

经过今天的工作,李瑞阳觉得,能学好解剖学,真的是需要足够好的忍耐力。他在看到尸池的第一时间只想闭上眼睛假装看不见,这冲到脑门里的比福尔马林厉害一万倍的味道让他感觉鼻腔整个会废掉。而小刚子已经不停地做出了呕吐的动作。

两位法医已经去尸库旁边的处理室开始勘察了。

在李瑞阳开玩笑地问这些大体老师是不是有可能分不清楚、是不是有可能冒名顶替的时候,单老师对他翻了好几个白眼:"你当我们都是屠夫啊?你当大体老师这么好找啊?你当我们没有职业道德和素养啊?"

他详细地讲了一个大体从领到学校之后要经历的每一个环节和步骤。

原来一具合格的大体要经历的流程也是有详细严格的规定的。

所有的大体老师都要经过拍照留档,都会戴上特制的银色铭牌,上面有姓名等相关信息。只有没经验的人才会问出像李瑞阳问的那样的问题。

即使经过处理,经过剥皮去脂这个步骤之后,每一具保留面部的大体都有自己的面部、骨骼特征,一样也会留档保存的。因为大体的难得和珍贵,除了实在不能用的部分,比如脂肪,其他的皮肤、残肢或者病灶,都是弥足珍贵的。至于小刚子问起的多一具少一具的问题,那更是不可能的,解剖实验室也会清点。

李瑞阳问出了灵魂一问:"单老师,那经过处理后的没有用处的组织会怎么处理呢?"

"由学校出资火化。一般来说,像这个假期,我们通过遗体捐献得到的大体,如果有确实用不上的部分,会在开学之前统一进行火化。"

也就是说,从刘宝珠开始工作到现在,还没有进行过火化。

李瑞阳提出能否让他现在进行仔细核对。

单老师很不耐烦了:"你们到底是来做什么的?观摩学习的程度有点超

过了吧,这明明是领导来检查工作啊。"

他几乎要问到李瑞阳的脸上了:"你们是要查宝珠的什么事吧?啊,现在说清楚吧。我们家宝珠是不可能犯错误的,犯错误的一定是别人。"

这该死的、可爱的护犊子。李瑞阳对眼前这位一直在努力表现自己的英俊潇洒,实际上已经快要谢顶的老师顿时好感直线飙升。

这就是刘宝珠每个晚上都会工作的地方,当然,还有二楼的解剖实验室。二楼的解剖实验室在开学后是用来给医学生们教学的地方,实验室的隔壁就是休息室,刘宝珠晚上工作完后就会进入休息室休息,一直到第二天的早晨。黎致远说他看着刘宝珠工作完成直到休息,然后自己才入睡,第二天早晨又接走刘宝珠。这样的说法其实是经过了修饰的,至少,他没有亲眼看到刘宝珠是几点来的,也隐瞒了刘宝珠比平时更晚出现。

李瑞阳想起来自己曾跟在这两个奇怪的同频的人后面,亲眼看到黎致远守在楼下的情景。这样默默地守护,难道就是自己会输的原因吗?

事到如今,他没有恨刘宝珠,也没有恨黎致远,他只是不甘心,但是这种不甘心,和几年前那样强烈地带着愤慨的不甘心又不一样。

不管怎么样,他希望刘宝珠幸福,不管这幸福跟自己有没有关系。但他也同样认真地陪着小刚子进行所有的审核、检查工作,连休息室都没有放过。

休息室太简单了,一张简易的床,简单的被褥,一个简单的卫生间,居然连热水器都没有,还好现在天气热。

一个对基本生活需求要求不高的人,但同时也有一件鉴证科说的看起来不起眼实际上特别贵的速干衣。

其实,现在的调查已经没有必要进行下去了,本来是想出其不意地指认,没想到酒吧服务员两次都指认了卿卿,哦,不,三次,如果把酒吧服务员从电梯里出来说的那一次也当成一次的话。

那个发色奇怪的潮男说:"我绝对不会看错的,就是这位美女,冷艳高贵,身材极品,胸大腰细腿长,这样能打满分的美女,我绝不可能认错的。"

焦队长问他对刘宝珠的印象,他说:"这个寡淡了一点,瘦了一点,勉强能打个六分吧。"

焦队长敲了他一个栗暴:"搞什么打分?这是不尊重女性的行为!"

没有物证,没有人证……再继续下去就有点欺负人了,除非今天在这里能找到和柏荣齐有关的,比如说一部分身体组织……

就在这时候,刘宝珠做了一件让谁都大吃一惊的事,连焦队长都愣住了——刘宝珠请了律师,将公安局刑侦大队给告了……

我想让黎致远帮我的,就是这件事。其实我可以自己去请律师,但是我想这个时候让黎致远做这件事,他一定会很开心。

果然他很开心,他笑得比在台阶下接我的时候还要灿烂,是从里到外绝对纯粹的开心。他说:"宝珠,我已经联系好了律师。"

我很开心他的开心。

办好一切之后,黎致远是开着车往他家走的,他说,有人给我留了东西。

这是一部宫崎骏的作品集,初中时我曾特别喜欢看这位大师的作品。

作品集里夹着一张我从来没有见过的照片,妈妈抱着的娃娃应该是我,爸爸抱着姐姐,我们坐在筒子楼的那堵土墙前面,夕阳映红了整片天空……

还有一张卡片,卡片上写着一行字——

你改变不了昨天,但如果你过于忧虑明天,将会毁了今天。

黎致远说,他已经见过家长了,已经随时可以执证上岗了。他这样说的时候,带着微微的得意,他说自己很招长辈的喜欢。

"宝珠,既然你都已经在家人面前给我名分了,什么时候也去见一见我的父母吧,他们都很喜欢你。"

我想起胡丽结婚那天那一桌热情得恰到好处、让人感觉熨帖的人,生出了无数的抱歉。

"黎致远，就一直这样好吗？"我说，"不用结婚，没有孩子，不用面对父母，就一直只有你和我。"

我配不上大家的喜欢……但我贪恋你的一切，你的吻、你火热的身体、你由内而外的温暖……

"为什么？宝珠，你是不是……"黎致远大喘了一口气，没有问出口。

其实他问出口也没什么，我的回答只会有一个。

黎致远，我永远不会告诉你，也不会告诉其他任何人。

你应该永远都是原来的那个你。

时间过得既快又慢，律师代表我，已经同刑侦大队来回交涉了好几次，我提出的要求是希望能正面恢复因为警方这两次不合理的怀疑和审问对我造成的名誉损失，我需要公开的道歉……

我不知道是因为律师的作用，还是警方本来就转移了调查视线，我没有再被警方打扰过，除了之后李瑞阳私下约我见过一次面。

那次是我买的单，给他点了酸菜鱼和毛血旺……他也没有说话，从头到尾都在津津有味地吃，又自己喝了几杯酒，直到走的时候他才喊住我。

"刘宝珠，"他用力地拥抱了我，"你要幸福啊。"

我回抱了他，也说："李瑞阳，你也一样，要比我幸福啊。"

他走的时候大步流星、气宇轩昂，嗯，就是有点顺拐。

在我结束休假去上班的时候，刘主任给我安排了门诊。我懂她的良苦用心。

某天中午，我接到了一个电话，一直没有人说话，只有机场甜美温柔的女声提醒音在耳边响起。

"旅客请注意：您乘坐的航班很快就要起飞了，还没有登机的旅客请马上登机。这是航班最后一次登机广播，谢谢。"

一路平安，小秋嫂，林凯哥。你们要去的地方拥有目前非常先进的戒断技术，小秋嫂一定会好起来的。

晚上，黎致远在我耳边埋怨："宝珠，你宿舍的床真的太老了，再摇下

第十九章 结局

去就要散架了。"

彼时他额上有亮晶晶的汗珠,他的眼睛因为欲望而熠熠生辉,他的手正在肆意作乱,他未着寸缕的身体紧贴着我的。

我也在他耳边说:"那你可以回自己宿舍啊。"

他咬了我一口,说:"除非你一起。"

我回吻他。

一个半月后,在一个阳光灿烂的日子,母校的解剖展览馆开馆了。我一个人走在学校里,看着来来往往的学生蜂拥着往展览馆而去,我也跟了上去。

展览馆的门口有详细的展馆介绍,制作人一栏里,有单老师、曹老师还有我的名字。

我笑着往里走。一进门,大厅的正中有一排矗立的展品,这排展品合而为一就是一个完整的人。其中,最不让人害怕的是一条白色的脊椎,它用铁丝固定浮在那里,没有头颅……

各种各样的病态肺标本前围的人最多。

我想他们一言难尽的表情是在表达戒烟的决心,但曹老师嗤笑着说:"他们啊,也就过过口瘾,不出一个星期就得向烟瘾投降。"他继续说,"像我这样烟酒不沾的优质男人不多的。"

而单老师被学生簇拥在那对腋窝标本前和来参观的老师较量:"这个容易?嘿嘿,那你可真是有眼无珠。"

他毫不客气地用手模拟镊子夹住的动作:"揭开皮肤,你能看到所有肌肉的走向,扒开肌肉,里面每一条动静脉血管的走向都保留完整。"

他神气地说:"这还不是最厉害的,将这些拨开,你一定要小心哦,拨开的力度一定要轻,因为腋神经的分支太细。"他撩了撩自己并不存在的刘海,"里面少一条算我输,以后随你喊我'老秃子'。"

他无限骄傲地屈指敲了敲桌面:"这个,我学生做的。"

我抬头看了看窗外,黎志远正帮师母提着东西一起走过来。就像心灵感应一样,他抬起头看到了我。阳光下,他笑得如清风拂岗,如朗月入怀。

时光如同白驹过隙，而我在岁月中向前走，没有回头，我在微笑，一直在微笑……

今天是刑侦大队接受表彰的日子，也是李瑞阳晋升的日子。

但李瑞阳一点都开心不起来。

这可是在颁奖现场，从今天开始，他就是李大队长了。他不但严肃，还略带沉重和悲伤。这样肃穆的神情，让局长对他一夸再夸。

"李瑞阳这小子可以啊，真的沉稳了不少啊，不骄不躁，不但有大局观，还很稳重，出师了。"局长对着焦队长竖起大拇指。

焦队长一脸马马虎虎但还行的表情，心里"扑哧"一声笑："这小子，又走神，唉，算了，没老婆的人没人疼，就当是可怜他算了。"

李大队长没人帮着办庆功宴，自己又回警局继续工作。正好鉴证科的同事来办公室给大家介绍新来的女法医，顺便将这次案件的报告送来。

"大队长，这是我们新来的同事，以后多多关照啊。"鉴证科同事说。

在他的介绍之下，新来的女同事走上前对他伸出手来："你好，李大队长。"

她穿着卡其色的长裤、简单的白色上衣，上衣的衣角绑了个结。

李瑞阳愣了一下，这张脸孔他才见过，当然不单单是见过这么简单……

昨晚，他和小刚子下班后去酒吧待了一会儿，这个酒吧已经大变样了，已经换上了新的招牌。他一进门，就看到了穿着卡其色长裤和白色上衣的这个新同事，微侧着一张脸，正在对友人微笑。

感觉到他的目光之后，她对着自己挑了挑眉，走了过来坐在自己的对面发出邀请："酒吧一条街不远有家酒店，有兴趣吗？"

时光好像倒回到自己弟弟李瑞光生日那天。他本来是不想去的，一群大学生的聚会，他一个社会栋梁去降维打击人可不太好。

可是李瑞光一直喊一直喊，他就去了。他这一生遇到的唯一的克星就坐在桌子的另一边，穿着卡其色的长裤和白色上衣。

第十九章 结局

看到她的第一眼,他的心漏跳了一拍。原来这就是刘宝珠啊。

整个夜晚,刘宝珠一句话也没说,可是他的目光一直胶着在她的身上。

吃过晚饭,大家要去唱K,刘宝珠婉拒了并说要回宿舍,他跟了上去表示自己可以送她。她竟然没有拒绝,那种有点小雀跃的心情自己从来没过。

之后第五个晚上,刘宝珠问:"学校后面湖边有个旅馆,有兴趣吗?"

他有点失望,又有点兴奋。然而宝珠竟然是第一次,什么都不懂,青涩又美好,偏偏对他的身体好奇、大胆又热烈。她的唇看起来柔而润,李瑞阳想吻上去,她却扭开了头,他的吻落在她的下颌……

原来,发出邀请的女人即使是一样的装扮、一样的气质、一样的场景和台词,但不是刘宝珠,就不会让他心动。有些人,原来是没有人能代替的。

其实他知道宝珠为什么会那样做,真的。

有次他约宝珠见面,她应该是惦记着还欠自己一顿饭,所以主动点的菜。这是家需要扫码点单的餐厅,在用手机点好单之后,她用右手大拇指和中指捏着手机,用食指将手机推地转了半圈然后握在掌心。

这个动作,李瑞阳曾经在某个场合见过,在刘雅兰想要破门进入柏荣齐家时,那个从安全楼梯快速走出又快速消失的神秘人就这么做过。

就在那一瞬间,他突然想起在医院刘宝珠高烧反复不退的那一晚,她呓语般的那个"电话……姐……",还清晰地喊了自己的名字。

她心心念念想喊的,会不会是——李瑞阳接电话?

那个自己没接到、打过去又关机的电话!

李瑞阳心口闷着一股气,他再一次联系了远在国外的林凯。

这一次,他直截了当地说:"刘雅兰违法让开锁公司的人打开柏荣齐家门那天,除了你和刘雅兰,另一个躲在现场的是不是刘宝珠?你从庆春地下商场跑出来时,有警员确认你手里没有东西,那本小黑本和摄像机,是谁替你带出来的?兰秋,也就是你老婆之前所在的自愿戒毒中心最近爆出了丑闻,涉嫌伪造住院记录。"

他语速很快地说了下去:"林凯,你们不可能一直滞留国外,刘宝珠想要一个人顶所有的罪……"

林凯直接挂掉了电话。李瑞阳心中这股气就更是顶得他难过极了。

除了工作,没有其他任何可以让他化解情绪的出路。

但还没下班,有人给他打了电话,他立刻就接听了。是来自国外的电话。

"我是兰秋,我是来自首的,你们要找的人,是我用绳子勒死的,跟刘宝珠没有关系。"

电话才挂掉,又一个电话立刻进来了,是刘宝珠的爸爸打来的,他就在警局外面。"我是来自首的,柏荣齐是我杀的。不为别的,只想为我的珍珠讨个公道。"

李瑞阳大踏步出去,刘父在阳光下等着他,将双手伸了出来。

"那天晚上,小秋才受过伤害,她没能把人勒死,我很庆幸姓柏的最终是死在我手里。"他笑得很满足。十八年前,他没有保护好大女儿珍珠,但那天夜里,他庆幸自己保护好了小女儿宝珠。

他说过,他如珠如宝的两个女儿,不能毁在同一个人手里。

是的,宝珠拉走的那只皮箱里,没有柏荣齐。他把皮箱调包了。

…………

收到我爸自首的消息时,我愣在了原地。

我等了好久,终于见到了我爸。他告诉我,警察查到了那天的事情,他不可能让我去顶罪,他还说,希望我未来都好。

你以为我很好吗?不,我可以告诉你,我一点都不好……

午夜梦回时,独自一人时,警车经过时,去监狱看望我爸时……

我的内心就像被无数只蚂蚁啃噬一样……

我选择化名网文作者视力零点二一,在无数个难熬的夜晚,艰难无比地写下我们的故事。

如果你是坏人,我可以大言不惭地告诉你,别学我们,你学不会。

如果你是好人,我也发自肺腑地告诉你,别学我们,不要行差踏错。

第十九章 结局

如果你正在蠢蠢欲动,让我沿着这根网线,或者这5G的流量,悄然来到你的身边,做监视你的目光,日日夜夜地盯着你,时时刻刻地警醒你。

愿这本女医生的谋杀日记,能让你记住,唯有强大自己,才能救赎自己。你很好,这世界也很好,你要开心地笑,欢喜地叫,去拥抱这世界上所有的好。

番外 如果

"我不高兴当你们的传声筒啦。"刘雅兰托着下巴娇俏地摇头说,"我又不是红娘,这里也没有西厢。"

"那你把纸条还给他,就说我不去。"刘珍珠头也没抬,"没几个月就要高考了,我觉得我的物理还能再冲一冲。"

刘雅兰看着她乌黑的头发,眼神晦暗不明,脸色也阴沉了下去,却在她抬起头的瞬间换上了甜甜的笑容。

"可是他对你痴心一片,对我求了又求,我实在没法拒绝,"刘雅兰嘟囔着,"要不你就趁这周末和他说清楚吧。"

刘珍珠还没说话,刘雅兰撒娇地拉着她的胳膊摇了摇:"哎呀,你知道我脸皮薄,不要为难我啦。"

刘珍珠无奈地回头:"行吧,那我和李昊宇说清楚,让他以后别再这样了。"

她伸手接过了刘雅兰手里的纸条,纸条上只有一行字——

> 周六晚上八点,学校后的树林,我有很重要的话要说,不见不散。

周五晚上回家,才一开门,宝珠就跑了过来,家里又只有她一个人。

"姐姐,我切了苹果,你快吃一点。晚自习很累吧。"她跟在屁股后面,接了书包、递了拖鞋、又端着盘子,殷勤得像自己的免费长工。

妈妈这个月是晚班,奶奶估计又在巷子后的麻将馆里。

"你作业做完了吗?"

"嗯,做完了。"

"课文背了吗?"

"嗯,背了。"

"那快睡吧。"

"姐姐,我能不能跟你睡?我房间里好像有老鼠。"

"上上周说的是房间里有蛇,上周说是有蟑螂。猪,你房间里难道有个动物世界吗?"刘珍珠没好气地捏了捏宝珠的脸颊,感觉没有以前肉嘟嘟的了。

她突然想起一个问题:"妈妈上夜班的时候,奶奶做晚饭给你吃了吗?"

宝珠摇摇头:"我吃了个苹果。"

"妈妈给你零花钱了吗?有没有自己买点吃的?实在没有吃的,煮两个鸡蛋吃也行。"

刘珍珠赶紧往厨房走,冰箱里只有一小把芹菜,连鸡蛋都没有。

她挖了勺猪油,切了两根已经蔫巴巴的小葱,炒了个猪油炒饭。

两姐妹头挨着头分吃了这碗啥也没有的炒饭。

周末照旧是不出门的,这周每门主科都有三张试卷要做,时间得精确到上厕所都只能用七分钟。

好在宝珠也安静,她就坐在自己旁边看从图书馆借回来的书。

这周借的是《飘》,对十一岁的人来说应该是有点难理解,但宝珠看得很认真,也似乎看懂了。

"艾希礼这种男人有点可怕。"宝珠边说边揉了揉肚子。

珍珠笑了。

很快就到了周六晚上,她掏出纸条看了又看,还是起身了。

"猪,你在家等我还是跟我一起去?"珍珠说,"我们俩跑步去跑步回来。"

刘宝珠慢悠悠地抬头放下书,皱着眉头说了句:"我觉得不好。"

"哪里不好?"珍珠问。

"这个男同学,"宝珠想了想,还补了句,"还有雅兰姐。"

不过小小的她还说不清哪里不好。

"姐姐,我肚子有点疼。"宝珠说,"我在家里等你,你要早点回来。"

"好,那你躺一躺。"

珍珠刚出门,宝珠又追了上来:"姐姐,我还是想跟你一起。"

"每周只能和你待两天,太不够了。"她说。

两姐妹手拉着手往学校走。

邻居黄婶喊:"两姐妹去散步呀。"

两人同步转头看向黄婶,笑得一模一样地灿烂。

快要走到岔路口时,宝珠捂住了肚子:"姐姐,我还是回家等你吧,我肚子里好像在蹿气,痛。"

珍珠摸了摸她的肚子,有点硬:"要不要去医院?"

"我先回家拉臭臭吧。"宝珠挥手说,"你要快去快回呀。"

珍珠看了看已经快要走到的学校,心想说两句话也要不了多久,就点头了。

宝珠弓着背往回走。

珍珠已经走到了学校后的树林了,她觉得好像有人在看着自己,于是抬头张望。

有个黑影在树林里闪动。珍珠小跑起来,速战速决吧,还要回去陪家里的"猪"。眼看拐个弯就要到了,谁知黄婶焦急地追了过来:"珍珠,宝珠肚子痛得不得了,我让她去医院她不肯听我的。我看着痛得不对劲。"

珍珠急了,她将纸条交给黄婶:"婶子,你帮我跑一趟树林,把这个交给在树林等的人,就说我没时间。"

她急忙赶了回去。

番 外 如 果

家门口的台阶上有两个年迈的邻居在守着宝珠。

"快去喊她奶奶,要命哦,打麻将也不能不管家里孩子呀。"

"嘻,你又不是不知道,她奶奶嫌这个老二也是个孙女。"

珍珠挤了进去,宝珠脸色苍白地半坐在地上,脸上大颗大颗的汗,但她愣是一声都没吭。

"宝珠,宝珠,我们快去医院。"珍珠想把她抱起来,但抱不动,于是蹲下来将她背在背上,一路小跑着先去了镇卫生院。

"哎呀,你妹妹这是急性阑尾炎发作了,快送大医院里去,别耽搁了,哎,小姑娘,你家大人呢。"

"加班呢。"珍珠礼貌地回了话,背着宝珠又坐公交车赶去了县医院。

"得赶紧做手术,家里大人呢,快打电话叫他们来,得签手术同意书,还得交费。"

"我签,我能签,"珍珠急切地说,"我满十八岁了。"

"那……你有钱吗?"医生边开单子边问。

"医生,求您先救我妹妹,我去给爸妈打电话,我爸是海员,我妈在上夜班,他们都有钱的……"

但爸爸的电话关机,妈妈的电话无人接听。

珍珠只好又打回家,奶奶还没回家,也没人接电话。

宝珠痛得快晕了。

珍珠抱着试一试的态度打给了远方的外婆。

外婆很生气,但也很冷静:"你别急,让医生给我一个卡号,我现在就去银行转钱给医生,到账很快的。"

妈妈是在宝珠进了手术室之后才赶过来的。

外婆是凌晨四点多由舅舅开车送来的。

奶奶是第二天早上九点多到的。

但奶奶是来谴责自己的。

"珍珠啊,你怎么让我们老刘家出这么大的丑哇?你这孩子到底是哪有毛病？"

外婆冷笑一声，不紧不慢地说："我倒从没见过像珍珠这么好的姐姐，不是她，宝珠就该活活痛死了。"

奶奶讪讪地说："这……小孩子身体差，谁能想到就肚子痛会这么严重。哎，她昨天让隔壁邻居出了个大丑，都闹到警察局去了。"

"到底约的什么不三不四的人，幸亏黄婶力气大，不然就被人……"

黄婶不久后也来医院了。

"哎哟，珍珠，得亏宝珠病得厉害，你这是逃过一个大劫了。"黄婶庆幸不已，"那男的不是好人，他备了很高级的摄像机想拍……警察把他抓起来了，在摄像机里找到了这小子和刘雅兰那丫头合伙要害你的证据……阿兰这丫头，真是想不到，看她平日里跟你好得跟一个人似的，心里憋着坏呢……哎哟，小宝珠，你可是你姐姐的福星啊。"

不久之后，爸爸赶了回来。这一次，他和奶奶大吵一架，没过多久，他就带着全家搬去了妈妈的家乡。

在别样红的荷花中，珍珠搂着宝珠的脖子说着悄悄话："我改志愿了，我要考政法大学。"

"你不考医学院了？"宝珠小声地问。

珍珠说："嗯，我想把全天下像柏荣齐那样的坏蛋都抓起来。"

宝珠点点头，少年老成地说："那好吧，你去考政法大学吧，我来考医学院，我会成为最好的妇科医生，让妈妈和外婆她们永远都不生病。"

无穷碧的莲叶中，她的笑脸比映日的荷花还要红。